AF145047

Das Buch

Muse ist von ihrem bürgerlichen Leben gelangweilt. Als sie den Edelstahlschmuckdesigner Franky kennenlernt, der mit drei anderen Künstlern in einer alten Villa wohnt, verlässt sie ihren Mann und stürzt sich in ein neues Leben.

Franky und seinen Freunden kommt sie gerade recht, da die immer mal wieder neue Modells brauchen können. Vor allem dann, wenn die richtig viel Lust auf Neues haben.

Muse wird Modell für sehr besondere Lack- und Latexkleidung. Gleichzeitig nutzt sie die Chance, sich dauerhaften Körperschmuck zuzulegen und das Leben mit Fingernägeln aus der Kategorie „Überlange" auszuprobieren.

Gabriel Erbé
Muse, das Fetischmodell

Bibliografische Information der Deutschen Nationalbibliothek. Die Deutsche Nationalbibliothek verzeichnet diese Publikation in der Deutschen Nationalbibliografie; detaillierte bibliografische Daten sind im Internet über www.dnb.de abrufbar.

Herstellung und Verlag:
BoD – Books on Demand - Norderstedt

Umschlaggestaltung:
Gabriel Erbé

ISBN 978-3-734-787744

Und Tschüß

„Ich hab' jemanden kennengelernt."

Obwohl ich es nicht anders erwartet hatte, verletzte es mich trotzdem, dass er es noch nicht einmal für nötig hielt, von seiner Zeitung aufzublicken, als er ohne jedes Interesse, „Aha", antwortete.

„Einen Mann."

„Schön. Ich nehme mal an ein neuer Fitnesstrainer?"

„Nicht wirklich."

Er blätterte die Zeitung um und schüttelte die Seiten so lange, bis die Blätter wieder schön aufeinander lagen. Danach griff er zu seiner leeren Kaffeetasse.

„Hast du noch einen Kaffee für mich?"

Jeden Morgen das gleiche Ritual: Mein toller Mann in seinem schicken weißen Hemd sitzt mit mir am Frühstückstisch und liest Zeitung. Immer, wenn er die letzte Politikseite aufschlägt, stellt er fest, dass seine Kaffeetasse leer ist. Eine Zeitlang war ich schon beim Umblättern der Zeitung aufgestanden und hatte ihm eine neue Tasse zubereitet. Ich hatte sie ihm lächelnd hingestellt und er hatte sich immerhin noch bedankt und zurückgelächelt. Dann hatte er irgendwann nicht mehr gelächelt und sich auch nicht mehr bedankt. Ich hatte trotzdem noch ein paar Wochen damit weitergemacht, schließlich dann aber aufgegeben. Jetzt stand ich nur noch auf, wenn er mich nach Kaffee fragte.

Also ging ich zu unserem Automaten, ließ die Bohnen frisch mahlen und den Kaffee in die Tasse fließen. Dann nahm ich die Tasse, wie immer an der Untertasse und stellte sie ihm vor die Nase. Die Unmengen an Ketten die ich am Handgelenk trug, klimperten dabei unüberhörbar. Da dieses Geräusch in seinem morgendlichen Ritual keinen Platz hatte, löste er tatsächlich seinen Blick von der Zeitung.

„Was ist das denn? Das sieht ja furchtbar aus. Nimm das ab. Du weißt doch, das ich das nicht mag!"

Kopfschüttelnd wendete er sich wieder seiner Zeitung zu.

„Ich finde das gut", hielt ich ihm entgegen. „Und es geht ohnehin nicht ab."

Er ließ die Zeitung fallen und wendete sich mir jetzt endlich mit seiner vollen Aufmerksamkeit zu.

„Was soll das heißen? Das geht nicht ab. Da wird ja wohl ein Verschluss dran sein. Den macht man auf und schon ist das Thema erledigt." Er betrachtete meinen Schmuck genauer und streckte seine Hand danach aus. „Zeig mal her."

Brav, wie er es von mir gewohnt war, hielt ich ihm mein Handgelenk hin. Mein wissendes Lächeln sah er nicht, da er es nicht für nötig hielt, mir auch mal in die Augen zu schauen. Wie erwartet drehte und wendete er den Schmuck.

„Das sieht aus, als ob das alles einzelne Ketten sind. Wie hast du die denn überhaupt über das Handgelenk bekommen?"

„Ganz einfach. Zu dem Zeitpunkt waren die noch lose. Die sind erst danach geschlossen worden."

„Verstehe ich nicht", meinte er während er weiter an den Kettengliedern herumfummelte. „Die müssen doch einen Verschluss haben."

„Nein", klärte ich ihn auf, „die sind mit einer Zange verschlossen worden, nachdem ich die angelegt habe."

Jetzt schaute er mir tatsächlich in die Augen „Bist du jetzt völlig bescheuert?"

„Nein. Wie ich schon sagte. Ich habe da jemanden kennengelernt."

„Ist ja schön, aber das ist doch noch lange kein Grund, so einen Mist zu machen."

„Doch, eigentlich schon. Ich finde das ziemlich erfrischend."

„Erfrischend. Aha. Wenn du Erfrischung brauchst, dann dusch einfach mal kalt. Das macht auch den Kopf klar. Im Werkzeugkasten sind Zangen. Damit machst du das einfach wieder ab." Kopfschüttelnd wiederholte er nochmals, „erfrischend."

„Nein, das werde ich ganz bestimmt nicht machen. Mir gefällt es."

Zur Bestätigung bewegte ich mein Handgelenk und ließ die Ketten, an denen noch einige kleine Anhänger baumelten, klimpern.

„Was ist los mit dir? Wirst du jetzt aufmüpfig? Du warst doch bisher mit deiner Rolle zufrieden. Also mach gefälligst damit weiter. Und nimm diese scheußlichen Ketten ab. Wenn ich heute Abend wiederkomme, will ich die nicht mehr sehen."

„Kein Problem. Du wirst sie auch nicht mehr sehen."

„Dann haben wir uns ja doch noch verstanden."

Damit packte er sein Jackett und seinen Aktenkoffer und verschwand. Natürlich hielt er es wieder einmal nicht für nötig, mir noch irgendetwas wie „Tschüß, bis heute Abend" zu sagen.

Ich schaute mich noch mal im Esszimmer und der angrenzenden Küche um. Der Aufschnitt und die Brötchenkrümel waren noch nicht weggeräumt. Die Kaffeetasse, die er nach dem Umblättern der Zeitung geordnet hatte, war unangerührt. Mit einem zufriedenen Gefühl stellte ich fest, dass ich ihn zumindest ein bisschen aus seinem eingefahrenen Morgenritual gebracht hatte. Ich legte ihm einen kleinen Abschiedsbrief auf den Tisch. Danach ging ich nach oben, packte zwei große Koffer mit Klamotten und Schuhen und einen weiteren kleineren Koffer mit den wichtigsten Unterlagen. Ein letzter prüfender Gang durch die Wohnung und dann stürzte ich mich in mein neues Leben mit Franky, dem Künstler.

Franky lebte mit einigen anderen Künstlern zusammen in einem alten Herrenhaus, das von einem riesigen Park umgeben war. Als ich ihn vor ein paar Wochen das erste Mal dort besucht hatte, war ich einfach nur überwältigt. Es hatte tatsächlich einige Zeit gedauert, bis ich wirklich begriffen hatte, dass ich in so etwas, wie einer Künstlerkommune gelandet war, die sich finanziell tatsächlich selber trug.

Jetzt war es so weit. Franky erwartete mich bereits mit weit geöffneten Armen auf der kleinen Treppe, die zu dem Haus hoch führte. Also ließ ich meinen Beetle mit den Koffern auf dem kleinen Vorplatz stehen, sprang in Frankys Arme und umklammerte seine Hüften mit meinen Beinen. Da er zwei Kopf größer war und zudem über eine Menge wohlproportionierter Muskeln verfügte, konnte ihn das nicht aus dem Gleichgewicht bringen. Ich ließ ihn auch gar nicht erst zu Wort kommen, sondern suchte direkt intensiven Kontakt mit seinen Lippen. Das Gefühl, als sich unsere Zungen berührten, löste bei mir höchste Glücksgefühle aus. Es war einfach himmlisch. Vor allem, nachdem ich ihm erklärt hatte, dass es nicht gut für meine Haut sei, wenn er immer mit diesen scharfen Stoppeln herumlief.

Ohne Umschweife hatte er mir dann angeboten, sich täglich zu rasieren, zur Not auch zweimal, wenn ich das ebenfalls machen würde. Seitdem lief ich, was Haare angeht, vom Hals abwärts nackig herum. Mein Mann hatte davon nicht das Geringste mitbekommen. Bei welcher Gelegenheit auch? Er hatte nur seinen Job und abends entweder die seltenen Treffen mit seinen Freunden oder mal ab und zu irgendeine Aktion mit mir, die er wie eine notwendige Pflicht erfüllte. Ich will ihm gar nicht unterstellen, dass er sich dazu irgendwie zwingen musste, aber es war eben auch nicht so, dass er so etwas wie Freude daran zeigte. Sex war für ihn kein wirkliches Thema mehr. Ich hatte keine Ahnung, ob er wirklich keinen Drang in diese Richtung hatte oder ob er eine Geliebte hatte oder ob es ihm reichte, wenn er es sich vielleicht ab und zu selber besorgte. Mir war es auch irgendwann egal geworden.

Jetzt jedenfalls, war ich mit jemandem zusammen, dem Sex sehr wichtig war. Deshalb musste mein Beetle noch einige Zeit warten, bis Franky die Koffer herausholen konnte. Während er das dann irgendwann doch noch erledigte, nahm ich mir eines seiner Shirts. Es ging mir ein kleines Stück über den Po. Der Blick in den Spiegel zeigte mir, dass ich mehr Kleidung nicht brauchte. Die Reaktion von Franky, als er

8

mit den Koffern bepackt wieder zurückkam, bestätigte mich darin.

„So gefällst du mir, meine Muse." Er zog einen der Ärmel über meine Schulter und trat dann einen Schritt zurück, um mich zu betrachten. Danach zog er meinen Arm komplett aus dem Ärmel, sodass die zugehörige Brust ihren Weg in die Freiheit fand. Das kommt davon, dachte ich mir lächelnd, wenn man die Knopfleiste nicht züchtig schließt. „Und so", setzte er seinen Satz fort, „gefällst du mir noch besser."

Er trat wieder einen Schritt zurück und betrachtete mich mit gespielt künstlerischem Blick.

„Ich sehe, du trägst noch immer den Schmuck an deinem Handgelenk?"

„Natürlich trage ich den noch. Mein werdender Ex wollte dem schon mit einer Zange zu Leibe rücken."

Franky verzog schmerzhaft das Gesicht. „Oh Gott. Welch Frevel. Hast du ihm denn nicht gesagt, dass das ein Kunstwerk ist. Ich habe eine Versicherung über mehrere tausend Euro darauf abgeschlossen", ergänzte er lachend.

„Auf die Idee bin ich leider nicht gekommen." Ich spielte ein bisschen mit meinem Handgelenk. „Einfach nur geil. Den werde ich nicht so ohne weiteres wieder abmachen lassen."

Er nahm mich in den Arm. „Komm. Wir haben Versammlung."

„Alles klar. Soll ich mir noch eben was anziehen?"

„Wie kommst du auf die Idee? Du bleibst genauso, wie du jetzt bist."

„Okay. Ich dachte nur, dass ihr bei so etwas Offiziellem, wie der wöchentlichen Versammlung etwas förmlicher seid, als am Teich"

Als ich das erste Mal mit Franky zu dem kleinen Schwimmteich gegangen war, der mit zum Grundstück gehörte, hatte er mir grinsend erklärt, dass die Kommune den Teich nicht durch irgendwelche Textilien verschmutzen wollte. Also hatte ich mich den anderen, die ich teilweise noch gar nicht kannte, nackt präsentieren müssen. Aber schon nach den ersten Minuten hatten die mir das Gefühl vermittelt, willkommen zu sein. Wir hatten einen wundervollen Nachmittag an dem Teich verbracht.

Jetzt also ging ich das erste Mal mit zu der wöchentlichen Besprechung. Soweit Franky mir das bisher erklärt hatte, ging es dabei im Wesentlichen um ganz banale Dinge, wie Lebensmittel einkaufen und sonstigen organisatorischen Kram. Die anderen drei, eine Frau und zwei Männer begrüßten mich, wie immer mit einer herzlichen Umarmung. Ich bekam einen Kaffee angeboten und dann wurde die Sitzung eröffnet.

Der erste Punkt war der wöchentliche Haushaltsplan. Alva, die aus Schweden stammte, dies aber kaum über ihre Aussprache, sondern viel mehr über ihr Aussehen zeigte, ergriff als erste das Wort.

„Franky, du bist an der Reihe. Das trifft sich ganz gut, weil du ja jetzt mit deiner Muse zusammen hier leben willst. Das heißt, ihr beiden könnt den normalen Haushaltsplan ein bisschen an dich", dabei schaute sie zu mir, „anpassen. Ich hoffe mal, dass das ein bisschen Abwechselung bringt. Frankys Küche ist nämlich echt überschaubar."

„Kein Problem. Ich helfe gerne", erklärte ich ihr.

„Das will ich hoffen. Da kommen wir nämlich dann im nächsten und letzten Tagesordnungspunkt zu."

Sie schaute in die Runde „Hat noch einer was zum Haushaltsplan?"

Als niemand antwortete, wendete sich Alva wieder zu mir und Franky.

„Franky hat uns erklärt, dass du jetzt hier wohnen wirst. Damit hast du hier auch Pflichten. Das mit dem Haushalt, wenn ihr dran seid ist ja schon mal klar. Die Frage, die uns dein verliebter Franky noch nicht so richtig beantworten konnte, ist die, wie das mit deinen Finanzen aussieht. Wir haben alle mal Besuch. Wir geben dem Besuch alle gerne zu essen, ohne dafür die Hand aufzuhalten. Aber du bist jetzt ein Mitglied. Damit bist du auch an der Finanzierung des gesamten Projektes beteiligt."

Ich war im ersten Moment, wie vor den Kopf geschlagen. Davon hatte mir Franky so gar nichts erzählt. Zugegebenermaßen hatte ich mir darüber auch keinen wirklichen Kopf gemacht. Mein erster Blick ging zu Franky, der mich aber nur freundlich anschaute und durch seine Mimik dazu aufforderte die Frage zu beantworten.

„Okay", fing ich dann an, nachdem ich mich geräuspert hatte, „das trifft mich jetzt ein bisschen überraschend, aber macht nix. Erstmal habe ich nicht wirklich viel. Jedenfalls kein festes Einkommen. Ich habe euch ja schon von meinem Mann erzählt. Insofern wisst ihr, dass er etwas dagegen hatte, dass ich irgendwie Geld verdiene. Aber jetzt, wo ich den los bin, werde ich natürlich schauen, was für mich drin ist."

„An was denkst du?" wollte Arndt wissen.

Ich hatte mir eigentlich noch gar keine Gedanken darüber gemacht. Also sagte ich das erste beste, was mir in den Kopf kam.

„Kassiererin? So was in der Art."

Die anderen schauten mich mit Gesichtern an, die eher Abscheu, als Euphorie zeigten.

„Hey", Franky nahm mich in seine mächtigen Arme. „Das ist eine ganz schlechte Antwort. Ich hätte eigentlich nicht gedacht, dass du uns mit so etwas bürgerlichem kommen würdest. Wenn du keine Idee hast, dann kannst du das ruhig sagen. Schließlich bist du hier mit vier sehr kreativen Künstlern zusammen."

Durch seine liebevolle Umarmung und seine Worte merkte ich, wie sich die Anspannung, in die ich durch die überraschende Frage gekommen war, wieder legte.

„Okay. Ich hab mir wirklich keine Gedanken darüber gemacht. Wenn einer von euch eine Idee hat... Ich bin offen für alles."

Arndt schaute auf mein Handgelenk

„Du trägst Schmuck von Franky?"

„Klar. Ich finde den super."

11

„Den bekommst du aber ohne Werkzeug nicht ab. Das ist kein Problem für dich?"

„Nein", antwortete ich ihm stolz lächelnd, während ich mich noch ein bisschen mehr bei Franky einkuschelte. „Ich finde das sogar extrem geil."

Arndt wendete sich an die anderen. „Was haltet ihr davon, wenn Muse für uns alle arbeitet?"

Ich fand den Vorschlag einfach nur klasse und war sofort Feuer und Flamme. Also schaute ich erwartungsvoll in die Gesichter der anderen. Alva nickte und Berti, der vierte in der Runde signalisierte ebenfalls seine Zustimmung. Wie zum Besiegeln des Beschlusses gab mir Franky einen dicken Kuss auf die Stirn.

„Also, ich bin dabei. Was muss ich machen? Wie kann ich euch helfen?"

„Du hast eine gute Figur", begann Alva. „Wie sieht es mit modeln aus? Hast das schon mal gemacht?"

„Meinst du jetzt auf dem Laufsteg?"

„Nein. Ich meine für Fotos und für kleine Ausstellungen. So jemanden können wir alle immer wieder gebrauchen."

„Nein", schüttelte ich den Kopf, „habe ich noch nicht gemacht. Aber für euch gebe ich da gerne mein Bestes. Ich bin in jedem Fall dabei."

„Okay", meinte dann Arndt, „hast du schon mal als Verkäuferin gearbeitet?"

„Ich denke, ich soll keinen bürgerlichen Job machen."

„Meine Boutiquen sind auch nicht wirklich bürgerlich. Wenn du bei mir arbeitest, trägst du natürlich auch die Kleidung, die du verkaufen sollst. Und natürlich bist du auch entsprechend gestylt."

„Was machst du denn?"

„Lack und Latex. Manchmal auch Leder."

Fast hätte ich mich an meiner eigenen Spucke verschluckt. Vor mir saß ein Mann, den ich bisher nur in Klamotten gesehen hatte, die eher in die alternative Mode aus den 80zigern passte. Also selber gefärbte Latzhose und ausgeleiertes Shirt. Selbst in meinen wüstesten Träumen hätte ich niemals gedacht, dass der so eine Mode machen würde.

„Du willst mich jetzt aber nicht auf den Arm nehmen oder?"

„Nein", antwortete er mir grinsend, „ich mache das wirklich. Allerdings ausschließlich für Frauen. Deshalb trage ich in meinen Läden auch eher Durchschnittskleidung. Mein Personal allerdings nicht."

Ich vergewisserte mich bei Franky mit einem Blick, dass er das wirklich ernst meinte und bot ihm dann meine Hand an, damit er zur Besiegelung abklatschen konnte, was er dann auch mit einem breiten Grinsen tat.

Danach schaute ich zu Alva. „Was kann ich für dich tun?"

„Ich nehme mal an, Franky hat dir noch von keinem von uns irgendwas erzählt?"

„Nein. Wir waren immer anderweitig beschäftigt."

„Ja, ja. Ist mir schon klar. Okay. Ich bin Fotografin und Visagistin, Kosmetikerin. So die Richtung. Mein Geld verdiene ich unter anderem mit Internetseiten und Büchern. Wenn du für mich arbeitest, kann das Arndt nur recht sein. Die Styles, die ich an dir ausprobiere, passen zu seinen Klamotten, wie die Faust aufs Auge."

Nach dem ersten Schrecken, den ich mit meinem Vorschlag „Kassiererin" bei den anderen und dann auch bei mir ausgelöst hatte, war ich erleichtert, dass jetzt auf einmal alles so völlig glatt ging. Natürlich schlug ich auch bei Alva ein. Da ich nicht erwartete, dass ich auch für Franky arbeiten müsste, schaute ich als nächstes erwartungsvoll in die Richtung von Berti.

„Naja", begann der zögerlich unter dem Gekicher der anderen. „Ich kann natürlich auch immer Models gebrauchen. Nur solltest du dir bei mir etwas sicherer sein, dass das was ich mache, dir wirklich gefällt."

„Ja?"

„Ich tätowiere und pierce."

„Oh."

„Macht aber nichts. Du bist bei den anderen drei schon reichlich ausgelastet. Und es geht ja nicht darum, dass du jedem von uns hilfst, sondern dass du irgendwie beim Geldverdienen hilfst. Wenn dich mein Job allerdings mal irgendwann interessieren sollte, dann kannst du auch gerne stundenweise als Assistentin helfen. Ist allerdings viel Arbeit, weil du natürlich einen Haufen Zeug lernen musst."

„Okay", stimmte ich erleichtert zu. „Ich helfe erstmal den anderen."

In die eintretende Pause meinte Franky „Sind wir dann durch? Oder hat noch einer was?"

Als niemand etwas dazu sagte, schaute er in die Runde „Gut, also fangen wir einfach mal mit dem Arbeitsleben an. Wir haben inzwischen immerhin schon 12 Uhr. Der Tag hat also nur noch 12 Stunden."

Alle standen auf. Mir fiel auf, dass niemand seine Tasse zur Spülmaschine brachte. Ein Blick zu Franky brachte mir Klarheit. „Der Haushaltsdienst fängt immer mit der wöchentlichen Sitzung an?" wollte ich vorsichtshalber wissen.

„Korrekt. Genieße es. Immerhin machen wir den jetzt zu zweit. Ist also nur die halbe Arbeit."

„Haben die anderen schlecht verhandelt?" wollte ich lachend wissen.

„Nein. Das ist immer so. Reiner Zufall, dass jetzt kein anderer Dauergast da ist."

„Ich hoffe mal sehr, dass du mich nicht als Gast auf begrenzte Dauer ansiehst."

„Tu ich nicht, Muse. Ich sage es einfach nur so, wie es ist."

Also machten wir schnell zu zweit die Küche klar.

„Was gehört noch zum Haushaltsdienst?" wollte ich zwischendurch wissen.

„Stell dir einfach vor", erklärte er mir grinsend, „du würdest einen schwarzen Rock und eine weiße Bluse mit Rüschenschürze tragen. Alles, was dann zu deinem Job gehören würde, gehört hier zum Haushaltsdienst. Ausgenommen sind allerdings die Privaträume. Da muss jeder selber für Ordnung sorgen."

„Wow. Da fühle ich mich ja schon fast wie zu Hause."

„Ich hoffe nicht. Schließlich sind wir hier zu viert und du bist nur alle vier Wochen mit dem Dienst dran."

„Scherz", klärte ich ihn auf und widmete mich dann erstmal einer ausgiebigen Erkundung seiner Mundhöhle. Als ich gerade ein Bein um ihn geschlungen hatte, kam von der Türe ein vernehmliches Räuspern.

„Ich störe das junge Glück ungern", eröffnete uns Alva, „aber du musst mal in die Puschen kommen Muse. Ich will nämlich los und heute wirst du mit mir kommen."

Franky drückte mich nochmals fest und gab mich dann frei.

„Okay", lächelte ich Alva an. „Wir können."

Alva schaute mich amüsiert von oben bis unten an und meinte dann, dass es nicht ihr Problem sei, aber auf der Arbeit hätte sie keine andere Kleidung für mich, da sie heute nur meine Hände brauchen würde. „Wir werden allerdings in die Stadt fahren"

Nachdem ich dann auch mal kurz an mir heruntergeschaut hatte, beschloss ich, dass Brust-ins-Shirt-packen alleine nicht reichen würde, lief schnell in Frankys Räume, machte ein paar Knöpfe vom Shirt zu und schlüpfte in eine Jeans, die ich über das Shirt zog. Nach einer kleinen Aufhübschung aus dem Kosmetikkoffer zeigte mir der Blick in den Spiegel, dass nur noch ein Paar meiner Chucks fehlten, um mich in der Öffentlichkeit präsentieren zu können.

In der großen Eingangshalle standen Franky und Alva noch zusammen und schienen auf mich gewartet zu haben. An Frankys Blick konnte ich erkennen, dass ihm meine Wahl sehr gut gefiel. Er schaute kurz zu Alva und meinte irgendwas wie „ich verlasse mich auf dich". Dann verabschiedete ich mich von ihm und fuhr mit Alva los. Auf ihrem rosa Fiat500 war in schwungvollen schwarzen Lettern Werbung für ihr Studio lackiert.

15

Die Fahrt verbrachten wir mit allem möglichen Smalltalk. Ich war mit meinen Gedanken eigentlich nicht wirklich dabei, da ich einerseits Franky im Kopf hatte und andererseits auch überlegte, ob mir mein Ex irgendwelche Probleme machen würde. Trotzdem tat ich mein Bestes, das Gespräch nicht verstummen zu lassen. Alva konnte ja nichts zu meinen persönlichen Problemen.

Sie parkte ihren Wagen auf einem großen Parkplatz, der zu einem Einkaufszentrum gehörte. Mit einem Lächeln stellte sie fest, dass sogar ein Platz frei war, auf dem die Werbung auf dem Auto nicht verstellt werden konnte. Danach tauchten wir in die Shoppingmeile ein. Allerdings war ihr natürlich nicht nach Bummeln. Stattdessen führte sie mich zielstrebig zu ihrem Nagelstudio. Nach der Begrüßung durch ihre Mitarbeiterinnen, immerhin waren sechs der zehn Arbeitsplätze belegt, führte sie mich zu einem freien Platz, der direkt am Schaufenster lag.

„Setz dich schon mal. Ich komme gleich."

Ich hatte, als wir uns so zielstrebig dem Nagelstudio näherten schon darüber nachgedacht, ob ich ihr sagen sollte, dass ich mir die Nägel noch nie hatte machen lassen, weil ich keine Lust hatte, meine Arbeitsfähigkeit durch lange Krallen unnötig einzuschränken. Dann hatte ich es aber doch bleiben lassen. Schließlich konnte ich ja nicht schon vor Antritt meiner Arbeit anfangen zu erklären, dass ich eigentlich nicht mitmachen wollte.

Mein Blick ging also so entspannt, wie es mir möglich war durch den Laden. Die eine oder andere Mitarbeiterin hatte mich bei der Begrüßung irgendwie komisch angeschaut, aber ich hatte mir nichts weiter draus gemacht. Und jetzt, wo ich noch mal in Ruhe in den Laden schaute, war jede mit ihrer Kundin beschäftigt und alles wirkte ganz normal.

Endlich kam Alva auch wieder nach vorne.

„Normalerweise", erklärte sie mir lächelnd, „kommt jetzt erstmal das Kundinnengespräch. Was wollen Sie denn? Welche Farbe? Vielleicht ein Muster? All solche Sachen. Aber da du als Modell hier bist, ist dein Mitspracherecht nicht existent. Du darfst dich also überraschen lassen, was passiert. Und das Wichtigste. Wir sind hier in einem öffentlichen Bereich. Du wirst also, egal, wie du das Ergebnis wirklich findest, begeistert sein." Sie machte eine kleine Pause. „Also, wenn du mich fragst oder auch Franky, wirst du mit dem Ergebnis auch sehr zufrieden sein." Sie schaute mich nochmals lächelnd an „Alles klar?"

„Alles klar. Ich bin schon jetzt völlig begeistert", schickte ich lachend hinterher.

Nachdem Alva eine halbe Ewigkeit gebraucht hatte, bis sie meine vorhandenen Nägel von ihrem Lack befreit hatte und meine Nagelhaut an allen möglichen Ecken und Enden zurechtgeschuppst hatte, fing sie dann endlich mit der eigentlichen Arbeit an. Sie schob mir eine Schablone unter den von ihr stark gekürzten Nagel des kleinen Fingers. Nachdem die Schablone befestigt war, schätze ich die Länge auf fast das doppelte des kleinen Fingernagels.

„Upps. Die ist jetzt aber mal lang" stellte ich kichernd fest. Als ich mich hörte, schien mir ein Hauch von Panik in meiner Stimme zu liegen.

Daraufhin schaute mich Alva ernst an. „Das ist lang. Richtig. Ich habe den Eindruck, dass du dich ein bisschen panisch angehört hast. Deswegen sage ich es dir noch mal. Egal, was ich mit deinen Nägeln mache. Du findest das gut und freust dich darüber. Und wenn der erste Nagel fertig ist, kannst du deine strahlenden Augen gar nicht mehr davon lösen. Ist das klar?"

Da ihre Stimme gar nicht so locker und entspannt klang, wie bisher, stimmte ich ihr natürlich sofort zu.

„Also. Dann will ich das mal vergessen. Du bekommst sogenannte Stilettonägel. Ich denke, ich brauche nicht zu erklären, wie die Grundform der Nägel ist?" Jetzt hatte sie wieder das gleiche entspannte Lachen auf dem Gesicht, das sie bisher den ganzen Tag gezeigt hatte.

„Ich bin ganz in deiner Hand und freue mich schon jetzt auf das Ergebnis", versicherte ich ihr.

„Okay. Zuerst bekommst du eine Lage Gel in Hautfarbe auf deine natürlichen Nägel."

Sie nahm einen Pinsel und tauchte die Spitze in den entsprechenden Tiegel. Danach verteilte sie das Gel mit einem anderen Pinsel sorgfältig.

„Jetzt die durchsichtige Variante als Verlängerung auf die Schablone."

Sie füllte lächelnd die gesamte Länge der Schablone mit dem Gel aus, wobei die Form nach vorne hin immer spitzer wurde. Danach griff sie zu einer weiteren Schablone, die bereits mit Linien durchsetzt war, die an ein Tribel-Tattoo erinnerten.

„Die kommt jetzt auf die Verlängerung. Da alle Finger gleich sein sollen, ist mir das zu viel Arbeit, wenn ich das aufmale."

Damit klebte sie die Folie auf den Teil von dem Gel, der meine Nagelverlängerung bilden würde.

„Jetzt kommt erstmal ein Stück Fleißarbeit. Macht es noch Spaß?"

„Klar." Ich hatte meine Lektion gelernt. „Ich kann es kaum erwarten."

„Dann ist ja gut. Jetzt hör mir wieder genau zu. Als Reaktion auf das, was ich dir jetzt sage, schaust du nicht aus dem Fenster. Verstanden?"

Froh, dass ich dem Impuls widerstehen konnte, jetzt erst recht aus dem Fenster zu schauen, richtete ich meinen Blick weiter auf den Fingernagel, der gerade in Bearbeitung war.

„Vor dem Fenster stehen eine Menge an Leuten, die uns zuschauen. Damit sie mehr sehen können, ist eine Kamera auf meinen Arbeitsplatz gerichtet. Die können also in Großaufnahme auf dem Flatscreen, der im Fenster hängt genau jeden Schritt von dem verfolgen, was ich mit deinen Nägeln mache."

Sie unterbrach kurz ihre Arbeit und schaute mich lächelnd an.

„Ist ein gutes Werbekonzept. Und du schlägst dich wirklich gut."

Während sie anfing noch ein paar Lagen Gel auf dem Nagel zu verteilen, schaute ich mir fröhlich lächelnd die Leute vor dem Fenster an.

„Machst du so eine Show öfters? Ich meine ist das irgendwie ein fester Termin oder so?"

„Nee. Das meiste Geld verdiene ich bei solchen Aktionen eigentlich über die Internetwerbung. Wenn wir hier fertig sind, dann schaue ich mir an, welcher Finger sich am besten für das Video eignet. Die Modelage bekommt dann auf der Tonspur noch ein bisschen Text und dann setze ich das ins Netz. Damit bist du, oder besser gesagt, deine Fingernägel dann verewigt."

„Ah. Apropos ‚verewigt'. Wie lange bleiben die Stilettos denn an meinen Fingern dran?"

„Wäre nett von dir, wenn die erstmal dran bleiben. Ich wollte dann ab und zu einen kleinen Film drehen und zeigen, wie das Leben damit funktioniert. Und auch, wie lange die halten."

Ich schaute in ihr unschuldig lächelndes Gesicht und konnte nicht anders, als lachend zu nicken. „Wenn es dir hilft, dann hilft es auch mir bei meinem Mietanteil. Es gibt nur eine Bedingung."

„Und die wäre?"

„Wenn Franky was dagegen hat, dann mach ich das nicht."

„Kein Problem", gab sie lächelnd zurück. „Den werde ich schon überzeugen."

Ich schaute wieder auf meinen Finger und bekam so langsam eine Idee davon, wie der Nagel am Ende aussehen würde. „Oh la la", ging mir durch den Kopf, „locker das Anderthalbfache von meinem natürlichen Fingernagel."

Während Alva die überstehenden Reste der Tattoo-Folie abschnitt und den neuen Nagel mit einer großen Feile in Form brachte wollte ich von ihr wissen, ob es denn auch Einsteigerkurse für das Leben mit langen Fingernägeln gebe.

„Nein", meinte sie, nachdem sie ihr glucksendes Lachen in den Griff bekommen hatte. „Das machst du am Besten nach dem Prinzip ‚learning by doing'."

„Okay. Dann schau ich mal weiter zu, was du so machst."

Nachdem sie den Nagel noch mit diversen Schwämmen und Bürsten bearbeitet hatte, zog sie mit einem sehr feinen Pinsel ein paar der Tattoo-Linien bis auf den natürlichen Nagel und packte danach nochmals eine Schicht Klarlack oben drauf. Auch, wenn ich noch nicht so richtig wusste, wie ich den Alltag regeln sollte, wenn ich diese ewig langen Teile an allen Finger haben würde, gefiel mir das, was ich sah außerordentlich gut. Alva ließ mich grinsend eine Zeitlang den Finger in alle Richtungen bewegen, damit ich ihr Werk ausreichend betrachten konnte. Schließlich nahm sie meinen Finger wieder in die Hand und führte ihn zu der kleinen Sonnenbank, die auf dem Tisch stand.

„Jetzt noch ein bisschen UV-Licht zum Durchhärten und dann ist der Finger fertig."

Nach insgesamt zwei Stunden waren alle Finger fertig. Alva hatte mir versichert, dass die Nägel wirklich gut und stabil wären. Und wenn mir tatsächlich einer kaputtginge, wäre das nur umso besser, weil sie dann wüsste, dass sie noch besser werden müsste.

„Du kannst mir noch ein paar Minuten hinten im Büro helfen, dann fahren wir wieder zurück"

Sie zeigte mir den PC und drückte mir einen Datenstick in die Hand. „Der Film von eben ist im Verzeichnis ‚Videos'. Sagt dir das was?"

„Klar", meinte ich. „Ich soll ihn dir auf den Stick kopieren?"

Sie nickte im Herausgehen und überließ mich meiner ziemlich gehandicapten Arbeit, die dann doch nicht so schwierig war, da ich fast alles mit der Maus erledigen konnte. Während der Computer so vor sich hin kopierte, schaute ich mir nochmals meine neuen Nägel an. Je länger ich das tat, umso besser fand ich die. Ich konnte es kaum noch abwarten zu Franky zurückzukommen und sein Gesicht zu sehen.

Eine Stunde später wusste ich, dass er die Nägel ebenfalls liebte. Vor allem, nachdem ich es geschafft hatte, ihn ohne ernsthafte Verwundungen auszuziehen.

Den Rest des Tages verbrachte ich damit, meinen Anteil an der Haushaltsarbeit zu erhöhen. Franky hatte mir lachend verboten etwas anderes, als Chucks und eine Rüschenschürze zu tragen. Natürlich hatte ich nicht eine Sekunde lang die Idee, mich zu widersetzen. Da ich schon mal die Schürze an hatte, machte ich auch direkt das Abendessen fertig. Ich hatte es in meinen Tagen als Gast nie mitmachen können, da ich um die Zeit immer schon zuhause bei meinem Langeweiler war. Deshalb war ich innerlich kaum noch zu bändigen, als tatsächlich um halb neun alle in die Küche kamen und mit ausreichend Wein und Bier einen wunderbaren Abend begannen. Natürlich musste ich allen meine neuen Nägel zeigen. Genauso natürlich kam es mir vor, dass ich den ganzen Abend nur die Schürze und die Chucks trug.

Als ich dann sehr viel später überglücklich in den starken Armen von Franky einschlief, hatte ich schon lange beschlossen, dass das der schönste Tag war, den ich jemals erlebt hatte.

Frankys Werkstatt

„Na, was habt ihr denn gestern noch getrieben?" wollte Berti lachend wissen, während er sich den nächsten Bissen vom Brötchen rein schob.

Ich blickte nicht zu ersten Mal auf den Kratzer in Frankys Gesicht und dann auf meine langen Nägel.

„Ich nehme mal an, trotz waschen würde ein guter Kriminaltechniker noch Hautspuren finden", erklärte ich mit möglichst ernster Stimme. Glücklicherweise hatte Franky die ganze Angelegenheit ziemlich locker genommen. Er meinte irgendwas von ‚echte Männer haben Narben' und damit war das für ihn abgehakt. Ich hatte etwas länger gebraucht. Nicht auszudenken, wenn ich ihm Schlaf sein Auge erwischt hätte.

„Hat jemand von euch heute Arbeit für Muse?" wollte Franky dann wissen, als das Frühstück beendet war. Da niemand den Finger hob, lächelte er mich an „Ich schon. Heute bist du bei mir eingestellt."

Nicht, dass ich den Nachmittag mit Alva irgendwie schlecht fand, aber die Aussicht, den ganzen Tag mit meinem Adonis zusammen zu sein, war natürlich gigantisch. Wir brachten die Küche wieder auf Vordermann und gingen dann in sein Atelier, das in einem der großen Anbauten untergebracht war. Bei meinen bisherigen Besuchen hatte er mir sein Reich natürlich schon stolz gezeigt, ich hatte ihn aber noch nie arbeiten sehen. Also war ich umso mehr darauf gespannt, was der Tag bringen würde.

„Du kannst erstmal noch hier draußen in der Sonne bleiben. Ich hole eben mein Maßband. Mach dich schon mal nackiesch mon Chérie." Dabei sprach er die letzten Wörter mit perfektem französischem Zungenschlag aus.

Er gab sich danach mindestens eine halbe Stunde lang alle Mühe, so ziemlich alles zu messen, was es an einem Körper zu messen gibt. Am Ende hatte er mit einem Filzstift so viele Punkte auf meiner Haut verteilt, dass ich anfing darüber zu scherzen, dass ich nächstes Jahr zu Karneval auch als Crashtestdummy gehen könnte.

22

Als ich dann endlich in die Werkstatt treten durfte, forderte er mich auf, mir erstmal in Ruhe alles anzuschauen. Er selber machte sich an einer Werkbank zu schaffen. Also nahm ich mir auch die Zeit. Jetzt, wo ich wusste, dass er mir nicht mehr weglaufen würde, fiel mir das leichter als bei meinen anderen Besuchen. Da hatte ich immer eine innere Unruhe, weil ich zum einen nie mehr als ein paar Stunden hatte und ich mich auch unbedingt um ihn kümmern wollte.

Also schaute ich sie mir an, die Schmuckstücke. Armbänder, Ketten und vor allem sehr viel ‚keine richtige Idee wofür das gut ist'.

„Haben die ganzen Schlösser eigentlich alle den gleichen Schlüssel?"

„Ja, haben sie", verkündete er mir grinsend. „Die Codierung von dem Schließmechanismus habe ich selber gemacht. Gekauft sind nur die Schlösser. Gelernt ist gelernt."

„Schade. Ich hatte schon die Vorstellung, dass ich als Burgfräulein mit all den Schlössern gefesselt bin und du als der strahlende Prinz mit einem riesigen Schlüsselbund kommst, zielsicher für jedes Schloss den richtigen Schlüssel heraussuchst und mich dann auf deinen Armen aus der dunklen Burg des bösen Grafen trägst."

„Können wir alles machen. Nur das mit dem Schlüsselbund ist dann Attrappe."

Sein Blick ging über die gesamte Kollektion. „Möchtest du was ausprobieren?"

„Wie wäre es mit einem Fußkettchen?"

„Wenn du auf das ‚chen' verzichten kannst, gerne."

Eine halbe Stunde später hatte ich mein Fußkettchen ohne ‚chen'. Das letzte Verbindungsstück hatte Franky mit einer Zange zusammengebogen und dann noch gelötet. Natürlich erst, nachdem er irgend so ein komisches dünnes, aber überhaupt nicht wärmeleitendes Material zwischen die Kette und meinen Knöchel gesteckt hatte. Da die Kettenglieder sehr eng aneinander lagen, schmiegte sich die Kette ohne Probleme an die Form meines Fußes an. Eigentlich sah sie auf den ersten Blick eher wie eines dieser Ziehharmonika-Uhrenbänder aus. Nur war sie eben nicht Ziehharmonika.

Nachdem ich meinen Fuß lange genug betrachtet hatte, gab Franky mir den Schlüssel zu dem kleinen Transporter, den die vier sich teilten. „Ich habe in der Stadt ein paar Modelle von Kundinnen machen lassen. Kannst du die bitte abholen?"

„Klar. Du musst mir nur die Adresse geben und schon bin ich weg."

Nachdem er die passende Visitenkarte hervorgeholt hatte, zog ich mir schnell noch etwas Öffentlichkeitstaugliches an und fuhr los. Dabei war am Anfang noch ein fettes Grinsen auf meinem Gesicht, weil ich eine Weile gebraucht hatte, bis ich den Autoschlüssel wieder aus meiner Hosentasche herausbekommen hatte. Enge Hose, lange Nägel…

Die Fahrt dauerte dann allerdings doch um einiges länger, als mir lieb war. Es ging einmal quer durch die Stadt. Als ich dann endlich die richtige Einfahrt gefunden hatte, ging es glücklicherweise ziemlich schnell. Zwar braucht der Typ, der mir die schneiderpuppenähnlichen Modelle brachte einen kleinen Moment, um seinen Blick von meinen Fingernägeln zu lösen, aber nachdem ich ihm erklärt hatte, dass die für mich auch noch neu waren, taute er ein wenig auf und lud mir alles auf die Ladefläche. Sogar das Festzurren übernahm er ohne weiteren Kommentar.

Ich bedankte mich und machte mich auf die Heimfahrt, die leider noch länger dauerte, weil irgendwo ein Unfall passiert war. Am Ende war ich ganze vier Stunden unterwegs gewesen. Die Erleichterung in Frankys Augen, als ich endlich wieder in seiner Werkstatt stand, entschädigte mich allerdings für den langweiligen Nachmittag.

„Was machst du eigentlich für die Frauen, die du hier in Form von diesen Körpern herumstehen hast?" wollte ich wissen, nachdem er die Teile ausgeladen hatte.

„Metallschmuck natürlich."

„Ist mir auch klar. Aber weshalb brauchst die Modelle dafür?"

„Weil die mehr bekommen, als das, was du bis jetzt von mir bekommen hast."

Ich lächelte ihn abwartend an. Er ließ seinen Blick durch die Werkstatt gleiten.

„Du hast es dir doch heute Morgen alles angeschaut. Warst du dabei nicht so richtig bei der Sache?"

Er griff ein metallenes Ungetüm.

„So ein BH muss, auch wenn er nur für ein paar Stunden getragen wird gut angepasst sein, Schließlich soll er die Frau ja nicht quälen sondern schmücken. Wenn ich dann keine Form habe, an der ich den anpassen kann, dann muss die Kundin entweder hier warten oder eben in Kauf nehmen einem ziemlich schmerzhaften Abend entgegenzublicken."

Automatisch griff ich nach dem Teil.

„Ist der schon angepasst oder ist das noch ein…", mir fehlte das Wort. „Rohling", half er mir aus. „Ja das ist noch ein Rohling. Willst du mal probieren?"

Ich konnte förmlich spüren, wie eine Welle Adrenalin durch meinen Körper schoss. Nach einer gefühlten Zehntelsekunde hatte ich mein Shirt ausgezogen und die Arme gehoben um ihm möglichst freien Zugang zu bieten. „Ich wollte immer schon mal größere Brüste haben. Also nicht in Echt aber eben so, wie mit dem BH. Die Körbchengröße ist garantiert nicht der Grund, weshalb hier irgendetwas zwickt."

Die Körbchen waren wie Trichter geformt. Alles andere als natürlich, aber irgendwie trotzdem vielversprechend. Die Träger waren aus flachem Metall, das wie die Körbchen innen mit schwarzem Gummi gepolstert war. Am Rand schaute das Gummi schön gleichmäßig heraus. An beiden Körbchen hing eine Kette, ähnlich wie die, die ich um den Fuß trug, nur war sie noch flacher gearbeitet. Franky hielt mir den BH vor die Brust und bat mich ihn solange festzuhalten, bis er hinten fertig wäre. Danach fummelte er eine ganze Zeit an meinem Rücken herum.

„So müsste es gehen. Ich mach die Träger mal fest. Dann kannst du schauen, wie es sich anfühlt."

25

Es war tatsächlich angenehm. Oder, um genauer zu sein. Es war angenehmer, als ich es mir vorgestellt hatte.

„Dann mach ich mal zu", kam von hinten.

„Aber ausnahmsweise mal nicht mit der Zange oder?" wollte ich wissen.

„Anders geht es nicht. Die Modelle sind alle so."

„Du hast doch eben noch gesagt, dass man die nicht lange tragen kann."

„Klar. Deswegen haben die ja auch nur ein normales Vorhängeschloss" Ich hörte es klicken. „Das mit der Zange war ein Scherz. Wobei ich glaube, dass so ein Teil, wenn es wirklich gut angepasst ist, durchaus auch länger getragen werden kann."

Ich hörte ihm nur halb zu, da ich von dem Blick in mein Spiegelbild ziemlich abgelenkt war. Es sah einfach nur fantastisch aus „Geil", kam es mir von den Lippen. „Das ist eine Superidee."

„Ich kann dir nur zustimmen. Klasse, dass du das auch so siehst." Ich konnte Franky ansehen, dass er mich am liebsten auf der Stelle vernascht hätte. Wahrscheinlich hätte er das auch gemacht, wenn sich Arndt, der lässig im Türrahmen lehnte, nicht bemerkbar gemacht hätte.

„Hey Muse, du siehst fantastisch aus."

Ich verneigte mich lachend. „Diese Worte aus dem Munde des Modemeisters bedeuten mir natürlich viel."

„Trotzdem muss ich euch leider kurz stören. Wir haben vorne am Tor einen ungebetenen Gast, der sich nicht vertreiben lassen will. Der labert irgendwas von Polizei und so." Er schaute zu mir. „Ich würde mir an deiner Stelle etwas anziehen oder eben gerade auch nicht. Ganz, wie du dich fühlst. Und dann sorge bitte dafür, dass dein Ex verschwindet."

Im ersten Moment war ich geschockt, dass der unausweichliche Moment schon jetzt da war. Dann schaute ich an mir runter, sah meine überdimensionierten Körbchen und Franky, der lächelnd mit zwei Fingern den passenden Schlüssel baumeln ließ. Danach schaute ich noch mal an mir runter und dann war mein Entschluss gefasst. Meine Brüste waren verdeckt, ich hatte eine Hose an. Also konnte ich auch zum Tor gehen und meinem Ex klar machen, dass er nicht mehr angesagt war.

Als ich an dem Tor angekommen war, hatte die Gesichtsfarbe meines Ex seit seinem ersten Blick auf mich, bereits mehrfach gewechselt. In seinem Anzug sah er irgendwie ziemlich bieder aus, was er ja auch war. Jedenfalls sah er nicht wirklich wie jemand aus, dessen Frau so aussah, wie ich. Da er scheinbar noch nach Worten suchte, nahm ich die Gelegenheit war.

„Gratuliere, dass du mich so schnell gefunden hast. Nur leider war die Mühe umsonst. Da du lesen kannst, weißt du, dass ich dich verlassen habe. Hier", ich deutete mit dem Daumen hinter mich, „habe ich Leute gefunden, die Ideen haben, die schräg drauf sind. Bei denen ich mich wohl fühle. Die auf mich eingehen. Für dich ist kein Platz mehr in meinem Leben. Die Chance hast du durch dein ewiges Desinteresse für immer vertan. Und jetzt wäre es gut, wenn du mich in Ruhe lässt. In ziemlich genau einem Jahr, wirst du von irgendeinem Anwalt angeschrieben werden. Denn dann sind wir offiziell ein Jahr getrennt und können uns scheiden lassen. Noch Fragen? Nein? Dann bis in einem Jahr."

Er zeigte nur stumm mit dem Finger auf mich. Ich drehte mich um und ging in Richtung Franky, der respektvoll im Hintergrund gewartet hatte. Natürlich hatte sich mein Ex den Besuch anders vorgestellt. Die Frage, die mir dann allerdings durch den Kopf ging, war: Wie hatte er sich das vorgestellt? Also drehte ich mich wieder zum Tor um.

„Was hast du dir eigentlich gedacht? Irgendwie: Komm zurück zu mir und schon schmelze ich dahin? Zurück in unser, nein ich muss mich korrigieren: dein spießiges Leben? Immer schön brav und angepasst? Nein! Nicht mit mir!"

Ich hob meinen Fuß mit dem neuen Schmuck, klingelte mit den Ketten an meinem Handgelenk und packte mir danach auf die beiden Riesenkörbchen vor meiner Brust.

„Das, was du hier siehst ist meine Zukunft. Und ich fühle mich zum ersten Mal seit einer halben Ewigkeit saumäßig wohl!"

Ich schaute ihm noch ein oder zwei Sekunden ins Gesicht. Aber es kam nichts. Er war noch nicht mal in der Lage, seinen ausgestreckten Arm wieder einzufahren. Also beschloss ich, dass es jetzt endgültig gut war und ging über das ganze Gesicht lächelnd zu Franky.

Danach schaute ich Franky noch ein bisschen beim Arbeiten zu und ging dann ins Haus, um das Abendessen zu machen. Die Kette von dem Metall-BH hatte irgendwann angefangen zu scheuern. Deshalb hatte Franky Erbarmen mit mir und den BH wieder abgenommen. Ich wusste in dem Moment gar nicht so richtig, was ich fühlen sollte. Einerseits war es natürlich super, das Ungetüm wieder los zu werden. Andererseits fand ich es auch unglaublich erregend, wenn ich irgendetwas trug, das ich ohne Frankys Hilfe nicht ausziehen konnte. Deshalb schickte ich dem BH einen sehnsüchtigen Blick hinterher. Ein Blick der Franky natürlich nicht entging.

Beim Abendessen, das so wie am Tag davor wieder in ziemlich lockerer Stimmung stattfand, erzählte ich dann noch ein bisschen von meinem alten Leben und natürlich davon, wie ich meinen Ex am Tor abgefertigt hatte.

„Aber dein Ex war doch nicht der einzige Mensch, mit dem du dich umgeben hast oder?" wollte Alva wissen.

„Nein, natürlich nicht. Es gibt noch ein, zwei beste Freundinnen. Zu denen werde ich auch weiter Kontakt halten."

„Du kannst die gerne hierhin einladen, sobald du dich hier soweit eingelebt hast", bot Berti an. „Sind die genauso drauf, wie du?"

„Wenn ich so drüber nachdenke, weiß ich das eigentlich gar nicht so genau. Wahrscheinlich sogar eher nicht. Aber, du wirst sie schon irgendwann kennenlernen. Nur im Moment nicht. Im Moment bin ich noch zu sehr von dem jungen Mann hier neben mir", ich kuschelte mich noch etwas näher an Franky, „fasziniert. Da bleibt jetzt erstmal nicht so viel drum herum über. Also an Zeit."

„Hört sich gut an. Morgen kannst du übrigens mit mir kommen. Ich habe einen Haufen Arbeit im Studio, der ohne Tätowiermaschine erledigt werden kann." Er schaute in die Runde „Oder hat jemand was dagegen?"

Alle grinsten. An der Bewegung, die Frankys Brust machte, merkte ich, dass er kurz vor einem Lachanfall war. Ich schaute zu ihm hoch. „Hab ich irgendwas verpasst?"

„Nein, nein. Alles ist bestens. Lass dich einfach überraschen."

Was den Punkt Überraschung anging, kam noch am gleichen Abend eine auf mich zu. Nachdem wir brav die Küche aufgeräumt hatten, uns in Frankys Gemächer – genauer gesagt: Bett – zurückgezogen hatten und dort ein gutes Stück Zeit miteinander verbracht hatten, drehte ich mich halb schlafend irgendwann mit dem Rücken zu ihm, um endgültig einzuschlafen.

„Was ist, Muse? Liebst du mich nicht mehr?"

„Ich will dich nur nicht wieder im Schlaf zerkratzen."

„Das ist nett von dir, aber da habe ich auch schon dran gedacht. Gib mir mal deine spitzen Pfötchen."

Also drehte ich mich wieder auf den Rücken und schob meine Hände mit diesen unglaublich gut aussehenden, nicht mehr ganz so unglaublich störenden aber immer noch unglaublich spitzen Fingernägeln zu ihm rüber. Um ihn nicht aufzuspießen machte ich eine Faust. Er zauberte zwei Ledersäckchen in seine Hände und stülpte sie mir über die Fäuste. Natürlich waren die beiden Säcke an den Handgelenken mit Schnallen ausgestattet, die er nach dem Schließen allerdings nicht noch zusätzlich mit einem Schloss sicherte. Ich schaute mir staunend meine jetzt ziemlich zahmen Hände an und erkundete, wieviel Platz ich in den Säckchen hatte. Es war nicht viel. Die Bewegungsfreiheit reichte mal gerade um die

Hände so zu halten, dass meine Fingerspitzen nicht auf den Daumenballen gedrückt wurden.

„Damit kann ich ja noch nicht mal mehr pinkeln gehen!"

„Du bist doch ohnehin nackt. Wo ist das Problem?"

„Stimmt. Wenn die nur fürs Schlafen sind ist das wirklich kein Problem."

Da ich jetzt ohnehin wieder wach war, spielte ich mit meinen Zähnen noch ein bisschen an seinem Körper rum und schlief dann irgendwann restlos zufrieden ein.

Bertis Laden

„Jetzt kommt der Grund, weshalb die anderen gestern gelacht hatten", war die erste Erklärung, die Berti mir gab, als er sein Studio aufgeschlossen hatte. „Ich schiebe die ganze Zeit die Inventur vor mir her. Und du bist die Glückliche, die jetzt damit anfangen kann."

„Super. Genau das Richtige für mich. In meinem zweiten, bösen ‚Ich' bin ich nämlich so eine kleine Erbsenzählerin. Da kann ich mich ja mal richtig austoben."

Er schaute mich, einen kleinen Moment an, bevor er anfing zu lachen „Ich dachte schon, du meinst das ernst."

Er deutete auf den Empfangstresen.

„Ich habe gestern schon mal die Bestandsliste ausgedruckt. Eigentlich musst du nur alle Schubladen durcharbeiten und hinter jeden Posten schreiben, wieviel wirklich da ist."

„Hört sich überschaubar an. Aber ist der Laden nicht normalerweise zu, wenn Inventur gemacht wird?"

„Doch, schon. Will ich mir aber im Moment nicht leisten. Gleich kommt noch ein Gastkünstler, der eine Woche hier bleibt. Das ist schon lange so geplant. Deshalb wollte ich dem nicht absagen."

„Nicht, dass du denkst, ich will mich irgendwie drücken. Aber wieso mach ich das dann nicht einfach, wenn der wieder weg sind?"

„Weil das Leben danach auch weiter geht. Du kannst mir glauben, dass du nicht die Einzige bist, die beim gemeinsamen Frühstück und dem Abendessen Kraft schöpft."

Ertappt. Ich hatte tatsächlich ziemlich stark nur an mich gedacht. Also vertiefte ich das Thema nicht weiter und schnappte mir lächelnd die Liste. Praktischerweise war die sogar mit kleinen Bildern ausgestattet. Ich konnte also weitestgehend alleine klar kommen und würde nebenbei meine Kenntnisse in Sachen Piercings ausbauen können.

Gerade, als ich mich durch die ganzen Erstpiercings durchgezählt hatte, kam der Gastkünstler in den Laden. Anders als Berti, der ‚nur' ein fettes Bike auf dem Oberarm hatte, das mich in der Machart irgendwie an ein altes Album von Meat Loaf erinnerte, war der Neue doch um einiges mehr bemalt. Bevor ich den Mund aufmachen konnte, stellte Berti uns in absolut perfekter Manier vor, die ich gar nicht erwartet hatte.

Er suchte meinen Augenkontakt und deutete dann auf den Gastkünstler. „Das ist Karl, er wird für eine Woche hier arbeiten. Karl ist ziemlich bekannt. Einige Kunden werden extra wegen ihm in den Laden kommen."

Danach wendete er sich an Karl, der ihm ruhig zugehört hatte und deutete dann auf mich „Das ist Muse, Frankys Lebensgefährtin. Sie ist heute das erste Mal in meinem Laden. Sie macht Inventur."

Soviel hatte ich von meinem Ex dann doch gelernt. Mit der Art der Vorstellung hatte ich das Recht oder auch die Pflicht, ein kleines Gespräch mit Karl zu eröffnen.

„Schön, dich hier zu haben. Ich sehe, du hast dein Werkzeug selber mitgebracht?"

„Natürlich", antwortete er mir mit heiserer Stimme. „Man gewöhnt sich doch ziemlich stark an seine Maschinen. Irgendwie liegt jede ein bisschen anders in der Hand."

Mit Blick auf seinen Rollkoffer fügte er dann aber an.

„Mehr als die Hälfte von dem Zeug ist allerdings das, was man eben so bei sich hat, wenn man auf Reisen ist. Klamotten, Waschzeug… Du weißt schon."

Während er mir das erklärte, glitt mein Blick über seine Arme und seinen Hals. Vom Kopf abgesehen, schien es an den Stellen, die nicht durch Bekleidung bedeckt waren, kaum noch freie Plätze zu geben. Bei dem ganzen Gucken, entging mir einen Moment lang, dass er aufgehört hatte zu sprechen.

„Oh, Sorry, ich war gerade ganz in die Bilder vertieft."

„Mach dir nichts draus", winkte er ab, „ich bin das gewohnt."

„Gefällt mir. Das sieht so aus, als ob das mal eine richtige Komposition ist. Zumindest, soweit, wie ich das sehen kann. Das macht was her."

Karl schaute, immer noch lächelnd zu Berti „Habt ihr euch da noch eine Künstlerin in eure Künstler WG geholt?"

„Weiß nicht. Wir lernen uns gerade erst so richtig kennen", meinte Berti.

„Und was machst du Muse?" wollte Karl dann von mir wissen. „Ich hoffe mal, mehr als dein Name sagt."

„Ich bin auf dem besten Weg zum WG-Modell. Die Nägel und der Schmuck sind meine ersten Jobs."

„Ah. Und jetzt bist du hier bei Berti und willst mir ernsthaft erzählen, dass dein Job hier die Inventur ist?"

„Erstmal ja. Aber, man weiß ja nie. Der Unterschied ist einfach, dass die Fingernägel und der Schmuck wieder abgenommen werden können. Ein Tattoo allerdings nicht wirklich."

„Da hast du allerdings recht. Ich wollte dich jetzt auch nicht in irgendwas reinquatschen."

Er schaute sich in dem Laden um und wendete sich dann wieder an Berti.

„Alter Platz?"

„Alter Platz."

„Vielleicht kannst du die zu deiner Shopmanagerin machen Berti. Ein weiblicher Manager macht immer mehr her, als ein männlicher."

„Na, ich weiß nicht. Ich kann mir eigentlich nicht vorstellen, dass Franky das in der nächsten Zeit so den Knaller findet. Außerdem bin ich mit Mattes eigentlich ganz zufrieden."

„Möglich. Aber Kaffee kochen kann Muse doch auch oder", wollte er dann halb von mir, halb von Berti wissen, „zumindest, solange Mattes noch nicht da ist."

„Klar kann ich Kaffee kochen. Ich bin sogar in der Lage dir den zu bringen. Und ansonsten: Wenn was ist, einfach fragen. Wenn ich helfen kann, helfe ich gerne."

Als ich mich suchend nach der Küche umschaute, zeigten beide nur stumm auf eine etwas versteckt liegende Türe. Also legte ich eine kleine Kaffeekochpause ein und stürzte mich danach wieder in meine Inventur.

Irgendwann kam dann auch Mattes in den Laden geschlurft. Irgendwie schien er durch seine Körperhaltung die Botschaft transportieren zu wollen, dass er extrem cool war und trotzdem alles im Griff hatte. Mir war es egal. Meine Inventur reichte mir. Mit der Zeit arbeiteten sich die beiden durch eine Reihe kleinerer Kunstwerke durch. Die Art, wie Karl dabei mit Mattes umging, zeigte mir, dass er mit dessen Arbeit nicht wirklich zufrieden war. Andererseits musste er sich natürlich zusammenreißen, da er zu Gast war und da vor allem die Kunden nichts mitbekommen sollten.

Nach der Mittagspause hatte Berti einige Kundinnen da, die verschiedene Piercings bekamen. Bis auf eine hatten alle Freundinnen zum Händchen halten dabei.

„Wieso haben die alle jemanden zum Händchen halten dabei?" wollte ich von Berti wissen, als wir in einer kleinen Pause bei einer Tasse Kaffee am Tresen saßen.

„Wieso nicht?"

„Na, ich denke, wenn ich mich piercen lasse, dann gehört der Schmerz doch einfach dazu."

„Das ist, wie soll ich sagen? Die alte Ansicht. Aber heute wollen die nur den Schmuck tragen können. Du glaubst gar nicht, wie oft die wollen, dass ich irgendwas gegen die Schmerzen mache. Aber, da ich kein Arzt bin, darf ich keine

Spritze setzen und alles andere, wie Eisspray ist meiner Meinung nach Mist. Wenn hier jemand reinkommt, der sich vor Angst in die Hosen macht, dann schicke ich den oder die mit ein paar lieben Worten wieder weg. Ich hab' auf den Stress echt keine Lust."

„Find ich gut."

Inzwischen hatte sich Karl ebenfalls zu uns gesetzt. „Pass auf Berti", meinte der, „wenn Muse noch ein, zwei Tage hier bleibt, dann wird die zu unserer Kundin. Eine von der Sorte, die richtig viel aushält."

„Schon möglich", meinte ich. „Jedenfalls, wenn ich was machen lasse, dann brauch ich bestimmt niemanden zum Händchen halten."

„Und an was hast du so gedacht?" wollte Karl wissen.

Die Frage reichte, um mir das Gefühl zu geben, dass ich mich in ein kleines Problem gequatscht hatte. Da ich mich in keinem Fall über einer Hintertüre wieder rausquatschen wollte, beschloss ich es durchziehen. Zumal ich bei den ganzen Sachen die ich alleine an dem einen Vormittag gesehen hatte, wirklich Appetit bekommen hatte.

„So ein Industrial fände ich schon ziemlich cool."

„Wenn du heute Abend noch der gleichen Meinung bist, dann kann ich dir das gerne stechen", bot Berti mir sofort an. Super dachte ich. Jetzt ist es passiert. Andererseits. Früher oder später wäre es ohnehin passiert. Warum also nicht gleich am ersten Tag?

Also begann ich wieder die Schubladen durchzuarbeiten, bis mich Berti nach seiner letzten Kundin auf seinen Behandlungsstuhl winkte.

„Soll ich? Oder hast du es dir anders überlegt?"

„Nö. Leg los", bekam ich erstaunlich locker raus.

„Links oder rechts?"

„Links"

„Dann wollen wir mal."

Ich sah, dass er bereits alles vorbereitet hatte. Ihm hatte nur noch das Opfer gefehlt.

Er gab mir einen Spiegel in die Hand, damit ich ihm besser beim Arbeiten zusehen konnte. Das Piercing ging eigentlich rasend schnell. Nachdem er das Ohr mit einem Tupfer desinfiziert hatte, hielt er einfach ein kleines Röhrchen in Stechrichtung an das Ohr und schob dann die Hohlnadel durch den äußeren Rand meines Ohres in das Röhrchen. Danach, als die Nadel an der inneren Wand von meinem Ohr angekommen war, setzte er das Röhrchen neu an und schon steckte die Nadel genau so in meinem Ohr, wie es sein musste.

„Jetzt spieße ich noch eben einen kleinen Korken auf, damit ich dich nicht versehentlich irgendwo in die Kopfhaut piekse", erklärte er mir.

Kaum war das erledigt, da drückte er auch schon mit dem langen Stecker („Barbell" hatte ich während der Inventur gelernt) die inzwischen abgeschnittene Nadel komplett durch, schraubte das kleine Kügelchen drauf, tupfte noch ein bisschen an den beiden Löchern herum und das war es.

„Cool Muse. Du hast noch nicht mal gezuckt."

„Wie auch? Ich war viel zu aufgeregt dafür."

„Ja, ja, das gute alte Adrenalin. Wofür das doch alles von Nutzen ist."

„Hmm", stimmte ich ihm zu, während ich mein Ohr im Spiegel betrachtete.

„Wenn du mit Gucken fertig bist, dann hilf schnell beim Aufräumen. Das Abendessen wartet nicht ewig."

Ein Blick auf die Uhr zeigte mir, dass es wirklich knapp werden könnte. Der „übermotivierte" Mattes hatte den Laden schon vor meinem Piercing verlassen. Karl plauderte gerade noch mit seinem letzten Kunden und schien auch nur darauf zu warten, dass ich seinen Platz aufräumen würde. Also gab ich noch mal richtig Gas. Eine Viertelstunde später schlossen wir den Laden zu.

„Karl wohnt übrigens diese Woche bei uns. Ist praktischer für alle Beteiligten", informierte mich Berti, während wir mit Karl im Schlepptau zum Auto gingen.

„Ah." Etwas Klügeres fiel mir in dem Moment nicht ein. Eigentlich war ich davon ausgegangen, dass er für sich selber sorgen würde. „Das ist ja fast so wie bei den Zimmerleuten auf Walze."

Die beiden schauten sich fragend an.

„Na die Typen mit den schwarzen Kordhosen, die diesen gigantischen Schlag haben und den großen Hüten. Die Zimmerleute eben, die nach ihrer Ausbildung durchs Land gehen und mal hier mal da als Zimmerer arbeiten."

„Ach so, die…", meinte Karl. „Ja so in der Art geht das bei mir auch."

„Bist du das ganze Jahr als Gastkünstler unterwegs?"

„Nee. Das wäre mir dann doch ein bisschen zu viel. Hätte zwar den Vorteil, dass ich keine Wohnung bräuchte, aber nur unterwegs ist nichts für mich. Ich habe auch ein eigenes Studio mit zwei bis drei Angestellten. Da bin ich dann natürlich die meiste Zeit."

„Und ab und zu schnupperst du mal andere Luft?"

„Genau so. Außerdem kennen Karl und ich uns schon eine halbe Ewigkeit. Wir haben beide an der gleichen Kunsthochschule studiert."

„Ihr habt was?"

„Studiert", wiederholte Karl lachend, während Berti still vor sich hin grinste. „Die Technik beim Tätowieren ist die eine Sache. Irgendwelche Linien für ein Tribel nachziehen kann man auch noch lernen. Aber Portraits oder Schattierungen auf farbigen Bildern. Das ist schon ein bisschen schwieriger. Nicht, dass man dafür unbedingt studiert haben muss, aber man lernt doch einiges mehr mit dem eigenen Talent anzufangen. Jedenfalls machen wir keine von den Tattoos, bei denen man den Eindruck hat, dass irgendwas nicht stimmt."

„Das waren heute zwar nur kleinere Sachen, die ich gesehen habe, aber du hast schon recht. Die waren wirklich gut."

„Naja, viel hast du wirklich nicht gesehen. Ist ja schließlich keine Fließbandarbeit. Aber Morgen habe ich eine Kundin, die bereits eine Linie aus großen Blüten hat. Das sieht dann schon wirklich nach etwas aus."

„Und wie oft war die schon bei dir?"

„Die musste ziemlich häufig kommen. In den ersten Sitzungen habe ich die Linienverläufe gemacht und danach habe ich mit den Farben angefangen."

„Und Morgen?"

„Wird sie fertig. Nur noch die Wade und der Fuß"

„Hört sich nach einem ziemlich perfekten Gesamtkunstwerk an."

„Das will ich hoffen. Einmal vom Fuß bis zum Hals. Keine anderen Werke. Nur die Blüten und die Blätter. Ein echter Hingucker."

„Cool." Ich war wirklich fasziniert. So etwas hatte ich bisher immer nur im Internet gesehen. Mit etwas Glück würde ich mir das morgen also mal in Ruhe live anschauen können.

„Gibt es morgen noch Arbeit für mich in deinem Laden?" wollte ich von Berti wissen.

„Eigentlich ist Arndt dran. Aber du kannst ja mal mit ihm reden."

Wir kamen gerade rechtzeitig für das Essen nach Hause. Glücklicherweise war Franky nicht die Spur sauer, dass er das Essen alleine vorbereiten musste. Stattdessen war er hellauf begeistert, als ich ihm meinen neuen Ohrschmuck präsentierte. Beim Essen drehte sich das Gespräch natürlich um Karl und seine nächsten Projekte. Erst, als wir schon lange nur noch bei den Getränken saßen, kam ich dazu die anderen zu fragen, ob ich morgen noch mal zu Berti könnte. Natürlich hatten die den Braten lange gerochen.

„Entwickelst du einen gewissen Hang zur Körperkunst?" wollte Arndt dann auch sofort wissen.

„Vermutlich habe ich den schon lange und jetzt bricht er mit aller Kraft aus mir hervor, würde ich mal sagen."

„Ich denke doch mal, dass du noch lange bei uns bleiben willst. Insofern wüsste ich nicht, weshalb du es jetzt so überstürzen musst", gab Franky zu bedenken.

Das war eigentlich die Antwort, die ich nicht hören wollte. Man konnte es mir wohl problemlos ansehen.

„Aber", setzte er dann seinen Satz fort, „wir können ja auch einen Kompromiss schließen. Unsere Vorräte gehen so langsam zur Neige. Ich würde vorschlagen, du gehst morgen ausgiebig Lebensmittel shoppen und danach, kannst du dann noch bei Berti vorbeifahren und dir die Blumen anschauen."

Überglücklich kuschelte ich mich bei ihm ein. Wenn ich auch nur daran dachte, wieviel Zeit ich mit meinem Langeweiler-Ex verbraten hatte und was ich in den paar Tagen hier schon alles erlebt hatte. Ich verstand immer weniger, warum ich ihn nicht schon viel früher verlassen hatte.

Als ich dann irgendwann endlich mit Franky im Bett lag und gerade über ihn herfallen wollte, zog er die beiden Säckchen hervor und erklärte mir grinsend, dass wir unbedingt mal Abwechselung bräuchten. „Jetzt kannst du mir zeigen, was du ohne deine Finger zustande bringst."

„Ich verspreche dir", erklärte ich ihm lachend, während er die Riemen schloss, „ich werde ihn garantiert zum Stande bringen."

Der Ex nervt

Nach dem Frühstück fuhr ich, wie am Abend vorher besprochen, los, um möglichst schnell die Einkäufe zu erledigen. Praktischerweise gab es eine Standardliste, die ich einfach nur abarbeiten musste. Als ich in einem der Riesenlebensmittelmärkte den Einkaufswagen randvoll hatte und mich endlich Richtung Kasse bewegte, bemerkte ich, wie sich jemand von hinten sehr nah an mich heranbewegte. Ich drehte den Kopf und schaute in das grinsende Gesicht von meinem Ex.

„Na, du Schlampe. Gehst du jetzt für deine perverse Kommune einkaufen? Da hast du aber echt ein ganz tolles neues Leben gefunden. Ich gratuliere."

Bevor mir eine passende Antwort einfiel, griff er zu dem Einkaufswagen.

„Was haben wir denn da?"

Er zog die Packung von der Wursttheke heraus.

„Na, das ist ja mal ein ziemlicher Haufen."

Als er das Paket auf den Boden fallen ließ, hatte ich meine Überraschung über seinen Angriff endlich überwunden. Ich legte alle Kraft und Panik in meine Stimme, die ich zur Verfügung hatte.

„Lass die die Finger von meinem Wagen! Hilfe!"

Gleichzeitig zog ich den Wagen mit aller Kraft zwischen mich und ihn, wobei ich mir alle Mühe gab, ihn gleichzeitig irgendwie zu treffen. Am liebsten hätte ich es gesehen, wenn er dadurch gegen irgendwelche Regale gefallen wäre, aber den Gefallen tat er mir leider nicht. Meine Schreierei und die Aktion mit dem Wagen führten allerdings dazu, dass einige Leute aufmerksam wurden und zumindest sehen wollten, wie es weitergeht. Also klärte ich sie auf:

„Der schmeißt meine Einkäufe aus dem Wagen raus! Ich brauche Hilfe!"

Als das nicht ausreichte, um einen der Zuschauer in Aktion zu versetzen, fixierte ich den ersten Besten und schrie ihn an „Helfen Sie mir!"

Bevor der allerdings in Aktion treten konnte, nahm mein Ex ebenfalls wieder teil.

„Gehen sie weiter, das ist meine Frau!"

Das war dann endgültig der Hammer. Mein Ex schien mich tatsächlich als ein Stück Eigentum zu betrachten, mit dem er nach Belieben verfahren konnte.

„Erstens leben wir getrennt und zweitens wäre das auch dann eine unglaubliche Schweinerei, wenn wir noch zusammen leben würden. Was denkst du eigentlich, in was für einer Welt wir hier leben?"

„Da muss ich der jungen Frau allerdings zustimmen", mischte sich jetzt endlich eine Frau in mittlerem Alter ein. Danach wendete sie sich resolut ihrem Begleiter zu. „Du rufst sofort die Polizei. Mach es dringend." Zu den anderen gewandt fügte sie dann noch an: „Los, los, machen Sie sich nützlich. Stellen Sie sich zwischen den Mann und die Frau mit ihren Einkäufen."

Als ich mir die Frau näher anschaute, bemerkte ich einen Button an ihrer Brust, der auf lila Hintergrund die Botschaft ‚Frauenpower' verbreitete. An meinen Ex gewandt, fing sie dann auch direkt an, einen Vortrag über Frauenrechte und den langen Kampf der Frauen für ihre Rechte zu halten. Um jetzt weiter Opposition zu machen, war mein Ex dann doch nicht hart genug. Also hörte er, um Frieden bemüht, der Frauenpower-Frau zu. Ich nutzte die Zeit, sammelte das Wurstpaket, das den Sturz unbeschadet überstanden hatte, wieder ein und legte es in den Wagen zurück. Die Frau schien gerade immer mehr Fahrt aufzunehmen. Eigentlich ganz interessant, aber andererseits hatte ich ja eigentlich ganz andere Pläne für den Tag. Inzwischen wurden wir für andere Kunden, die den Streit gar nicht mitbekommen hatten, zu einem ärgerlichen Hindernis. Also machte ich Platz, indem ich meinen Wagen in einen Seitengang schob. Als ich vor mir den leeren Gang sah, beschloss ich, einfach weiterzugehen. Was hielt mich schon zurück? Schließlich hatte nicht ich, sondern der Mann an der Seite der Frauenpower-Frau die Polizei angerufen.

Nachdem ich auch die kleine Schlange an der Kasse hinter mich gebracht hatte noch immer keiner nach mir suchte, lud ich die Einkäufe ins Auto und verschwand in Richtung Getränkemarkt.

Franky fand den ganzen Vorfall dann überhaupt nicht so lustig.

„Zugegeben", meinte ich, „am Anfang hatte ich mich ja auch aufgeregt, aber mit etwas Abstand kann ich schon ein bisschen drüber lachen. Die Situation mit dieser Frau war aber auch einfach zu komisch. Normalerweise ist mein Ex immer um Höflichkeit und Anstand bemüht. Deshalb konnte der da einfach nicht mehr weg."

„Um so schlimmer", wandte Franky ein. „Wenn der sich normalerweise benehmen kann, dann ist es umso alarmierender, dass er sich dir gegenüber so daneben benimmt. Ich denke schon, dass wir das nicht so ohne weiteres abtun dürfen."

Ich schlang meine Arme um ihn. „Ich will mir aber die Zeit hier bei dir nicht verderben lassen. Das kann doch auch warten, bis sich die erste große Liebe zwischen uns in ein paar Jahren auf Durchschnittsniveau eingependelt hat."

Ich merkte sofort, wie er darauf reagierte. Er brachte gerade noch ein „Wir müssen trotzdem aufpassen", heraus. Dann trug er mich hoch zu seinem Bett.

Als ich endlich bei Berti auftauchte war es schon früher Nachmittag.

„Ich dachte, du wolltest nur schnell einkaufen und dann kommen", rief mir Karl scherzend zu, als sich die Türe hinter mir schloss. Daraufhin drehte seine Kundin ihren Kopf in meine Richtung.

„Du bist Muse? Die, die auch unbedingt ein Tattoo haben will, das von der Zehspitze bis zum Hals geht?" wollte sie freundlich lächelnd von mir wissen.

Das war als Begrüßung dann doch ein bisschen heftig. Ich merkte, wie ich rot wurde und erstmal nach einer Antwort suchen musste.

„Die gute Gaby, immer mit der Tür ins Haus fallen", half mir Karl aus der Klemme und wies seine Kundin dann lachend in ihre Grenzen: „Lass sie doch erstmal reinkommen."

„Wieso? Wenn man so was will, dann darf es einem auch nicht unangenehm sein, wenn man drauf angesprochen wird. Hält schließlich ein Leben lang", rechtfertigte sich Gaby und forderte mich dann auf, mich zu ihr zu setzen. Also zog ich mir einen Stuhl ran. Es gelang mir noch gerade eben die beiden zu fragen, ob sie etwas trinken wollten. Nachdem ich zwei Wasser geholt hatte, setzte ich mich endgültig und schaute erstmal nur zu, wie Karl an ihrem Fußrücken arbeitete.

Vor meinen Augen entstand ein kleiner Strang blauer Blütenblätter. Karl wischte immer wieder mit einem Tuch über den Fuß, um die überschüssige Tinte weg zu bekommen. Mit jedem Stich wurden die kleinen Blüten plastischer. Es war einfach unglaublich. Ich hätte das noch nicht mal mit stundenlangem Abmalen auf einem Zeichenblock hinbekommen. Im Gegensatz dazu, schien es für Karl überhaupt keine Anspannung zu sein. Mit zufriedenem, entspanntem Gesichtsausdruck saß er vor Gabys Fuß und arbeitete vor sich hin.

Ein Blick in Gabys Gesicht zeigte mir allerdings, dass nicht jeder im Raum völlig entspannt war. Als sie meinen Blick bemerkte, zwang sie sich ein Lächeln ab „Es gibt Stellen die unangenehm sind und es gibt Stellen, die nicht ganz so unangenehm sind."

„Und es gibt schlechte Tage und es gibt gute Tage", ergänzte Karl.

„Bei den ersten Sitzungen war ich noch so derartig glücklich, dass mein Traum endlich wahr wird. Da hätte er mich wahrscheinlich in einem durch bearbeiten können und ich hätte noch immer vor Glück geschrien. Heute ist es eigentlich wieder so. Ist schließlich der letzte Tag. Trotzdem empfinde ich den Schmerz stärker, als bei den ersten Sitzungen. Wie Karl schon sagt. Es gibt gute und schlechte Tage."

„Gut zu wissen", meinte ich. „Dann muss ich nur noch irgendwie dafür sorgen, dass ich immer einen guten Tag erwische."

„Du gibst ja mal echt Gas, Muse. Ich würde dir aber empfehlen erstmal in Ruhe zu überlegen, was du eigentlich haben willst. Das solltest du nicht übereilen."

Ich hörte die Türe und sah, dass Berti seinen Kunden verabschiedet hatte und zu uns kam. Mattes war mit dem Reinigen des Arbeitsplatzes beschäftigt.

„Wenn du Lust hast, kann ich dir was Temporäres machen", schlug Berti vor. „Dann bekommst du ein Gefühl dafür, wie das ist, wenn man an Stellen die normalerweise nicht verdeckt sind, mit Bildern durch die Gegend läuft."

Ich merkte, wie mir das Herz in die Hose rutschte. Eigentlich war es die gleiche Situation, wie gestern. Erst habe ich cool rumgeredet und dann macht Berti auf einmal Nägel mit Köpfen. Wobei die Köpfe diesmal nicht ganz so dauerhaft waren.

„Normalerweise mache ich so was nicht, aber andererseits ist das ab und zu mal eine nette Abwechselung. Leg mal deine Hand hier auf den Tisch. Ich habe ein bisschen rotes Henna da. Das ist sehr verträglich. Nicht so ein Dreck, wie das schwarze Henna."

Der Blick der Drei ruhte auf mir. Jetzt konnte ich nun wirklich keinen Rückzieher machen.

„Okay, was muss ich machen?"

„Einfach nur liegen lassen. Oder halt. Erstmal gründlich waschen und dann einfach liegen lassen."

Kurz danach saß ich wieder an meinem Platz. Karl hatte sich inzwischen wieder in seine Arbeit gestürzt. Lange konnte es eigentlich nicht mehr dauern, bis er den letzten Stich setzen würde.

„Ey, die hab ich ja noch gar nicht gesehen. Was hast du denn da für Krallen. Krass. Kommst du damit überhaupt im Alltag klar?" wollte Gaby wissen.

„Dachte ich erst auch. Also, dass das nicht geht. Aber ich komm immer besser klar. Alles Übungssache."

„Wolltest du das auch einfach mal ausprobieren?"

„So in der Art. Mein Freund lebt mit Berti und noch zwei anderen in einer ziemlich coolen WG. Unter anderem in einem ziemlich coolen Haus. Da ich selber keinen direkten Job habe, helfe ich den vieren aus. Mal, wie gestern als Piercingschmuckzählerin, mal als Modell. Was eben so gerade anfällt."

„Ey, habt ihr noch einen Platz frei bei euch?"

„Alles vergeben", lachte Berti zurück. Er arbeitete mit einer Art Spritze, durch die immer nur eine dünne Wurst von dem Henna herausdrang. Langsam aber sicher breiteten sich über meine Finger und meinen Handrücken verschlungene Muster aus, die an den Nägeln ein bisschen das Tribel-Ornament aufnahmen, das Alva kreiert hatte und dann immer mehr ins Orientalische gingen.

Als Karl dann endlich den letzten Stich an Gabys Blumenparadies gesetzt hatte, machte er eine Zeitlang Dehnungsübungen, nahm dann meine andere Hand und fing an, ebenfalls mit Henna, verschiedene Muster zu malen. Gaby setzte sich mit dazu und trank noch einen Kaffee.

Ich selber wusste nicht so richtig, was mich am meisten interessierte. Die Muster auf meinen Händen oder das fertige Tattoo von Gaby. Letztlich blieb mein Blick an ihr hängen. Was ich sehen konnte, fand ich absolut faszinierend. Unter dem linken Ohr entfaltete sich eine riesige rötliche Blüte. Ich hatte keine Ahnung, ob es so eine Blume überhaupt gab. Jedenfalls sah sie mit den verschiedenen Farb- und Schattenspielen überwältigend aus. Von dort aus ging es an einer Art Klettergerüst weiter über ihre Brust, wo alles zwischen ihren Brüsten verschwand. Die nächste Stelle, die ich sah, war am Oberschenkel. Die Blütenpracht breitete sich hier scheinbar über die gesamte Fläche aus. So, als ob die Ranken immer wieder um das Bein herumlaufen würden. Kurz über dem Knie schließlich wurde die Ranke wieder etwas ruhiger und ging in einer eleganten Schleife über die Wade bis zum Knöchel und von dort auf den Fußrücken. Ich konnte mich nicht satt sehen und Gaby schien es zu genießen.

Als ich dann wieder auf meine eigenen Hände schaute, waren die beiden Meister schon so gut wie fertig. Die Hand die Berti bearbeitete, war überdeckt von kleinen feinen Mustern. Die andere Hand war nicht ganz so dicht bemalt. Dafür zog sich das Muster allerdings auch bis weit auf den Unterarm. Karl hatte mir eine Kette gemalt, die aus lauter kreisrunden Gliedern bestand. Sie fing am Zeigefinger an, so als ob sie mit einem Ring befestigt wäre. Von da aus lief sie dann weiter über den Handrücken und auf den Unterarm. Die Glieder lagen alle irgendwie lose auf der Haut auf. Gerade so, als ob eine echte Kette lose drauf gelegt worden wäre.

„Falls du Blumen erwartet haben solltest", grinste er mich an, „muss ich dich leider enttäuschen. Davon habe ich heute genug gemacht."

„Mir gefällt es. Ich kann dich beruhigen."

„Gibt es denn auch etwas, was dir nicht gefallen hätte?"

„Klar. Wenn ich genau nachdenke, sogar eine ganze Menge. Zum Beispiel Symbole, die ihren Bekanntheitsgrad im dritten Reich erhöht haben. Aber ich denke, das ist ohnehin klar. Was gefällt mir sonst noch nicht?" fragte ich mich. „Den ganzen… ‚old style?' Heißt das so? Also Meerjungfrauen, Herzen, Anker. So was eben."

„Ich nehme mal an, du meinst ‚old school'. Ist glaube ich schwer, genau zu sagen, was dazugehört. Das Moped auf Bertis Oberarm ist schon grenzwertig. Ich nehme aber an, dass du so was nicht meinst?"

„Nee. Ist ja auch egal. Bevor ich mich hier von euch tätowieren lasse, werde ich mir das schon gut überlegen. Egal, wie der Stil heißt. Mir muss es jedenfalls gefallen. Das ist die Hauptsache."

45

Diesmal ließen wir das gemeinsame Abendessen an dem kleinen Teich stattfinden. Die Luft war noch warm, es wehte kein Lüftchen. Wir genossen das Essen – ich hatte einen Gemüsewok mit Hühnerfleisch gemacht – und redeten erstmal nur über dies und das. Erst als wir alle satt waren, kam Franky auf den Zwischenfall mit meinem Ex zu sprechen.

„Ich habe ein bisschen Bedenken, wie das mit dem Typen weitergehen soll. Was meint ihr? Ist es besser, mit ihm zu reden, ihn zu warnen, dass er sich von Muse fernhalten soll? Oder einfach abwarten ob das ein einmaliger Ausrutscher war?"

„Ich weiß nicht", meinte Alva, „wenn mir ein Typ auf die Weise nachstellen würde, dann fände ich das schon sehr bedrohlich. Du könntest den bestimmt wegen Stalking dran bekommen."

„Dann hätte ich aber da bleiben müssen und auf die Polizei warten."

„Wieso hast du das eigentlich nicht? Die Frau, die dir geholfen hat, hätte bei den Polizisten bestimmt noch mal richtig Gas gegeben."

„Tja. Um ehrlich zu sein. Ich wollte möglichst schnell mit den Einkäufen fertig sein und zurück zu Franky. Und dann nicht zu spät zu Berti in den Laden, weil ich unbedingt die Kundin von Karl kennenlernen wollte. Hab ich doch gestern gesagt. Im Moment ist mein Hirn mit all den neuen Dingen, die ich hier bei euch erlebe, ein bisschen überlastet, habe ich den Eindruck."

„Also warten wir einfach ab?" wollte Franky wissen.

„Ich rufe ihn an. Vielleicht lässt er ja mit sich reden. Wäre zumindest eine Chance, das Ganze ohne Stress zu beenden", schlug ich vor.

„Gute Idee", meldete sich jetzt auch Arndt. „Aber ich würde dann gerne ein kleines Aufnahmegerät an das Telefon halten. Auf die Weise können wir dann immer dokumentieren, was er gesagt hat und dass du versucht hast, den Ball flach zu halten."

„Das ist aber vor Gericht nicht verwertbar", wendete Karl ein.

„Klar, weiß ich auch. Aber erstens hoffe ich, dass das ohnehin schnell zu Ende ist und zweitens ist das immer noch besser als nichts, wenn es wirklich hart auf hart kommen sollte."

„Okay", meinte ich, „dann lass es jetzt auch direkt erledigen."

Eine Stunde später hatten wir die Aufnahme gemacht und waren alle bester Dinge, dass die Nummer im Supermarkt eine Ausnahme war. Mein Ex hatte mir erzählt, dass ich demnächst Post von der Polizei bekommen würde. Weil die noch meine Stellungnahme bräuchten. Die Frau im Supermarkt hätte das durchgesetzt. So, wie er erzählte, war es ihr gelungen, die Polizisten davon zu überzeugen, dass ich einfach nur bei der ersten besten Gelegenheit die Flucht ergriffen hätte, um der Zudringlichkeit meines Ex zu entkommen. Er hatte den Polizisten dann meine jetzige Adresse genannt. Während des Telefonates hatte er sich dann auch noch gefühlte tausendmal entschuldigt.

Als ich dann endlich mit Franky im Bett lag, legte er mich auf den Rücken und verbot mir lächelnd, mich in irgendeiner Weise um ihn zu kümmern. Ich sollte einfach nur die Augen schließen und genießen. Und zwar so lange, bis ich meinen Orgasmus bekommen würde. Lachend fügte er dann noch an, dass er mich notfalls an den Bettpfosten festbinden würde.

„Heute sollst du einfach nur genießen."

Im ersten Moment fand ich das ziemlich überraschend. Ich kannte das immer nur so, dass der Mann auf jeden Fall auch seinen Höhepunkt haben musste. Aber gerade deswegen war ich schon unheimlich heiß, bevor Franky überhaupt angefangen hatte. Und als er dann begann, mich am ganzen

47

Köper mit Federn zu bearbeiten, wusste ich, dass der Tag gigantisch gut enden würde.

Das erste Shooting

„Du kommst dann heute zu mir?"

Eigentlich war die Frage keine wirkliche Frage. Arndt war einfach dran und ich freute mich bereits darauf, die Sachen kennen zu lernen, die er machte.

„Damit du nicht die ganze Zeit nur mit mir rumhängen musst, kommt Alva auch noch mit."

Das allerdings, war mir vorher nicht klar.

„Machst du auch Mode?" wollte ich von ihr wissen.

„Nein. Aber ich kann nicht nur traumhafte Nägel herstellen. Ich bin auch Visagistin."

„Dann macht Arndt heute eine Modenschau?"

„So was in der Art. Wir machen ein Shooting."

„Und ich assistiere dabei."

„Nein. Du wirst geschossen."

Arndt musste mir die Überraschung vom Gesicht abgelesen haben.

„Ist das ein Problem?"

„Nein, nein", beeilte ich mich, ihm zu versichern. „Ich hatte nur einfach nicht damit gerechnet mal so eben Modell zu werden."

„Das war aber die Absprache. Du erinnerst dich?"

„Klar. Kein Problem." Ich überlegte, ob ich noch anfügen sollte, dass ich hoffen würde ihn nicht zu enttäuschen. Dann ließ ich es aber doch besser bleiben. So eine Bemerkung konnte eigentlich nur bewirken, dass alle viel schneller darauf reagieren würden, wenn es wirklich schief gehen würde.

Als wir dann in das Studio kamen, war mir klar, was mich erwarten würde. An den Regalen hingen, wie mir schien, ausnahmslos Klamotten aus Lack und Latex. Erst beim zweiten Blick kam auch noch das eine oder andere latexfreie Stück zum Vorschein.

„Also. Wir werden heute einen Haufen Fotos im Gothic-Stil machen. Ist das neu für dich?"

„Ja, schon, aber sicher geil. Ich nehme mal an, du willst das richtig gut durchgestylt haben?"

„Klar." Er zeigte in eine Ecke, die wie für Visagistinnen gemacht zu sein schien. „Für dich ist das allerdings im Wesentlichen ein Geduldsspiel. Alle anderen, also Alva und ich haben massenweise Arbeit vor uns."

„Ich dachte immer, bei so einem Shooting wären ganz viele Leute am Start."

„Die Fotografin kommt jeden Moment dazu. Das war es dann aber auch wirklich. Wir sind lieber alle ein bisschen multifunktional. Das macht es dem Modell um einiges einfacher. Gerade, wenn es so neu ist wie du."

„Genug geredet", fiel Alva ihm ins Wort und wendete sich dann an mich. „Du ziehst dich jetzt erstmal komplett aus. Bevor ich dich schminke packe ich dich in dein Korsett. Damit du dich schon mal dran gewöhnen kannst."

Kurz danach zog sie, wie ich glaubte, zum letzten Mal die Verschnürung nach. Ich betrachte mich im Spiegel und sah meine atemberaubende Silhouette. Das Korsett war einfach nur schwarz. Aber es war auch sehr glänzend. Das Gefühl, mit den Händen über meinen eingeschnürten Körper zu fahren, war fantastisch.

„Gut, das es dir gefällt. Das ist die ideale Voraussetzung dafür, dass du den Tag durchhalten wirst. Dann setz dich mal würdevoll auf den Stuhl dahinten am Schminktisch."

Danach fing Alva an, mein gesamtes Gesicht weiß zu grundieren. Ich hatte schon den Eindruck, sie würde mich versehentlich zu einer Geisha nach dem klassischen Bild verwandeln. Dann jedoch benutzte sie für die Augen und die Lippen nur Schwarz und dunkle Grautöne. Selbst das ‚Rouge' auf meinen Wangenknochen beinhaltete keine Spur von Rot. Obwohl das bestimmt auch gut ausgesehen hätte.

„Du hast für eine echte Gothicfrau ein bisschen wenig Piercings. Ich stecke dir ein paar Fake-Ringe an die Nase und einen um die Unterlippe. Das sollte eigentlich funktionieren."

„Naja, ich kann mich schlecht von Berti einmal von oben bis unten durchlöchern lassen. Immerhin bin ich schon stolze Trägerin eines Industrials."

„Ist schon okay", grinste Alva. „Alles zu seiner Zeit."

Danach setzte sie mir eine Rokokoperücke auf. Übrigens nicht schwarz, sondern so eine Art von graublau. Oben auf der Perücke saß ein kleiner, mit vielen Spitzen verzierter Hut, der von einer riesigen Hutnadel gehalten wurde, die auf beiden Seiten deutlich sichtbar herausschaute und irgendwie an ein Riesenbarbell erinnerte. Jedenfalls sah das Teil aus, als ob es aus dem gleichen Material gemacht wäre, wie mein Industrial.

„So, jetzt noch die Klamotten."

Als erstes reichte sie mir eine schwarze Bluse, die komplett aus einem transparenten, spitzedurchwirkten Stoff gefertigt war. Die Bluse hatte lange Ärmel, an deren Enden Rüschen angenäht waren, die mir bis zu den Fingern fielen. Mein Korsett, das übrigens meine Brüste nur unterstützte aber ansonsten frei ließ, war noch in seiner vollen Schönheit zu sehen, da die Bluse knapp unter meinen Brüsten endete und damit ein kleines Stück locker herunterhing. Am Hals war die Bluse hochgeschlossen. Der steife Stehkragen war zum Kinn hin ebenfalls mit reichlich Rüschen verziert.

Danach band Alva zwei Reifröcke um meine Taille und trat mit einem fragenden Blick auf Arndt und die Fotografin einen Schritt zurück.

„Ich kann das natürlich nachbearbeiten, aber besser wäre es, wenn die Taille von vornherein enger wäre."

Scheinbar war das Wort der Fotografin Gesetz. Alva nahm mir die Röcke wieder ab und zog, auch wenn ich das nicht für möglich gehalten hätte, die Schnürung des Korsetts noch enger. Bei der nächsten Anprobe, kam zufriedenes Nicken. Danach zog Alva mir ziemlich hohe, schwarze Lackstiefel an. Glücklicherweise keine mit Pfennigabsatz.

Die Stiefel hatten stattdessen ein Plateau, das die gleiche Höhe wie die Absätze hatte.

Danach wurde mir dann endlich das Teil angezogen, um das es in dem Foto ging. Ein bodenlanger Rock, der sich perfekt um meine schlanke Taille schloss, dann auf den Reifröcken stark an Durchmesser zunahm und sich in Kaskaden von schwarzem Lackstoff bis zum Boden ergoss.

Ich war von meinem Spiegelbild überwältigt. Nicht nur, dass ich mich beim besten Willen nicht mehr erkannt hätte. Ich fand mich einfach…perfekt.

Für die Fotos, gab mir Arndt noch einen kleinen, ebenfalls mit Spitzen durchwirkten Sonnenschirm in die Hand. Danach war es meine Aufgabe vor der Kamera hin und her zu gehen. Der Hintergrund sollte dann später dazu kommen. Die Fotografin meinte, dass der Hintergrund hier im Studio genau so gewählt war, dass er mit einem Computerprogramm problemlos ausgeschnitten werden konnte und dann durch alles Mögliche ersetzt werden konnte. Also ging ich eine halbe Stunde lang mal verträumt (einfach nur an Franky denken) mal mit Blick in die Kamera, mal mit Blick neben die Kamera, mal lachend, mal ernst, auf der kleinen Bühne auf und ab. Es machte einen riesigen Spaß und zu meiner grenzenlosen Erleichterung waren alle sehr zufrieden mit mir.

Die erste Session wurde beendet, indem die drei mir einen kleinen Applaus spendeten.

„Das nächste Teil geht schnell", meinte Alva, als sie schon anfing, mir die Bluse aufzuknöpfen. „Du wirst nur oben herum umgezogen. Was sagt deine Körpermitte?"

„Solange ich mir nicht überlege, mal eben eine Heldenarie zu schmettern, scheint es zu gehen. Ich weiß allerdings nicht, ob ich glauben soll, dass es tatsächlich Frauen gibt, die freiwillig dauerhaft ein Korsett tragen. Angeblich sogar nachts."

„Es gibt nichts, was es nicht gibt."

Sie hielt mir lange Handschuhe mit halben Fingern hin. Natürlich schwarzer, spitzendurchsetzter Stoff. Als ich die angezogen hatte, waren meine Hennatattoos fast nicht mehr zu erkennen. Danach holte sie ein lackglänzendes kurzes Cape hervor. Wenn mich mein Augenmaß nicht trog, dann hatte das in etwa die gleiche Länge, wie die Bluse. Meine Brüste würden also wieder nur ganz knapp bedeckt sein. Als sie das Cape geschlossen hatte, klappte sie den Kragen, der vorher irgendwie ziemlich unstylisch heruntergehangen hatte, hoch.

„Ein Halskorsett", klärte sie mich auf. „Da muss ich beim Schließen ein bisschen mehr auf dich Rücksicht nehmen. Wenn du also merkst, dass du irgendwie über Atemnot nachdenkst, dann sag mir sofort Bescheid."

„Mach ich."

Ob Absicht oder nicht. Alva hatte mich so gestellt, dass ich mich in ganzer Länge im Spiegel sehen konnte. Nicht nur, dass meine Taille, bedingt durch die Reifröcke, noch schmaler aussah, als sie es ohnehin war, jetzt schloss sich auch noch so ein Teil um meinen Hals, der dadurch irgendwie viel länger wirkte.

„Du machst das gut", lobte Alva mich. „Immer schön gerade halten, damit es majestätisch wirkt."

Als ich kurz darauf auf die Bühne ging, hielt Alva mir die Hand, damit ich mich bei den Stufen nicht auf die Nase legen konnte. Die Sicht nach unten war ein bisschen eingeschränkt. Ich hätte den Kopf zwar neigen können, aber Alva hatte mich gebeten, das nicht zu machen, weil das Halskorsett sonst verrutschen könnte. „In dem Teil sind keine Versteifungen. Das sieht nur so aus, als ob welche drinnen wären. Ist eben nur für das Shooting."

Diesmal musste ich verschiedene Posen einnehmen. Ich hatte genug Castingshows gesehen, um zu wissen, dass ich nichts weiter machen musste, als das, was die Fotografin von mir verlangte. Also nahm ich alle möglichen Haltungen und Blickrichtungen ein, die sie sehen wollte. Dabei gab mir Arndt immer wieder andere Accessoires in die Hand. Am Anfang harmlose Dinge, wie verschiedene Stiefel. Ich sollte die so anschauen, als ob die mich wahnsinnig interessieren würden. Gerade so, wie im Schuhladen. Da die Teile mich tatsächlich wahnsinnig interessierten, war die Aufgabe nicht wirklich schwer zu lösen. Irgendwann gab er mir dann immer mehr Kettenkonstruktionen in die Hand. Handschellen, Fußschellen, kleine Ketten die auf der einen Seite an einem Piercingring befestigt waren und auf der anderen Seite kleine kunstvoll geformte Figuren oder einfach nur Kügelchen hatten. „Brustschmuck", erklärte mir Alva. „Die hat Franky gemacht."

Ich packte sie mit spitzen Fingern an und hielt sie mir vor die, von dem Cape verdeckten Brüste. Ab dem Zeitpunkt des Shootings dachte ich schon gar nicht mehr an die Fotografin. Ich wollte nur noch wissen, was Franky sonst noch alles gemacht hatte. Nachdem die Brustwarzenpiercings durch waren, war dann leider auch das zweite Shooting zu Ende.

„So, jetzt ist fast komplettes Umziehen angesagt. Hast du eine Idee auf was sich das ‚fast' bezieht?" wollte Alva wissen, während sie mich strahlend anlächelte.

„Das ist nicht wirklich schwer zu raten. Das Korsett bleibt dran, denke ich mal."

„Sehr gut, die Kandidatin hat 100 Punkte."

Bis ich wieder fertig war, war sicherlich ein Stunde vergangen. Die Fotografin hatte sich währenddessen an die Bearbeitung der Fotos gemacht und Arndt half Alva bei Umstyling. Der abschließende Blick in mein Spiegelbild von unten nach oben sah in etwas so aus.

Kniehohe Plateaustiefel mit richtig dickem, schwarzem Langhaarplüsch, das reichlich dunkellila Strähnen hatte. Von da aufwärts bis zum Schritt trug ich schwarze glänzende Latexstrümpfe. Der Rock war gerade mal lang genug um den Oberschenkelansatz zu erreichen. Der Bund saß sehr tief und war mit einem nietenverzierten Gürtel abgeschlossen. Der Rock selber war so eine Art Cheerleaderrock. Die Falten waren, wenn sie sich öffneten ebenfalls in dunkellila. Wenn alle Falten zu waren, dann sah man nur schwarz.

Danach kam das Korsett. Meine Brüste steckten in einem Latexbustier, das ebenfalls aus schwarzem und dunkellila Teilen zusammengesetzt war. Obwohl sich das Bustier den Platz mit dem Korsett teilen musste, sahen die beiden Teile zusammen erstaunlich harmonisch aus. Um meinen Hals trug ich ein breites, massenweise mit Nieten verziertes, Hundehalsband, von dem noch ein wilder Kettenwirrwarr in meinen Ausschnitt herunterhing.

Die Perücke bestand aus langen, dünnen schaumstoffähnlichen Haaren. Natürlich auch in schwarz und lila. Auf den ersten Blick wirkten die so ein bisschen wie Rastazöpfe.

Der absolute Hammer war allerdings mein Mundschmuck. Alva hatte mir ein breites schwarzes Stück Latex umgeschnallt. Genauer gesagt war das ein mit Latex überzogenes Stück Hartplastik. Das Teil war so hoch und so breit, wie der Mundschutz, den Ärzte bei Operationen tragen. Das heißt, meine Nase war ebenfalls zum größten Teil verschwunden. Atmen ging jetzt im Wesentlichen über die kleinen Löcher, die praktischerweise vor meinen Nasenlöchern angebracht waren.

„Wäre sinnvoll, wenn du jetzt erstmal nicht redest", erklärte Alva mir lachend. „Wir könnten dich ohnehin nicht verstehen."

Als wir nach weiteren Kostümwechseln dann endlich durch waren, bat ich Alva, mir das Korsett nur ein bisschen zu lockern, da ich Franky überraschen wolle. „Dann", meinte Alva, „Lass es so, wie es jetzt ist. Das ist genau die Silhouette, die er sehen will. Glaub mir."

Der Blick, den ich später von Franky bekam, gab ihr Recht. Das einzige Problem, das ich mir mit der Aktion eingehandelt hatte war, dass ich nicht so viel essen konnte, wie ich eigentlich gewollt hätte. Die Dauerschwellung, die ich ab und zu in Frankys Hose überprüfte, war mir dafür allerdings Entschädigung genug.

Guter Anfang, schlechtes Ende

„Bei wem arbeite ich heute?"

Alle schauten zu Franky. „Du bleibst heute hier und arbeitest für uns alle. Hausputz ist angesagt. Einmal gründlich durch die öffentlichen Räume. Wenn dann noch Zeit ist, nimmst du dir noch unsere Zimmer vor."

„Na super", meckerte ich lachend. „Dafür habe ich meinen Ex verlassen. Damit ich für euch hier wieder die Putzfrau spielen kann."

„Du wirst es überleben. Da du dich gestern wieder vor dem Vorbereiten vom Abendessen gedrückt hast, musst du jetzt die Küche alleine aufräumen."

„Okay, ist nur fair. Ich würde nur vor dem Start der Putzorgie noch gerne für ein, zwei Stündchen in die Stadt."

„Klar, mach das", meinte Franky, nachdem er den Bruchteil einer Sekunde gezögert hatte.

Bevor ich mich auf den Weg machte, ging ich noch schnell in seine Werkstatt.

„Ich würde gerne eines deiner Schmuckstücke ausführen. Gestern bei dem Shooting hatte ich so ein Hundehalsband mit ganz vielen Nieten an. Hättest du das auch im Angebot?"

„Aber sicher", freute er sich. „Ich dachte schon, du würdest mich nie nach einem weiteren Schmuckstück fragen. Augen zu."

Ich tat brav, was er von mir wollte und nahm meine langen Haare hoch, damit er besser an meinen Hals kommen konnte. Lange musste ich nicht warten, bis ich merkte, wie sich etwas wirklich Breites um meinen Hals legte. Er brauchte ein bisschen, bis er den Verschluss zu hatte. Wahrscheinlich war das wieder so etwas Ausgetüfteltes, das man nur mit Werkzeug wieder aufbekam.

„Fertig. Hier hast du einen Spiegel."

Wie erwartet, war das Halsband breit. Vielleicht fünf Zentimeter. Statt Nieten waren in engen Abständen kleine Ringe angebracht, die an ihren Befestigungen frei vor sich hin baumelten. Nur vorne war der Ring besonders groß. Er hing sogar ein Stück über den unteren Rand des Halsbandes hinaus. Ich fühlte nach dem Verschluss in meinem Nacken und konnte, wie erwartet nichts Bekanntes ertasten. Franky hielt ein kleines Werkzeug hoch.

„Ein handelsüblicher Inbusschlüssel. Nichts Besonderes, aber ohne das Teil bekommst du das Band nicht auf. Ist das okay?"

Wie hätte ich etwas anderes als „natürlich" sagen können? Ich nahm meinen Autoschlüssel vom Brett und verabschiedete mich nach einem sehr intensiven Kuss.

Die halbe Nacht hatte ich darüber nachgedacht und war dann zum endgültigen Schluss gekommen, dass mir der Typ Frau, den ich gestern beim Shooting im Spiegel gesehen hatte, so gut gefiel, dass ich es ausprobieren wollte. Also ging ich in der Stadt in den ersten besten Friseurladen und verließ ihn zwei Stunden später mit rabenschwarzen Haaren. Vorher hatte ich meine glatten Haare einfach in der Mitte gescheitelt getragen. Jetzt hatte ich einen Pony, der mir bis zu den jetzt ebenfalls schwarzen Augenbrauen ging. Als die Friseuse meinen Wunsch gehört hatte und mein Halsband gesehen hatte, schlug sie einen radikalen Sidecut vor. Fast hätte ich es auch gemacht, aber dann dachte ich mir, dass ich auch noch Raum für Steigerungen bräuchte.

Zurück bei Franky bekam ich begeistertes Lob. „Dann sind die Sachen, die du beim Putzen anziehen sollst, ja auch ziemlich gut geeignet."

„Das wäre?"

„Also, erstmal das Korsett von gestern und dazu hat Arndt dir einen Hausmädchendress hier gelassen. Nicht exakt Gothic, aber es gibt viel, das um einiges weiter davon entfernt ist. Ist das okay?"

„Klar."

Und so stand ich dann einige Zeit später wieder in dem sehr eng geschnürten Korsett vor dem Spiegel und betrachtete meine Hausmädchenuniform. Der kurze Rock lag auf zwei Petticoats auf. Als Farbklecks hatte ich knallroten Lippenstift aufgetragen. Das Einzige, was mir an dem Outfit Sorgen machte, waren die hohen Pumps. Ich hatte keine richtige Erfahrung in solchen Dingern. Mein Ex fand hohe Absätze sehr verrucht und hatte mir mehr oder weniger verboten, solche Schuhe zu tragen. Mir hatte das nicht viel ausgemacht, weil ich auch einfach kein Verlangen hatte, welche zu tragen. Insofern hatte ich das Verbot durch meinen Ex auch nie als so etwas, wie eine Einmischung in meine Meinungsfreiheit empfunden.

Nachdem ich das alles für Franky kurz zusammengefasst hatte, schüttelte der einfach nur lachend den Kopf. „Eine schöne Frau wie du will mir also tatsächlich erzählen, sie hätte noch nie Highheels getragen? Was es nicht alles gibt. Dann lass mal schauen. Vielleicht bist du ja ein Naturtalent."

Also machte ich vor Frankys wachsamen Augen die ersten Schritte. Statt meinen erwartungsvollen Blick mit Lob zu beantworten, fiel er vor Lachen fast vom Stuhl.

„Was ist so falsch? Ich habe mir alle Mühe gegeben."

„Ich mache es dir vor", schlug er vor, nachdem er sich erholt hatte. Daraufhin ging er im Raum auf und ab und machte dabei täuschend echt die Bewegungen von Puppen nach, die nur über Fäden gesteuert wurden. Sein ganzer Körper war ein einziges Hohlkreuz die Knie waren ständig leicht gebeugt und die Füße setzte er nur mit den Fußspitzen auf.

„So schlimm?" wollte ich wissen, nachdem ich mich vom Lachen erholt hatte.

„Nicht ganz so schlimm, aber deutlich verbesserungsfähig. Die einfachste Regel, die ich aufgeschnappt habe ist die: Setzte die Ferse zuerst auf. Die Absätze müssen das aushalten. Sonst sind die Schuhe Schrott. Wenn du dann noch darauf achtest, dass die Knie beim Aufsetzten der Ferse so gut wie durchgedrückt sind, dann bist du eigentlich auch schon fertig."

„Okay. Das ist die Theorie. Jetzt kommt die Praxis."

Ich ging also wieder auf und ab und versuchte bei jedem Schritt genau das umzusetzen, was Franky mir gesagt hatte.

„Sieht schon besser aus. Du hast ja jetzt noch ein paar Stunden Putzen vor dir. Ich denke, heute Abend wird das schon besser aussehen. Du kannst dann vor den anderen Showlaufen."

Bevor ich etwas entgegnen konnte, warf er mir noch eine Kusshand zu und war durch die Tür. Da stand ich also auf meinen Highheels und in meinem Hausmädchenkleid. Ich sog einmal, so tief es das Korsett zuließ, Luft ein und machte mich an die Arbeit. Wie Putzen geht, musste mir niemand erklären. Und es gab einiges zu Putzen. Das hatte ich schon vorher festgestellt.

Gegen vier war ich mit dem Untergeschoss durch. Oben würde es nicht mehr so lange dauern, da nur noch der Flur und das Bad zu putzen waren. Zumindest, was die gemeinschaftlich genutzten Räume angeht. Also beschoss ich ein kleines Päuschen einzulegen und stöckelte zu Frankys Werkstatt rüber. Von seinem Schaukelstuhl aus konnte ich ihn beobachten. Er hatte sich mit nacktem Oberkörper angestrengt arbeitend über seine Werkbank gebeugt. Ich konnte also die ganze Pracht vor mir sehen und mich daran erfreuen, wie sich die einzelnen Muskelstränge unter der gebräunten Haut bewegten.

Dann endlich legte er das Werkzeug weg und drehte sich zu mir um. Am liebsten wäre ich jetzt mit einem riesigen Satz in seine Arme gesprungen. Nachdem ich mich allerdings, durch das Korsett eingeschränkt, nur langsam von dem Schaukelstuhl erheben konnte, wollte keine richtige Dynamik in meinen Körper kommen. Ein paar kleine Schritte mussten es auch tun.

„Das sieht ja schon viel besser aus. Gratuliere."

Ich setze mich breitbeinig auf seinen Schoß und drückte ihn einfach nur an mich. Es tat unglaublich gut. Erst, nachdem ich die Umarmung wieder gelöst hatte, wollte er von mir wissen, wie ich mit dem Halsband zurechtkommen würde.

„Kein Problem"

„Okay, dann nehme ich dir das mal kurz ab. Ich würde nämlich gerne einen Abdruck von deinem Hals machen."

„Wofür?" Noch bevor er mir antworten konnte, gab ich freudestrahlend die Antwort selber. „Du willst mir einen speziell angepassten Schmuck machen?"

„Genau das."

Damit ich das Kostüm nicht auch ausziehen musste, steckte er mich in ein Wegwerfcape und legte dann vorsichtig Gipsbinden um meinen Hals.

„Du musst versuchen, den Hals möglichst dick zu halten. Wenn die erste Lage gleich anfängt trocken zu werden, ist die noch ein bisschen dehnungsfähig. Das ist der Moment, in dem du die so anpassen musst, dass du darunter frei Atmen kannst. Alles klar?"

„Alles klar."

Tatsächlich merkte ich bald, dass die nassen Binden nicht mehr jede Bewegung mitmachen wollten. Ich schluckte ein paar Mal und die Binden gingen tatsächlich etwas auf Distanz.

„Ich glaube, die sitzen gut" Durch das Sprechen wurde der Platz für meinen Hals noch etwas größer.

Franky prüfte vorsichtig am Nacken, wie fest der Gips schon war und legte dann noch ein paar Schichten drauf, damit die Form nach dem Abnehmen auch wirklich stabil blieb. Danach legte er auch noch ein paar Binden unter mein Kinn und auf meine Schlüsselbeine.

„Auf die Weise bekomme ich einen Abdruck, der wirklich deinen gesamten Hals einschließt."

Als alles fest war, trennte er die Binden vorsichtig mit einem fein gezackten Messer auf und hatte dann zwei Hälften in der Hand.

„Du kannst dich dahinten waschen. Wenn du willst, lege ich dir dann wieder das Halsband von eben an."

Natürlich wollte ich. Inzwischen war es sechs Uhr geworden und ich musste mich beeilen. Nach erfolgreicher Beendigung der restlichen Putzaktion stellte ich mich in die Küche und hatte das Abendessen auf die Sekunde genau um halb neun fertig.

Die anderen Männer waren inzwischen eingetrudelt und hatten anerkennend gepfiffen. Da ich genau wusste, dass die das nur als kleinen Spaß machten, war es für mich in Ordnung. Alva hatte das nur müde lächelnd quittiert.

Als dann wieder der gemütliche Teil anfing - jeder hatte noch ein Bier oder einen Wein vor sich stehen – fing Franky an, von dem nächsten Gemeinschaftsprojekt zu erzählen. Sie hatten einen Gemeinschaftsstand auf der nächsten Erotikmesse, die in einem Monat stattfinden sollte. Da die anderen ihre Aufmerksamkeit dabei mehr mir, als ihm schenkten, roch ich den Braten ziemlich schnell.

„Und ihr sucht noch jemanden, der eure Stücke zeigt?" wollte ich wissen.

„Eigentlich wollten wir ohne Modell arbeiten", erklärte Franky, „aber dann kamst du. Und wir haben alle den Eindruck, dass du die Idealbesetzung bist. Was meinst du?"

„Klar. Ich bin begeistert. Was genau ist mein Job?"

„Na, unsere Produkte tragen. Werbung machen. So was eben", erklärte Franky.

„Aber", wendete Alva ein, „wir machen das nur, wenn wir auch sicher sind, dass du eine gute Figur machst. Und für Modells auf so einer Messe fängt die gute Figur ganz unten an den Füßen an. Wie du hier eben in der Küche hin und her gegangen bist, das war okay, aber für die Messe definitiv zu wenig. Franky meinte, du gehst heute das erste Mal in Highheels?"

„Ja. Ich hab mir bisher nichts draus gemacht und mein Ex war ohnehin dagegen. Zu nuttig."

„Ich würde mal sagen: Ab jetzt gilt nur noch üben, üben, üben. Ich will dich hier nie wieder ohne hohe Schuhe sehen. Selbst, wenn du nachts aufs Klo gehst."

„Naja, das ist dann doch ein bisschen übertrieben oder?" Ich versuchte sie wieder auf den Boden zurückzuholen.

„Das mit dem Klo schon", lachte sie, „aber dir muss klar sein, was da für Prachtweiber rumlaufen. Und ich sage dir.

60

Alle haben Heels an. Und keine von denen geht so schlecht wie du."

„Ansonsten", ergänzte Berti, „bist du allerdings schon voll konkurrenzfähig. Mach dir da bloß keine Sorgen."

„Na, da bin ich ja froh. Aber, ich bin noch nicht so ganz fertig mit mir und dem, was mir so gefällt."

„Und das wäre?"

„Ich würde gerne noch das eine oder andere Piercing haben."

„Und welche?"

„Naja, ich dachte so an die Nase und noch ein bisschen was an den Ohren. Fände ich schon ziemlich cool."

„Komm einfach die Tage bei mir vorbei. Dann mach' ich die", versprach Berti mir.

Als ich die Piercings erwähnte merkte ich bei Franky, der wie immer nach dem Essen nicht wirklich weit weg saß, eine eindeutige positive Reaktion. Während ich überlegte, ob ich die Gemütlichkeit mit den anderen noch etwas genießen wollte, bevor ich die Gemütlichkeit mit Franky genießen würde, ging die Türglocke.

Den Blicken nach, schien niemand mehr jemanden zu erwarten.

„Vielleicht hat wieder einer den Schlüssel für eines deiner Schmuckstücke verlegt", mutmaßte Arndt mit Blick auf Franky.

„Ich geh mal gucken", bot sich Berti an. Da wir - in dem Moment dachte ich wirklich das erste Mal an ‚wir'- über eine kleine Außenkamera verfügten, brauchte er nur bis in den angrenzenden Flur zu gehen.

„Ja bitte?" hörten wir ihn in die Gegensprechanlage sagen. „Moment."

Als er wieder in die Küche kam, schaute er zu mir. „Der Typ da draußen behauptet dein Ex zu sein. Ich habe ihm jetzt nicht zu ende zugehört. Jedenfalls scheint er ziemlich fest entschlossen, Ärger machen zu wollen. Und wenn er keinen angeborenen Artikulationsfehler hat, dann würde ich den Alkoholgehalt seines Körpers deutlich oberhalb der Nullpromille-Grenze ansiedeln."

Was für mich eben noch ein so angenehmes Wohlgefühl war, zerplatze im Bruchteil einer Sekunde. Niemand sagte etwas. Scheinbar wollten die ihre Reaktion ein bisschen nach meiner Reaktion richten.

„Ich kümmere mich. Lasst euch von dem Idioten nicht den Abend verderben."

Franky stand zusammen mit mir auf und machte mir sofort klar, dass er mich in keinem Fall alleine gehen lassen würde. Erst, als ich die frische abendliche Luft an meinen Beinen fühlte, kam mir so richtig zu Bewusstsein, dass ich noch immer das Hausmädchenkleid trug.

„Da muss er jetzt durch", murmelte ich mehr zu mir, als zu irgendjemand anderem.

„Was hast du vor?" wollte Franky wissen. „Wo muss er durch?"

„Nix besonderes. Mir ist nur gerade aufgefallen, dass ich nicht ungedingt Durchschnittskleidung trage."

„Verstehe. Ja, da muss er durch. Und mir gefällt es außerordentlich gut, wenn du ‚nicht unbedingt Durchschnittskleidung' trägst."

Inzwischen waren wir auf Sichtweite an das Tor herangekommen. Mein Ex machte kein wirklich gutes Bild. Er hielt sich mit beiden Händen am Gitter fest. Dabei wirkte sein Körper so schlaff und unkontrolliert, dass mir ein kleiner Film vor das geistige Auge kam, in dem er in Zeitlupe langsam an dem Gitter runterrutschte, weil seine Hände nicht genug Kraft hatten, um sich damit festzuhalten.

„Was machst du hier?" wollte ich wenig kreativ vom ihm wissen.

„Was ich hier mache?" schrie er mich lallend an.

„Du bist sturzbesoffen."

„Ja", er traute sich eine Hand vom Gitter zu nehmen und mit dem zugehörigen Zeigefinger ein Loch in die Luft zu stechen. Darunter litt allerdings seine ohnehin schlechte Haltung.

„Ja" wiederholte er, als er einen Sturz so gerade eben vermieden hatte. „Ich bin betrunken."

„Ich sehe es, ich höre es und ich rieche es. In dem Punkt herrscht also schon mal Einigkeit. Weshalb bist du jetzt hier? Nach dem Telefonat war doch alles klar. Ich bleibe wo ich bin. Du bleibst, wo du bist."

Während er seine Haltung wieder stabilisierte, indem er die zweite Hand erneut an das Gitter nahm, schaute er mich mit seinen großen, glasigen Augen an. Dann presste er die Augen einmal zusammen und riss sie erneut auf. Eigentlich hatte ich jetzt erwartet, dass er auf mein verändertes Aussehen kommen würde.

Stattdessen fiel er ansatzlos auf die Knie und fing an zu wimmern „Komm zurück zu mir. Ich brauch dich doch. Ohne dich komme ich nicht klar."

Ich schaute zu Franky. Wie beim ersten Besuch meines Ex, stand er auch diesmal ein paar Schritt hinter mir. An seinen zuckenden Schultern und der Hand vor dem Mund, die sein Grinsen verbergen sollte, konnte ich erkennen, dass er sich bestens unterhalten sah. Mir tat es gut ihn so zu sehen. Also lächelte ich ihn kurz an und wendete mich dann wieder mit ernstem Gesicht an meinen Ex.

„Das ist peinlich. Nimm dir einfach eine Putzfrau." Eigentlich wollte ich ihm noch einiges mehr vorschlagen, aber bei dem Wort Putzfrau, platzte es aus Franky laut heraus. Er entschuldigte sich zwar sofort aber für meinen Ex war es damit völlig gelaufen.

„Er lacht mich aus", beschwerte er sich in weinerlichem Ton. Tatsächlich konnte ich in dem letzten noch vorhandenen Licht erkennen, dass ihm eine Menge Tränen über die Wangen liefen.

„Man oh man. Wenn du dich sehen würdest, dann würdest du dich im nächsten Loch verbuddeln, bis du wieder nüchtern bist."

„Ich bin so alleine!" Er war zu diesem furchtbaren, unkontrollierten Schreien übergegangen über das er sich selber immer am meisten aufgeregt hatte, wenn er irgendwo an einer Gruppe Besoffener vorbeigekommen war.

Am liebsten hätte ich jetzt auf meinen Heels eine 180°-Drehung gemacht und hätte ihn seinen Weinkrämpfen überlassen. Andererseits war er schon so nah am Zustand einer hilflosen Person, dass ich ihn nicht mehr sich selber überlassen konnte.

„Pass auf. Irgendwie musst du nach Hause kommen. Ich hole eben mein Auto und setzte dich vor deinem Haus ab. Mehr kann ich nicht für dich tun."

Er schaute mich nur mit großen Augen an. Ich wusste nicht, ob er mich überhaupt richtig verstanden hatte.

„Kommt gar nicht in Frage", erhob Franky Einwand. „Der Typ ist wirklich zu besoffen. Wir können ihn nicht alleine lassen. Da stimme ich dir zu. Aber ich lasse dich auch nicht alleine mit ihm. Wir bringen den zusammen weg. Und wenn der das noch mal macht, dann lassen wir ihn von der Polizei abholen. Eigentlich sollten wir das schon jetzt machen. Aber, du hast es ihm jetzt einmal gesagt. Also ziehen wir das durch."

Einige mühevolle Minuten später hatten wir ihn endlich im Auto sitzen. Ich hatte den Eindruck, dass er davon gar nichts mehr mitbekommen hatte. Er war in einen seligen Halbschlaf geglitten. Damit war dann auch entschieden, dass Ausladen alleine nicht reichen würde. Nachdem Franky sich meinen Ex über die Schulter gelegt hatte, fischte ich in seiner Hose nach dem Hausschlüssel. Um es schnell hinter uns zu bringen, ging ich Franky voraus und zeigte ihm den Weg zum Schlafzimmer. Ärgerlicherweise spürte mein Ex wohl irgendwas in der Art ‚Meine geliebte Frau ist gleich wieder weg'. Jedenfalls erwachte er wieder zum Leben, was dazu führte, dass ein paar Bilder ihren angestammten Platz an der Wand verließen und krachend auf den Boden fielen. Als Franky ihn dann endlich, wie einen Sack Kartoffeln – zappelnder Kartoffeln – auf das Bett fallen ließ, war eine kleine Spur der Verwüstung zu sehen. Uns war es egal. Wir zogen die Türe hinter uns zu und fuhren zurück in mein neues Zuhause.

Ein fast perfekter Sonntag

Als ich mir am Morgen die Handschuhe ausgezogen hatte – inzwischen konnte ich die Verschlüsse mit den Zähnen schon fast so schnell öffnen, wie Franky mit seinen Händen – schlüpfte ich schnell in ein für mich viel zu großes T-Shirt von Franky, in ein paar hohe Pumps – üben, üben, üben - und ging runter in die Küche. Ich hatte mir vorgenommen ein richtig schönes Frühstück zusammenzubauen. Schließlich war Sonntag und damit der Tag, der für alle striktes Arbeitsverbot beinhaltete.

Irgendwie war bei meinen Mitbewohnern alles organisiert und trotzdem hatte ich den Eindruck, dass alle locker vor sich hin lebten. In den paar Tagen, die ich jetzt hier wohnte und auch vorher bei meinen Besuchen hatte nie einer darüber gestöhnt, dass es für das Essen, Putzen und Einkaufen Regeln gab, an die sich jeder halten sollte.

Ein Blick auf die Küchenuhr zeigte mir, dass ich noch etwa eine Stunde Zeit hatte, um zu zaubern. Um zehn musste ich fertig sein. Und ich war um zehn fertig. Rühreier, Müsli, Obst, Aufschnitt, kleine Crêpes… Ich war zufrieden. Als erste schlurfte Alva herein. Sie nahm sich einen Kaffee, setzte sich mit hochgezogenen Beinen in einen der kleinen Sessel, die an der Wand herumstanden und schaute mir bei meinen letzten Aktionen zu.

„Was war das eigentlich gestern für eine Nummer mit deinem Ex?"

Ich erzählte ihr die Geschichte und erntete komplettes Unverständnis.

„Vor ein paar Tagen hat er dir noch gedroht und jetzt bringst du ihn brav nach Hause, nur weil er sturzbesoffen rumheult? Ey! Muse! Dafür gibt es die Polizei! Du ziehst dir mit solchen Aktionen nur einen Stalker heran. Ich kann dir nur empfehlen, das in Zukunft anders zu machen."

Sie nahm sich eines der frisch gebackenen Brötchen und grinste über beide Backen, nachdem sie einmal reingebissen hatte.

„Wow. Wenn du für deinen Ex auch solche Teile gezaubert hast, dann kann ich schon fast verstehen, dass er dich gerne zurück hätte."

Bevor ich auch nur die Chance bekommen hätte, auf ihre Vorwürfe zu reagieren, war ihr Ärger auch schon wieder verflogen. Eine Diskussion gab es dann allerdings doch noch, weil die anderen natürlich auch wissen wollten, was passiert war.

Selbst Karl meldete sich zu Wort und warnte mich davor, dass mein Ex, wenn sein Gehirn erstmal richtig in Fahrt käme, der Meinung sein könnte, ich würde alles für ihn machen, wenn er sich nur ausreichend daneben benehmen würde. So teilte mir jeder seine Meinung mit und diskutierte, wie es weitergehen könnte.

Was sollte ich schon sagen? Zum einen war ich echt gerührt, soviel Anteilnahme an meinen Problemen zu finden. Bei meinem Ex und, wie ich jetzt merkte auch bei meinen Freundinnen, war das immer eher oberflächlich. Zum anderen wusste ich gerade deshalb nicht, wie ich damit umgehen sollte.

„Naja, so wie ich mich jetzt im Moment schon rein äußerlich verändere, wird der vermutlich ohnehin schnell das Interesse an mir verlieren."

„Wieso?" wollte Alva wissen, „was ist das Problem? Mag der etwa deine schwarzen Haare nicht?"

„Naja, eigentlich mag der alles nicht, was sich bei mir in der letzten Woche verändert hat. Fingernägel, Piercings außerhalb der Ohrläppchen, das Korsett, halb nackig rumlaufen. Ohne BH! Um Gottes willen, das ist ja schon mal ganz fürchterlich! Und jetzt auch noch die hohen Schuhe."

„Du hast dich also für ihn verbogen?"

„Wenn mir irgendwas klar geworden ist, seitdem ich euch kenne, dann das. Ja. Und du wirst es mir kaum glauben: Ich habe es noch nicht mal richtig gemerkt."

„Dann bin ich ja froh, dass du es noch ein paar Jährchen vor der Rente gemerkt hast. Lass dich bloß nicht wieder von ihm weich kochen."

Es dauerte noch eine ganze Weile, bis wir das Frühstück dann irgendwann beendet hatten. Berti und Karl verabschiedeten sich zu befreundeten Tätowierern aus einer Nachbarstadt. Sie planten einen gemeinsamen Auftritt auf einer der nächsten Conventions. Einerseits ein bisschen Geld sparen und andererseits auch selber mal ausreichend Zeit haben, um sich umzuschauen.

Alva und Arndt waren auf einer Vernissage eingeladen und waren sich nicht sicher, ob sie früh genug zurück seien würden, um an dem gemeinschaftlichen Abendessen teilzunehmen.

Mit anderen Worten, Franky und ich hatten uns, das Haus, den Garten und den Badeteich für uns alleine. Und das einen kompletten langen Tag. Die meiste Zeit verbrachten wir am Teich und ließen uns von der Sonne verwöhnen. Franky hatte mir vorher den Halsschmuck abgenommen. „Sonst hast du hinterher so einen komischen weißen Streifen. Wie sieht das denn aus?"

Ich war mir zwar nicht so sicher, dass ich trotz der 50ziger Sonnecreme, mit der wir uns gegenseitig besprühten, überhaupt eine zusätzliche Bräunung bekommen würde, aber mal wieder so ganz ohne Einschränkungen einfach nur zu faulenzen war schon richtig schön.

Da das Grundstück gut gegen Blicke von außen geschützt war, konnten wir uns in jeder Beziehung hemmungslos gegenseitig verwöhnen. Irgendwie kam es dazu, dass immer nur einer von uns beiden aktiv war, bis der andere seinen Orgasmus hatte. Es war einfach unbeschreiblich. Einmal sorgte ich sogar dafür, dass Franky den Rasen nicht verunreinigte. Er schaute mich danach erwartungsvoll an. Also gab ich den Gourmet.

„Ein bisschen versalzen und für meinen Geschmack zu sämig"

„Wenn du das nicht willst, dann lass es einfach, Muse. Das ist kein Problem."

„Doch, doch, ich glaube ich kann mich an den Geschmack gewöhnen. Wenn du möchtest kann ich dir beim nächsten Mal etwas aufsparen. Mich würde dein Urteil wirklich interessieren."

Bevor wir das genauer diskutieren konnten, hörten wir aus dem Haus die Klingel. Irgendwer stand am Tor. Wir schauten uns an und beschlossen einfach nicht da zu sein. Die Klingel stellte dann auch bald ihre Arbeit ein und wir konnte wieder mit dem weitermachen, was wir schon den ganzen Nachmittag gemacht hatten: Baden, Lesen, Gymnastik.

Gegen acht Uhr kam Berti wieder. Er hatte Karl noch eben zum Bahnhof gebracht. Seine Woche bei uns war zwar keine echt komplette Woche geworden, aber alles was er sich vorgenommen hatte, war erledigt. Es war also wieder an der Zeit, dass er sich um seinen eigenen Laden kümmerte.

Berti zeigte uns einen unfrankierten Brief, den er vorne im Kasten gefunden hatte.

„Irgendwann wirst du zu mir zurückkommen. Ob du das willst oder nicht."

„So ein Mist", war meine erste Reaktion. „Ihr habt heute Morgen scheinbar richtig gelegen. Mein Ex hat es nicht kapiert."

„Nur habe ich keine Lust, mir davon den schönen Tag verderben zu lassen", erklärte Franky in ungewohnt bestimmtem Ton. Er nahm den Zettel und warf ihn in auf einen Ablagenstapel für Altpapier. „Morgen ist auch noch ein Tag."

Irgendwie hatte ich diese Reaktion nicht erwartet, aber andererseits… Wer zwang uns dazu, schon jetzt etwas dagegen zu tun? Und diesen komplett perfekten Tag mit so einem Mist zu beenden war wirklich nicht ideal. Also stimmte ich zu. Da Berti nicht mehr so fürchterlich viel Hunger hatte und wir auch zwischendurch immer mal was gegessen hatten, machten wir uns kurz eben zusammen einen kleinen

Salat und aßen den mit den restlichen Brötchen vom Frühstück.

An diesem Abend schliefen wir das erste Mal ein, ohne vorher Sex miteinander zu haben. Die Dosis vom Nachmittag tat scheinbar noch ihre Wirkung. Stattdessen hörten wir, nachdem Alva und Arndt irgendwann mitten in der Nacht zurückgekommen waren, aus Arndts Zimmer sehr verdächtige Geräusche.

Überraschungen

Franky und ich waren das letzte Mal für das Frühstück zuständig. Nachdem Berti, Arndt und Alva aufgetaucht waren, zählten die durch, für wieviel Leute wir gedeckt hatten.

„Habt ihr noch mit Karl gerechnet?" wollte Berti wissen. „Der ist doch gestern abgereist."

„Nee", klärte ich ihn auf. „Eigentlich hatten wir gedacht, dass Arndt Besuch bekommen hat." Noch während ich das sagte, wurde ich unsicher, da der Blick von Arndt mir signalisierte, dass ich falsch lag. Gleichzeitig fing Alva an, zu kichern.

„Was habe ich nicht verstanden?" wollte ich wissen.

„Alva hat diese Nacht bei mir geschlafen. Wir haben gestern so das eine und andere beredet und sind uns mal ganz anders näher gekommen als sonst. Also irgendwie privater."

„Solange ihr jetzt nicht auf die Idee kommt, dass der Küchendienst deswegen im Dreiwochenrhythmus, statt wie bisher alle vier Wochen wechselt, habt ihr meinen Segen", erklärte Franky grinsend.

Nach dem Frühstück erfuhr ich, dass Alva für die nächste Woche Dienst hatte. Ansonsten ging die wöchentliche Sitzung mit ihren Standardthemen schnell durch.

„Wenn keiner was dagegen hat, dann bleibt Muse heute noch mal bei mir. Ist das für euch okay?"

„Ich habe was dagegen", meldete ich mich. „Zumindest, wenn ich den ganzen Tag hier bleiben soll. Ich hatte nämlich vor, mich von Berti pieksen zu lassen."

„Für ein Tattoo brauche ich aber ein bisschen Vorlauf Muse. Tut mir leid", meinte Berti.

„Nein, das andere Pieksen", korrigierte ich ihn.

„Kein Problem, das geht immer. Komm einfach so gegen drei vorbei. Wenn ich meinen Terminkalender richtig im Kopf habe, müsste das gut passen."

„Okay, dann hätten wir das auch", meinte Alva, die sich dann an mich wendete. „Morgen bräuchte ich dich allerdings. Ich nehme an einem Wettbewerb in Sachen Nagelmodelage teil. Mein Modell ist leider abgesprungen. Also genauer gesagt, sie musste abspringen. Sie liegt mit Fieber im Bett. Deshalb dachte ich mir, dass du das machst."

„Gerne. Muss ich dafür irgendwas wissen oder vorbereiten?"

„Eigentlich nicht. Arndt bringt dir heute ein paar Klamotten mit, die du dann morgen trägst und bei dem Wettbewerb selber musst du nur eine gute Figur machen. Ach so. Versuch bitte die Reste von dem Hennatattoo wegzubekommen. Mit Öl und Geduld lässt sich da einiges machen. Was dann noch über ist, kann ich bestimmt einfacher abdecken."

Nachdem ich das erste Mal die Küche verlassen hatte, ohne aufzuräumen, ließ ich mir Zeit, um das Korsett ohne fremde Hilfe anzuziehen. Ich hatte vorher ein paar Anleitungsfilme im Netz gesehen und nach einigen Fehlversuchen – mir waren tatsächlich meine geilen Nägel im Weg – hatte ich den Bogen raus. Ich schaute dabei im Spiegel zu, wie die Taille immer schmaler wurde, bis sie dann auf dem Maß von gestern angekommen war.

Danach bearbeitete ich brav meine Hände mit Öl. Nach einigem Schruppen verblassten die Muster tatsächlich. Irgendwann hatte ich es dann aber satt und ging im Hausmädchendress zu Franky in die Werkstatt.

„Wenn du keine andere Verwendung für mich hast, dann kümmere ich mich mal um unsere Zimmer. Die schreien geradezu nach einer Grundreinigung. Da bin ich am Samstag ja nicht mehr zu gekommen."

Wie er es immer gerne tat, machte er einen Schritt nach hinten und schaute mich anerkennend an. Der schwarze Lippenstift und die ‚smokey eyes' schienen ihm besonders gut zu gefallen. Ich ging lächelnd zu ihm und legte meine Hand an sein wertvollstes Stück.

„Der muss noch ein bisschen warten. Erst die Arbeit. Schließlich will ich nicht den ganzen Tag im Dress des Personals herumlaufen. Wo ich doch gar keinen Dienst mehr habe", erklärte ich ihm breit grinsend.

„Aber das fehlende Stück an deinem Outfit muss nicht warten."

Er griff hinter sich und hatte dann ein richtig breites Lederband mit langen Metalldornen in der Hand. Jeder, der spitz zulaufenden Dorne war etwa fünf Zentimeter lang. Ich versuchte vorsichtig mit der Fingerspitze, ob ich mich daran verletzen konnte. Natürlich waren sie abgerundet. Franky legte mir das Halsband an und verschloss es deutlich vernehmbar mit einem Bügelschloss. Ich konnte spüren, wie das schwere Schloss an meinem Nacken baumelte.

„Jetzt kannst du dich um unsere anderen Räume kümmern."

Also ging ich, wie ich hoffte, sehr anmutig, Richtung Haus.

Insgesamt bewohnte Franky, wie auch jeder der anderen, drei Zimmer. Bisher hatte ich in die anderen Zimmer immer nur einen kurzen Blick geworfen. Der Raum mit dem Bett war bisher irgendwie wichtiger gewesen. Insofern freute ich mich schon richtig darauf, mal in aller Ruhe zu sehen, was Franky aus den anderen Zimmern gemacht hatte.

Als erstes war das Kleiderschrankzimmer dran. Zumindest dachte ich, dass es den Namen verdient hätte. Schließlich standen hier nur Kleiderschränke. Der Inhalt war allerdings ganz anders, als ich ihn erwartet hatte. Der erste Schrank, den ich öffnete, hatte eher den Stil eines Bauernschrankes. Nur war es bei einem Bauernschrank nicht üblich, dass beim Öffnen Licht anging und es war erst recht nicht üblich, dass in Fächern, die mit dunkelrotem Samt ausgeschlagen waren, glänzender Edelstahlschmuck präsentiert wurde.

Der Anblick war einfach überwältigend. Nachdem ich mich von der Überraschung erholt hatte, nahm ich mir mit mächtigem Kribbeln im Bauch vor, jedes einzelne Teil in die Hand zu nehmen und zu polieren. Wofür hatte ich schließlich die Putzuniform an?

Im ersten Regal lagen - unschwer zu erkennen - Halsbänder. Die meisten waren in etwa so breit, wie das, das ich trug. Nur waren diese Bänder alle vollständig unflexibel. Die einzigen Gelenke, die ich teilweise erkennen konnte, dienten nur dazu, das Band anlegen zu können. Innen waren alle mit einem schwarzen oder roten gummiartigen Stoff ausgeschlagen. Bei dem ersten Halsband konnte ich den Verschluss problemlos erkennen. Hier war einfach eine Lasche vorgesehen, durch die man ein normales Bügelschloss stecken konnte. Vorne war ein großer beweglicher Ring und das war es.

Beim nächsten Band konnte ich überhaupt nicht erkennen, wie der Schließmechanismus funktionierte. Es waren zwar vorne und hinten zwei kleine Kerben zu erkennen, die nach dem Zusammendrücken der beiden Hälften entstanden, aber von einem Schlüssel oder Schloss konnte ich nichts erkennen. Das war allerdings nicht das Einzige, was mich an diesem Teil faszinierte. Auch zwei weitere Ringe, die man an der Seite entweder in einer Art Negativform verschwinden lassen konnte oder eben ausklappen konnte, hatte ich noch nie gesehen. Was ich aber am schärfsten fand, war die Breite des Bandes. Ich konnte mir lebhaft vorstellen, dass es der Trägerin vom Schlüsselbein bis zum Kiefer reichen würde. Es war einfach gigantisch breit. Als ich es fertig poliert hatte, legte ich es schon fast ehrfürchtig zurück auf seinen Platz.

Ich habe keine Ahnung, wie lange ich gebraucht hatte, um mich durch die ganzen Halsbänder durchzuarbeiten. Jedenfalls hatte ich es irgendwann endlich geschafft.

Im nächsten Regal lagen verschiedene Handschellen. Denen fehlte natürlich der schonende Bezug von innen. Insofern fand ich die nicht so interessant, bis mein Blick auf sehr kleine Handschellen fiel. So dünne Handgelenke konnte man unmöglich haben. Auf der Suche nach einer geeigneten Anwendung viel mein Blick dann ziemlich schnell auf meine Daumen. Ja, dachte ich mir, das könnte durchaus passen. Zur Probe nahm ich ein Pärchen, das durch eine Kette verbunden war und legte mir die eine der beiden Schellen mit einem ratschenden Geräusch an. Irgendwie erregte mich dieses Geräusch. Es hatte so etwas Finales. Mit ein bisschen Verbiegen gelang es mir ziemlich schnell auch die zweite Schelle ratschend an meinem anderen Daumen zu befestigen. Ich hielt meine Hände ein Zeitlang vor mich und überlegte mir, wie stark ich jetzt eigentlich eingeschränkt war.

Zum Test versuchte ich die nächste Daumenschelle zu polieren, kam aber schnell an meine Grenzen. Die Hände immer beieinander halten, war schon ziemlich anstrengend. Erst jetzt kam ich wieder so weit aus der Faszination heraus, die die Daumenschellen und überhaupt der ganze Schrank auf mich ausübten, dass ich merkte, dass etwas relativ Wichtiges für so einen Selbstversuch fehlte. Nirgendwo lag auch nur ein einziger Schlüssel herum.

Nachdem mein selbst gewähltes Daumengefängnis noch ein bisschen angeschaut hatte und mich innerlich über meine Doofheit kaputtgelacht hatte, machte ich mich auf den Weg zu Frankys Werkstatt. Der Moment allerdings, in dem ich in die Werksatt ging, war dann doch sehr überraschend. Franky hatte nämlich ganz offensichtlich Kundschaft. Vor ihm stand eine mehr oder weniger nackte Frau, der er gerade einen Keuschheitsgürtel anpasste. Franky drehte sich nur halb zu mir um, wobei ich genau sah, dass ihm mein Daumenproblem nicht entgangen war und meinte nur „Hallo Muse. Darf ich dir eine meine besten Kundinnen vorstellen? Gräfin Karla."

Bevor er das ganze noch andersrum sagen konnte, begrüßte mich Gräfin Karla schon lächelnd „Hallo Muse, Franky hat mir schon von dir erzählt. Schön, dass wir uns kennenlernen."

„Ja, ganz meinerseits" war erstmal das Einzige, was ich raus brachte.

„Oh, Franky lässt dich mit Daumenschellen putzen? Geht das überhaupt?"

Ich musste mich erst räuspern, bevor ich ihr antworten konnte.

„Nicht wirklich. Deshalb bin ich auch hier. Allerdings muss ich Franky in Schutz nehmen. Die Daumenschellen haben mich beim Putzen so angelacht, dass ich einfach nicht widerstehen konnte."

„Ah", meinte sie mit einem fröhlichen Grinsen, „und jetzt hoffst du, dass Franky dich befreien kann?"

„Ja. Klar."

„Und was meinst du Franky? Schaffst du das?"

„Natürlich", antwortete er halb zur Gräfin halb zu mir gewandt. „Du musst dich nur noch ein bisschen gedulden, bis ich mit der Gräfin fertig bin."

Da stand ich nun mit meinen beiden hübschen Daumen in den hübschen Schellen und mir blieb nichts übrig, als mich möglichst locker in den Schaukelstuhl zu schmeißen und so zu tun, als ob das alles kein Problem wäre. Als ich dann saß, merkte ich, dass meine Laune nach wie vor bestens war. Offenbar war es wirklich kein Problem für mich ein bisschen länger gefesselt zu bleiben.

Also schaute ich mir an, was Franky mit der Gräfin anfing. Ähnlich wie die Handschellen aus dem Schrank, war der Keuschheitsgürtel ebenfalls von innen gepolstert. An ihrer vorderen Öffnung schien, so weit ich das sehen konnte, genug Platz zu sein, um in hygienischer Weise auf die Toilette gehen zu können. Für einen Finger oder gar ein männliches Glied war allerdings kein Platz, da quer und senkrecht in der Öffnung zwei kleine Stege angebracht waren.

„Ich dachte immer, die wären vollkommen verschlossen."

„Gibt es auch Muse, aber man muss ja realistisch bleiben. So eine Verschlussplatte müsste die Kundin jedes Mal abnehmen, wenn es auf die Toilette geht. Und da der Clou an so einem Gürtel natürlich der ist, dass die Trägerin keinen Schlüssel in Reichweite haben soll, eignet sich das nur, wenn man den zur Show oder mal für einen Abend trägt. Die Gräfin wird ihn aber erstmal ohne Zeitlimit tragen."

„Wie? Du bekommst keinen Schlüssel?" wollte ich von der Gräfin wissen.

„Nein, natürlich nicht."

„Und wer bekommt den dann?"

„Keiner. Lass dich einfach überraschen. Franky hat sich da etwas Gutes ausgedacht."

Inzwischen hatte sich die Gräfin gedreht und ich konnte erkennen, dass die hintere Öffnung durch keine Stege geschützt war. Die Gräfin, die meinen Blick über ihre Schulter hinweg aufgefangen hatte, erklärte mir. „Bevor du fragst. Ja. Normalerweise müsste da auch irgendwas sein. Aber erstens will ich den ohne Zeitlimit tragen und gleichzeitig in der Lage sein, mich vernünftig zu säubern und zweitens stehe ich beim Sex überhaupt nicht darauf, wenn irgendjemand meint, mir da rum pulen zu müssen. Das ist einfach nur ekelig. Insofern bleibt das einfach schön weit offen."

„So meine Damen", meinte Franky, „jetzt kommt der große Moment. Der Gürtel sitzt jetzt so, wie er gedacht ist. Für dich ist alles okay?"

„Alles klar, Franky"

Danach nahm Franky eine Art Zange in die Hand und steckte einen länglichen Stift in die Zange. Den Stift führte er dann in ein Loch im Keuschheitsgürtel ein. Danach drückte er die Zange zu und übrig blieb eine Niete. Ich hatte also wieder etwas dazugelernt. Die Zange war keine normale Zange, sondern ein Teil, mit dem man Nieten montieren konnte. Er wiederholte den Vorgang noch ein paar Mal und am Ende war der Gürtel vorne und hinten mit kleinen Nieten verziert, deren eigentliche Aufgabe es war, den Gürtel für immer und ewig zu verschließen.

Genauso, wie die Gräfin, war ich sprachlos. Nur lag es bei der Gräfin daran, dass sie vor lauter Freude über beide Ohren grinste und bei mir, dass ich noch nicht so genau wusste, was ich davon halten sollte.

„Was machst du denn, wenn du mal so ganz normal zum Frauenarzt musst?"

„Kein Problem Muse. Dann besuche ich Franky und der macht ihn mir wieder auf. Ist aber erst in einem Jahr so weit."

„Und was ist mit Sex? Liebt dich dein Mann denn nicht?"

„Doch. Aber es gibt auch noch andere Möglichkeiten. Und diese hier", sie zeigte auf das kleine Gitter, „steht im Moment ohnehin nicht zur Verfügung, da mein Mann einen Penisbruch hatte. Damit ist der locker einen Monat nicht zu gebrauchen. Also ich meine der Mann als Sexobjekt. Weil der muss jetzt alles vermeiden, was zu einer verstärkten Durchblutung seines besten Stückes führen kann."

„Und dich so zu sehen, macht ihm in der Hinsicht nichts aus?"

„Das ist allerdings ein gewisses Risiko. Da hast du recht. Naja. Wir werden sehen", verkündete sie mir immer noch freudestrahlend.

Die Gräfin drehte sich noch ein bisschen vor dem Spiegel. Danach zog sie sich eine ganz normale Jeans mit Bluse an, gab Franky noch einen „Dankeschön-Kuss" und war verschwunden. Von dem Keuschheitsgürtel war von außen nichts zu sehen.

„Und?" meinte Franky, „wie findest du die Wäsche, die die Gräfin trägt?"

„Also im ersten Moment wusste ich das so gar nicht. Aber im zweiten Moment schon echt cool. Nur für mich ist das nichts. Du müsstest mich am Tag schließlich mindestens einmal öffnen. Auf die Dauer ist das glaube ich ein bisschen nervig."

„Das stimmt allerdings. Außerdem hast du sonst auch vielleicht keine Lust mehr, neuen Schmuck auszuprobieren. So wie diese hübschen Schellen, die du da am Daumen trägst."

Ich schaute wieder zu meinen Händen. „Das ist wirklich ziemlich dämlich von mir. Einfach mal anprobieren, ohne vorher den Schlüssel bereitzulegen."

„Solange ich in der Nähe bin, kein Problem. Nur wenn du alleine bist, dann kann das zu einem wirklich sehr ernsten Problem werden. Es gibt Leute, die dabei schon umgekommen sind."

„Wie das? Man kann doch immer noch jemanden anrufen. Ist zwar todespeinlich, aber bevor man ins Gras beisst…"

„Klar. Aber du kannst nur jemanden anrufen, wenn du es auch kannst. Stell dir vor, du hättest dir vorher noch einen Knebel rein gesteckt und hättest an der Daumenschelle noch eine Handschelle festgemacht, die dich an irgendeiner Säule oder so festhält. Am besten noch mit hoch nach oben gezogenen Händen. Irgendwas in der Art. Dann hast du erst deinen Spaß an der Fesselung und plötzlich merkst du, dass du überhaupt nicht mehr aus der Fesselung raus kommst."

„Stimmt. Aber ich habe ja dich."

Mir war nicht danach, über die Nachteile von solchen Spielen zu sprechen. Ich arbeitete mich aus dem Schaukelstuhl und setzte mich wieder breitbeinig auf seinen Schoß. Die Arme hob ich über seinen Kopf. Damit war er so etwas, wie mein Gefangener, was er spürbar genoss.

Als wir dann irgendwann genug Nähe gehabt hatten — zumindest so viel, wie mein Halsband zuließ - nahm er einen, wie er sagte, Universalschlüssel, und befreite mich von den Daumenschellen.

„Ich glaube, dein Termin bei Berti rückt langsam näher. Ich nehme mal an, du willst dich noch etwas umziehen?"

„Besser wäre das. Zum letzten Mal in meine normalen Klamotten und dann muss ich schauen, wie ich an Gothic-Kleidung komme."

„Ah. Ich stelle fest, du hast direkt mit dem Schmuckschrank angefangen. Nach dem Shooting hat Arndt ein paar Sachen, die zu deinem Style ganz gut passen, in einem der anderen Schränke deponiert. Du kannst dich bedienen."

Als ich mich einige Zeit später von Franky verabschiedete, trug ich einen Ganzkörperbody, der ähnlich, wie beim Shooting schwarz und mit Spitze durchzogen war. Dazu hatte ich mir schwarze Plateaustiefel einen kurzen, locker auf der Hüfte sitzenden Schottenrock und ein schwarzes Muscleshirt ausgesucht. Zu dem Rock fand ich dann noch einen Gürtel, der ziemlich chaotisch mit Nieten und herunterhängenden Ketten bestückt war. Arndt hatte an alles gedacht.

Der Blick, den ich von Berti und Mattes bekam, als ich in dem Laden auftauchte, reichte mir, um zu wissen, dass mein Outfit gut war.

„Dann erzähl mal", forderte mich Berti auf. „Was willst du haben?"

„Erstmal einen kleinen Ring durch den Knorpel hier." Ich zeigte auf die entsprechende Stelle an dem, mit dem Industrial geschmückten, Ohr.

„Ein Tragus. Okay." Er griff hinter sich und holte den entsprechenden Ring aus der Schublade.

„Das war es am Ohr eigentlich erstmal. Dann fände ich einen Ring durch meine Nase echt super-cool. Also nicht im Nasenflügel, sondern in der Mitte."

„Ein Septum. Hm. Wie groß soll der denn sein? Oder lieber nur ein Barbell?"

„Eigentlich ein Ring, der auch ein bisschen größer ist. Der soll richtig baumeln."

„Mit dem Baumeln ist so eine Sache, Muse. Letztlich hängt der natürlich immer noch im Loch fest. Damit der baumelt muss entweder der Schmuck sehr schwer sein oder das Loch etwas zu groß."

„Geht das mit dem Loch?"

„Es gibt Leute, die sich einen kleinen Tunnel einsetzten lassen. Also mit ganz schmalem Rand. Der sieht schon eher, wie eine Hohlniete aus."

„Das machst du aber nicht. Stimmt's? Zumindest habe ich bei der Inventur kein Teil gesehen, das so aussieht."

„Stimmt. Mir ist das zu riskant. Wenn ich den ganz nach vorne setzte, wo das Piercing normalerweise sitzt, dann sieht das auf Dauer echt nicht gut aus. Da ist einfach zu wenig Platz. Und in die Knorpel von deiner Nasenscheidewand werde ich garantiert nicht stechen."

„Okay. Das hört sich vernünftig an. Dann also ein normales Septum. Wenn es mich dann packt, kann ich später immer noch einen dickeren Ring durchschieben um das dauerhaft ein bisschen zu dehnen."

„Ansonsten kann ich dir noch einen kleinen Tunnel im Ohrläppchen anbieten. Da kannst du dann einen Ring durchstecken, der immer frei baumeln kann."

„Coole Vorstellung, aber danke. Mein Problem mit den großen Löchern ist, dass das echt Scheiße aussieht, wenn die Leute keine Lust mehr auf den Schmuck haben. Kann natürlich sein, dass ich meine Meinung noch ändere. Aber im Moment sehe ich das so."

„Also erstmal nur die beiden?"

„Ich denke schon."

„Naja, so ein Conch gegenüber von dem Tragus sieht auch ziemlich cool aus", schlug er mir dann noch vor und zeigte es mir auf einem kleinen Bild. Irgendwie war mir die Stelle bei meinen Überlegungen durch die Lappen gegangen. Also stimmte ich ihm, ohne groß zu überlegen, zu.

„Dann würde ich es an dem Ohr auch erstmal bleiben lassen. Mit deinem Standardteil im Ohrläppchen hast du dann einen schöne übersichtliche Gestaltung."

Bei dem Septum einigten wir uns auf einen Ring, der ein Stückchen über der Oberlippe endete. Ansonsten wäre mir wahrscheinlich andauernd Lippenstift dran gekommen.

Das Setzten der Piercings war nicht so furchtbar angenehm, aber es ließ sich aushalten. Zum Abschluss ersetzte er mir noch die beiden Ringe, die ich in den Ohrläppchen trug durch etwas dickere Segmentringe.

Glücklich über den neuen Schmuck und in Erwartung der freudigen Reaktion, die Franky sicherlich zeigen würde, lenkte ich meinen Beetle wieder zurück zu unserer Villa. Auf dem Platz vor dem Haus stand ein fremder Wagen. Vielleicht hatte Franky schon wieder eine Kundin da. Also ging ich sofort zu seiner Werkstatt, die ich allerdings leer vorfand.

In der Küche fand ich Franky dann. Die beiden die bei ihm waren, wirkten zwar nicht wie Kundschaft, da ich aber keine andere Idee hatte, versuchte ich es trotzdem damit.

„Hallo, ich bin Muse. Ich habe euch noch nie hier gesehen. Seid ihr Kunden bei Franky?"

„Ähm, Muse", erklärte Franky, „die beiden sind von der Polizei."

Bevor ich etwas antworten konnte, kam die Frau auch schon auf mich zu.

„Mein Name ist Smidt." Mit einem Handschwenk zu ihrem Kollegen fügte sie an: „Mein Kollege Rednich."

Ich hatte keine Ahnung, was los war. Vermutlich spiegelte sich das in meinem Gesicht wieder. Also redete sie einfach weiter.

„Sie sind Frau Emma Kachel?"

Mit einem schnellen Seitenblick auf Franky, dem ich meinen Namen bisher erfolgreich verschwiegen hatte, nickte ich.

„Wir haben leider eine schlechte Nachricht für Sie."

Ich konnte sie nur fragend anschauen, während durch meinen Kopf alle möglichen Horrorszenarien jagten. In Ermanglung von Geschwistern und Eltern – Geschwister hatte ich nie und die Eltern waren bei einem Unfall gestorben – fegten ein paar Freundinnen durch meinen Kopf oder die wenigen verbliebenen Tanten, zu denen ich allerdings gar keinen Kontakt mehr hatte.

„Wer? Was ist passiert?"

„Ihr Mann. Wir haben ihn leblos in seinem Haus aufgefunden."

Ich suchte und fand den Blick von Franky. Endlich kam er in Bewegung und nahm mich in den Arm. Es tat unendlich gut. Nicht, das ich in den letzten Tagen irgendwie in der Stimmung gewesen wäre, dass mir der Verlust meines Ex etwas Besonderes ausgemacht hätte, aber ‚tot' war nun wirklich nicht das, was ich ihm gewünscht hätte.

„Was ist passiert? Ich meine, hat er irgendwie einen Herzinfarkt? Oder…", mir fiel nichts anderes ein. „Was ist passiert?"

„Wann haben Sie ihn denn das letzte Mal gesehen?"

„Vorgestern abends. Er hing sturzbetrunken vorne am Tor und schrie oder eher heulte rum, ich solle doch zu ihm zurückkommen."

„Hing?"

„Hing. Ja." Erst jetzt, als ich das wiederholte, fiel mir auf, dass das gründlich missverstanden werden konnte. „Also nicht hängen im Sinne von irgendwo herunterhängen. Ich meinte das mehr so, wie er sich an dem Gitter festhielt. Er konnte sich kaum auf den Beinen halten."

„Ah", nickte sie, „und was haben Sie dann gemacht?"

„Wir, also Franky und ich, haben ihn nachhause gebracht."

„Wie muss ich mir das vorstellen?"

„Franky hat ihn ins Auto geladen, wir sind zu dem Haus gefahren, Franky hat ihn hoch getragen und auf dem Bett abgelegt."

„Und das war es dann?"

„Ja, das war es. Aber Sie könnten mir jetzt bitte erstmal erzählen, was überhaupt passiert ist. Ich meine, ich bin im Moment vielleicht nicht zu der Trauer fähig, die noch vor ein, zwei Monaten gekommen wäre, aber ich habe doch irgendwie ein Recht darauf, dass Sie mir sagen, was passiert ist. Also, ich bin ja immerhin noch seine Frau."

„Seit wann leben Sie getrennt von Ihrem Mann?"

„Das ist jetzt genau eine Woche."

„Warum, wenn ich das fragen darf?"

„Hören Sie", so langsam nervte es mich, dass die Frau auf keine meiner Fragen antwortete. „Sie kommen hier rein und erzählen mir, dass mein Mann tot ist. Und statt mir zu sagen, was genau ihm zugestoßen ist, kommen Sie mit lauter Fragen. Wenn ich Ihnen jetzt sage, weshalb ich ihn verlassen habe, ist das schon irgendwie ein bisschen gemein. Also ich meine: Ihm gegenüber. Er war kein schlechter Mensch. Er hat es nicht verdient, wenn ich jetzt schlecht über ihn rede."

„Also gut", übernahm jetzt der Mann. „Ihr Mann ist einer Gewalttat zum Opfer gefallen."

Das verschlug mir die Sprache. Mir war durch den Kopf gegangen, dass er vielleicht an seinem Erbrochenen erstickt war. So was hatte ich zumindest mal gelesen. Aber Gewalttat war dann doch etwas komplett anderes. Automatisch drückte ich mich noch fester an Franky. Als ich dann „Gewalttat" wiederholte, musste ich an einen alten Serienkrimi denken, bei dem der potenzielle Täter auf die Todesnachricht immer so reagiert hatte. Einfach das wesentliche Wort wiederholen.

„Oh Gott. Was ist denn genau passiert? Also, als wir den abgelegt haben, war der so besoffen, dass der von einem Einbrecher bestimmt nicht wach geworden wäre."

„Tut mir leid. Ich kann Ihnen das nicht so genau sagen. Die Ermittlungen haben gerade erst angefangen."

„Dann ist er heute erst?"

„Nein, soviel steht fest. Er ist schon etwas länger tot. Genaueres können wir noch nicht sagen."

Mir war nicht richtig klar, ob es richtig war, dass mir gerade jetzt der Wettbewerb durch den Kopf ging, bei dem Alva mich morgen brauchte.

„Ich weiß jetzt echt nicht, wie das abläuft. Naja. Klar. Passiert ja auch nicht alle Tage, dass mein Mann ermordet wird. ‚Gewaltsam zu Tode gekommen' heißt doch genau das oder?"

„Sieht so aus", bestätigte der Mann.

„Also. Er ist schon länger tot und Sie stehen noch ganz am Anfang. Also ist er jetzt erst gefunden worden?"

Er nickte.

„Wer hat ihn denn gefunden? Also, wenn Sie mir das sagen dürfen?"

„Das werden Sie alles noch erfahren."

„Wie haben Sie mich eigentlich gefunden? Das dürfen Sie mir schon sagen. Das würde mich nämlich wirklich interessieren."

Da ich mein Handy, seit dem Einzug bei Franky ausgeschaltet hatte, konnte ich meiner Meinung nach bestimmt nicht geortet worden sein. Die beiden tauschten einen Blick aus. Nachdem die Frau genickt hatte, wendete sich der Kommissar wieder zu mir.

„Wir haben natürlich Ihr gemeinsames Haus untersucht. Auf dem Computer sind wir fündig geworden. Er hatte mehrere Briefe an Sie formuliert. Der Briefkopf trug diese Adresse hier."

„Ach du Scheiße." Ich griff mir an dem Mund, als ich merkte, dass dieses Wort nicht so richtig hier hin passte. „Es ist so, dass er erste Anzeichen zeigte, zu einem Stalker zu werden. Also zumindest die anderen, mit denen ich hier wohne, meinten das. Erst gestern haben wir einen Brief von ihm gefunden."

Während der Kommissar mich natürlich direkt nach dem Brief fragte, schaute ich zu dem Ablagestapel. Alva hatte aufgeräumt.

„Sorry. Wir hatten den gestern auf einen Stapel Altpapier gelegt. Wenn Sie den haben wollen, müssen wir wohl in der blauen Tonne wühlen."

„Was stand denn drin?"

Ich verdrehte den Kopf, um zu Franky hochsehen zu können.

„Weist du das noch?"

„Irgendwas mit ‚du wirst schon wieder kommen'. Genau weiß ich das auch nicht mehr."

„Haben Sie etwas dagegen, wenn wir danach suchen?"

„Nee, kein Problem."

„Danke." Er machte eine kleine Pause und meinte dann: „Wir haben natürlich auch ihre Mobilnummer ermittelt. Da geht aber die Mailbox dran. Gibt es ein Problem mit Ihrem Handy?"

„Klar gibt es ein Problem mit meinem Handy. Ich habe es ausgeschaltet, weil ich ihm gar nicht erst die Möglichkeit geben wollte, mich irgendwie darüber erreichen zu können."

„Würden Sie Ihr Mobilphone denn jetzt mal einschalten?"

„Sie wollen meine SMS und den Anrufbeantworter abhören?"

„Das würde uns weiterhelfen. Sie sind natürlich nicht dazu verpflichtet. Nur darf ich Sie darüber in Kenntnis setzen, dass wir bei solchen Ermittlungen garantiert die staatsanwaltschaftliche Erlaubnis bekommen, das zu machen. Sollte sich dann irgendwie gähnende Leere zeigen, die nicht in Übereinstimmung mit dem ist, was von den Geräten Ihres Mannes weggegangen ist, dann wäre das allerdings in der Tat ein Problem."

„Okay, das kommt mir irgendwie logisch vor. Ich gehe eben und hole das Teil."

Gleichzeitig mit mir stand die Kommissarin auf.

„Ich würde Sie gerne begleiten."

„Meinetwegen. Wobei ich so langsam den Eindruck habe, hier als Verdächtige behandelt zu werden."

„Bis jetzt liegen uns in der Richtung keine Erkenntnisse vor."

Während ich mit der Kommissarin im Schlepptau nach oben ging, überlegte ich mir, ob ich nicht irgendwie über meine Rechte hätte aufgeklärt werden müssen. Da die beiden das nicht gemacht hatten, musste es eigentlich so sein, dass nichts von dem was ich gesagt hatte, gegen mich verwendet werden konnte. Insofern konnte der Verdacht gegen mich tatsächlich nicht groß sein.

Das Handy steckte noch immer im Nebenfach von einem der Rollkoffer. Nachdem ich es rausgeholt hatte und einschalten wollte, winkte die Kommissarin ab.

„Wir können unten schauen. Lassen Sie es bitte noch aus."

Also legte ich mein Smartphone in der Küche auf den Tisch und schaute fragend in die Runde.

„Wir warten noch eben auf einen Experten. Er wird die Daten von Ihrem Phone auf seinen Computer überspielen. Dadurch stellen wir sicher, dass wir alles haben, was in der letzten Woche eingegangen ist und Sie haben die Sicherheit, dass Sie auch wissen, was eingegangen ist."

In der entstehenden Pause machte ich für die beiden schnell noch einen Kaffee. Als es dann endlich klingelte, kamen direkt mehrere Leute an. Die einen kümmerten sich um den Papiermüll. Ein anderer, der von den beiden als „Hottel" angesprochen wurde, kümmerte sich um mein Handy. Rein nach dem Äußeren beurteilt, hätte ich den eher mit einem dicken Joint und dem kompletten Verlust des Überblicks irgendwo auf einer großen Wiese erwartet. Vermutlich hätte er glücklich zum Himmel geschaut und darüber philosophiert, wie schön das Leben doch eigentlich ist.

Dieser Hottel jedenfalls schien alles andere als bekifft zu sein. Ohne auch nur eine Sekunde nachzudenken, hatte er mein Phone, nachdem ich den Code eingegeben hatte, an seinen Laptop angeschlossen und nach weniger als einer Minute erschienen auf seinem Bildschirm die ungelesenen SMS.

Es waren ziemlich viele. Die meisten von meinem Ex. Der Inhalt variierte dabei allerdings nicht wirklich. Er pendelte sich im Bereich „komm zurück zu mir, du fehlst mir so" ein. Die Letzte hatte er vorgestern geschrieben. Also an dem Tag, an dem er sturzbesoffen am Tor gestanden hatte.

Dazwischen waren noch ein paar Mitteilungen von meiner besten Freundin. Die hatten tatsächlich auch nur mein Verschwinden zum Thema. Sie wollte auch unbedingt wissen, wo ich denn sei. Irgendwie war das für mich ziemlich enttäuschend. Zum einen konnte die sich an drei Fingern abzählen, wo ich war – schließlich hatte ich ihr von Franky erzählt – und zum anderen hätte ich eher erwartet, dass sie mir zu dem Schritt ihre Glückwünsche ausspricht. Bei meinen Treffen mit ihr, hatte sie mich jedenfalls darin unterstützt, mal endlich einen Strich unter die Beziehung zu meinem Ex zu ziehen.

„Wer ist Mona?" wollte die Kommissarin wissen

„Mona Schäfer, meine Freundin."

„Da ist noch eine Menge an Sprachnachrichten", erzählte Hottel, wie mir schien mehr zu sich selbst, als zu irgendjemand bestimmtem.

„Lass hören", forderte ihn der Kommissar auf.

Alle Nachrichten waren von meinem Ex. Es war einfach nur peinlich. Da jede Nachricht mit der Ansage der Uhrzeit begann, war sogar ich direkt in der Lage das Muster zu erkennen.

Es fing an dem Tag, an dem ich ihn verlassen hatte an. Mit leicht unkontrollierter Stimme, die zwischen Schreien und Heulen schwankte und die vor allem den Alkoholkonsum nicht verbergen konnte, forderte er mich immer wieder dazu auf, zu ihm zurückzukommen.

Am nächsten Morgen kam dann eine kurze Ansage, in der er sich für die Ansage vom Vorabend entschuldigte.

Am gleichen Abend kam dann wieder die besoffene Variante. Und so ging es immer weiter. Die letzte Ansage war vom Samstag. Er kündigte an, dass er mich jetzt holen würde.

„Nach dem Versuch haben Franky und ich ihn nach Hause gebracht", erklärte ich den Kommissaren.

Als die beiden nickten, merkte ich, dass sie auf einmal mit dem, was sie von mir wollten durch waren. Hottel packte seinen Laptop zusammen und schob mir mein Handy hin.

„Ich weiß nicht, ob ich da vom Fernsehen irgendwie verzogen bin. Muss ich meinen Ex jetzt eigentlich identifizieren?"

„Nein", schüttelte die Kommissarin den Kopf. „Die Zweifel sind bereits ausgeräumt. Wir können Ihnen das also ersparen."

„Nicht, dass ich mich gedrückt hätte, aber ich muss zugeben, dass ich erleichtert bin."

„Verständlich. So ein Gang ist für viele schwer."

Eine Viertelstunde später waren alle weg. Das „Mülltonnenteam" hatte den Zettel gefunden. Mir hatten die Kommissare aufgetragen, mich zur Verfügung zu halten. Ich könne mein Handy jetzt schließlich wieder einschalten.

Damit war ich auf einmal ganz alleine mit Franky in der Küche. Während er schweigend einen Tee machte, rieb er sich immer wieder am Halsansatz.

„Was hast du da Franky?"

„Ich sollte bei der Wahl deiner Schmuckstücke in Zukunft etwas vorsichtiger sein", erklärte er grinsend, als er sich umdrehte. Im gleichen Moment wurde mir klar, dass mein Halsband auch hinten ein paar Dornen hatte. Zwar nicht überall, weil sonst kein Platz für die Schnalle gewesen wäre, aber immerhin. Und ich hatte mich die ganze Zeit an ihn gedrückt.

„Irgendwie hatte ich gemerkt, dass da etwas im Weg war, aber ich habe nicht geschaltet. Tut mir leid", erklärte ich ihm lachend. Dabei merkte ich, wie gut es mir tat, jetzt erstmal an etwas anderes zu denken, als an meinen Ex.

„Ist schon okay", winkte er ab. „Schließlich ist das ja eine Ausnahmesituation."

„Allerdings. Ich glaube zwar inzwischen auch, dass er dabei war, sich zu etwas wirklich sehr Lästigem zu entwickeln, aber das hat er nun wirklich nicht verdient."

„Wer hat das schon?"

„Höchstens Leute, die anderen Schreckliches angetan haben. Aber, du hast schon recht. Glücklicherweise leben wir hier in keinem Land, in dem es so einen Schwachsinn, wie Todesstrafe gibt."

Er stellte die Kanne auf den Tisch und spielte ein bisschen mit den Teebeuteln herum.

„Ich bin echt froh, dass du das so gut aufgenommen hast, Muse. Ich hätte keine Ahnung, was ich an deiner Stelle getan hätte."

„Wie auch? Mir hat die Woche hier bei euch sehr geholfen. Ich weiß zwar, dass ich mit dem, was ich bisher gemacht habe, bestimmt nicht zum Erhalt eurer WG beigetragen habe, aber ihr impft mir trotzdem einen Haufen Selbstvertrauen ein. Ich fühle zum ersten Mal seit langem, dass ich mit Leuten zusammen bin, bei denen ich mich so entwickeln kann, wie ich es immer schon wollte. Und das habt ihr in nur einer Woche geschafft."

Franky ließ seinen Blick über mein Ohr gleiten.

„Sieht gut aus."

„Sonst ist dir nichts aufgefallen?"

Er sah mich demonstrativ aufmerksam an und meinte dann lachend, „irgendwas mit deiner Nase? Hast du irgendwas an deiner Nase machen lassen?"

„Ich hab Berti gesagt: Nimm nicht so was Dezentes. Aber nein, er meinte, einen größeren würde er mir nicht einsetzen. Das hab ich nun davon. Mein eigener Freund bemerkt es noch nicht einmal."

„Doch jetzt habe ich es. Du hast einen Ring in der Nase. Sieht übrigens super aus. Hast du die Blicke von diesem ‚Hottel' gesehen?"

„Mir ist nichts aufgefallen."

Bevor er antworten konnte, kam Alva, mit einer Tüte Lebensmitteln bepackt herein.

„Welcher Idiot hat denn die Papiertonne draußen ausgeleert? So ein Glück, dass kein Wind weht."

Sie schaute uns mit einem leicht aggressiven Gesichtsausdruck an. Dabei blieb ihr Blick an meiner Nase hängen. „Cool, das nenne ich mal Tempo. Trotzdem will ich wissen, was das da draußen soll."

„Ich kümmre mich erst schnell um das Papier und dann erzähle ich dir, was los war", versprach ich ihr.

Damit war ich auch schon verschwunden. Tatsächlich lag der größte Teil des Inhaltes auf dem Hof. Glücklicherweise war der kleine Zettel nicht im Hausmüll entsorgt worden. Ich packte das Zeug also und schmiss es wieder in die Tonne zurück.

Als ich in die Küche zurückkam, hatte sich Alva wieder beruhigt und bereits angefangen, das Essen vorzubereiten.

„Ich kann dir gerne helfen, wenn du willst."

„Kannst du, musst du aber nicht. Ist vermutlich mein Problem, wenn ich immer so sauer bin, sobald jemand einfach etwas in die Gegend schmeißt. Erzähl lieber, was los war. Franky hat geschwiegen wie ein Grab."

„Gar nicht mal so schlecht, der Vergleich. Die Polizei war hier und hat mir mitgeteilt, dass mein Ex gewaltsam zu Tode gekommen ist."

Sie hörte auf zu schnibbeln und starrte mich mit offenem Mund an.

Danach erzählten wir ihr und dann auch Arndt und Berti, alles, was wir wussten. Es tat gut zu reden. Erst gegen Mitternacht lagen wir in den Betten.

Brechthild

Die Stimmung beim Frühstück war so wie immer. Auch mir selber ging es so wie immer. Glücklicherweise hatte mir Franky den wenig betttauglichen Halsschmuck abgenommen. Ich hätte sonst nicht wirklich gewusst, wie das mit dem Schlafen hätte klappen sollen.

Alva drückte mächtig aufs Tempo. Sie hatte mir eigentlich schon gestern die Stilettonägel abnehmen wollen. Durch den Tod von meinem Ex war sie dann aber nicht dazugekommen. Also erklärte sie mir, dass wir vor dem Wettbewerb noch schnell in ihrem Laden vorbeifahren würden. Da war das Equipment besser.

„Was ist mit meinen Klamotten?" wollte ich mit Blick auf Arndt wissen. „Zieh ich die jetzt schon an? Oder habt ihr Angst, dass ich was dreckig mache?"

„Mit dem dreckig machen wird nicht funktionieren. Das kann Alva einfach wieder abwischen. Ich habe die Sachen hier. Trink deinen Kaffee aus und dann kannst du dich anziehen."

Natürlich war ich ziemlich gespannt, was er für mich rausgesucht hatte. Wenig später wusste ich es. Es war ein pechschwarzer Latexcatsuit mit eingearbeiteter Kapuze. Unterwäsche war natürlich nicht angesagt. Also arbeitete ich mich nackt in das Teil hinein. Als endlich alles saß, legte mir Franky noch eines meiner geliebten hohen Halsbänder (diesmal mit Strass) mitsamt Schloss um. Dafür musste ich für einen kleinen Moment auch noch die Kapuze überziehen. Die ließ mal gerade das unmittelbare Gesichtsfeld frei. „Ganz schön eingeschlossen", ging mir durch den Kopf. Damit alles schön eng anlag, hatte mir Franky sogar den Armschmuck abgenommen. So konnten die Ärmel mit einer Schlaufe über meine Zeigefinger glatt und gespannt bleiben. Die einzigen anderen Kleidungsstücke waren Stiefeletten mit schmalem Absatz, die Franky mit zwei ebenfalls strassbesetzten, abschließbaren Riemen sicherte. Er führte die Riemen dafür einmal unter dem Schuh durch. An Abstreifen oder Hochziehen war also nicht zu denken. Das andere Kleidungsstück war ein Unterbrustkorsett, das, wie der Catsuit, komplett schwarz und außen mit Latex beschichtet war.

Als ich vor dem Spiegel stand, war ich wieder mal hellauf begeistert. Die Schlösser an Hals und Füßen störten mich nicht im Geringsten. Ganz im Gegenteil. Für mein Empfinden waren sie sogar unerlässlicher Bestandteil des Outfits.

„Genug geschaut", riss mich Alva aus meinen Gedanken. „Wir müssen los."

Ich hatte gerade noch Zeit, Franky einen tiefen Kuss zu geben und schon saß ich in Alvas Auto.

In ihrem Studio warteten bereits zwei ihrer Leute auf uns. Ich wurde zu einem der Behandlungstische dirigiert und dann fingen alle drei an, meine wunderbaren Nägel mit kleinen Frässtiften zu bearbeiten. Mein Job war es einfach nur, die Finger so weit, wie möglich zu spreizen, damit Alva und ihre beiden Helfer sich nicht in die Quere kamen.

Während der folgenden Autofahrt durch die halbe Stadt betrachtete ich meine Nägel, die ungewohnt nackt aussahen. Alva war jetzt glücklicherweise wesentlich entspannter als auf der Fahrt zu ihrem Laden. Sie versicherte mir zumindest andauernd, dass wir gut im Zeitplan lagen. Wenn ich genau überlege, war das eigentlich eher ein Zeichen dafür, dass sie gerade eben nicht entspannt war. Jedenfalls kamen wir zeitig in der Designschule, die den Wettkampf ausrichtete, an. Alva gab ein paar von den Mitbewerberinnen noch schnell Küsschen links und Küsschen rechts. Danach gingen alle an ihre Plätze und fingen mit der Arbeit an. Ich hatte erst gedacht, dass jetzt mit großem Tamtam eine Stoppuhr gestartet würde, aber man schien es damit nicht allzu ernst zu nehmen.

„Wie lange hast du jetzt eigentlich Zeit?" wollte ich wissen.

„Das wird schon reichen", erklärte mir Alva lächelnd. „Aber ich wäre dir sehr dankbar, wenn du jetzt den Mund halten würdest. Sonst bin ich nicht ausreichend konzentriert. Okay?"

„Kein Problem. Hauptsache, du bekommst das so hin, wie du dir das gedacht hast."

Alva war schon wieder auf den Nagel konzentriert, den sie sich als ersten vorgenommen hatte. Da ich noch vom letzten Mal wusste, wie lange es wohl mindestens dauern würde, beschloss ich erstmal in Ruhe zu schauen, was ansonsten in dem Raum los war.

Eigentlich war alles schön übersichtlich angeordnet. Ungefähr zwanzig Tische standen im Kreis. Die Künstlerinnen saßen innen, also mehr oder weniger mit dem Rücken zueinander. Die Zuschauer konnten sich außerhalb des Tischkreises frei bewegen. Dadurch war sichergestellt, dass die Künstlerinnen nicht gestört würden.

Das Erste, das mir schon aufgefallen war, als wir in den Raum gekommen waren, waren die Outfits der anderen Modelle. Eigentlich hatte ich erwartet so etwas wie der Eyecatcher zu sein. Aber damit lag ich deutlich daneben. Eines der Modelle war ganz im Gegensatz zu mir nur sehr spärlich bekleidet. Sie trug einen breiten Edelstahlreifen um den Hals. Ich hätte wetten können, dass der von der abschließbaren Sorte war. Die Oberarme waren, wie die Handgelenke ebenfalls in Edelstahl eingeschlossen. Der Teil ihres Outfits, von dem ich meinen Blick nicht so schnell lösen konnte, war die Abdeckung ihrer Brustwarzen. Das sah aus, wie kleine Kuppeln aus Edelstahl. Gerade groß genug, um die Brustwarzen zu verdecken. Bei Berti hatte ich solche Teile in einer Zeitschrift gesehen. Aber nur ein paar Meter entfernt von mir, hatte das dann doch eine ganz andere Wirkung. Ich nahm mir vor, die Frau in jedem Fall noch aus der Nähe zu betrachten, sobald sich die Gelegenheit dazu ergab. Den Rest ihrer Bekleidung konnte ich nicht erkennen. Meine Vermutung, dass noch das eine oder andere Metallstück durch den Tisch verborgen wurde, bestätigte sich dann ein paar Stunden später tatsächlich.

Direkt neben mir saß ein Modell, das in ein Lederoutfit geschnürt war. Anders als bei mir, war ihr allerdings schon jetzt die Kapuze oder besser gesagt, die Haube aufgezogen worden. Ihre Haare waren zu einem Zopf auf der Kopfmitte gebunden und schauten dort aus der Haube heraus. Offenbar bekam sie von dem ganzen Event nicht viel mit, da ihre Augen deutlich sichtbar mit einem zusätzlichen knallroten Lederband verbunden waren.

Meine Nachbarin auf der anderen Seite war dann wieder eine von der fast nackten Sorte. Sie trug nur einen Badeanzug. Um genau zu sein, waren nur die wichtigsten Stellen mit kleinen Stoffstückchen bedeckt. Der Rest war einfach nur String. Damit war der Blick frei auf ein fantastisches riesiges Tattoo. Ein komplettes, durchgängiges Design. Sie war in so etwas, wie eine Meerjungfrau verwandelt. Die Arme und die Beine waren mit grünlich-blau schimmernden Schuppen bedeckt. Auf der Körperseite, die ich sehen konnte, teilten sich die Schuppen dann am Armansatz und wurden als breite Bänder über ihre Brust bzw. ihren Rücken bis zu ihren Beinen weitergeführt. Dort breiteten sie sich wieder aus und umschlossen das gesamte Bein. Irgendwie wirkte das, als ob einfach nur der Stoff eines Hosenbeines oder Ärmels an den Nähten aufgetrennt worden wäre und dann ein Stück auf den Körper gezogen worden wäre. Die Beine und Arme waren zusätzlich noch mit ein paar dezent verteilten bunten Fischen geschmückt. Es war einfach der Wahnsinn.

Natürlich waren meine Blicke meiner Nachbarin nicht entgangen. Sie flüsterte zu mir rüber:

„Bist du das erste Mal dabei?"

„Sieht man das?"

„So, wie du dich hier umschaust, kann das eigentlich nicht anders sein."

„Ich hatte keine Ahnung, was hier für Modelle aufkreuzen. Einfach nur geil."

„Man gewöhnt sich dran."

„Dein Tattoo sieht super aus. Wie lange hast du das schon?"

„Ganz frisch", erklärte sie grinsend.

„Hä? Du willst mir doch nicht erzählen, dass das alles ganz frisch ist. Das dauert doch viel zu lange."

Bevor sie mir eine Antwort geben konnte, merkte ich, wie sich Alva alle Mühe gab, das Lachen nicht aus sich herausbrechen zu lassen. Mein Blick verriet wohl, dass ich nichts verstand. Also klärte mich meine Nachbarin auf.

„Das ist frisch aufgemalt. Einmal ordentlich duschen und alles ist im Abfluss."

„Wie peinlich", konnte ich gerade noch herausbringen, bevor ich ebenfalls vom Lachen angesteckt war.

Inzwischen war Alva schon an meinem dritten Finger angekommen. Die beiden ersten Finger trugen wieder Stilettos. Diesmal allerdings wirklich lang. Ich bezweifelte ernsthaft, ob ich damit überhaupt noch etwas machen konnte. Das Design war erstaunlich schlicht. Die Nägel waren zunächst erstmal pechschwarz. Vom Nagelansatz bis zur Spitze schlängelte sich eine Linie kleiner Strasssteinchen. Das Besondere war allerdings, dass die Strasslinie über die Spitze der Nägel hinweg durch eine Strasskette fortgesetzt wurde. Zumindest sah das so aus. Genaueres konnte ich nicht erkennen, weil diese Ketten in kleinen Säckchen endeten. Jetzt, beim dritten Nagel konnte ich Alva dabei zusehen, wie sie die Nägel aufbaute. Sie legte, wie beim letzten Mal natürlich erstmal eine Schicht Gel auf die lange Schablone, die sie mir unter die natürlichen Nägel gesteckt hatte. Auf diese erste Schicht legte sie dann einen dünnen Nylonfaden, der an der Spitze in der frei hängenden Strasskette endete. Diesen Nylonfaden drückte sie mit einem Pinsel vorsichtig in das Gel der ersten Schicht. Danach wurde einmal gehärtet und dann packte sie die zweite Schicht auf den Nagel. Dadurch verschwand der Faden und Alva erhielt einen perfekten langen Nagel. Die letzte Aktion war dann das Aufkleben der kleinen Strasselemente, die sie mühevoll mit einem kleinen Stäbchen in Position brachte.

Irgendwann endlich war sie mit allen Nägeln durch und lehnte sich erstmal entspannt lächelnd nach hinten.

„Gefällt es dir?"

„Klar. Sieht gut aus. Ich frage mich nur, ob die wirklich alltagstauglich sind."

„Das ist nicht das Ziel", winkte Alva ab. „Hier geht es um andere Werte. Wenn du so willst auch eine Art Alltagstauglichkeit. Aber eben anders."

Ich hatte schon bei meiner Nachbarin gesehen, dass die zuvor kunstvoll gebauten Nägel an den Spitzen aufgebohrt wurden. In die entstandenen Löcher hatte die Künstlerin große, sehr stabil aussehende Ringe gesetzt und mit einer Zange geschlossen. Soweit fand ich das schon irritierend genug. Damit aber nicht genug. Die fünf Ringe, die jetzt in den Nägeln befestigt waren, waren auf einen weiteren, vielleicht 15cm großen Ring aufgezogen und dann befestigt worden. Dadurch waren die Finger meiner Nachbarin komplett gespreizt. An dem großen Ring wiederum war ein schlauchförmiges Netz befestigt, das vielleicht einen halben Meter lang war. Ich brauchte einen kleinen Moment, um zu begreifen, dass sie, passend zu der Schuppenbemalung, in diesem Wettbewerb zwei Fischerreusen an ihren Nägeln tragen würde.

„Cool"

Meine Nachbarin, die scheinbar jeden meiner Gedanken auf meinem Gesicht abgelesen hatte, lächelte mich nur an. „Kann das sein, dass du nicht so richtig weißt, wo du hier gelandet bist?"

„Den Eindruck habe ich auch so langsam. Als Alva mich gefragt hat, ging es nur um einen Wettbewerb im Nageldesign."

„Alva, Alva." Meine Nachbarin wendete sich jetzt direkt an Alva. „Wo hast du die denn aufgegabelt? Ich muss schon sagen. Dafür, dass die geglaubt hat, auf einem normalen Wettbewerb zu sein, hält die sich wirklich gut."

„Darf ich vorstellen? Muse, die Freundin von Franky."

Mit Blick zu mir ergänzte sie dann „Muse, das ist Emma, wir kennen uns von verschiedenen Events."

Bei der Nennung des Vornamens musste ich erstmal schlucken, überlegte mir dann aber, dass ich es weiterhin bei Muse lassen wollte. Es reichte schon, dass Franky meinen kompletten Namen wusste.

„Ah", meinte Emma, „du bist also die Neue von Franky. Ob du es glaubst oder nicht, ich habe schon von dir gehört. Du scheinst ja dein altes biederes Leben mit Raketengeschwindigkeit hinter dir zu lassen. Finde ich super."

Bisher war mir die Idee, dass über die WG hinaus über mich gesprochen wurde, noch nicht gekommen. Genaugenommen eigentlich dumm von mir. Schließlich hatte jeder von uns einen beträchtlichen Teil seines Lebens außerhalb des Herrenhauses. Demzufolge war es nur logisch, dass auch mal über die Neue von Franky gesprochen wurde.

„Danke, Ich gebe mir alle Mühe. Nur manchmal bin ich ein bisschen langsam. Macht aber nichts."

„Dann erklär mir mal, wo du hier bist."

„Naja, ich habe den Titel des Wettbewerbes schon mitbekommen, als wir vor ein paar Stunden gekommen sind. ‚Fesselnde Nägel'. Nur habe ich das eher in Richtung ‚faszierende Nägel' interpretiert. Egal. Jetzt weiß ich es ja. Und ich wäre ohnehin mitgekommen."

Inzwischen hatte Alva den Koffer mit ihren Arbeitsutensilien zusammengepackt. Nachdem die Schnallen des Deckels geräuschvoll zugeschnappt waren, beendete sie das Gespräch, bevor es richtig begonnen hatte.

„So, Muse. Ich muss dich noch ein bisschen stylen. Dafür gibt es hinten einen Raum mit diesen wunderbaren freistehenden Sesseln, um die die Stylisten immer so enthusiastisch herumtänzeln können. Wir müssen schauen, dass wir noch einen erwischen."

Die Eile war nicht übertrieben. Scheinbar wurden die anderen jetzt im Minutentakt fertig. Deshalb bekamen wir nur noch einen der Notsessel.

„Leider kein Spiegel für dich, Muse. Du musst also noch ein bisschen warten, bis du siehst, was ich mit deinem Gesicht mache. Augen zu, Kopf nach hinten und ruhig sitzen bleiben. Eigentlich ganz einfach."

Ich stellte mich darauf ein, wirklich keine Idee von dem haben zu können, was Alva machen würde. Das war im Wesentlichen auch so. Die einzige Ausnahme war die allererste Aktion. Es gehörte nicht viel Phantasie dazu, herauszubekommen, dass sich meine Augenbrauen verabschiedeten. Erst eine halbe Stunde später – Alva hatte für das Gesichtsstyling Hilfe organisiert – gewährte sie mir einen Blick in einen Handspiegel.

Auf der Linie meiner ehemaligen Augenbrauen klebten kleine Strasssteinchen. Meine neuen glitzernden Augenbrauen zogen sich bis zur Nase weiter. Dort liefen sie seitlich entlang des Nasenrückens und trafen sich schließlich an der Nasenspitze. Unterhalb des Strass war ich ziemlich dunkel geschminkt. Eigentlich erinnerte das gesamte Styling an die Fellfärbung großer Raubkatzen. Natürlich saß jetzt auch die Kapuze meines Latexcatsuits auf dem Kopf. Mit dem Glitzerhalsband hatte ich tatsächlich ein bisschen Ähnlichkeit mit einer menschlichen Raubkatze. Mir gefiel es.

Das Überraschendste allerdings war das, was zum Vorschein kam, als Alva die Säckchen an meinen Fingernägeln entfernte. Die kleinen Strasskettchen waren einen guten halben Meter lang. Jede Kette hatte am Ende einen kleinen glänzenden Ring. Durch diese Ringe zog Alva erst an der linken und dann an der rechten Hand jeweils eine weitere lange Strasskette. Sie befestigte die beiden Enden an dem Ring der vorne an meinem Halsband baumelte.

„Eigentlich gehören die beiden Ketten an deinen hübschen Septumring. Aber das Piercing ist noch zu frisch.

Wenn du dich gleich präsentierst, dann lässt du die Hände bitte einfach locker an den Seiten baumeln. Die ganzen Ketten sollen in einem schönen Schwung von außen nach innen geführt werden. Alles klar?"

Ich drehte mich zu einem der Wandspiegel und konnte gut sehen, was sie meinte. Wenn man mal ausblendete, dass meine Hände durch diesen extravaganten Schmuck ziemlich eingeschränkt waren, dann konnte man eine gewisse Eleganz nicht leugnen. Viel Zeit für mein Spiegelbild blieb nicht. Wir wurden zur Präsentation gebeten. Also stellten wir uns, so wie wir gerade kamen in eine Reihe und gingen dann mit einigen Metern Abstand einmal die Runde durch den großen Raum in dem an unseren Fingernägeln gearbeitet worden war. Ich fühlte mich dabei wie ein Supermodel, das für einen berühmten Modeschöpfer ging. Wegen des großen Abstandes, waren immer nur fünf oder sechs von uns gleichzeitig im Raum. Ich hatte also vor und nach meinem Auftritt genug Zeit, um mir die anderen anzuschauen. Im Vergleich zu denen fand ich mein Outfit irgendwie anders. Trotz des ganzen Strass fand ich, dass mein Erscheinungsbild tatsächlich so etwas, wie schlichte Eleganz ausstrahlte.

Nach kurzer Beratung der Jurymitglieder hörte ich tatsächlich, dass die das nicht nur genauso sahen, sondern auch gut fanden. Alva bekam den ersten Preis. Allerdings hatten wir nur knapp vor meiner Nachbarin - der Schuppenfrau mit den beiden Reusen an den Händen – gewonnen, die nach dem Urteil der Jury das originellste Outfit trug.

Wir gingen noch eine Ehrenrunde und ließen uns ausgiebig fotografieren. Die Kellnerinnen mit dem Sekt, die danach in dem Raum umhergingen, ignorierten uns – also die Modelle - lächelnd. Wie hätten wir auch so ein Glas halten können? Dabei wären meine Chancen vermutlich noch mit am besten gewesen. Emma, mit ihren komplett gespreizten Fingern hätte wirklich keine Chance gehabt. Mit zunehmender Dauer des Smalltalks, merkte ich auch, dass sie immer nervöser wurde, bis ihre Designerin schließlich ein Einsehen hatte und sie mit in einen der Nebenräume nahm, um ihr den Schmuck abzunehmen. Eine halbe Stunde später kam sie in bequemen Jeans mit beschwingtem Schritt auf mich zu und gab mir einen kleinen Abschiedskuss.

„Dann bis zum nächsten Event. Viel Spaß noch."

Als sich kurz darauf auch der Rest der Gesellschaft auflöste, kam Alva zu mir und klärte mich darüber auf, dass sie den Jungs versprochen hatte, ihren ersten Preis ohne Beschädigungen nach Hause zu bringen. „Du darfst die schlichte Eleganz, die du ausstrahlst also noch ein bisschen genießen."

Ohne auf eine Reaktion von mir zu warten, führte sie mich aus dem Raum direkt zu ihrem Auto. Dass mein Styling für die Öffentlichkeit etwas ungewöhnlich war, schien sie dabei nicht im Geringsten zu stören. Genauso wenig störte es sie, dass ich an dem Türgriff erst ein bisschen ausprobieren musste, wie ich ihn hochziehen konnte, bevor ich dann meine Hand einfach seitlich drunter steckte und den Griff so hoch bekam.

„Man oh man. Wenn ich bedenke, dass es Frauen gibt, die freiwillig mit zehn Zentimeter-Krallen in der Gegend herumlaufen", meinte ich mehr zu mir als zu ihr. „Wie können die bloß ihren Alltag bewerkstelligen?"

„Um ehrlich zu sein: Ich habe keine Ahnung. Vielleicht sind die einfach nur so reich, dass die sich ausreichend Hauspersonal leisten können", schlug Alva vor.

„Möglich. Ich möchte das jedenfalls nicht auf Dauer machen müssen. Mit den Nägel, die du mir vorher gemacht hast, konnte ich ja mit ein bisschen Übung noch umgehen, aber wenn man mit der Nagelspitze eigentlich gar nichts mehr machen kann, ist das doch ziemlich öde."

„Na, dann bin ich ja mal gespannt, wie lange du mit denen klar kommst, die du jetzt hast", antwortete Alva mir mit ruhiger Stimme. Als sie meinen Gesichtsausdruck sah, konnte sie allerdings nicht an sich halten und prustete los.

Während wir uns dem Haus näherten, sah ich schon aus der Entfernung einen rosa Rolls Royce vor der Türe stehen.

„Oh Scheiße, meine Ex-Schwägerin", klärte ich Alva auf.

„Die steht auch auf rosa Autos. Abgefahren."

„Ja, das dachte ich auch, als sie vor unserem ersten Kennenlernen mit diesem Luxusteil ankam. Aber dann..."

„Was dann?"

„Ich will dich lieber nicht beeinflussen. Lerne sie einfach unvoreingenommen kennen."

Gleichzeitig mit dem großen Tor, das wir über die Fernbedienung aufschwingen ließen, öffnete sich die Türe des Rolls. Glücklicherweise schafften wir es noch durch das Tor. Nur das Tor schaffte es nicht mehr früh genug vor meiner Ex-Schwägerin. Sie kam in dem für sie typischen schnellen Gang mit leicht nach vorne gebeugtem Oberkörper auf uns zu. Als sie mich in meiner vollen Pracht vor sich sah, zögerte sie nur den Bruchteil einer Sekunde.

„Du glaubst ja wohl nicht, dass ich nicht weiß, wer meinen geliebten Bruder auf dem Gewissen hat. Ich lasse bereits Nachforschungen anstellen und du kannst sicher sein, dass ich nicht nachlassen werde, bis ich dir alles nachgewiesen habe."

Ohne auf ihr Gefasel einzugehen, zeigte ich zu dem Tor.

„Da vorne ist der Ausgang Brechthild. Ich empfehle dir, auf dem Absatz kehrt zu machen, falls du das auf den Teilen überhaupt kannst, und dann auf dem kürzesten Weg zu verschwinden."

„Ich heiße Mechthild", keifte sie los, „Mechthild. Unterstehe dich, meinen Namen nochmals falsch auszusprechen. Gerade du. Hast du schon mal in den Spiegel geschaut?"

„Mein Gott, wie kann man nur so wenig tolerant sein? Spreche ich dich etwa auf die Hautwulst an, die zwischen deiner modischen knallengen rosa Hose und deinem modischen knallengen rosa Top herausquillt? Nein, mache ich natürlich nicht. Also verkneif du dir auch die Kommentare zu meinem Outfit. Und jetzt dreh dich endlich um und geh."

Sie zeigte drohend mit ihrem rosa Sonnenschirmchen auf mich.

„Ich weiß, was du willst. Du willst nur sein Erbe."

„Ich bin keineswegs scharf auf sein Erbe. Ich bedauere, dass er ermordet wurde. Ich hätte ihm noch ein langes Leben gegönnt. Und, wenn es bei ihm irgendeinen größeren Betrag zu erben geben würde, dann nehme ich mal an, dass ich das wüsste. Ich weiß aber nichts davon. Warten wir also ab, was sich so alles ergeben wird. Da ich noch immer seine Frau bin, wird das wohl früher oder später bei mir landen. Wenn du mal wieder knapp bei Kasse sein solltest, dann verkauf doch einfach das kitschige Auto, das da vorne rum steht. Und jetzt geh."

„Wir sind noch nicht fertig kleines Fräulein."

„Es ist Zeit zu gehen", kam hinter mir Frankys Stimme.

Meine Ex-Schwägerin riss erschrocken die Augen auf und stöckelte auf ihren Stilettos weg. Da ihr Beine nicht das Idealbild des geraden Wuchses war, hatte sie die kleinen Absätze schon wieder völlig schief abgelaufen. Das Gesamterscheinungsbild war nicht gerade überzeugend.

Ich schaute ihr nach, bis sich das Tor geschlossen hatte und drehte mich dann lächelnd zu Franky um. Dabei nahm ich die Hände ein wenig auseinander und ließ die Strassketten im Sonnenlicht glänzen.

„Wow. Das ist wirklich ein verdienter erster Preis."

Während er mich betrachtete, schaute ich mir an, was er in den Händen hielt.

„Na, dein Vorschlaghammer ist auch nicht so ganz ohne. Ich hoffe mal die rosa Tussi, die mal meine Schwägerin war, kommt nicht auf die Idee, dich wegen Gewaltandrohung anzuzeigen."

Verdutzt schaute er an sich herunter und fing dann an zu lachen. „Ich wollte gerade die kleine Schmiede aufräumen, als Arndt mir Bescheid gesagt hat, dass ihr zurück seid und auch noch diesen komischen Besuch mitgebracht habt, der uns den halben Nachmittag genervt hat. Der Hammer war wohl gerade in meiner Hand."

Die Stunde bis zum Abendessen, räkelte ich mich auf dem Sessel bei Franky in der Werkstatt und schaute ihm dabei zu, wie er an einem ziemlich großen Stück Metall arbeitete. Er bog und hämmerte immer wieder daran herum, bis es endlich so an dem Kunststoffmodel saß, wie er es sich vorstellte.

„Ist deine Ex-Schwägerin eigentlich immer so drauf?"

„Ich kenne sie nicht anders. Irgendwie sieht die für meinen Geschmack immer ziemlich ‚gewollt aber nicht gekonnt' aus. Das ist ja eigentlich egal. Solange sie sich selber gefällt, ist mir das wirklich egal. Aber, wenn sie dann auch noch hier auftaucht und versucht einen auf Terrorzicke zu machen, dann geht das zu weit."

Während ich ihm das sagte, fing ich wieder an, mit meinen Ketten zu spielen. „Alva meinte, dass sie die beiden Ketten hier eigentlich an meinem Nasenring hätte befestigen wollen."

„Klar. Das passt bei so einer abgedrehten Fesselung natürlich noch besser. Aber der ist nun wirklich zu frisch. Ich glaube nicht, dass es dir die Entzündung wehrt gewesen wäre."

„Nein, so meinte ich das nicht", erklärte ich ihm. „Ich wollte eigentlich eher sagen, dass ich das auch ziemlich cool gefunden hätte. Ist überhaupt irgendwie ein echt geiles Gefühl, so halb gefesselt zu sein. Eigentlich kann ich ja alles bewegen, aber andererseits kann ich auch ziemlich viele Sachen nicht machen oder zumindest nur schlecht."

„Echt?" wollte Franky grinsend von mir wissen. „Was denn zum Beispiel?"

„Du hättest mal sehen sollen, wie ich an diesem blöden Griff von Alvas Auto rumgefummelt habe, bis ich den endlich auf hatte."

„Ah. Das ist natürlich echt eine richtig schlimme Einschränkung."

„Du Idiot", lachte ich, „warte erst mal, bis ich versuche, dir deinen Reißverschluss zu öffnen. Nach der ersten halben Stunde wirst du dir vermutlich eine Buch nehmen und mich fragen ob es mich stört, wenn du ein bisschen liest, während ich weiter mache."

„Okay, das ist ein Argument. In dem Fall sollte ich dir vielleicht helfen. Sonst noch was?"

„Ne eigentlich nicht. Mir fällt gerade ein, dass ich mich dann ja auch einfach nur hilflos auf das Bett legen muss. Wenn ich dich dann mit meinen brillantbestückten Augen anschaue, wirst du schon wissen, was zu tun ist. Oder?"

Er kam zu mir, zog mich an meinem Halsband aus dem Stuhl und gab mir einen ziemlich langen und sehr intensiven Kuss.

„Jetzt wird erstmal zu Abend gegessen und morgen darfst du dir die Fingernägel neu machen lassen. Diese Nacht will ich dich noch so erleben, wie du jetzt bist."

Die ‚Strassbemalung' in meinem Gesicht entfernte Alva nach dem Essen, während wir noch mit den anderen zusammen saßen.

„Sonst besteht das Risiko, dass du kleine Flecken bekommst. Und in der Nacht wird Franky dich auch ohne die Brillis finden", meinte Alva, während sie an meinem Gesicht herumwerkelte.

„Ich bin da sehr zuversichtlich. Außerdem trage ich ja immer noch dieses überaus dezente Halsband und die völlig unauffälligen Ketten. Und wenn das alles nichts hilft, dann wird der Schweiß unter meinem tollen Latexstrampler sicherlich auch bald dazu bereit sein, sich seinen Weg an die Öffentlichkeit zu bahnen."

„Ist schon gut Muse. Ich lasse dich vor dem Schlafen gehen aus dem Anzug raus", beruhigte mich Franky lachend. „Ich hab mich da schon so dran gewöhnt, dass ich dachte, du wolltest den auch bis morgen anbehalten."

„Ein anderes Mal vielleicht. Jetzt jedenfalls nicht. Ich wunder mich schon die ganze Zeit, wo das ganze Wasser bleibt, das ich in mich reinkippe. Vermutlich bekomme ich eine halbe Badewanne voll, wenn ich den Anzug auf Links gedreht habe."

Modenschau bei Arndt

Nachdem wir uns am Abend ziemlich schnell einig geworden waren, dass der Sex, nach dem uns der Sinn gestanden hatte, mit meinen ganzen Ketten komplett unmöglich war, hatte Franky die Ketten an den Spitzen der Fingernägel abgeschnitten. Danach ging es dann wesentlich besser.

Als dann früh am Morgen die Türklingel ging, erwies es sich als eine gute Sache, dass ich nicht mehr ganz so eingeschränkt war. Frankys Tipp, dass eigentlich nur die Polizei oder meine durchgeknallte Schwägerin vor der Tür stehen konnten, erwies sich als richtig. Also genaugenommen der erste Teil. Da Franky mich mit den beiden Polizisten nicht alleine lassen wollte, setzte er sich mit zu uns in die Küche und bereitete einen Kaffee zu.

„Frau Kachel, es haben sich noch ein paar Dinge ergeben, die unbedingt geklärt werden müssen. Sie wissen, dass ihr verstorbener Mann einiges zu vererben hat."

Der Tonfall der Polizistin sollte mir vermutlich suggerieren, dass sie nur etwas sagte, was ich schon lange wusste. Dem war aber nicht so. Scheinbar konnte sie mir das auch ansehen.

„Sie kennen die Erbschaft, die Ihnen zusteht?" wollte sie dann lieber doch noch mal ganz genau wissen.

„Klar kenne ich die. Also zumindest habe ich nicht den Eindruck, dass mein Mann mir irgendwas verschwiegen hat."

„Und was erwarten Sie?"

„Das Haus und das Auto. Also sein Auto. Genaugenommen hat er den Beetle mit dem ich fahre auch bezahlt. Aber ich habe das immer mehr als ein Geschenk angesehen. Irgendwie so innerehelich. Schließlich wollte er ja nicht, dass ich arbeite. Vermutlich ist das Haus dann auch gar kein richtiges Erbe?"

„Machen Sie sich mal um Ihren Beetle und das Haus keine Sorgen", antwortete sie mir grinsend. „Und sonst fällt Ihnen nichts ein?"

„Nein. Wieso?" wollte ich wissen. „Die Schwester von meinem Mann war gestern auch schon hier und hat irgendwas von einem Erbe gefaselt. Nur habe ich die nicht für voll genommen. Ich weiß nicht. Vermutlich ist die Ihnen schon über den Weg gelaufen."

Der Blick, den die beiden Polizisten sich zu warfen, reichte mir als Bestätigung.

„Ihnen ist also nicht bekannt ob und wenn, welches Erbe Sie antreten werden?"

„Nein, ist es nicht." Als die beiden nichts weiter sagten, wollte ich natürlich wissen, was denn jetzt los sei.

„Das war es für den Moment. Danke, dass Sie uns Ihre Zeit geopfert haben."

„Kommt jetzt der Spruch mit laufendes Verfahren und man wird sich schon bei Ihnen melden?" wollte ich wissen.

„Genau der kommt jetzt", verkündete mir die Kommissarin lächelnd. „Aber so viel darf ich Ihnen sagen. Ihr Mann hatte die Sache bei einem Notar geregelt. Der wiederum hat durch uns Kenntnis vom Tod Ihres Mannes und wird Sie schriftlich informieren. Wir waren so frei, ihm Ihre neue Adresse zu geben."

„Gut. Danke."

Damit waren sie weg und der neue Tag konnte so langsam auf Touren kommen. Was er dann auch tat. Nach dem Frühstück hatte ich gerade noch Zeit, mir ein paar schwarze Augenbrauen anzumalen und ziemlich dunklen Lippenstift aufzulegen, bevor Alva zu mir hoch rief, dass ich schnell in ihr Studio fahren sollte. „Danach braucht dich Arndt in seiner Boutique. Du musst dich ran halten."

Mir fiel gerade noch rechtzeitig ein, dass ich mir noch erklären lassen musste, wo Arndt seinen Laden hatte. Dann war ich auch schon unterwegs. Zwar hatten die beiden mich beim Frühstück schon darauf hingewiesen, dass ich bei Arndt modeln sollte, aber die Hektik war für den ersten Moment dann doch ein bisschen überraschend.

Im Nagelstudio wurde ich bereits an der Tür empfangen. Die Mitarbeiterin von Alva schnitt mir den Großteil der Nägel einfach ab und feilte mir dann in Windeseile die neuen Enden in eine ansprechende Form. Die Nägel standen jetzt gerade mal noch zwei Millimeter über die Fingerkuppen hinaus. Ich kam mir fast wie eine Nagelbeißerin vor. Dabei war es gerade mal eine gute Woche her, dass ich überhaupt das erste Mal in meinem Leben nennenswert lange Nägel gehabt hatte.

„So kannst du gehen. Viel Spaß beim Modeln"

Ein paar Minuten später verkündete mir die Stimme aus dem Navi bereits, dass ich mein Ziel erreicht hätte. Die Entfernung wäre zu Fuß vermutlich kaum langsamer zu erledigen gewesen, aber mir sollte es egal sein.

Schon der erste Moment, in dem ich in Arndts Laden trat, war überwältigend. Viel dunkles sehr stark reflektierendes Material bedeckte die Wände. Dazwischen hing überall Latex. Arndt hatte es dabei verstanden, den Laden weder zu übersichtlich noch zu vollgestopft wirken zu lassen.

„Darf ich dich von dem Anblick meines Verkaufsraumes losreißen? Du wirst heute in den hinteren Räumen arbeiten", meinte Arndt lächelnd zu mir. Anders als zu Hause hatte er sich jetzt in ein weißes Hemd und eine enge, aber extrem gut sitzende Lederhose geschmissen.

„Klar, kannst du. Ich kann ja noch mal in Ruhe wiederkommen und mir alles anschauen."

„Natürlich. Und sehr gerne. Aber jetzt gibt es einen Haufen Arbeit für dich. Du bist leider das einzige Modell. Ich persönlich arbeite bei den Privatkunden immer lieber mit zwei Modelln, aber die Gräfin wünscht es sich so. Und die Kundin ist natürlich die Königin."

„Das ist jetzt aber nicht zufällig Gräfin Karla?"

„Doch ist es. Sie hat dich bei Franky kennengelernt und sie hat die Bilder von dem Shooting gesehen. Und jetzt hat sie eine Modenshow mit nur einem Modell gebucht. Und dieses Modell bist du."

„Na dann... Legen wir mal los."

Mein erstes Outfit war ein eher harmloser Einsteiger. Ich trug nichts, als einen schwarzen Latexoverall, der am Rücken fast bis zum Ansatz meines Pos ausgeschnitten war. Dazu kein Schmuck, sondern einfach nur ein Paar schwarze Lackstiefeletten mit ziemlich hohem, aber einigermaßen breitem Absatz. Ich hatte in den letzten Tagen natürlich bei jeder Gelegenheit solche Absätze getragen und auf meine Haltung geachtet, also war ich mir sicher, eine gute Figur zu machen.

Der Blick der Gräfin bestätigte mir das. Sie war scheinbar wirklich erfreut, mich wiederzusehen. Da Arndt mir eingeschärft hatte, wie ich durch den Raum zu gehen hatte, war ich etwas unsicher, wie ich die Gräfin begrüßen sollte. Ich entschied mich, erstmal das professionelle Mannequin zu machen. Als ich dann in der Raummitte auf dem bezeichneten Punkt stehen blieb, schaute die Gräfin mich erst eine Zeitlang an und hob dann lächelnd ihre rechte Hand.

„Willst du mich nicht begrüßen, Muse?"

Die Art, wie sie die Hand hielt, war ziemlich eindeutig. Also ging ich brav lächelnd zu ihr, nahm ihre Hand in meine Hand und küsste ihren Handrücken. Oder, um genau zu sein: Ich brachte meine Lippen bis kurz vor ihren Handrücken. Wer will schon gerne nach dem Handkuss erstmal den feuchten Handrücken abwischen?

„Darf ich mich nach Ihrem Wohlbefinden erkundigen Gräfin?"

Wenn die schon die Herrscherinnenrolle spielen wollte, dann wollte ich dem nicht im Wege stehen.

„Danke, Muse. Es könnte nicht besser sein. Du bist allerdings nicht zum Smalltalk hier. Bitte zeige mir die nächste Kreation."

Dann eben kein Smalltalk. Ich konnte meine Sachen direkt anbehalten. Arndt warf mir ein langes Lackcape über, das am Hals mit einem breiten glitzernden Band geschlossen wurde.

„Wow, ist das Stretch?" wollte ich wissen, während ich versuchte, das Band mit meinen Fingern irgendwie so zu arrangieren, dass es mir beim Atmen nicht all zu sehr in die Quere kam.

„Ist es. Deine Bemühungen sind umsonst. Lass es einfach in Ruhe, dann wirst du dich schnell dran gewöhnt haben und merken, dass du keine Angst um deine Luft haben musst. Das Halsband bewegt sich schließlich mit."

Arndt trat einen Schritt zurück.

„Das Cape ist unten übrigens mehr ein Humpelrock. Zumindest, wenn ich es gleich zu mache. Geh jetzt erstmal so rein und lass es schön schwingen."

Also ging ich mit schnellen sicheren Schritten einmal durch den Verkaufsraum und trat am Ende mit einem dynamischen Körperschwung auf den Punkt in der Mitte des Raumes.

„Sehr hübsch", kommentierte die Gräfin, „aber das ist jetzt nichts richtig Neues. Arndt, Arndt, Arndt. Du willst mir jetzt vermutlich zeigen, dass man das Cape schließen kann?"

Arndt, der scheinbar schon bei dem ‚sehr hübsch' kapiert hatte, dass die Show so nicht weiter laufen konnte, begnügte sich damit lächelnd zu nicken. Als die Gräfin nichts weiter sagte und stattdessen Arndts Gesicht nur lächelnd fixierte, räusperte er sich kurz und meinte dann: „Okay, wir lassen den Anfangsteil weg. Ich bitte um einen kleinen Moment Geduld."

„Kein Problem, schließlich war ich es, die darauf bestanden hat, mit nur einem Modell zu arbeiten. Ich kann mich beschäftigen."

Hinten im Raum lächelte Arndt mich entspannt an.

„Man weiß bei ihr eigentlich nie, wann sie zu den exklusiven Modellen übergehen will. Heute ist es aber wirklich ein bisschen sehr früh. Macht nichts."

Während er mir das erklärte, hatte er bereits das Halsband entfernt. Die Schuhe hatte ich selber ausgezogen und da der Overall am Rücken komplett offen war, kam ich aus dem Teil ebenfalls schnell raus und stand jetzt komplett nackig vor ihm.

Er nahm einen irgendwie seltsam gemusterten Overall von einem Tisch und hielt ihn mir hin.

„Das ist ein Ganzkörperteil. So in der Art, wie der, den du gestern bei Alva getragen hast. Nur ist dieser ein bisschen ganzer", fügte er lächelnd hinzu, „der hat nämlich auch Finger. Deshalb war es wichtig, dass deine hübschen Krallen heut morgen noch schnell gekürzt worden sind."

„Und der ist getigert. Machst du jetzt eine Katze aus mir?" wollte ich wissen.

„Du hast es erfasst. Wie bist du nur drauf gekommen?"

Da die Frage nicht wirklich ernst gemeint war, begnügte ich mich mit einem Lächeln und fing an, mich in das Teil hineinzuarbeiten. Mit der tatkräftigen Unterstützung von Arndt gelang das auch tatsächlich in der rekordverdächtigen Zeit von nur fünf Minuten. Mein Spiegelbild sah vielversprechend aus. Das war dann allerdings auch das Letzte, was ich sah. Oder, um genauer zu sein, war es das Letzte, was ich deutlich sah. Zusammen mit der Kopfmaske zog Arndt mir nach einer kleinen Vorwarnung noch einen Extramaske über den Kopf, die ebenfalls ganz aus Gummi gefertigt war und – wie originell – die Form eines Katzenkopfes hatte. Die eingearbeiteten Augen waren nur bedingt lichtdurchlässig. Es reichte mal gerade, um die groben Umrisse des Zimmers erkennen zu können.

„Jetzt sind wir auch schon fast fertig. Ach übrigens. In so einem Kostüm darfst du nicht mehr sprechen. Ich weiß zwar, dass du noch sprechen kannst, weil dein Mund nicht wirklich blockiert ist, aber es passt natürlich nicht. Solltest du doch sprechen wollen und das dann auch noch in Anwesenheit der Gräfin, dann muss ich dich bei dem nächsten Kostüm knebeln. Fände ich persönlich ziemlich blöd. Also sei bitte so nett und halt ab jetzt den Mund."

Ich nickte brav. Das konnte ja noch lustig werden. Ich hätte nur zu gerne gewusst, wie ich am Ende aussehe, deshalb nahm ich einen imaginären Fotoapparat vor das Gesicht und tat so, als ob ich Fotos machen würde.

„Alles klar Muse. Du wirst deine Fotos bekommen. So was darfst du übrigens gleich auch machen. Also menschliche Gesten. Passt zwar eigentlich nicht, aber der Gräfin ist es egal."

Ich hörte, wie er kurz etwas holte.

„Streck mal deine rechte Hand aus. Du bekommst jetzt noch Pfoten. Am besten, du ballst deine Hand zu einer Faust."

Das kannte ich doch schon von Franky. Es war erst ein paar Stunden her, dass ich die Schoner ausgezogen hatte. Ich konnte deutlich spüren, dass Arndt die Teile mit engen Bändern an den Knöcheln befestigte.

„Wunderbar. Jetzt knie dich bitte hin. Also richtig Oberschenkel auf Unterschenkel."

Als ich vor ihm hockte, merkte ich, wie er mit einem Riemen meinen rechten Unterschenkel an den dazugehörigen Oberschenkel fesselte und das ganze dann an dem anderen Bein wiederholte.

„Das ist immer das Blöde an diesen Tierkostümen. Die wunderbaren langen Beine der Modells sind einfach zu lang. Also muss man sie zusammenfalten."

Während er mir das erklärte, teste ich die Bewegungsfreiheit meiner Beine und musste feststellen, dass sie nicht mehr vorhanden war.

„So. Leg dich jetzt bitte auf den Rücken. Deine neuen Beine müssen noch verpackt werden."

Danach fing wieder ein Ziehen und Zerren an. Vermutlich arbeitete er gerade wieder eine Lage Latex über meine Beine. Als er an beiden Seiten fertig war, wechselte ich in den Vierfüßlerstand. Nur lagen dabei meine Unterschenkel nicht glatt auf den Boden, sondern sie standen senkrecht hoch.

„So, gleich bist du fertig. Jetzt muss ich nur noch dafür sorgen, dass deine Füße nicht runterklappen. Nicht erschrecken. Das ist eine Art Hartschalenkappe. Die ist dann gleichzeitig noch die Basis für den Katzenschwanz. Deine Füße werden ziemlich gestreckt sein. Denk einfach daran, dass es nicht lange dauern wird."

109

Das war dann wirklich unangenehm. Bis jetzt waren meine Beine zwar gefesselt, aber eben nur jedes für sich selber. Die Kappe wurde jedoch über beide Füße gestülpt. Von meinem Gefühl her, wurden die Füße dadurch komplett gestreckt und gleichzeitig noch nach innen gedreht, sodass sich meine dicken Zehen berührten. Wie Arndt vorausgesagt hatte, war das nicht wirklich angenehm.

„So, damit wären wir auch schon so weit. Ich mache eben noch eine Leine an deinem Halsband fest und dann geht es ab in den Showroom."

Ich musste nicht lange auf das Klicken und den leichten Zug an der Leine warten. Also ging ich mutig auf die hellgrauen Schatten zu, die ich durch die Katzenaugen erkennen konnte. Ich bewegte mich dabei auf den Fäusten und den Knien. Wobei an den Knien scheinbar so etwas wie Polster angebracht waren. Jedenfalls konnte ich den Boden kaum erfühlen. Damit war meine Angst, dass mir die Knie ziemlich schnell weh tun würden, glücklicherweise unberechtigt.

Ich gab mir bei der Runde durch den Raum große Mühe, mich so grazil wie möglich zu bewegen. Zwar war mir klar, dass die Selbstwahrnehmung in solchen Fällen nicht immer mit dem übereinstimmte, was die Betrachter - in dem Fall die Gräfin – sahen. Trotzdem wollte ich hinterher zumindest sagen können, dass ich mir Mühe gegeben hatte. Als Arndt mir dann den Befehl gab, stehen zu bleiben, nahm ich den Kopf nochmals stolz hoch und wartete auf das, was passieren würde. Die Gräfin oder zumindest das, was ich für die Gräfin hielt, saß noch immer auf ihrem Stuhl und schien erstmal in Ruhe schauen zu wollen, was Arndt ihr präsentierte.

„Präsentier mir doch mal eine Rundum-Ansicht, Arndt"

Ich hatte keine Ahnung, was sie damit meinte, war aber auch egal, weil ich ja nicht angesprochen war.

Gleichzeitig mit Arndts Antwort merkte ich, wie sich etwas unter mir bewegte. Vor Schreck wäre ich fast umgekippt. Glücklicherweise konnte ich das noch so gerade eben vermeiden. Die Gräfin, die das natürlich gesehen hatte, fing an zu kichern.

„Hast du ihr nichts von der Drehscheibe erzählt?"

„Das ist wohl ein bisschen unter gegangen. Aber macht nichts. Muse hat das ja gut hinbekommen."

Ich presste meine Lippen zusammen, um nicht versehentlich einen kleinen Diskussionsbeitrag beizusteuern. Danach passierte erstmal nichts. Scheinbar war die Gräfin damit beschäftigt, sich in Ruhe mein Outfit anzuschauen. So genau konnte ich das nicht ausmachen. Irgendwas war mit dem Licht passiert. Ich hatte den Eindruck, dass ein sehr heller Spot auf mich gerichtet war und der Rest des Raumes im Dunkeln lag. Jedenfalls hatte sich die ohnehin sehr trübe Sicht, die mir geblieben war, komplett verabschiedet. Ich probierte durch Öffnen und Schließen der Augen aus, ob ich vielleicht irgendwas übersehen hatte, aber dem war nicht so. So langsam machten sich bei mir zaghafte Rückenschmerzen bemerkbar. Ich war in meiner aktuellen Körperhaltung schließlich völlig untrainiert. Um mich ein wenig zu lockern begann ich damit den Rücken langsam durchzudrücken und danach einen Katzenbuckel zu machen. Glücklicherweise half die Bewegung und wenn ich die Geräusche richtig deutete schien es zudem noch zu gefallen. Also machte ich damit weiter und versuchte auch meine Gliedmaßen, die sich inzwischen ebenfalls beschwerten in ähnlicher Weise zu bewegen und damit einigermaßen beschwerdefrei zu halten.

Endlich, nach einer gefühlten Stunde – es waren mal gerade zehn Minuten, wie Arndt mir hinterher erklärte – stoppte die Bewegung der Drehscheibe und Arndt führte mich an meinem Halsband wieder hinaus.

Arndt nahm mir als erstes die Katzenmaske und die Kapuze des Overalls ab.

„Du warst einsame Klasse. Ich hätte fast vergessen, dich wieder rauszubringen. Wie geht es dir Muse?"

„Soweit eigentlich ganz gut. Ich habe mich nur gefragt, weshalb die Katzenmaske so dämliche trübe Linsen hat. In dem Raum da vorne war das Licht doch ohnehin so, dass ich nichts mehr sehen konnte."

„Stimmt", grinste Arndt. „Aber du musst auch an die Frauen denken, die solche Masken über viele Stunden tragen. Die sind ganz froh, wenn sie zumindest ab und zu mal ein bisschen was sehen können."

„Naja"

„Wie, naja?" kam es von meinen Beinen, an denen sich Arndt jetzt zu schaffen machte.

„Ich bin eigentlich eher der Meinung ‚ganz oder gar nicht'. Also entweder kann man durch die Maske vernünftig sehen oder eben gar nicht. Ich meine, wenn ich mir von Franky Schmuck anlegen lasse, der verschlossen wird, dann muss der auch so sein, dass ich wirklich keine Chance habe, den los zu werden. Also von der Benutzung einer Flex mal abgesehen. Das ist das Gleiche, wie bei dem Katzenkostüm, das ich gerade für die Gräfin angezogen hatte. Ohne fremde Hilfe wäre ich da auch nicht mehr rausgekommen. Verstehst du, was ich meine? Mit der Möglichkeit der Selbstbefreiung hat die ganze Geschichte doch gar keinen richtigen Kick."

Als Antwort wurden meine Füße aus ihrer steifen Haltung befreit. Um Arndt möglichst schnell arbeiten zu lassen unterließ ich es, die Füße zu bewegen. Kurz danach wurde ich dann endlich von dem Druck der Riemen erlöst, die meine Oberschenkel und Unterschenkel zusammengehalten hatten.

„Das tut gut", erklärte ich Arndt, während ich meine Beine vorsichtig streckte. Ich hielt ihm meine Katzenpfoten hin, die mit einem glitzernden Riemen verschlossen waren.

„Wieviel Millionen sind die Armbänder wert? Das sind doch garantiert alles lupenreine Diamanten. Ich meine, wenn die Show für eine Gräfin gemacht wird."

„Klar, Muse. Geben tut es die teure Variante auch, aber das würde das Budget sprengen. Das hier ist ganz gewöhnlicher Strass."

Nachdem ich meine Finger ein bisschen durchgestreckt hatte, drückte Arndt wieder aufs Tempo, zog mir den Overall aus und reichte mir ein Handtuch. Der Schweiß auf meiner Haut sollte keine Chance haben, dem nächsten Latex-overall bei Anziehen im Weg zu stehen.

„So", meinte ich dann freudestrahlend. „Was kommt als nächstes?"

„Noch mal Tier. Diesmal ein Zweibeiner."

Er hielt mir wieder einen Ganzkörperanzug hin und ergänzte lächelnd: „Dürfte nach deinem Geschmack sein."

Ich schaute mir das Teil an. Die Beine hatten eine Farbe, die irgendwo zwischen gelb und ocker lag. Der Rest war einfach nur weiß. So richtig verstand ich nicht, was das werden sollte, aber ich war gerne bereit, mich überraschen zu lassen. Als ich endlich in dem Anzug steckte, zog Arndt den Reißverschluss an meinem Hinterkopf fertig hoch. Damit war mein Gesicht wieder komplett eingeschlossen. Nur war bei dem Anzug der Stoff im Bereich meiner Augen blickdicht.

„Ah, ich verstehe."

„Reiner Zufall, Muse. Aber nach deiner Bemerkung von eben passt es wirklich gut, oder?"

„Tut es. Ich bin gespannt, wie es weitergeht. Um den Mund ist der aber irgendwie ein bisschen ausgeleiert."

„Nur die Ruhe. Jetzt hock dich bitte mal hin. So, wie die Skispringer vor dem Absprung."

Als ich in der Hocke war, merkte ich, wie er mir direkt hinter den Knien einen Gurt unter den Oberschenkeln her zog. Die beiden Enden des Gurtes schloss er dann auf meinem Rücken. Damit war klar, dass ich die Stellung „Oberschenkel am Bauch" so schnell nicht mehr verlassen würde.

„So, jetzt noch deine Arme ein bisschen zusammenfalten. Du kennst das schon von eben. Nur wird diesmal dein Unterarm und dein Oberarm aneinander gebunden."

„Ich vermute mal, dass ich im Moment total souverän aussehe", lachte ich. „Muse, die Beherrscherin der Situation."

„Du hast es erfasst", meinte Arndt ebenfalls lachend. „Das Kostüm heißt: Die Kriegerin."

Nachdem er die Bänder an meinen Armen festgezogen hatte, zog er noch irgendwelche Hüllen über die Arme. Die beiden Hüllen verband er an meinem Rücken und an meiner Brust miteinander.

„Das sind deine kleinen Stummelflügelchen. Damit kannst du gleich ein bisschen flattern. Jetzt dauert es nicht mehr lange. Noch eben dein Hinterteil. Da du schon so wunderbar zusammengefaltet bist, muss ich das nur noch drüber ziehen. Nicht erschrecken ich nehme deinen Kopf zwischen meine Beine. Sonst fällst du mir noch um, während ich an dir rum zerre."

Gesagt getan. Ich wäre garantiert umgefallen. Schließlich war meine Erfahrung mit so einem eingeschränkten Bewegungsradius doch ziemlich eingeschränkt.

„So", meinte er, „das sieht schon ziemlich perfekt aus. Jetzt muss ich nur noch dafür sorgen, dass du deinen Kopf immer schon hoch hältst. Damit fängt jetzt auch dein Sprechverbot an."

Ich merkte, wie er mir eine Beißstange quer vor den Mund hielt und dann auch direkt mit einem Riemen an meinem Nacken straff zog. Damit hatte sich auch geklärt, weshalb der Mundbereich des Anzuges so ausgeleiert war. Bevor ich richtig darüber nachdenken konnte, wie er mit so einem Knebel erreichen wollte, dass ich Kopf aufrecht halten würde, merkte ich schon einen starken Zug an meinem Knebel. Offenbar war neben dem Verschlussriemen noch ein weiterer Riemen daran befestigt. Den befestigte er jetzt irgendwo an dem Schwanzungetüm, das er kurz vorher über meinen Hintern gestülpt hatte.

„So, Muse. Auf geht's"

Er packte mich an dem Knebelgeschirr und wies mich vorsichtig in die Richtung des Showrooms. Ich watschelte brav neben ihm her und konnte, um das Gleichgewicht zu halten nicht vermeiden, ab und zu mit meinen Stummelflügeln zu schlagen.

„Genau so", lobte Arndt mich. Danach führte er mich unter dem deutlich vernehmbaren, freudigen Glucksen der

Gräfin eine Zeitlang durch den Raum und ließ mich schließlich stehen. Da ich natürlich überhaupt keine Orientierung hatte, wo was sein konnte, nahm ich die Beine ein wenig weiter auseinander. Also zumindest, so weit, wie das geht, wenn die Knie irgendwo halb neben dem Magen festgebunden sind. Kaum war ich in dieser etwas stabileren Stellung, als die Drehscheibe auch schon mit ihrer Arbeit anfing. Mit viel Geflatter schaffte ich es so gerade eben, nicht umzukippen. Scheinbar fand die Gräfin meine hilflosen Bewegungen so toll, dass sie Arndt laut vernehmlich bat, die Drehscheibe immer wieder anzuhalten und neu zu starten. Nach dem dritten Start hatte ich den Bogen so langsam raus. Ich wusste allerdings auch, dass ich bald keine Kraft mehr haben würde. Kaum zu glauben, dass so ein bisschen Watscheln und Rumstehen, derartig auf die Kondition gehen konnte.

Bevor es aber zu einer vierten Wiederholung kam, kam es zu etwas ganz anderem. Ich hörte, wie eine Türe aufgerissen wurde und die unverkennbare und sehr erregte Stimme meiner Ex-Schwägerin erklang.

„Ich weiß genau, dass Emma hier ist. Ich habe sie reingehen sehen und sie ist nicht wieder rausgekommen. Vorne im Raum… Lassen Sie mich gefälligst los!"

Scheinbar versuchte jemand, sie aus dem Raum zu schieben. Wissen konnte ich es natürlich nicht. Schließlich war ich nur die Gestalt, die sich still und langsam auf der Drehscheibe drehte.

„Ich habe schon die Polizei gerufen", rief eine, mir unbekannte Stimme. Das konnte eigentlich nur die Mitarbeiterin von Arndt sein, die vorne im Verkaufsraum arbeitete.

„Ruf nur die Polizei, du kleines Flittchen. Emma wird nämlich von der Polizei gesucht. Sie hat ihren Mann umgebracht!"

„Vielleicht setzen wir das Gespräch draußen fort?" versuchte Arndt sein Glück. Er kannte meine Ex-Schwägerin nicht.

„Ich werde hier bleiben, bis die Polizei da ist und ich werde Emma mitnehmen. Irgendwo wird sie schon sein. Und kommen Sie bloß nicht auf die Idee mich noch ein einziges Mal anzupacken."

Danach hörte ich schnelle Bewegungen und den gellenden Schrei meiner Ex-Schwägerin.

„Was machen Sie da. Runter von mir. Ich werde Sie anzeigen. Ich werde alle hier anzeigen. Wegen unterlassener Hilfeleistung."

Fast hätte ich losgelacht, als ich mir vorstellte, wie es wäre, wenn ich ihr todesmutig helfen würde. „Die blinde Kampfente sorgt für Ordnung im Viertel", wäre doch eine wirklich nette Schlagzeile gewesen.

Scheinbar saß oder hockte Arndt auf meiner Ex-Schwägerin. Zumindest war er der Nächste, der etwas sagte.

„Es liegt ganz an Ihnen. Kommen Sie einfach mit nach vorne und verhalten Sie sich ruhig und vernünftig. Dann kann ich Sie loslassen und wir können gemeinsam auf die Polizei warten."

„Das denkst du dir so. Damit Emma durch die Hintertüre verschwinden kann. Ich bleibe hier."

„Dann werde ich Sie auch weiterhin auf dem Boden halten. Mir ist das nämlich sonst zu gefährlich. Wer weiß, was Ihnen noch alles einfällt. Wer ist überhaupt diese Emma, von der Sie die ganze Zeit reden?"

Bevor meine Schwägerin ihn aufklären konnte fing die Gräfin an, sich an der Diskussion zu beteiligen. Dabei sprach sie in einem Tonfall, der keinerlei Widerworte erlaubte.

„Du behältst diese Verrückte genau in der Stellung, in der sie jetzt ist. Auf diese Weise, kann sie keinen Schaden anrichten. Wenn sie weiter rumquäkt, lass dir einen Knebel reichen. Ich kann diese Stimme nämlich überhaupt nicht ertragen. Bis die Polizei hier ist, werde ich mich um dein Modell kümmern."

„Das kann auch meine Assistentin übernehmen", wandte Arndt ein.

„Deine Assistentin sorgt dafür, dass vorne im Laden alles klar geht! Ich kümmere mich um dein Modell und du kümmerst dich um die Verrückte!"

Ich hätte jetzt doch gerne mal gesehen, wie die Szenerie genau aussah. Neben ihrer Stimme musste die Gräfin noch irgendetwas anderes ausstrahlen, das ihre Autorität untermauerte. Meine Ex-Schwägerin jedenfalls gab keinen Ton mehr von sich und ich hörte, wie eine Türe geschlossen wurde. Vermutlich war die Assistentin gerade nach vorne verschwunden.

Danach blieb meine Drehscheibe stehen und ich wurde an meinem Halsband herausgeführt. Erst als ich in dem Hinterzimmer war, sprach die Gräfin mich an.

„Dann will ich mal sehen, dass ich dich möglichst zügig aus dem Kostüm herausbekomme, Muse."

Während ich merkte, wie sie die Riemen meiner Beißstange löste, redete sie weiter auf mich ein.

„Was ist das für eine dämliche Tussi da draußen? Da kann man ja direkt Angst um sein Leben bekommen."

Ich beschoss als Antwort ein bisschen unartikuliertes Gestöhne von mir zu geben.

„Ja, ja, ich habe es ja gleich."

In dem Moment merkte ich, wie der Zug an dem Band wegfiel. Kurz danach war die Stange aus meinem Mund entfernt und die Kapuze so weit geöffnet, dass mein Kopf wieder frei war.

„Tut mir wirklich leid. Das ist die Schwester von meinem Ex. Die war immer schon so durchgeknallt. Absolut beratungsresistent. Wenn die irgendwas will, dann setzt die alles daran, bis sie es hat oder bis sie im Dreck liegt."

Während ich das der Gräfin erklärte, flatterte ich noch ein bisschen mit meinen schwarz-weiß gefiederten Flügeln.

„Hübsch. Nur auf Dauer dann doch ein bisschen lästig oder? Ich meine in dem Kostüm kann ich ja gar nichts selber machen, außer ein bisschen in der Gegend herumzuwatscheln."

„Das ist auch nicht dafür gedacht, sich darin selbstständig zu bewegen."

„Wofür dann?"

„Du kennst dich noch nicht so richtig aus, denke ich mal?"

„Vermutlich nicht."

„Um es kurz zu machen. Ab und an gibt es in sehr erlesenen Kreisen so kleine Partys. Dabei passiert eigentlich nichts Besonderes. Man steht zusammen. Man redet über seine Hobbys. Und manchmal macht man auch ein Geschäft per Handschlag. Aber, da die Hobbys der versammelten Gäste alle im Fetischbereich liegen, braucht man bei diesen Partys entsprechende Dekos. Und du trägst gerade so eine Deko. Was mit den Dekos übrigens niemals passiert ist: Sex oder gar Gewalt."

„Ah." Ich war mir nicht ganz sicher, ob ich das richtig verstanden hatte, aber da man vom fragen nicht dümmer wird, fragte ich: „Und wenn ich zum Beispiel für so eine Party als Deko gebucht würde, dann würde ich ein paar Stunden dieses Kostüm tragen und in einem Käfig von der Decke hängen?"

„Du hast es erfasst", bestätigte die Gräfin meine Vermutung, während sie meine Arme befreite.

„Cool", rutschte mir aus Versehen heraus. „Wieviel verdient man denn an so einem Abend?"

„Nicht wirklich viel. Ob du es glaubst oder nicht, es gibt immer eine ausreichend große Liste von Frauen und teilweise auch Männern die den Job machen wollen."

Endlich wieder die Arme ausstrecken. Das tat wirklich gut.

„Wo ich gerade so meine Arme strecke. Die Stellung über mehrere Stunden dürfte ziemlich schmerzhaft sein. Wie halten die Models das aus?"

„Ganz einfach. Wenn du wirklich mal mitmachen willst, dann sag Franky Bescheid. Er wird dich dann trainieren."

„Aha?"

„Denkbar einfach. Wenn du an jedem Tag mit diesen Fesseln herumläufst, dann bekommst du irgendwann den Bogen heraus, wie du die Zeit immer mehr in die Länge ziehen kannst. Das Zauberwort lautet ‚Entspannung'. Je mehr du deinen Körper im gefesselten Zustand entspannen kannst, umso länger hältst du das aus. Irgendwann ist es natürlich immer vorbei. Egal, wieviel du trainierst. Dann darfst du ein verabredetes Zeichen geben und du wirst aus dem jeweiligen Kostüm befreit."

Während ich über die Neuigkeiten nachdachte, machte sich die Gräfin an meinem Hinterteil zu schaffen. Je länger ich darüber nachdachte umso klarer wurde mir, dass ich das in jedem Fall mindestens einmal erleben wollte. Ich nahm mir also vor, noch am gleichen Abend mit Franky darüber zu reden.

Ein paar Minuten später stand ich endlich wieder senkrecht auf meinen Beinen und begann den Anzug auszuziehen, wobei mir die Gräfin noch ein bisschen behilflich war.

„Was hat die Tussi da draußen eigentlich von Mörderin gefaselt?"

„Keine Ahnung. Oder genauer gesagt, eigentlich schon viel Ahnung. Also, was du vermutlich nicht weißt: Mein Mann. Also mein werdender Ex, den ich für Franky und mein neues Leben vor gut einer Woche verlassen habe. Der ist umgebracht worden. Was natürlich schrecklich ist. Ich hoffe du hältst mich nicht für herzlos, wenn ich dir sage, dass ich nicht wirklich um ihn trauere. Das liegt aber einfach daran, dass ich mit ihm bereits abgeschlossen hatte. Trotzdem war er kein schlechter Mensch. Er hat mich nicht geschlagen oder so etwas. Er war nur einfach bieder und langweilig."

„Verstehe. Und die Frau da draußen meint, dass du ihn umgebracht hast?"

„So hat sich das angehört. Aber ich habe das natürlich nicht gemacht und ich wüsste auch nicht, wie jemand etwas finden könnte, das er so deuten könnte, dass ich dann irgendwie doch auf einmal als Mörderin da stehe."

119

„Pass auf. Wenn sich irgendwas in die Richtung entwickelt, dann wende dich an mich. Mein Mann wird dich verteidigen."

„Wie jetzt? Der ist Anwalt?"

„Klar. Das Ausleben von Fetischen geht quer durch die Gesellschaft. Und ganz nebenbei ist das nicht ganz billig. Da ist es nicht von Nachteil, wenn man über ein vernünftiges Einkommen verfügt."

Inzwischen hatte ich mich mit dem Handtuch trocken gerubbelt und angefangen mich wieder in die Klamotten zu schmeißen, mit denen ich am Morgen gekommen war. Glücklicherweise hatte ich in meiner Handtasche genügend Schminkutensilien dabei um das Desaster, das die beiden Kapuzen in meinem Gesicht hinterlassen hatten, wieder in Ordnung zu bringen.

Nach einem letzten prüfenden Blick in den Spiegel schaute ich die Gräfin lächelnd an.

„Besten Dank für deine Hilfe und vor allem für die angebotene Hilfe. Dann will ich mal schauen, was meine Ex-Schwägerin noch so alles veranstalten will."

Im gleichen Moment, in dem wir den Showroom betraten in dem meine Ex-Schwägerin lag, kamen von der anderen Seite zwei Polizisten in den Raum. Genauer gesagt eine Polizistin und ein Polizist. Irgendwie hatte ich mich die ganze Zeit irgendwo in meinem Unterbewusstsein darüber gewundert, dass ich kein Gezeter mehr gehört hatte. Jetzt sah ich, warum das so war. Arndt hatte dann doch die Variante mit dem Knebel gewählt. Außerdem war es ihm gelungen, ihre Hände auf dem Rücken mit zwei rosa Plüschhandfesseln zu fixieren. Eigentlich eine gute Wahl, ging es mir durch den Kopf. Schließlich war der Rest ihrer Kleidung in der gleichen Farbe gehalten. Mehr konnte ich dann aber erstmal nicht mehr denken, da die beiden Polizisten natürlich das Wort hatten. Nachdem Arndt dann schnell zusammengefasst hatte, was passiert war, wollte er von den Polizisten wissen, in welcher Reihenfolge er die inzwischen, wie wild zappelnde und in den Knebel schreiende Frau befreien sollte. Für mein

Gefühl machte Arndt das einfach nur perfekt. Er sprach sehr ruhig und in einem sachlichen Ton. Gerade so, als ob er irgendwelchen Interessenten eine Praxisstunde geben würde.

„Nehmen Sie der Frau mal zuallererst den Knebel heraus."

Kaum war der Ball aus ihrem Mund geflutscht, da fing meine Ex-Schwägerin auch schon an die Polizisten zuzutexten.

„Das ist Freiheitsberaubung. Ich verlange von Ihnen, dass Sie die Leute hier alle festnehmen. Ich kenne einflussreiche Leute in dieser Stadt. Glauben Sie bloß nicht, dass Sie damit durchkommen, wenn Sie die Verbrecher hier unbehelligt lassen. Da hinten steht die gesuchte Mörderin Emma Kachel. Die ist sehr gefährlich. Ich an Ihrer Stelle würde schon mal die Waffe entsichern. Und jetzt befehlen Sie dem Mann hier endlich mal, mir die Handschellen abzunehmen!"

Nach meiner Schätzung gab sie den Polizisten etwa eine Sekunde Zeit, ihren Anordnungen folge zu leisten. Das war eindeutig zu kurz. Schließlich strahlte die Körpersprache der beiden Polizisten im Wesentlichen eines aus: Ruhe bewahren und deeskalieren.

„Ich nehme also zur Kenntnis, dass Sie sich weigern, mir in meiner Notsituation zu helfen. Ich liege immer noch mit gefesselten Händen auf dem Boden. Mit großem Glück konnte ich verhindern, dass der Mann mich vergewaltigt. Und Sie lassen mich noch immer hier liegen?"

Diesmal gelang es der Polizistin die neue Pause zu nutzen. Ohne dabei hektisch zu klingen meinte sie nur.

„Jetzt beruhigen Sie sich bitte. Ihnen kann hier nichts mehr passieren. Außerdem hatte der Herr bereits klar zum Ausdruck gebracht, dass er Ihnen die Handschellen abnehmen wird. Bleiben Sie jetzt also bitte ruhig, dann werden Sie in wenigen Sekunden bereits befreit sein."

Erstaunlicherweise funktionierte das. Meine Ex-Schwägerin schaute Arndt zwar mit hasserfüllten Augen an, aber sie hielt lange genug still, damit Arndt den Schlüssel drehen konnte. Danach schien es aber kein Halten mehr zu geben. Sie sprang auf die Füße – dabei legte sie eine beneidenswert sichere Landung auf ihren hohen Absätzen hin – und versuchte Arndt mit einem schwungvollen Tritt zwischen den Beinen zu treffen. Der hatte scheinbar schon damit gerechnet und wich geschickt aus. Eine Minute später lag sie wieder auf dem Boden. Diesmal waren die Handschellen nicht aus Plüsch.

„Ich mache Sie fertig. Ich habe Ihnen doch gesagt, dass ich einflussreiche Leute kenne! Und wenn Sie sich schon an mir vergehen müssen, dann vergessen Sie darüber nicht, dass da vorne die gesuchte Mörderin Emma Kachel steht. Ich befehle Ihnen, die sofort festzunehmen. Falls Sie keine Handschellen mehr übrig haben, können Sie sich hier im Laden bedienen!"

Der Polizist schaute mich fragend an.

„Mein Name ist tatsächlich Emma Kachel. Auch wenn ich den nicht gerade gelungen finde. Die Dame in rosa war bis vor wenigen Tagen meine Schwägerin."

„Gib es endlich zu, du Schlampe!" kam vom Boden.

Als daraufhin überraschenderweise niemand etwas sagte, setzte ich meine Erklärung fort: „Mein Mann ist vor ein paar Tagen ermordet worden. Sie ist offenbar der Meinung, dass ich das war. Bitte kontaktieren sie die Kommissare Rednich und Smidt. Die beiden leiten, so weit ich weiß, die Ermittlungen. Ich wäre wirklich verwundert, wenn die beiden auf einmal mich als Mörderin suchen würden."

„So eine dreiste Lügnerin. Kommt hier scheinheilig daher und hat es in Wirklichkeit faustdick hinter den Ohren!"

Während der Polizist wieder versuchte Ruhe durch Routine in die ganze Situation zu bringen, indem er uns bat, unsere Ausweise herauszuholen, funkte seine Kollegin ein ‚Taxi' heran und gab außerdem noch die Anfrage an die beiden Kommissare durch.

„Ja, ja", kommentierte der Alptraum in rosa vom Boden aus, „lassen Sie sich nur die Ausweise zeigen. Wenigstens ein bisschen was haben Sie auf der Polizeischule gelernt. Mich verschonen Sie aber gefälligst damit. Ich werde mich garantiert nicht von Ihnen begrapschen lassen!"

„Das wird auch nicht nötig sein", klärte sie der Polizist auf, „wir werden Sie ohnehin mitnehmen. Ich habe den Eindruck, dass wir uns in einer anderen Umgebung wesentlich besser unterhalten können."

„Was wollen Sie?!"

Ihre Stimme schnappte jetzt endgültig über.

„Erst präsentiere ich Ihnen eine Mörderin und zum Dank wollen Sie mich verschleppen?"

„Jetzt bleiben Sie einfach mal ruhig."

Ich meinte, eine leichte Genervtheit aus seiner Stimme herauszuhören, konnte mich aber auch täuschen. Jedenfalls versprach das alles noch ziemlich unterhaltsam zu werden. Für den Moment mussten wir aber erstmal auf die Verstärkung und auf die Antwort der beiden Kommissare warten. Die Zeit verbrachten wir mit der Feststellung der Personalien und dem permanenten Rumgezicke meiner Ex-Verwandtschaft.

Endlich bekam die Polizistin einen Anruf auf ihr Handy. Schon nach wenigen Sekunden lächelte sie mich freundlich an. Nachdem sie das Telefon wieder weggesteckt hatte, wendete sie sich direkt an mich.

„Die Kommissare sehen keine Veranlassung, Sie festzunehmen. Sie können sich nach wie vor frei bewegen, müssen aber zumindest über Ihren momentanen Wohnsitz erreichbar bleiben."

Danach schaute sie zu meiner Schwägerin runter.

„Sie kommen jetzt mit uns. Wir werden auf der Wache ein Protokoll anfertigen."

An Arndt gewandt, wollte sie dann noch wissen:

„Erstatten Sie Anzeige gegen die Dame?"

„Wenn ich mich darauf verlassen kann, dass dieser Vorfall hier nicht in Vergessenheit gerät, dann erstatte ich keine Anzeige."

„Sie könne es sich noch überlegen und vielleicht vorher einen Rechtsanwalt um Rat fragen. Wenn Sie aber keine

Anzeige erstatten, wird das hier vermutlich nicht aktenkundig werden."

„Und ob das aktenkundig wird!" schrie meine Ex-Schwägerin los, „und Sie werden beide in Zukunft noch nicht einmal mehr zum Mülltonnen leeren gebraucht werden! Verlassen Sie sich darauf!"

Ich konnte noch sehen, wie sie anfing sich durch Zappeln und Treten zu wehren, als die beiden Polizisten sie abführten.

Danach war bei uns erstmal Schweigen. Arndts Mitarbeiterin aus dem Laden schaute neugierig zu uns rein.

„Was war das denn?"

„Das war Mechthild Kachel, meine ehemalige Schwägerin", klärte ich sie auf. Als Reaktion fing sie an zu prusten „Was ist das denn für ein Name?"

Ich hatte keine große Lust, sie darüber aufzuklären, dass ich den gleichen Namen trug. Die Gräfin und Arndt waren so nett, ebenfalls nichts zu sagen und einfach vor sich hin zu lächeln.

Schließlich beendete die Gräfin die Situation.

„Ich denke, für heute habe ich keine richtige Lust mehr, mit der Show weiter zu machen. Was Muse mir bisher präsentiert hat, ich meine natürlich die beiden letzten Kostüme, hat mir gut gefallen. Die werde ich in jedem Fall bei meiner nächsten Einladung nehmen. Wäre gut, wenn wir nächste Woche den Rest durchgehen könnten. Wieviel Kostüme fehlten noch?"

„Drei"

„Ich baue darauf, dass Muse die Vorführung macht."

„Kein Problem, mach ich gerne", gab ich an Stelle von Arndt die Antwort. Irgendwo in meinem Hinterkopf sagte mir zwar eine Stimme, dass das alles ziemlich durchgeknallt war, aber ich hatte nicht das geringste Interesse darauf zu hören.

Als ich mich bei Franky in meinem Lieblingssessel platziert hatte, erzählte ich ihm die Story mit meiner ehemaligen

Schwägerin. Er hörte mir mit teilweise ziemlich hoch gezogenen Augenbrauen zu und machte, als ich fertig war, erstmal eine Denkpause.

„Tja, was soll ich dazu sagen? Ich fürchte diese Brechthild wird noch für den einen oder anderen Ärger sorgen. Viel schlimmer ist aber, dass Arndt jetzt auch einen Schaden davon hat. Karla, also die Gräfin, ist eine ziemlich gute Kundin."

„Ich kann nun wirklich nichts dafür, dass die Frau so derartig durchgeknallt ist", verteidigte ich mich. „Und außerdem hat die Gräfin ziemlich locker darauf reagiert. Zwei von den Kostümen, die ich bis zu dem Vorfall vorgeführt hatte, haben ihr sehr gut gefallen und sie hat außerdem gesagt, dass sie nächste Woche zur Vorstellung der restlichen Kostüme eingeladen werden will. Übrigens wieder mit mir als einzigem Modell."

„Oh. Das hätte ich jetzt wirklich nicht gedacht", lächelte Franky über das ganze Gesicht. „Da scheint Karla ja einen Narren an dir gefressen zu haben. Weißt du denn auch, was dich erwartet, wenn du weiterhin in ihrer Gunst bleibst?"

„So ungefähr zumindest. Sie hat mir ein bisschen was erzählt, wofür sie die Kostüme braucht, die ich vorgeführt habe."

„Und?"

„Kann sein, dass sie mich dafür mal bucht. Fänd' ich echt mal eine coole Sache."

„Kann das sein, dass du einen ausgeprägten Drang dazu hast, dich in verschiedensten Formen fesseln zu lassen?"

„Ja", meinte ich lächelnd, „den Eindruck habe ich auch irgendwie. Verrückt oder?"

„Nein. Überhaupt nicht. Ich finde das einfach nur super. Schließlich lebe ich davon, den passenden Schmuck für diese Leidenschaften herzustellen", antwortete er mir lachend. „Apropos. Was hast du heute noch vor?"

„Wenn nichts anderes anliegt, wollte ich mal meine praktischen Fähigkeiten im Gothic-Makup verfeinern."

„Kein Problem. Bis zum Abendessen hätte ich nach dem Päuschen, das du mir gerade beschert hast, ohnehin keine Zeit mehr. Obwohl ich mir sehr gut vorstellen könnte, was wir beide machen könnten. Trotzdem habe ich natürlich etwas für dich. Könnte allerdings im ersten Moment ein bisschen gewöhnungsbedürftig sein. Andererseits wiederum. Wenn die Gräfin dich tatsächlich öfter sehen will, dann musst du noch einiges an Praxis machen. Denke ich."

Ohne genau zu wissen, was er mit mir machen wollte, sprang ich geradezu auf seinen Schoß.

„Leg los."

Er griff hinter sich und hatte dann ein ziemlich monströs aussehendes Edelstahlband in der Hand, dass er mir sofort um den Hals legte.

„Merkst du schon was."

„Blöde Frage. Natürlich merke ich was. In Zukunft muss ich immer brav ‚Ja' sagen. Mit dem Kopf nicken ist erstmal nicht mehr angebracht."

„Wie klug du doch bist", lobte er mich schmunzelnd.

„Und das ist jetzt alles?"

„Nein, noch nicht so ganz"

Er legte Edelstahlbänder um meine Handgelenke. Danach zog er eine Kette durch den großen Ring an meinem Halsschmuck und befestigte die Kette dann an meinen Handgelenken. Überflüssig zu erwähnen, dass natürlich alle Bänder so verschlossen wurden, dass ich sie alleine nicht mehr aufbekommen hätte. Ich bewegte meine Arme hin und her und stellte fest, dass die Kette lang genug war, um einen Arm komplett auszustrecken. Nur musste dafür das Handgelenk des anderen Armes bis zu der Öse am Hals zurückgeführt werden. ich bewegte die Hände ein bisschen hin und her und schaute dann, den entspannt lächelnden Franky an.

„Ich wollte doch ein bisschen Makeup üben."

„Wo ist das Problem? Du kommst sogar mit beiden Händen gleichzeitig an dein Gesicht."

Fast wäre ich darauf reingefallen und hätte es ausprobiert. Natürlich hatte er recht. Trotzdem hatte ich mir vorgestellt, beim Üben etwas freier zu sein.

Bei dem Versuch Franky noch einmal zu umarmen und mich fest an ihn zu schmiegen, merkte ich, dass auch die vergleichsweise lange Kette nicht für alles lang genug war. Die Umarmung funktionierte nicht. Ein langer Kuss ohne Umarmung musste es für den Moment auch tun.

Die nächsten Stunden verbrachte ich dann vor dem Spiegel und dem Internet mit seinen unüberschaubar vielen Videos und Bildern. Schon nach den ersten Minuten hatte ich festgestellt, dass ich die Arme, wann immer möglich auf den Ellenbogen aufstützen musste. Es wäre wirklich zu anstrengend gewesen, die Arme die ganze Zeit frei schwebend in der Luft zu halten.

Als ich gerade eine Bemalung mit vielen Schnörkeln an meinen Schläfen fertig hatte, kam Franky hoch, um mich zum Abendessen abzuholen. Kaum zu glauben, ich hatte die Zeit vollkommen vergessen.

In der Küche wollte Alva dann von mir wissen, ob die Kostüme von Arndt mir heute nicht gereicht hätten. Ich schaute auf meine Ketten und lächelte sie mit meinem durch den Halsschmuck noch immer hoch erhobenen Haupt an.

„Scheinbar nicht. Ist das ein Problem?"

„Nein, nein. Keineswegs. Man sieht Leute wie dich nur eben nicht an jeder Straßenecke. Ich finde es aber völlig in Ordnung. Hauptsache, du hast genug Bewegungsfreiheit, wenn du wieder mit dem Küchendienst dran bist."

„Ist Frankys Entscheidung", flachste ich und fügte, als ich die Blicke der anderen sah hinzu: „Nein ist natürlich meine Entscheidung. Ich bin mir sicher, dass Franky nichts machen würde, was ich nicht will."

„Natürlich nicht. Und wie war es heute bei Arndt?" wollte Alva wissen.

Ich schaute zu Arndt rüber. „Hast du noch nicht erzählt, dass meine peinliche Ex-Schwägerin bei dir aufgetaucht ist?"

„Doch hab ich. Ich glaube Alva wollte eher wissen, wie es davor war."

Also erzählte ich ihr von den Kostümen und davon, wie sehr mich das an machte, wenn ich mich gewissermaßen in fremde Hände begab. Natürlich nur in Hände, denen ich unbedingt vertraute. Selbst meine Ansichten zu Fesseln die nutzlos sind, wenn ich sie selber öffnen konnte, teilte ich meiner vereinigten Zuhörerschaft mit.

„Ich bin mir sicher, du wirst bei Franky und bei uns voll auf deine Kosten kommen", meinte Alva lächelnd und prostete mir mit ihrem Glas zu, während ich von einem gigantischen Glücksgefühl überwältigt wurde. Heute war der Tag, an dem ich das, was die anderen schon die ganze Zeit gemerkt haben mussten, endlich deutlich ausgesprochen hatte. Und keiner von ihnen hatte mich irgendwie blöd von der Seite angeschaut. Es war einfach in Ordnung.

Nach dem Essen, das die anderen im Wesentlichen benutzten, um sich über die bevorstehende Erotikmesse auszutauschen, genoss ich jede Bewegung meiner Hände, bis Franky mir irgendwann die Hände runter hielt und mir lächelnd erklärte, dass ich unnötige Bewegungen vermeiden sollte, damit meine Kette nicht andauernd gegen den Tisch rasseln würde. Damit kam ich dann endlich wieder auf den Boden der Tatsachen zurück und entschuldigte mich bei den anderen lachend.

Die Ex-Schwägerin nervt

Als ich aufwachte, fühlte ich mich nach Bäume ausreißen. Da Franky Sorge um meinen Hals gehabt hatte, war das riesige Halsband ziemlich schnell verschwunden, nachdem wir nach Mitternacht die Küche verlassen hatten. Danach hatten wir gefühlte zwei Stunden Sex. Am Ende war es dann vielleicht doch nur eine halbe Stunde, aber die war einfach nur riesig.

Vor dem Frühstück hatte ich glücklicherweise genug Zeit, um mich in ein cooles Gothic-Outfit zu schmeißen und mein Gesicht entsprechend zu bemalen. Die Schnörkelei, die ich vergangenen Nachmittag geübt hatte, ging mir schnell von der Hand und saß nach meinem Geschmack einfach nur perfekt. Die schwarzen Linien setzen sich gegenüber meinem, dank der Tuben und Tiegel, ziemlich hellen Gesicht hervorragend ab. Ich war zufrieden. Die Blicke der anderen und erst recht natürlich Frankys Reaktion bestätigten mich in dieser Einschätzung.

Später legte mir Franky wieder ein ziemlich spezielles und natürlich abschließbares Schmuckstück an. Er schob mir einen Ring über den Ringfinger, der eher wie ein metallener Kunstfinger aussah. Jedes meiner drei Fingerglieder hatte einen eigenen breiten Ring. Die Ringe waren über Scharniere miteinander verbunden und überlappten sich gegenseitig, wenn ich versuchte, den Finger zu strecken. Das oberste Glied war mit zwei Ketten, die über meinen Handrücken liefen mit einem breiten Stahlreif verbunden, den ich am Handgelenk trug. Damit war es, ohne den abgeschlossenen Stahlreif zu öffnen, unmöglich, den Schmuck von meinem Finger zu entfernen.

„Super", lobte ich Franky, während ich ausprobierte, wie stark mein Finger in seiner Bewegungsfreiheit eingeschränkt war. Ich konnte den Finger nur noch im mittleren Bereich zwischen Strecken und Anwinkeln bewegen. Das war genau nach meinem Geschmack. „Super", wiederholte ich zur Sicherheit noch mal und strahlte Franky dabei an.

„Freut mich. Ich habe allerdings noch etwas für dich. Heb mal deine Bluse an."

Als ich das gemacht hatte, hatte er freien Blick auf das Korsett, das ich mir heute gegönnt hatte. Franky nahm zwei breite, gebogene Edelstahlteile in die Hand. Wenn er die zusammenfügen würde, ging es mir durch den Kopf, wäre das ein perfekter Gürtel. Und genau das war er auch. Allerdings ein sehr unnachgiebiger Gürtel, der meine ohnehin schon eng geschnürte Taille noch ein kleines bisschen mehr zusammendrückte. Ich ließ die Bluse wieder fallen und verdeckte damit die freie Sicht auf Edelstahl um meinen Bauch. Genaugenommen verdeckte ich den Blick nicht wirklich, da die Bluse leicht transparent war. In jedem Fall machte ich den Blick auf meine Taille dadurch interessanter. Mein Spiegelbild sah perfekt aus.

„Und jetzt? Ab zu Alva, wenn ich mich nicht täusche", wollte ich mehr von meinem Spiegelbild, als von dem grinsenden Franky wissen.

„So war die Abmachung für heute, Muse. Viel Spaß dabei."

Beim Einsteigen in meinen Beetle war ich nicht ganz so schwungvoll, wie gewohnt. So ein steifer Gürtel ist nicht gerade kompromissbereit, wenn es darum geht, die Hüfte zu beugen. Als ich dann endlich saß, war mir mein Metallfinger ein bisschen im Weg. Immerhin musste ich mit der Hand die Gangschaltung bedienen. Nach ein paar Minuten hatte ich mich dann aber ‚eingelebt' und konnte ganz normal fahren. Auf halber Strecke konnte ich es mir sogar schon wieder leisten, ein kleines bisschen meinen Gedanken hinterher zu hängen. Mir waren für heute wieder etwas ungewöhnlichere Nägel versprochen worden. Wenn Alva das schon sagte, dann konnte ich mir ausmalen, dass die Nägel wohl eher sehr, sehr ungewöhnlich seien würden.

An der letzten Ampel vor der Shoppingmeile mit Alvas Laden wurde plötzlich meine Beifahrertüre aufgerissen und niemand anderes als meine durchgeknallte Ex-Schwägerin setzte sich neben mich.

„Pass genau auf, was ich dir sage. Du fährt jetzt auf dieser Straße einfach weiter geradeaus, bis ich dir etwas anderes sage."

Das war dann doch ein bisschen zu viel von der pinken Tussi.

„Bis du jetzt völlig durchgeknallt, du blöde Schnepfe?" Sehr zu meiner Freude war meine Stimme laut und fest. „Hau sofort aus meinem Auto ab! Raus!"

„Nein, nein, nein", kam die gefährlich leise Antwort von ihr. Gleichzeitig hielt sie mir ein sehr spitzes Messer gegen meine Seite. Leider erwischte sie eine Stelle oberhalb des Stahlgürtels. Die Spitze schien absolut problemlos durch den Korsettstoff durch zu stoßen. Ich wusste nicht genau, ob sie mich bereits verletzt hatte, wollte das aber auch nicht wirklich mit ihr ausdiskutieren. Für mich gab es nur ein Ziel: Raus aus dem Auto und weg von ihr. Als meine rechte Hand zum Gurtverschluss ging, schlug ich gegen die Klinge des Messers. Glücklicherweise mit dem Edelstahlreif, den Franky mir angelegt hatte. Wie dämlich von mir anzunehmen, der Weg zum Gurtverschluss wäre frei. In meiner Seite spürte ich einen weiteren Stich.

„Schwein gehabt Schwägerin. Es wäre mir eine Freude gewesen, zu sehen, dass dein Handgelenk ein wenig blutet. Du haust mir nicht mehr ab. Das kannst du mir glauben."

Als das Auto hinter mir hupte, merkten wir, dass die Ampel auf Grün gesprungen war.

„Fahr sofort los, sonst steche ich dich ab."

Ich glaubte ihr. Also fuhr ich mit starr nach vorne gerichteten Augen los. In dem Moment war meine Angst vor dem Messer in meiner Seite so groß, dass ich noch nicht einmal wusste, ob ich vor lauter Angststarre, meinen Hals überhaupt noch bewegen konnte.

„Mechthild", versuchte ich ein paar Kreuzungen später, als ich mich langsam entspannt hatte, mein Glück. „Sag mir einfach mal ganz genau, was du willst."

„Ach? Heiße ich jetzt auf einmal nicht mehr Brechthild? Jetzt nennst du mich Mechthild?" wollte sie mit zuckersüßer

Stimme wissen. Ich wollte ihr nicht sagen, dass besondere Situationen besondere Maßnahmen erforderten. Von dieser Selbstsicherheit war ich in dem Moment noch zu weit entfernt. Dass ich allerdings auf die Idee gekommen war, dass das eine passende Antwort gewesen wäre, nahm mir ein kleines Stückchen der Angst, die ich immer noch empfand.

„Na?" wollte sie wissen. „Jetzt kommt dem schlauen Emmachen keine kluge Antwort in das kleine Köpfchen?"

„Wenn du das Messer aus meiner Seite nehmen könntest, wäre ich dir sehr verbunden. Ist schließlich auch zu deiner eigenen Sicherheit. Wenn ich nämlich einen Unfall baue, weil du versehentlich doch zu tief zu stichst, dann bist du selber genauso in Gefahr, wie ich."

Nach kurzem Zögern, nahm sie das Messer tatsächlich zurück. Ich versuchte in meinen Körper zu horchen, ob es irgendwelche Schäden gab. Scheinbar war das nicht der Fall. Keine Schmerzen, keine plötzlich auftretende Wärme an der Stichstelle die auf eine starke Blutung hingewiesen hätte. Mir gelang es so gerade eben ein tiefes Ausatmen zu verhindern. Auf keinem Fall wollte ich ihr zeigen, was ich dachte.

„Wenn du glauben solltest", erklärte sie mir mit einer immer noch etwas zu hohen Stimme, „dass du jetzt bei nächster Gelegenheit aussteigen kannst, sage ich dir: Versuch es nur. Es wird mir eine Freude sein, dein hübsches Händchen aufzuspießen."

Ich glaubte ihr aufs Wort. Wenn kein wirklich glücklicher Zufall zu Hilfe kommen würde, war ich erstmal in ihrer Hand. Zwar fühlte ich so langsam, wie so etwas wie Selbstvertrauen zurückkam aber das musste ich ihr ja nicht direkt zeigen. Es war in jedem Fall besser, wenn sie sich überlegen fühlen konnte.

Wir näherten uns dem Ende der Straße. Sie musste also entscheiden, ob wir links oder rechts weiter fahren sollten. Nur war sie zu sehr damit beschäftigt, sich auf einen Fluchtversuch oder irgendeine falsche Bewegung von mir zu konzentrieren. Als es nicht mehr anders ging, teilte sie es mir dann doch mit.

„Links."

Damit deutete einiges darauf hin, dass wir die Stadt verlassen würden. Das alleine war eigentlich egal. Natürlich war ich in der Stadt genauso unsicher, wie außerhalb der Stadt. Wenn sie meine Entführung auch nur einigermaßen vernünftig geplant hatte, dann war ohnehin klar, dass es irgendwo ein Ziel gab, zu dem sie mich bringen würde. Und dort wäre ich in ihrer Hand. Egal, ob im Umkreis von einem Kilometer tausende oder eben nur ein dutzend Leute wohnen würden.

„Wie hast du mich überhaupt gefunden?"

Die Frage kam mir bei den Überlegungen, die ich anstellte irgendwie automatisch über die Lippen.

„Da staunst du was? Ist deine Schwägerin doch nicht ganz so doof, wie du immer gedacht hast?"

„War einfach nur eine Frage."

„Ich will mal nicht so sein. Eigentlich ganz einfach. Die Adressen von den Läden finden, die dieses Pack betreibt, mit dem du dich rum treibst, ist heutzutage nun wirklich kein Kunststück mehr. Also habe ich mich vor einem der Läden auf die Lauer gelegt. Deine Nägel sind im Moment in einem äußerst bedauernswerten Zustand. Das bedeutet? ... Richtig! Du müsstest ziemlich bald hier auftauchen. Und? ... Bingo!"

Das letzte Wort schrie sie dabei heraus, als würde sie wirklich gerade Bingo spielen. Ihre Antwort machte mir vor allem eine Sache sehr klar. Ich hatte die Frau völlig unterschätzt. Die war wahrscheinlich zu allem fähig.

„So. Und jetzt, wo du mich hast. Was soll denn jetzt werden? Ich meine: Was bringt dir das?"

„Das wirst du schon noch merken. Da vorne fährst du rechts."

Oh nein. Jetzt wusste ich, wo sie mit mir hin wollte. Zu ihrem eigenen kleinen Schlösschen. Wenn sie mich da erstmal drin hatte, konnte sie mich vermutlich auch ziemlich gut wegschließen. Zimmer gab es genug und Personal zu wenig. Es bestand nur aus einem seltsam unterwürfigen,

133

schleimigen Ehepaar. Mein Ex und ich haben nie verstanden, warum die beiden so etwas wie eine Lebensstellung zu haben schienen.

Mein Entschluss, in keinem Fall bis zu dem Schlösschen zu fahren stand also schon mal fest. Jetzt war nur noch die Frage, wie ich es schaffen konnte, dieses Ziel zu erreichen. Die nächste Kreuzung gab mir ein bisschen zusätzliche Zeit, da ich mich brav in die Schlange hinter der roten Ampel einreihen musste.

Als sich die Schlange wieder in Bewegung setzte, kam mir endlich die rettende Idee. Ich ‚vergaß' Gas zu geben und ließ die Kupplung gewohnt zügig kommen. Als Resultat ruckelte mein Beetle kurz und stand dann mit abgestorbenem Motor hinter der sich entfernenden Schlange.

„Sorry Schwägerin. Das ist dann wohl der Stress. Man fährt schließlich nicht jeden Tag das eigene Entführungsauto."

„Erzähl mir keinen Scheiß. Du bist nicht der Typ Frau, der Autos abwürgt. Das ist eher mein Part. Also schmeiß dein minderwertiges Gefährt wieder an und schau, dass du die Ampel noch erwischst."

Ich machte mich also dienstbeflissen daran, am Zündschlüssel zu drehen. Leider sprang der Wagen, trotz meiner Flüche nicht wieder an.

„Was ist das für ein Schrott? Wieso fährst du überhaupt ein Auto, das man mit einem Zündschlüssel anlassen muss? Jedes vernünftige Auto hat einen Knopf auf den man drückt und schon schnurrt der Motor."

Während ich weiterhin fleißig an dem Schlüssel drehte und verzweifelt zwischen ihr und dem Zündschloss hin und her schaute, überlegte ich, wie ich die einmal angefangene Situation weiter zu meinen Gunsten ausnutzen konnte. Jedenfalls stand fest, dass der Motor nicht wieder anspringen würde, solange ich den Schlüssel nicht ganz zurückdrehen würde. Leider hatte Brechthild genau in dem Moment eine ähnliche Idee.

„Zieh den Schlüssel raus und steck ihn dann wieder rein. Und keine Mätzchen. Das Messer ist nach wie vor an seinem Platz."

Mist. Ich musste ihr gehorchen und natürlich erwachte der Motor direkt wieder zum Leben. Immerhin hatte ich es bis zur nächsten Rotphase geschafft. Das war schon mal was, aber bei genauer Betrachtung ziemlich egal, weil meine Ankunft in dem Schlösschen dadurch nur um vielleicht eine oder zwei Minuten verzögert wurde. Dann kam mir doch noch die rettende Idee. Ich legte beherzt den Rückwärtsgang ein und bevor Brechthild etwas merken konnte, wenn sie als Automatikfahrerin das überhaupt kapiert hätte, gab ich Gas und knallt nach weniger als einer Sekunde meinem Hintermann in die Front.

Die Überraschung und wohl auch die Beschleunigung in die unerwartete Richtung mussten einfach gereicht haben, um das Messer von meiner rechten Seite wegzubekommen. Fast noch im Moment des Aufpralles, löste ich, ohne mit dem Messer in Berührung zu kommen, den Gurt und ließ mich aus dem Auto rollen.

Damit war ich komplett in der Aufmerksamkeit der Öffentlichkeit und mit Sicherheit vor Brechthilds weiterem Zugriff sicher. Auf dem Boden liegend wurden mir dann ziemlich schnell drei Sachen klar. Brechthild stieg auf der anderen Seite aus und lief weg. Ich selber war nach meinem Körperempfinden noch immer unverletzt. Die Fahrer aus den anderen Autos kamen zu mir und riefen lautstark nach der Polizei.

Als ich mich aufrichten wollte, fing einer sogar an, sich rührend darum zu sorgen, ob es nicht besser wäre, wenn ich liegen bleiben würde, bis ein Arzt kommen würde. Ohne selber genau zu wissen, ob inzwischen überhaupt einer informiert worden war, versicherte er mir sogar, dass es nicht mehr lange dauern konnte.

Ich ließ das einen Moment lang über mich ergehen. Erst, als das erste Martinshorn erschallte, setzte ich mich durch und stand auf. Gegen meinen Beetle gelehnt sah ich, dass sich ein Polizeifahrzeug näherte.

Ich informierte die beiden Polizisten zum Erstaunen den umstehenden Personen über das, was sich in meinem Auto abgespielt hatte und bat sie die beiden Kommissare Rednich und Smidt zu informieren.

Die beiden machten das auch brav, fixierten dann die Stellung der Autos mit Massen an Fotos und baten mich schließlich den Beetle an die Seite zu fahren. Der Fahrer des Wagens, den ich gerammt hatte, schien die ganze Angelegenheit nicht im Mindesten aus der Ruhe zu bringen. Wahrscheinlich half ihm dabei, dass er einen SUV mit ziemlich mächtigem Stossfänger fuhr. Vermutlich musste ihm schon eine Kuhherde oder ähnliches in die Quere kommen, damit mehr als der Stossfänger in Mitleidenschaft gezogen wurde.

Nachdem die Personalien aufgenommen worden waren, konnte mein Unfallpartner, der nicht den geringsten Anlass sah, irgendeine Reparatur ausführen zu lassen, wieder seiner Wege ziehen. Für mich fing, nachdem ich mit dem Handy der Polizistin schnell noch bei Franky Bescheid gesagt hatte, jetzt die Warterei auf die beiden Kommissare an. Das war dann allerdings auch der Moment, in dem ich mich erstmal setzen musste, weil sich erst jetzt so etwas wie ein Schock über das einstellte, was mir fast passiert wäre. Insofern war ich überglücklich, als ich noch vor den Kommissaren, Franky kommen sah.

„Hey Franky", gab ich ganz die Coole, „nett, dass du vorbei kommen konntest."

Seine starken Arme umschlungen mich und drückten mich an ihn. Wie gut das tat.

Endlich kamen dann auch die beiden Kommissare.

„Schön, dass wir Sie so wohlbehalten vor uns sehen", begrüßte mich die Kommissarin.

„Und wie ich mich erstmal freue. Ich hoffe, Sie kassieren bei nächster Gelegenheit meine Ex-Schwägerin ein."

„Im Moment wissen wir nichts über ihren Verbleib. Wir kümmern uns aber bereits darum."

Danach schaute sie mich einen Moment lang schweigend an. Das war der typische „ich möchte jetzt mal auf etwas Ernstes zu sprechen kommen" - Blick. Und sie enttäuschte mich nicht.

„Haben Sie denn schon die Kraft mit mir über das zu reden, was Ihnen hier zugestoßen ist?"

Ich versicherte ihr, dass das der Fall war und redete munter drauf los. Scheinbar kamen meine Schilderungen ziemlich schlüssig bei ihr an. Sie unterbrach mich jedenfalls nur ganz selten für kleine Nachfragen. Und so viel war ja letztlich auch nicht zu erzählen. Danach wusste sie offenbar keinen Grund mehr, mich noch länger aufzuhalten.

„Ihr Freund fährt Sie nach Hause? Den Wagen stellen wir für ein oder zwei Tage sicher. Spuren sichern. Wir melden uns sicherlich nochmals bei Ihnen. Gute Heimfahrt."

„Hey Muse."

Irgendwas rüttelte an mir.

„Aufwachen."

Frankys Stimme war so wahnsinnig führsorglich. Eigentlich müsste ich noch eine halbe Stunde ‚wecken lassen' dran hängen. Ich ließ es dann aber doch bleiben. Die nächste Nacht würde mit Sicherheit kommen. Dann hatte ich ihn vollkommen für mich. Also machte ich die Augen auf und lächelte ihn an.

„Wir sind zuhause", informierte er mich.

Ich schielte aus dem Auto und sah unser wunderschönes Haus vor mir. Es war immer noch Vormittag und ich hatte eigentlich nicht den geringsten Grund gehabt, müde zu sein. Trotzdem war ich eingeschlafen.

„Wenn du nichts dagegen hast, dann verbringe ich den restlichen Tag in der Hängematte in deiner Werkstatt und schaue dir beim Hämmern zu. Ist das okay?"

„Klar ist das okay."

Nach der ganzen Aktion am Vormittag wurde das der langweiligste Tag, den ich bei Franky jemals erlebt hatte und auch in näherer Zukunft erleben würde. Aber es war trotzdem schön immer mal wieder ein kleines Schläfchen einzulegen und dann wieder meinem starken Liebhaber bei der Arbeit zuzusehen.

Irgendwann nahm Franky mir den Reif ab, der das Korsett an Ort und Stelle hielt. Als er den Schmuck an meiner Hand auch öffnen wollte, zog ich die Hand zurück.

„Der bedeutet mir sehr viel. Wenn du nichts dagegen hast, würde ich den gerne noch ein bisschen anbehalten."

„Kein Problem. Und jetzt bitte einmal ausgiebig duschen."

„Und neu stylen", ergänzte ich.

Wie nicht anders zu erwarten, wurde der Abend ziemlich lang. Die Vier ließen sich meine Fahrt und die Idee mit dem Rückwärtsgang ausgiebig erzählen und gratulierten mir zu der Idee einen Unfall zu bauen.

Als ich dann endlich neben Franky im Bett lag und wir uns vom ersten richtig angenehmen Höhepunkt des Tages erholten, wollte ich es dann doch wissen.

„Dieser Schmuck hier mit seinen Bewegungseinschränkungen ist eigentlich für Sexsklaven oder?"

„Wird gerne genommen." Seine Stimme klang dabei vorsichtig erwartungsvoll.

„Wenn du mal davon absiehst, dass ich den Begriff ziemlich furchtbar und primitiv finde. Generell dieses blöde Gelaber von ‚mein Herr' und ‚Sklavin', wobei ‚Sklavin' noch der am wenigsten primitive Begriff für die Frauen in der untergeordneten Rolle ist. Ich habe da noch ganz andere…"

„Ist schon okay", unterbrach mich Franky, „den Teil habe ich verstanden und ich stimme dir vollständig zu."

„Gut. Also, was ich eigentlich sagen wollte. Diese Rolle, die zu sein, über die du dann bestimmen dürftest, die fände ich glaube ich ziemlich geil."

„Das könnte wirklich interessant werden. Genaugenommen hast du die letzten Tage phasenweise schon so gelebt. Meinst du nicht?"

„Weil ihr mich überall hingeschickt habt und weil du mir immer irgendwelche Schmuckstücke angelegt hast?"

„Genau."

„Aber meine neuen Piercings habe ich immerhin noch selber entschieden."

„Stimmt. So was ginge dann natürlich nicht mehr."

„Ich wollte aber noch welche machen lassen."

„Ich meinte nicht, dass du keine Piercings mehr haben sollst. Ich meinte, dass du das nicht mehr selber entscheiden dürftest."

„Hm." Da hatte er natürlich recht. Plötzlich wusste ich nicht mehr so richtig, ob mein Vorschlag wirklich so gut war.

„Kommen da schon die ersten Bedenken, bevor wir überhaupt mit dem Spiel angefangen haben?"

Ich schluckte ein oder zweimal und meinte dann mit leider etwas brüchiger Stimme „Nein."

„Hast du gerade ‚nein' gesagt?"

„Ja"

„Ich schlage dir vor, da mal noch die eine oder andere Nacht drüber zu schlafen. Nicht, dass du das missverstehst. Ich würde das sehr gerne mit dir machen. Und mir ist auch klar, dass ich natürlich nichts machen kann, was du so gar nicht willst. Aber, wenn schon so einfache Sachen wie Piercings dazu führen, dass du dir nicht mehr ganz sicher bist, dann ist das im Moment wohl eher keine richtig gute Idee."

„Vielleicht hast du recht. Ich schlafe noch mal drüber und teile dir meine Entscheidung dann morgen mit. Okay?"

„Wunderbar."

Nach diesem Schlusswort schlief ich, wohlig an seinen Körper gekuschelt, ein.

Piercings

„Franky. Ich möchte das wirklich gerne machen."

Ich konnte Franky, der hinter mir faul im Bett lag, von meinem Schminktisch aus im Spiegel beobachten. Während ich mir die fehlenden Augenbrauen nachzog, war meiner Meinung nach eine gute Gelegenheit, eine klare Vereinbarung zu treffen.

„Ich gebe dir die vollständige Macht über den Schmuck, den ich tragen muss."

„Die habe ich doch jetzt auch schon", antwortete er mir lachend.

„Ja, schon, aber ich darf jetzt ja noch sagen, dass ich dieses oder jenes nicht will."

„Das hast du noch kein einziges Mal getan."

„Ja, weil mir das ja auch immer gefällt."

„Hm. Was genau meinst du denn eigentlich mit Schmuck?"

„Ist doch eigentlich klar. Ringe, Ketten. So was eben."

„Okay. Du willst das wirklich machen?"

Bei dieser Rückfrage, die sich so endgültig anhörte, schoss mir das pure Adrenalin und eine Menge Lust durch den Körper.

„Ja. Ohne wenn und aber."

„Dann sag noch mal, in welcher Beziehung du deine Rechte an mich abtreten willst."

„In allem, was Schmuck angeht. Mit Schmuck meine ich Ringe, Ketten, diesen ganzen Kram, den du in deiner Werkstatt machst. Alles, was man so an Metall oder Plastik in den Accessoire Läden bekommt. Ist das deutlich genug?"

Er reichte mir die Hand, um in den Deal einzuschlagen.

„Ich denke, das ist deutlich genug."

Ich schlug mit riesiger Aufregung im Bauch ein.

„Und jetzt?" wollte ich wissen.

„Jetzt wird gefrühstückt. Allerdings empfehle ich dir vorher noch einen Blick in den Spiegel. Wenn ich mich nicht verzählt habe, dann fehlt dir noch eine Augenbraue." Amüsiert fügte er hinzu „Vielleicht solltest du aus Symmetriegründen?"

Ich wollte. Aus Symmetriegründen…

Das Frühstück lief wieder in ziemlich gewohnten Bahnen ab. Da ich mangels Auto nicht selber irgendwann zu Alva fahren konnte, um den gestrigen Termin mit den Nägeln nachzuholen, half ich ihr schnell in der Küche und fuhr direkt zusammen mit ihr los. Nachdem wir auch beim Frühstück nicht mehr über die Entführung geredet hatten, ließ Alva das Thema bei der Autofahrt erfreulicherweise auch aus. Wir unterhielten uns lieber über die nächste Nageldesign - Competition.

Als ich dann schließlich an ihrem Tisch saß, meinte sie zu mir, dass ich nicht enttäuscht sein sollte. Der Plan wäre ein bisschen geändert worden. Deshalb gab es für mich nur ganz normale schwarze Stilettos. Als der erste fertig war, musste ich dann allerdings doch grinsend feststellen, dass ‚normal' ein ziemlich dehnbarer Begriff war. Immerhin reichte der Nagel locker 15 Millimeter über meine Fingerkuppe hinweg.

Kurz, bevor Alva mit meinem neunten Finger fertig war, kam Berti in den Laden.

„Hey Berti, willst du dir etwa die Nägel machen lassen?" wollte ich grinsend wissen.

„Nein. Ich bin dein Taxi. Wenn Alva fertig ist, habe ich die große Freude, dich mit in meinen Laden zu nehmen."

„Habe ich irgendwas nicht mitbekommen? Oder macht ihr jetzt so eine Art Babysitting für mich?"

„Beides", verkündete Berti mir. „Nicht mitbekommen hast du die Tragweite der Vereinbarung, die du heute Morgen mit Franky geschlossen hast und Babysitting ist auch richtig. Wir haben nämlich allesamt nicht das geringste Interesse noch mal so etwas wie gestern zu erleben."

Bevor ich darauf etwas sagen konnte, lehnte sich Alva mit einem zufriedenen „Fertig" zurück. „Noch ein paar Minütchen unter die Beleuchtung zum Aushärten und du kannst gehen."

Den zehnten Finger hatte sie wegen des platzgreifenden Schmucks, den ich noch immer trug, ausgelassen. Sie hätte auch wirklich keine Chance gehabt, da Franky mir als letzte Krönung noch eine Fingerkuppe aus Metall spendiert hatte. Die Kuppe hatte sogar einen richtig schön ausgeformten langen Fingernagel, den er irgendwie schwarz gemacht hatte.

„Eigentlich hatte ich gehofft, dass ich selber auch mal lernen würde, Nägel zu machen", meinte ich zu Alva, als ich ihr ein Abschiedsküsschen gab.

„Gib die Hoffnung nicht auf, Muse. Nur im Moment lässt sich das beim besten Willen nicht arrangieren. Nach der Messe sieht das vermutlich besser aus."

„Okay, bis heute Abend dann."

Bei Berti im Auto konnte ich mich dann nicht mehr zurückhalten.

„Was hat Franky dir denn von unserer Abmachung erzählt?"

„Alles, nehme ich mal an. Wobei ,alles' auch wirklich schnell erzählt ist. Du hast ihm komplett freie Hand bei dem Schmuck gegeben, den du trägst. So nach dem ziemlich einfachen Prinzip: Er bestimmt, du trägst. Gibt es noch mehr, was ich wissen müsste?"

„Ne, eigentlich nicht. Oder doch. Nur um Missverständnissen aus dem Weg zu gehen: Es ist nur Schmuck im Sinne von Ringen und Ketten gemeint."

„Keine Stecker?"

„Doch die natürlich auch. Ich habe gesagt, was man in diesen kleinen Schmuckläden findet und was Franky selber macht, ist natürlich auch alles dabei."

„Na dann… hat Franky mir ja nichts Falsches gesagt."

„Und?" wollte ich wissen. „Wie findest du das? Ich meine, dass ich so ein Abkommen mit Franky schließe?"

„Wenn das für dich und Franky okay ist, dann ist das ganz wunderbar. Du bist dir hoffentlich im Klaren darüber, dass du mit Frankys Entscheidungen vielleicht nicht immer so ganz einverstanden sein wirst. Aber das gehört natürlich zu so einer Abmachung dazu. Sonst könnte man es ja auch direkt bleiben lassen."

In Bertis Laden empfing uns der, wie immer völlig ‚übermotivierte', Mattes mit der Standardfrage „Kaffee?"

Auf unser Nicken schlurfte er zum Automaten und hantierte dort eine Zeitlang rum, bis die Maschine endlich lärmend die Bohnen mahlte und schließlich den frischen Kaffee brühte.

Wir setzten uns noch einen Moment gemütlich hin und redeten über Tätowierungen. Ich erklärte Berti, dass für mich nur ein Gesamtkunstwerk in Frage kommen würde.

„Egal wie groß. Wichtig ist, dass alles zusammenpasst. So zusammen gewürfelte Kunstwerke finde ich nicht so gut. Nix gegen die Leute, die sich dafür entschieden haben. Ich finde es eben nicht gut."

Einen Moment überlegte ich noch, ob ich ihm mein Traumtattoo, das mir seit ein paar Tagen durch den Kopf ging, erzählten sollte. Eine Bondagefrau auf meinem Rücken. Ich hielt mich dann aber erst mal noch zurück. Dafür war die Idee einfach noch zu frisch.

„So", beendete er das Gespräch, „dann zieh dir mal dein Oberteil aus und setzt dich da auf den Hochstuhl. Dann komme ich besser an deine Brustwarzen ran."

Er schaute mich lächelnd an, als mir für eine Sekunde das Blut in den Kopf schoss.

„Das gehört zu dem Vertrag, den du heute Morgen mit Franky geschlossen hast. Ich könnte jetzt sagen, dass du dir das Kleingedruckte nicht durchgelesen hast. Aber da es das ohnehin nicht gab, ist es jetzt eben passiert."

„Ist schon okay", winkte ich ab. „Ich habe nur eher mit dem anderen Ohr gerechnet. Sorry. Mach einfach das, was du mit Franky abgesprochen hast."

Kurz danach hörte er auf zu reden. Er war ganz darauf konzentriert, meine Brustwarzen nahe am Nippel so zu markieren, dass die Ringe genau so sitzen würden, wie Franky es wollte.

Schon mit dem Werkzeug in der Hand schaute er noch einmal fragend zu mir hoch, dann setze er diese komische scherenähnliche Klemme an und schob, nachdem er sich davon überzeugt hatte, dass die Klemme richtig saß, die Nadel durch. Ich musste unwillkürlich einmal tief Luft durch die geschlossenen Zähne ziehen, dann war der Schmerz auch schon vorbei. Berti schob mit einem ziemlich großen Edelstahlring, den Rest der Nadel durch das frisch gestochene Loch und klickte nach ein bisschen Tupfen hier und Tupfen da, das kleine Verschlusskügelchen ein.

„Gefällt er dir?"

Zur besseren Betrachtung reichte er mir einen Spiegel. Mir gefiel der Ring. Es sah einfach nur klasse aus.

„Und wie der mir gefällt."

„Na, dann hat Franky hier ja schon mal einen Treffer gelandet."

„Und wenn nicht, wäre es eben mein Pech gewesen. An Piercings hatte ich echt nicht gedacht. Aber er hat natürlich recht. Das ist ein Ring und es ist Schmuck. Wenn da noch keine Loch war, dann muss eben eins gemacht werden."

„Du bist schon echt eine erstaunliche Frau. Mal sehen, ob die anderen Piercings auch deinen Geschmack treffen."

Er wendete sich zu der anderen Brust und wiederholte den Vorgang von vorhin. Es fühlte sich ungeheuer gut an, auf diese Weise nach den Wünschen von Franky behandelt zu werden. Danach klebte er mir zwei Pflaster über die Brustwarzen.

„Du musst Reibung vermeiden, bis die wirklich gut verheilt sind. Franky muss auch davon wegbleiben. Klar?"

„Klar", stimmte ich ihm lachend zu. „Es gibt schließlich noch eine Menge anderer Stellen, an denen er mich verwöhnen kann."

„In sofern kann ich dich beruhigen. Deine Schamlippen bleiben heute verschont"

Das saß. Ich hatte am Morgen wirklich nicht richtig nachgedacht.

„Schon wieder geschockt?" wollte Berti wissen.

144

„Nein. Oder ja, schon. Andererseits. Die sind bestimmt auch ziemlich geil. Wenn er die will, freu ich mich."

„Das ist eine gesunde Einstellung. So. Und jetzt kommen wir zu deiner Zunge."

Es ging zwar jetzt Schlag auf Schlag mit Körperstellen, an die ich heute morgen nicht gedacht hatte, aber nach den Brustwarzen und den Schamlippen, war die Nennung der Zunge dann doch kein solcher Knaller mehr. Also streckte ich ihm die Zunge entgegen.

Anders, als bei den Brustwarzen, konnte ich jetzt natürlich nicht erkennen, was er machte. Jedenfalls gab er sich große Mühe, die richtige Stelle zu finden. Dann endlich ging es los. Wieder setzte er diese komische Klemmschere an. Danach bog er die Zunge hoch und runter, um sich zu vergewissern, dass die Klemme richtig saß. Endlich hatte er auch die Nadel in der Hand und drückte sie von oben durch. Dann wieder das übliche Gefummel mit dem Einsetzen des eigentlichen Schmucks.

„Ich kann dir noch keinen Ring einsetzen. Wir müssen abwarten, wie die Schwellung verläuft."

Als er endlich fertig war, wollte ich den Mund zu machen und irgendwie fühlen, wie sich die beiden Kügelchen anfühlten.

„Moment, ich bin noch nicht fertig. Vielleicht hast du gemerkt, das ich das Piercing nicht genau in der Mitte gesetzt habe?"

„Ne, hab ich nift… nicht."

Ganz so locker, wie gewohnt, kamen die Worte nicht raus. An Bertis Grinsen konnte ich allerdings ablesen, dass das ganz normal war.

„Ich zeig dir mal eben im Spiegel, was ich gemacht habe."

Mit dem Spiegel in der Hand sah ich dass das Piercing relativ weit vorne und vor allem in der Mitte der linken Zungenhälfte saß.

„Ich ahne, wo daf nächste hin kommt."

„Ich vermute mal, deine Ahnung wird sich bald mit der Realität decken. Also Mund auf."

Ich tat brav, was er von mir verlangte und er fing wieder an, zu markieren und zu messen und von unten und oben zu gucken, ob alles da war, wo es sein sollte. Dann endlich stieß er die Nadel durch und setzte den zweiten Barbell ein.

Als ich diesmal die Zunge einzog, brauchte ich eine ganze Zeit, um die Platzverhältnisse in meiner Mundhöhle neu zu ordnen.

„Und?"

„Waf foll ich fagen?" lispelte ich los und musste selber über meine unbeholfene Aussprache lachen. Berti holte grinsend einen frischen Eisklotz und legte ihn mir in den Mund

„Nicht kauen, einfach nur zum Kühlen nutzen. Sprechen kannst du auch gerne. Zumindest, wenn dir dabei der Klotz nicht raus fällt."

„Jetzt kommt noch dein rechtes Ohr an die Reihe. Dann bist du für heute fertig."

Ich versuchte ohne Zungenbewegung ‚für heute?' zu fragen, brachte aber nur ein paar wenig artikulierte Töne raus.

„War das jetzt ein ernsthafter Protest? Dann hebe die Hand. In dem Fall höre ich natürlich sofort auf. Dann musst du mit Franky klar machen, wie es weiter gehen soll."

Ich schüttele grinsend den Kopf. Der Gedanke, einfach auszusteigen, wäre mir niemals gekommen. Besser ich konzentrierte mich auf diesen sehr lästigen Eisklotz, statt Berti irgendwie zu irritieren.

„Also mache ich weiter?" wollte er wissen, was ich natürlich mit Kopfnicken beantwortete.

Diesmal legte er sich eine unübersichtliche Schar von Ringen zurecht. Ich kannte die Ringe noch von der Inventur: Segmentring; Stabdicke 1.6mm, Innendurchmesser 10mm.

Wieder nahm er seinen Stift in die Hand. Diesmal malte er an meinem Ohr herum. Dabei spürte ich, wie er sich langsam vom Ohrläppchen bis an die Oberkante des Ohres hocharbeitete. Als er mit dem Kunstwerk fertig war, schaute er sich noch mal alles aus der Entfernung an und dann legte er los. Mit einer Hohlnadel – kannte ich auch von der Inventur – stach er mir ein Loch am Ohrläppchen. Vermutlich

146

direkt oberhalb von meinem bisher einzigen Piercing im rechten Ohr. Danach drückte er die Nadel, so wie bei den anderen Piercings auch, mit dem ersten Ring durch und verschloss den Ring danach. Ein bisschen Tupfen und weiter ging es.

Wenn ich mit dem Zählen nicht durcheinander gekommen war, stach er mir insgesamt 15 Piercings entlang meines Ohres. Als er endlich fertig war, zog er sich die Einweghandschuhe aus, lehnte sich entspannt nach hinten und wollte – was für eine dämliche Frage – wissen, ob ich gerne einen Spiegel haben würde.

Es war der Wahnsinn. Die Ringe waren alle genau im gleichen Abstand gesetzt. Wegen ihrer Größe hingen sie natürlich alle herunter. Dabei lagen sie entlang meines Ohres schön aufeinander. Das Bild war einfach gigantisch.

„Ich sehe, du bist mit Franky zufrieden?"

„Un' mid dir", ergänzte ich lächelnd. Ich konnte nur hoffen, dass diese Sprachstörung nicht zu lange dauern würde. Sonst hätte er mir auch direkt den ganzen Mund zu tackern können. Meine Versuche, die Zunge beim Sprechen möglichst wenig zu bewegen, schlugen scheinbar vollständig fehl. Am besten, ich versuchte erst mal komplett auf das Sprechen zu verzichten. Stattdessen lächelte ich Berti noch mal an und fing an, seinen Arbeitsplatz aufzuräumen. Wenn ich schon mal hier gelandet war, konnte ich mich schließlich auch nützlich machen. Zumal die nächste Kundin mit ihrer Freundin schon wartete.

„Madonna", meinte Berti mit Blick auf die beiden. Ich brauchte einen kleinen Moment, bis ich begriff, dass es um einen Stecker in der Oberlippe ging, der gestochen werden sollte.

„Du bleibst jetzt noch ein bisschen hier, Muse. Nimm dir ruhig noch einen Eisklotz. Ist immer gut, wenn die Schwellung nicht all zu groß wird. Wichtig: Wenn du gegessen hast, dann spüle gut mit Wasser oder Kamillentee nach. Einfach versuchen, alles von den beiden Piercings wegzuhalten, was so nach deinem Gefühl einer Entzündung hilft. Wenn du

Lust hast, kannst du dich mit Zeitschriften auf einen der Sessel verkrümeln. Du kannst mir auch gerne assistieren. Mattes muss jetzt weg. Privat."

„If helfe dir." Mir ging die Lispelei schon jetzt auf den Keks. Ich konnte nur hoffen, dass ich das möglichst schnell in den Griff bekommen würde.

„Im Moment musst du damit leben, Muse. Also mit dem Lispeln. Lass erstmal Ruhe in deinem Mund einkehren, dann kommt der Rest von selber."

Da ich keine Lust hatte, noch mehr zu reden, nickte ich nur lächelnd. Berti bereite sich auf die beiden Madonnas vor und meinte, ich könnte die beiden in fünf Minuten zu ihm bringen.

Insofern nahm der Tag, der mit den Nägeln und vor allem den Piercings ziemlich turbulent gestartet war, einen eher ruhigen Verlauf. Die Kunden, die in den nächsten Stunden kamen hatten entweder einen Termin – das waren die, die ich fast stumm bedienen konnte - oder sie wollten beraten werden. In dem Fall lispelte ich nach besten Kräften drauf los. Schließlich musste ich denen erst mal erklären, dass Berti im Moment beschäftigt war und dann musste ich rausbekommen, um was es überhaupt ging. Am schwierigsten war es bei einer Kundin, die ein Zungenpiercing haben wollte. Nachdem sie in meinen Mund geschaut hatte, wollte sie unbedingt wissen, wie ich mich fühlte und ob es weh tat. Die Frage, die ich selber am lustigsten fand, war die Frage, warum ich direkt zwei hatte stechen lassen.

„Mein Freund wollte ef fo."

Sie schaute mich völlig entsetzt an.

„Nur weil dein Freund das will hast du das machen lassen?"

Einen kleinen Augenblick hatte ich dann überlegt sie einfach nur glücklich lächelnd anzuschauen, dann überlegte ich es mir doch anders.

„Ich wollte ein Fungenpierfing. Aber ef gibt fo viele. Alfo habe ich die beften auf kleine Kärtfen gefrieben." Ich konnte ihr ansehen, dass sie mit höchster Konzentration versuch-

148

te, meine Laute in Wörter umzubauen. Dann ging ihr ein Licht auf und sie setzte meinen Satz fort. „Und dann habt ihr einfach Kärtchen gezogen und dabei ist das rausgekommen, das du jetzt hast?"

Ich nickte und freute mich, dass sie meine spontane Geschichte tatsächlich geglaubt hatte.

„Das ist vielleicht mal abgefahren."

Bevor wir das dann aber noch vertiefen konnten, kam Franky rein. Als er mich sah, ging ein Lächeln über sein Gesicht.

„Du siehst super aus. Gefällt es dir auch?"

Als Antwort streckte ich ihm die Zunge raus.

Die Kundin, die die Szene natürlich aus nächster Nähe beobachtete zählte blitzschnell eins und eins zusammen.

„Das ist echt eine abgefahrene Idee, was ihr beiden da gemacht habt."

Das wiederum brachte eine Denkfalte auf Frankys Stirn. Er versuchte sich bei mir mit einem Blick zu vergewissern, ob ich der Kundin tatsächlich von unserem kleinen Vertrag erzählt hatte.

Bevor es jetzt doch noch kompliziert werden konnte, winkte ich einfach lächelnd ab, was Franky sofort ausnutzte um auf den eigentlichen Grund für sein Erscheinen zu erzählen.

„Du darfst dich den Rest des Tages entspannen. Ich nehme dich direkt mit, wenn es recht ist."

„If muff weg. Noch einen Kaffee? Waffer?"

Die Kundin winkte dankend ab. „Ich habe eigentlich genug getrunken. Danke."

Kurz danach saß ich bei Franky im Auto.

„Bist du mit der Abmachung von heute Morgen noch glücklich?"

„Klar. War f'far..." Ich musste noch mal neu ansetzen „war etwaf überraffend. Aber geil."

„Alles andere wäre auch dein ganz persönliches Pech gewesen", erklärte er mir grinsend. „Wir machen jetzt einfach damit weiter."

„Geil" Einfach klasse, dass ich das Wort so fehlerfrei aussprechen konnte. Vielleicht würde ich bei den anderen Wörtern auch besser klar kommen, wenn ich es mal mit langsam sprechen probieren würde. „Du hast unsere Abmachung von heute Morgen ja wirklich kräftig ausgenutzt."

„Schlimm?" wollte er mit einem verschmitzten Lächeln wissen.

„Überraschend, aber nicht schlimm. Dein Pech, dass du meine Brüste jetzt nur noch aus der Entfernung betrachten darfst."

Schön langsam sprechen, dann geht es tatsächlich.

„Alles geht mal vorbei. Und danach darf ich dir die beiden Teile mit wunderbarem Schmuck verschönern. Dafür lohnt es sich zu warten."

Ich berührte vorsichtig meine Brustwarzen. Angenehm ist anders, ging mir durch den Kopf. An meinem Ohr fühlte es sich irgendwie besser an. Alleine das Gefühl, mit dem Finger von oben nach unten an dem Ohr entlang zu streichen war absolut erregend.

„Dir gefällt es", stellte Franky überflüssigerweise fest.

„Merkt man das? Klar gefällt es mir! Sonst säße jetzt vermutlich eine Furie oder eine Heulsuse neben dir."

„Du hättest aber trotzdem keine Chance. Abmachung ist Abmachung."

„Klar, du Liebe meines Lebens. Und Vertrauen ist Vertrauen."

„Für heute ist damit aber auch erstmal Schluss. Ich würde dir ein bisschen Piercingpflege und reduzierte Sprechübungen empfehlen."

Er hatte recht. Mir gelang es zwar immer besser, mit meiner Zunge klar zu kommen, aber es war sicherlich sinnvoll, nichts zu übertreiben. Zuhause angekommen, kümmerte ich mich also um mein Ohr und die Brustwarzen. So, wie Berti es mir gesagt hatte: Nichts bewegen. Einfach nur vorsichtig aus dem Fläschchen die Desinfektion aufträufeln. Danach stellte ich mich Franky in seiner Werkstatt in meiner Eigenschaft als Muse zur Verfügung, indem ich einfach nur durch meine Anwesenheit glänzte. Am Abend ging ich in eher gemütlichen ‚ungothic' Klamotten in die Küche, schob mir einen Eiswürfel in den Mund und half Alva ein bisschen bei der Vorbereitung für das Abendessen.

An ihren Augen konnte ich erkennen, dass ihr meine neuen Piercings ebenfalls gut gefielen. Nur die Art, wie ich mit meinen ewig langen Fingernägeln versuchte, ein paar Zwiebeln zu pellen, gefiel ihr offenbar nicht. Sie legte sogar ihr Messer zur Seite, nur um mir bei meinen Bemühungen besser zuschauen zu können.

„Du musst lernen, die Spitzen zu benutzen. Ich verstehe nicht, weshalb du versuchst nur deine Fingerkuppen zu benutzten."

Mit einem Eisklotz im Mund wollte ich ihr dann doch nicht antworten. Also bedankte ich mich für die Frage mit einem kleinen Lächeln und setzte dann die Spitzen der Nägel ein. Eigentlich wusste ich auch nicht, weshalb ich das nicht schon vorher gemacht hatte. Scheinbar aus Angst, es könnte etwas kaputt gehen.

„Na, das geht doch schon viel besser."

Sie schaute mir noch einen Moment zu und gerade als sie selber wieder ihr Messer in die Hand nehmen wollte, fiel ihr Blick auf meine Chucks.

„Stiefeletten sehen zu so einer Jeans auch gut aus Muse. Du darfst das nicht unterschätzen. Bisher bist du noch keinen Meter auf Schuhen gelaufen, wie du sie auf der Messe vielleicht sogar den ganzen Tag tragen wirst."

Mit der Bemerkung hatte ich nun wirklich nicht gerechnet. Ich war den ganzen Tag schon auf fünf oder sechs Zentimetern rumgelaufen und war eigentlich der Meinung, dass das reichen würde. Höhere Absätze hatte ich vorher schon getragen. Dann allerdings auch immer mit einem Plateau unter dem Ballen. Da ich beschlossen hatte nicht zu sprechen, zeigte ich mit Mittelfinger und Daumen verschiedene

Abstände und bemühte mich dabei wie ein Fragezeichen auszusehen.

„Du meinst, wie hoch die Schuhe sind, die du auf der Messe anziehen sollst? Der Absatz ist nie niedriger als zwölf Zentimeter. Die Differenz ist nie kleiner als acht Zentimeter. In der Regel aber mehr."

Ich schüttelte lachend den Kopf und ging hoch in unsere Zimmer. Mich hatten schon vorher ein paar knallrote Lackstiefel angelächelt. Da die aber beim besten Willen nicht zu den ganzen Gothic-Klamotten passten, hatte ich sie nie angezogen. Ich hatte mich nur gewundert, weshalb Arndt sie in meinen Schrank geräumt hatte. Klassische Overknees mit einer breiten umgeschlagenen Krempe und wirklichen Stilettoabsätzen. Ich tippte mal auf zehn Zentimeter, wobei der Ballen diesmal nicht auf einem ausgleichenden Plateau lag. Ich hatte bisher noch nicht probiert in Schuhen mit so einer starken Höhendifferenz zu gehen. Da ich ausnahmsweise nicht nach Gothic aussah, sondern eine eng anliegende Strechjeans ausgesucht hatte, konnte ich die Stiefel problemlos drüber ziehen. Oder fast problemlos. Die breite Krempe hatte nämlich keinen Reißverschluss. Ich musste also mit dem Fuß erst durch die Krempe steigen, bevor ich den Stiefel anziehen konnte. Nachdem ich den Reißverschluss am ersten Bein hochgezogen hatte, stellte ich fest, dass durch die Krempe verborgen ein kleines Schloss an dem Stiefel angebracht war, mit dem der Reißverschluss gesichert werden konnte. Langes Nachdenken war nicht unbedingt das, wonach mir der Sinn stand. Also ließ ich das Schloss an diesem und kurz danach auch an dem anderen Stiefel einrasten.

Auf dem Weg zurück zu Alva merkte ich, dass meine jüngst auf Absätzen gewonnene Sicherheit zwar noch immer vorhanden, aber durchaus ausbaufähig war. Ich konzentrierte mich also wieder, wie vor ein paar Tagen, auf das Durchstrecken der Knie und das mutige Aufsetzen des Absatzes. Letzteres war das eigentliche Problem, da ich nur über Muskelspannung dafür sorgen konnte, dass meine Fußspitzen nicht nach links oder rechts weggingen. So ein Blockabsatz, wie er an den ganzen Plateauschuhen dran war, die ich bisher getragen hatte, half einem dabei doch deutlich mehr.

Alva genügte ein Blick über die Schulter, um mein Problem zu erkennen.

„Sexy Teile, aber du merkst glaube ich schon selber, dass du mit der hohen Schule der hohen Schuhe noch nicht durch bist?"

Ich nickte lächelnd und nahm mir vor, in Zukunft auf die angenehmen breiten Absätze zu verzichten, wo immer es ging.

Beim Essen reichte Alva mir unter dem Gelächter der anderen Babybrei. Die Geschichte mit Brechthild schien niemanden mehr zu beschäftigen. Da mir das nur recht war, brachte ich das Thema natürlich auch nicht auf. Stattdessen unterhielten wir uns über die nächsten Landtagswahlen. Mich interessierte das nicht wirklich. Da ich das Zungenpiercing hatte, fiel es mir leicht, mich weitgehend raus zu halten und darauf zu warten, dass die Liebe meines Lebens mit mir ins Bett steigen würde. Als es endlich so weit war, zog er die beiden Beutel für meine Hände hervor und hielt sie mir lächelnd vors Gesicht.

„Ich dachte, die bräuchte ich nicht mehr."

„Ist mir zu riskant."

Irgendwie hatte ich keine Lust auf die Beutel. „Lässt sich denn da keine andere Lösung finden? Ich könnte mir doch zum Beispiel Weinkorken auf die Nägel spießen."

„Hervorragende Idee. Nur: Wie willst du verhindern, dass die in der Nacht runterfallen und dann ihr schreckliches Werk an meinem Gesicht verrichten?"

„Tja, dann musst du dir eben was einfallen lassen."

Zur Antwort hob er wieder die Beutel hoch.

„Ich habe keinen Bock auf die Beutel."

„Und ich habe keinen Bock auf Kratzer. Aber wenn du nicht willst, dann mache ich etwas anderes, um meine Pelle zu schützen."

„Wunderbar", strahlte ich. „Freut mich, dass dir doch noch was eingefallen ist."

Danach rumorte er im Nachbarzimmer herum und kam dann mit einem breiten Gürtel zurück.

„Einmal hinstellen bitte."

Als ich neben ihm stand, gab er mir einen langen Kuss und legte mir danach den Gürtel um die Taille. Bevor ich die anderen Riemen, die an dem Gürtel befestigt waren, richtig verstanden hatte, war meine erste Hand schon an der Seite des Gürtels befestigt. Lächelnd machte er die andere auch noch fest und schon waren meine Hände, jede auf ihrer Seite, in Höhe meiner Hüften fixiert. Probeweise spielte ich mit meinen Fingern, denen ich gerade die Freiheit für die Nacht erobert hatte. Währenddessen zog er mir noch ein breites Schrittband zwischen den Beinen durch.

„Damit der Gürtel sich nicht verdrehen kann, während du schläfst", kommentierte er, stieg dann wieder ins Bett und machte es sich breit grinsend bequem. Als ich immer noch auf meine Hände schaute und noch nicht so richtig wusste, ob ich auf diese Art wirklich die ganze Nacht verbringen wollte, hob er schließlich die Decke und bat mich förmlich zu sich.

Da er mich wegen der frischen Piercings nicht an meinen Brüsten anfassen durfte und da ich durch den Keuschheitsgürtel an anderer Stelle ebenfalls nicht zugänglich war, verwöhnte ich in der folgenden halben Stunde sein erst kleines und dann immer größer werdendes drittes Beinchen. Meine erste Übung mit den beiden geilen Zungenpiercing. Das Einzige, was daran nicht perfekt war, war der unvermeidbare Gang zum Ausspülen. Schließlich sollte ich immer einen möglichst sauberen Mund haben. Da meine Hände nicht zu gebrauchen waren, musste ich den Wasserhahn mit den Zähnen öffnen. So ein Glück, dass es kein Drehverschluss war.

Schuhe shoppen

Ich hatte in weiser Voraussicht eine ganze Stunde für die Morgentoilette eingeplant. Piercingpflege, schminken und mich am eigenen Spiegelbild erfreuen braucht eben seine Zeit. Franky lag währenddessen wieder mal gemütlich im Bett und schaute mir zu.

„Alva hat mir gestern erzählt, dass ich auf der Messe ziemlich hohe Schuhe tragen muss. Ist das nicht sinnvoll, dass ihr mir die Schuhe schon mal gebt?"

„Das steht für heute auf dem Plan. Arndt geht mit dir Schuhe shoppen."

„Ah. Ich dachte, der hat genug Auswahl in seinem Laden."

„Klar, aber er stellt die Schuhe nicht selber her. Also muss er ab und zu mal nachfüllen. Und jetzt ist es so weit. Trifft sich ganz günstig."

„Na wunderbar. In dem Punkt erfülle ich doch liebend gerne das Klischee der typischen Frau. Schuhe shoppen macht Spaß."

Statt einer Antwort sah ich nur sein lächelndes Gesicht im Spiegel. Da ich noch kein einziges Kleidungsstück angezogen hatte, schien ich für ihn ausreichender Anlass zu sein, einfach nur zu gucken.

„Der Keuschheitsgürtel diese Nacht war übrigens ganz praktisch. Ich musste mir keine Sorgen machen, dass ich mich vielleicht auf den Bauch drehen könnte."

„Dafür war der zwar eigentlich nicht gedacht, aber wenn du das so sagst, dann sollten wir das in den nächsten Nächten am besten beibehalten."

„Wenn es dir gefällt, dann ist das okay. Ich finde allerdings, dass es auch reicht, wenn ich den nach dem Sex anziehe. Wäre sonst ein bisschen eintönig oder?"

„Verstehe ich nicht", entgegnete er mir lachend, stimmte mir dann aber brav zu.

Als ich mit der gesamten Köperpflege durch war, ging ich zu meinem gigantischen Kleiderschrank und überlegte, was es denn heute sein durfte. Jedenfalls wieder Gothic. Soviel war klar. Nur wie?

„Wenn du dich gleich nicht wieder umziehen willst, dann zieh Leggins oder eine Strumpfhose an. Dazu einen kurzen Rock."

Das war wenigstens mal eine vernünftige Ansage. Kurz danach stand ich im kurzen Schottenröckchen vor ihm. Meine Beine steckten in einer schwarzen Netzstrumpfhose, die ich über eine knallrote Nylonstrumpfhose gezogen hatte. Dazu trug ich schwarze Stiefel mit Pfennigabsatz. Nicht ganz so hoch, wie gestern, aber in dem Punkt würde sich ja heute einiges an meiner Garderobe ändern.

Bevor ich mir die Bekleidung aussuchte, die von dem coolen Nietengürtel aufwärts tragen würde, wollte ich erstmal seine Meinung hören.

„Perfekt. Besonders die über Kreuz geklebten Pflaster auf deinen Brüsten gefallen mir sehr gut."

„Okay, dann bin ich auch gleich so weit."

„Irrtum, Muse. Du bist jetzt schon so weit. Lass ruhig noch ein bisschen Luft an deinen Körper. Es ist Frühstückszeit."

Die anderen hatten mich schon häufig genug in allen möglichen Outfits gesehen. Warum sollten die oder ich gerade jetzt ein Problem damit haben?

Also löffelte ich meinen Babybrei mit nacktem Oberkörper in mich rein.

„Wir beide fahren gleich Schuhe shoppen?" eröffnete ich das einzige Thema, das mich in dem Moment interessierte.

„Ich hoffe mal, du hast Lust dazu?" wollte Arndt wissen.

„So was von. Wundert mich nur, dass du heute nicht in einem deiner Läden bist. Samstags ist doch bestimmt viel zu tun."

„Schon, aber ich habe auch gutes Personal. Wir haben also den ganzen Tag Zeit."

„Wow. Ich dachte schon, wir würden nur in einen Laden gehen und dann ist Schluss."

„Lass dich überraschen. Es wird bestimmt nicht langweilig."

„Muss ich was Besonderes anziehen?"

„Vielleicht findest du noch etwas für deinen Oberkörper? Nicht, dass mich das irgendwie stört, aber wir müssen auch noch ein paar Schritte durch die Öffentlichkeit machen. Ich habe keine Lust auf den Stress mit Erregung öffentlichen Ärgernisses. Obwohl du vermutlich im Moment ganz gut mit posttraumatischer Störung rauskommen würdest."

„Kein Problem. Ich frag nur, weil Franky sich so angehört hat, als ob du gewisse Vorstellungen hast."

„Was du anziehen musst? Ja klar habe ich die. Aber erst, wenn die Probiererei losgeht."

Also zog ich mir ein bisschen später einen BH an, der verhinderte, dass das Shirt rieb. Arndt wartete bereits auf mich. Ich hatte gerade noch Zeit einen Kuss Richtung Franky auf die Reise zu schicken und schon waren wir weg.

„Wirklich gut, dass wir dich haben Muse. Eigentlich hatte ich den Tag heute mit einem anderen Modell geplant. Die hat sich aber vorgestern die Haxen gebrochen."

„Upps. Mit den Schuhen umgeknickt?"

„Das wäre eigentlich das Naheliegendste. Aber, wie der Zufall es will, hat sie mit Kumpels ein bisschen Fußball gespielt. Trotz Dauertitel der Frauennationalmannschaft immer noch ungewöhnlich für Frauen. Und dabei hat sie sich verletzt. Dumm gelaufen."

„Das ist dann aber mehr, als nur Schuhe anziehen und wieder ausziehen, was heute auf dem Plan steht."

Statt einer Antwort lächelte Arndt nur.

Als wir endlich da waren, merkte ich ziemlich schnell, dass es mehr war. Regalweise nichts als Highheels. Und zwar richtige Highheels. Die Schuhe steckten in Regalen und standen auf Tischen. Die ganze Sache war so arrangiert, dass man genug Schuhe in ihrer vollen Schönheit sah und dass gleichzeitig auch eine große Menge an Modellen Platz fand. An der Stirnseite des Raumes war eine kleine Bühne mit ziemlich vollständig aussehender Fotoausstattung. Über die Länge des Raumes – sicherlich 20 Meter – war ein Catwalk aufgebaut.

„Dann wollen wir mal."

Arndt wies auf eine junge, ziemlich intensiv tätowierte und extrem bequem gekleidete Frau.

„Darf ich bekannt machen? Grace, Muse."

„Hey Muse. Ich habe schon von dir gehört. Wenn das heute nicht gut wird, fresse ich einen Besen mit Stiel."

Das mit dem ‚habe schon von dir gehört' hatte ich doch letzthin auch schon mal gehört. So langsam schien mein Bekanntheitsgrad immer mehr zu wachsen, ohne, dass ich etwas dazu tat.

Sie griff hinter sich. Du kannst deine Klamotten, also die unterhalb des Gürtels erstmal anbehalten. Zieh zuerst mal die Teile hier an.

Die ‚Teile' waren Plateaustiefel, denen der Absatz fehlte. Mein Blick muss wohl Bände gesprochen haben.

„Jede zieht diese Pseudohufe mal das erste Mal an. Warte einfach ab. Das Gehen ist einfacher, als du denkst."

„Ist natürlich sinnvoll, wenn du die Absätze nicht einsetzt", schickte sie lachend hinterher.

Mir schoss die Aufregung in Form von Adrenalin durch die Adern. Ich atmete ein paar Mal tief durch, um es wieder auf normales Niveau herunter zu bekommen.

Netterweise reichte mir Grace, die meine Atemübungen amüsiert verfolgt hatte, bei meinen ersten Schritten die Hand. Es ging tatsächlich fast auf Anhieb ganz gut. Ich konzentrierte mich – wie immer - einfach darauf, die Knie möglichst gerade zu halten und dann die Beinbewegungen zu machen, die ich auch mit Absätzen gemacht hätte.

„Schon ganz gut, Muse. Könnte schlimmer sein." Grace brachte mich wieder auf den Boden der Tatsachen zurück. Wir machen das jetzt so: Da hinten ist ein riesiger Bildschirm. Du gehst jetzt einfach den Catwalk bis zum Bildschirm und versuchst deine Haltung so zu korrigieren, dass es gut aussieht. Dann gehst du wieder zurück und wieder hin und immer so weiter. Danach machen wir dann die Fotos."

„Okay."

Gerade, als ich losgehen wollte, hielt sie mich noch zurück.

„Dein Oberteil ziehst du bitte aus, genauso den BH, den ich da gesehen habe."

„Aha?" So richtig verstand ich das nicht.

„Zieh nicht so ein Gesicht. Runter mit den Sachen. Du wirst bei den Fotos teilweise bis zum Hals gezeigt. Der Künstler", sie zeigte auf Arndt, „will es so."

„Wieso hast du mir das nicht gesagt, Arndt? So eine Überfallaktion ist bei mir doch nicht nötig."

Kopfschüttelnd zog ich die beiden Teile aus.

„Oh, hast du frische Piercings? Blöde Frage. Nimm die Pflaster ab. Ein bisschen Luft ist immer noch das Beste."

Mein erster Gang mit Blick auf den Monitor war erschreckend schlecht. Die gefühlt durchgestreckten Beine glichen eher einer permanenten Kniebeuge. Unwillkürlich musste ich anfangen zu lachen.

Danach gelang es mir immer besser den fehlenden Absatz zu vergessen und einfach auf den Punkt zu warten, an dem meine Plateausohlen den Boden berührten. Als ich das raus hatte, merkte ich, wie sich mein Körper streckte und die Sicherheit auf einmal wieder komplett da war.

„Wunderbar Muse. Geh noch mal hin und her und dann oben auf die Bühne. Wir machen dann noch eben ein paar Fotos."

Bei den Fotos musste ich mich nur in verschiedenen Posen hinstellen. Breitbeinig, mit geschlossenen Beinen, und für die Pferdenarren auch mit einem hochgezogenem Schenkel. Gerade so, als ob ich ein Pferd wäre, das gerade irgendwo her stolziert. Natürlich wusste ich, dass es Leute gibt, die auf solche Sachen stehen. Ich fand es eher seltsam. Die Stiefel allerdings…Schon echt geil, solche Teile. Vor allem wenn man sich selber zusehen kann, wie man darauf beim Gehen eine gute Figur macht.

„Danke, du kannst die nächsten Stiefel anziehen."

Es waren furchterregend hohe Stilettos. Die eng anliegenden Schäfte gingen mir fast bis zum Rock. Das Besondere, war, dass einer der beiden Schäfte mit Unmengen an Nieten geschmückt war und der andere komplett frei von jeglichem Schmuck blieb. Zur Einübung wurde ich wieder auf den Catwalk geschickt. Diesmal war das Bewegungsgefühl vollkommen anders. Immerhin lagen meine Zehen mal so gerade eben mit ihrer vollen Länge auf. Dafür stand der Rest meines Fußes allerdings nahezu senkrecht.

Nachdem ich die erste Catwalkbahn vernünftig hin bekommen hatte, wurde ich wieder auf die Bühne geschickt. Als besondere Pose stellte ich mich breitbeinig hin und sollte dann mit durchgestreckten Knien und geradem Oberkörper so weit wie eben möglich in den Hüften abknicken. Ich versuchte es erst mit auf dem Rücken zusammengelegten Händen, was nicht wirklich gut funktionierte. Danach behielt ich eine Hand auf dem Rücken und ließ die andere langsam an dem Stiefel herunter gleiten.

„Das war hervorragend" lobte mich diesmal Arndt. „Zieh bitte mal deinen Rock aus. Ich habe hier etwas anderes für dich."

Er hielt ein undefinierbares Teil aus schwarzem Latex in der Hand. Als er es mir umlegte, sah ich, dass es einer von den Röcken war, die vorne ultrakurz und hinten sehr lang waren. Keine Ahnung warum, aber das Teil fiel einfach nur perfekt.

„Wenn ich dich auf den Catwalk bitten dürfte. Erstmal langsam gehen und dann immer schneller. Du weißt schon die Sorte Frau, die mit sicherem Schritt und sehr viel Autorität ausgestattet ist."

Es machte einfach nur irren Spaß. Nachdem ich mich beim Setzen von schnellen sicheren Schritten in dem Bildschirm bewundert hatte, rüffelte mich Grace allerdings zusammen.

„Freut mich, dass es dir Spaß macht. Du sollst im Moment aber böse Autorität ausstrahlen. Die, auf die du zu gehst, haben nichts Gutes zu erwarten. Klar?"

Sie hätte mir das durch aus freundlicher sagen können. Ich verkniff mir die entsprechende Bemerkung und gab mein Besten, den Typ Frau zu spielen, den Grace sehen wollte. Mein Bestes reichte aber offenbar nicht. Sie schickte mich immer wieder hoch und runter. Mal wackelte ich zu sehr mit dem Hintern, dann wieder setzte ich meine Füße falsch auf oder hielt mein Becken zu weit hinten oder zu weit vorne. Irgendwann brach Arndt entnervt ab.

„Das wird nichts mehr Grace. Lass uns weitermachen."

Grace verdrehte die Augen und schmiss entnervt irgendeinen Stiefel, der gerade in ihrer Nähe war, quer durch den Raum. Blöde, wie ich war, wollte ich ‚Gut Wetter' machen und stellte den Stiefel wieder zurück an seinen Platz. Vielleicht war es auch nur die Unsicherheit über die so plötzlich geänderte Stimmung in dem Raum. Arndt versuchte wieder Normalität rein zu bekommen, indem er mir einfach die nächsten Stiefel reichte.

Eigentlich waren die vom Schnitt her relativ normal. Kleines Plateau und ziemlich hohe Absätze waren hier schließlich nichts Besonderes. Nur war bei den Stiefeln knapp unterhalb der Ferse, also in etwa dreizehn Zentimetern Höhe, ein stabiler Ring angebracht, der in dem Loch, das quer durch den Absatz ging, locker hin und her schwingen konnte.

Als ich die Stiefel, die knapp über das Knie reichten, angezogen hatte, reichte Arndt mir noch zwei Armbänder, die ebenfalls mit einem Ring geschmückt waren.

„Für die nächsten Fotos musst du etwas ausgewogener gekleidet sein. Sonst passt das nicht so richtig. Nackter Oberkörper ist gut, aber nackte Arme ist nicht immer gut."

Die Prozedur war dann wieder die gleiche. Zweimal hoch und runter auf den Catwalk. Diesmal wieder ohne Meckerei von Grace. Danach stieg ich auf die Bühne, damit die Fotos gemacht werden konnten.

161

Nach den ersten Fotos kam Grace dann mit einer Kette zu mir. Ohne mich irgendwie aufzuklären, was sie vor hatte, klickte sie ein Ende in meinem linken Schuh ein und verlangte dann von mir, dass ich meine Hände hinter den Rücken nehmen sollte. Irgendwie saß bei mir aber noch der Ärger fest, den es erst vor ein paar Minuten gegeben hatte.

„Was hast du vor?"

„Was denkst du denn wohl? Natürlich die Kette durch deine Armbänder ziehen und dann am anderen Schuh festmachen."

„Ich bin hier, um Schuhe anzuprobieren. Nicht, um von dir gefesselt zu werden."

„Arndt! Was soll der Scheiß? Erst die Nummer eben und jetzt das. Kannst du hier mal eine klare Ansage machen?"

Die Art und Weise, wie sie mich bei dieser Frage ausklammerte und Arndt gegenüber so sprach, als ob ich eine falsch gelieferte Ware wäre, traf mich ziemlich unvorbereitet. Wieder versuchte Arndt die Wogen zu glätten.

„Naja. Vielleicht ist Muse ein bisschen unvorbereitet. Aber andererseits", jetzt wendete er sich direkt an mich, „hast du bisher wirklich einen tollen Job gemacht. Genau so, wie wir es von dir erwarten. Egal, ob für Alva oder Berti. Erst recht natürlich für Franky. Bei den Schuhen gehört das mit den Ketten einfach dazu. Ich kann mir beim besten Willen nicht vorstellen, dass du damit wirkliche Probleme hast. Also lass uns jetzt einfach weiter machen. Okay?"

Mit den Problemen oder besser den nicht existierenden Problemen in Bezug auf die Kette hatte er natürlich recht. Vielleicht hatte ich den Stress, den Grace machte, einfach zu sehr an mich herankommen lassen.

Ich hielt also meine Hände hinter den Rücken, Grace sagte brav „Danke" und eine Minute später konnte ich meine eingeschränkte Bewegungsfreiheit erproben. Eigentlich war alles okay. Natürlich konnte ich die Hände nicht mehr nach vorne nehmen, aber das Gehen war noch ohne Einschränkung möglich. Ich musste also nicht mit krummen Knien gehen.

„Das machst du gut, Muse. Geh doch bitte noch einmal über den Catwalk und dann wieder zurück auf die Bühne."

Lob von Grace. Gut, dachte ich mir, dann ist der Ärger jetzt abgehakt. Zurück auf der Bühne wurden dann noch ein paar Fotos gemacht. Mal von vorne, mal von meinem Rücken. Die nach meinem Gefühl beste Pose, war mein Blick nach hinten über die Schulter. Ich hatte mich dabei ein bisschen breitbeinig hingestellt und großen Wert auf hohe Körperspannung gelegt.

„Wunderbar Muse. Wir variieren jetzt noch ein bisschen."

Grace nahm mir die Kette ab und verband dann die Schuhe mit einer vielleicht zwanzig Zentimeter langen Kette. In der Mitte der Kette war eine weitere Kette angebracht, die sie dann wieder an meinen Armbändern einschnappen ließ. Diesmal war alles wesentlich straffer. Wenn ich mich nicht irgendwie bücken wollte, wurde die Fußkette ziemlich weit hochgezogen. Dadurch schrumpfte die ohnehin schon knapp bemessene Länge noch mehr zusammen. An vernünftige Schritte war nicht mehr zu denken. Das war den beiden wohl auch klar.

„Diesmal natürlich keinen Catwalk. Nur Posing."

Ich versuchte einfach meine Möglichkeiten auszuschöpfen. Dabei schaute ich immer wieder fasziniert auf den Bildschirm, der jetzt zwar einige Meter weg war, aber immer nur Großaufnahmen von mir zeigte.

„Machst du super."

Eigentlich dachte ich, dass ich noch gar nicht angefangen hatte. Ich konnte mir ein Lächeln über dieses Missverständnis nicht verkneifen.

Noch ein paar zusätzliche Fotos und es gab wieder eine Pause. Grace brachte mir die nächsten Stiefel direkt auf die Bühne.

„Schon mal gesehen?"

„Gesehen ja, aber noch nie getragen. Ballettboots. Cool. Ich fürchte nur, dass ich beim Gehen nicht so schnell klar kommen werde."

„Nur keine Angst", beruhigte Grace mich, während sie die Kette abnahm. „Immer erst probieren und dann urteilen. Lass dir Zeit mit dem Anziehen. Die haben keinen Reißverschluss, aber eine ziemlich lange Schnürleiste. Du musst sehr genau darauf achten, dass sich das Schuhband immer schön im gleichen Abstand kreuzt und dass du die Stiefel möglichst eng ziehst. Das erhöht den Halt. Wir werden dich beim Anziehen bereits filmen. Gib dir also alle Mühe."

Das Gefühl, den Fuß komplett durchstrecken zu müssen, um ihn überhaupt in den Stiefel hinein zu bekommen, war im ersten Moment überwältigend. Ich musste mich kein Stück anstrengen, um das Band möglichst hingabevoll und natürlich stramm und exakt festzuziehen. Als ich mit dem ersten Stiefel halb durch war, vergewisserte ich mich lächelnd bei Grace und Arndt, dass alles korrekt lief. Die beiden schauten mir entspannt zu. Alles war okay. Ich machte also weiter mit eng schnüren und immer wieder den Stiefel glatt ziehen. Nach meinem Gefühl musste eine halbe Ewigkeit vorbeigegangen sein, bevor ich den Knoten an meinem zweiten Stiefel machte.

Und tatsächlich kam mir erst in dem Moment in den Kopf, dass ich keine Ahnung hatte, wie ich in den Teilen auch nur einen einzigen Schritt machen konnte. Ich hielt mich erstmal an dem Stuhl fest, bis ich einigermaßen meine Balance gefunden hatte. Erst jetzt merkte ich, dass wegen der engen Schnürung mein Gewicht nicht komplett auf meinen Zehnspitzen lag, sondern zu einem guten Teil auch durch den Fußrücken abgefangen wurde. Ich konnte also hoffen, dass mir meine Zehen nicht ganz so schnell weh tun würden.

„Rücken durchstrecken! Beine durchdrücken! Und los. Drei Schritte bis zu mir." Arndt hatte sich ein kleines Stück vor mich gestellt und hielt die Arme auseinander. Gerade so, wie man das mit kleinen Kindern macht, wenn sie ihre ersten Schritte probieren. Ich tat ihm den Gefallen und humpelte zu ihm hin.

„War Scheiße", kommentierte Grace von unten. „Wieder zurück zum Stuhl!"

Mir war selber klar, dass meine Haltung mit weit vorgestrecktem Oberkörper nicht korrekt war, aber irgendwie ging es nicht anders.

„Das gibt nichts. Das ist nur lächerlich. Pass auf Muse, du machst jetzt eine Stunde Intensivtraining. Danach will ich einen ordentlichen ‚walk' auf dem Catwalk sehen."

Zu Arndt gewandt meinte sie: „Bring sie runter zu mir. Ich lass eben die Stange runter."

Da ich mich nicht tragen lassen wollte und unbedingt den Bogen herausbekommen wollte, wie man mit den Teilen vernünftig gehen konnte, kamen wir auf dem Catwalk erst an, als das Geräusch von ‚Stange runter lassen' schon lange vorbei war. Deshalb war ich ziemlich überrumpelt, als Grace meine Armbänder in eine Kette einhakte, die sie dann auch noch hoch zog. Meine Arme waren dadurch zwar nicht ganz nach oben gestreckt, aber die Hände befanden sich trotzdem deutlich über dem Kopf.

„Wir haben nicht alle Zeit der Welt, Muse. Deshalb mache ich das bei dir auf die harte Tour."

Sie gab mir noch einen Kuss auf die Wange und verschwand dann mit Arndt aus dem Raum. Gleichzeitig setzte sich der Haken, an dem die Kette befestigt war, in Bewegung. Mir blieb nichts andres übrig, als der Kette zu folgen. Natürlich verlor ich schon nach wenigen Minuten das Gleichgewicht. Da sich der Haken nicht daran störte, sondern mit unverminderter Geschwindigkeit weiter zog, blieb mir nichts anderes, als meine Füße wieder unter meinen Körper zu bekommen und den nächsten Versuch zu starten, möglichst viele Schritte ohne Sturz hin zu bekommen.

Erst, als ich schon zweimal hin und her gezogen worden war merkte ich, dass alles um vieles einfacher wurde, wenn ich mein ganzes Gewicht auf die Füße legte und meine Arme einfach nur locker an der Kette baumeln ließ. Mit dieser Erkenntnis gelang es mir dann wenigstens die Zahl meiner Stürze deutlich zu reduzieren. Trotzdem blieb das Bild, dass ich auf dem Bildschirm sah, sehr bescheiden. Der Hintern war rausgestreckt und der Oberkörper war nach vorne gebeugt. Wenn ich im Internet eine Frau gesehen hätte, die sich mit Ballettboots und solch einer Körperhaltung verewigen würde, hätte ich mir mit Sicherheit gedacht, dass die Welt ohne das Video eher reicher als ärmer gewesen wäre. Und jetzt lief ich selber in solch einer unmöglichen Haltung über den Catwalk. Das Problem war nur, dass ich bei jedem Versuch mich aufzurichten, die Balance verlor und ins Stolpern kam. Aber was nutzte es? Ich musste es einfach schaffen. Die beiden waren scheinbar ohnehin schon sauer auf mich. Ich wollte sie auf keinen Fall noch mehr enttäuschen.

Die Uhrzeit und die Anzahl der Runden, die ich gedreht hatte, waren irgendwann komplett aus meinem Gedächtnis verschwunden. Ich war nur noch auf die Köperhaltung konzentriert und dann endlich bekam ich den letzten entscheidenden Kniff heraus. Endlich war mein Oberköper gerade und auch die Knie waren beim Aufsetzen des Absatzes durchgedrückt. Alles war so, wie es sein sollte. Zwar war ich noch wirklich weit davon entfernt, mich dabei auch noch zu entspannen und so zu gehen, dass es wirklich leicht aussah, aber es war gut.

Scheinbar waren Grace und Arndt der gleichen Meinung. Jedenfalls kamen sie dann endlich applaudierend zurück und machten mich von dem Schlitten lose, der mich die ganze Zeit unermüdlich hin und her gezogen hatte.

„Dann können wir ja endlich. Mach bitte erstmal den üblichen ‚walk'. Danach gibt es eine kleine Erweiterung."

Die Erweiterung war mehr als nur ein Accessoire. Arndt kam mit einem ausgewachsenen Monohandschuh auf mich zu.

„Du kannst dich hier auf den Hocker setzen. Und dann bitte die Arme nach hinten."

Ich verstand zwar nicht, weshalb Arndt mir nicht direkt gesagt hatte, dass die Schuhe alleine nicht wirklich im Mittelpunkt standen, aber ich wollte jetzt, wo die beiden sich scheinbar etwas beruhigt hatten, nicht anfangen mit ihm herumzudiskutieren. Also legte ich die Hände hinter meinem Rücken zusammen. Eigentlich hatte ich gedacht, dass er jetzt den Handschuh hochziehen und schließen würde. Stattdessen nahm er einen Gürtel mit dem er meine Arme in Ellenbogenhöhe fast komplett zusammenzog.

„Kann das sein, dass du diese Übung noch nicht so häufig gemacht hast?" wollte Arndt wissen als er mit leichtem Missmut im Gesicht den Gürtel verschloss. Was sollte ich ihm schon sagen? Natürlich hatte Franky mich so noch nicht gefesselt und ich war bisher auch nicht auf die Idee gekommen, dass ich meinen Körper darauf vorbereiten müsste.

„Richtig erkannt. Tut mir leid. Vielleicht solltet ihr mir generell mal so erzählen was noch alles auf mich zu kommt. Ich bin gerne bereit dafür zu üben. So was, wie gerade mit den Ballettboots könnte man dann vermeiden."

„Da hast du allerdings recht. Ist zum Teil sicher auch unser Fehler. Wahrscheinlich waren wir, nachdem du deine ersten Jobs so super gemacht hast, davon ausgegangen, dass du alles machen kannst. Wir werden das mit Sicherheit ändern. Schön, dass du von selber drauf gekommen bist."

Damit schien das Thema für ihn durch zu sein. Er arbeitete den Handschuh ziemlich schnell an meinen Armen hoch, da die wegen des Gurtes jetzt ja keinen nennenswerten Widerstand mehr leisten konnten. Danach legte er die beiden Gurte, die das Herunterrutschen des Handschuhs verhindern sollten, über meine Schulter. Als letztes zog er dann noch die Schnürung zu und damit waren meine Arme zumindest für mich aus eigener Kraft nicht mehr zu befreien.

Während Arndt mir den Handschuh anzog hatte Grace bereits die Stange wieder heruntergelassen und ein Kette eingehängt. Vermutlich wollte sie eine Art Sicherung an mir befestigen. Denn wenn ich beim Gang über den Catwalk hingefallen wäre, hätte das ohne brauchbare Arme übel ausgehen können. Insofern war ich sogar dankbar, als die Kette am oberen Ende des Handschuhs in eine Stahlöse einrastete. Statt mich dann aber auf den Teppich zu schicken, damit ich meine Runden drehen konnte, hakten die beiden eine weitere Kette am unteren Ende des Handschuhs ein und verbanden diese dann wieder mit Fußschellen.

Da ich nicht so richtig einschätzen konnte, wieviel Schrittweite mir geblieben war, machte ich erst ein paar Trippelschritte.

„Die Kette ist lang genug. Hör mit dem Trippeln auf, Muse", verlangte Grace genervt von mir. Also gehorchte ich brav und machte wieder die Schrittweite, die ich vorher so lange geübt hatte. Grace hatte wirklich recht. Die Kette sah nur so aus, als ob sie eine weitere Behinderung wäre. In Wirklichkeit konnte ich ohne jede Probleme gehen. Nach ein paar Runden klatschte Grace dann in die Hände.

„Das war am Ende wieder gut, Muse. Für heute ist Schluss. Ich bedanke mich bei dir. Du kannst wieder in die Klamotten schlüpfen in denen du gekommen bist. Deine Füße haben sich ihre Pause redlich verdient."

„Für heute ist Schluss? Das heißt, dass ich noch mal kommen darf?"

„Wenn Arndt mir versichert, dass du vernünftig vorbereitet bist und nicht wieder so ein Mist, wie mit den Ballettboots passiert, dann gerne. Die Bilder von dir sind nämlich wirklich gut."

Damit ließ sie mich stehen und verließ den Raum. Arndt löste den Handschuh und wartete dann geduldig, bis ich mich wieder komplett umgezogen hatte. Arndt hatte sogar Pflaster für meine Brustwarzenpiercings dabei.

Wir schafften es gerade rechtzeitig zum Abendessen. Auf die Frage der anderen, wie es war, ließ mich Arndt erst gar nicht zu Wort kommen.

„Der Anfang war super. Muse hat sich ziemlich schnell mit den verschiedenen Schuhen angefreundet und vor der Kamera und für die Filme eine echt gute Show gemacht. Aber dann kamen die Ballettboots. Das war leider richtig schlecht. Wir mussten sie erst ungefähr eine Stunde unter dem Gestell her laufen lassen, bis sie den Bogen raus hatte. Das letzte Shooting war dann Ballettboots mit Monohandschuh. Bei dem Monohandschuh muss sie auch echt noch üben. Die Ellenbogen müssen sich berühren, ohne das man gegen zu viel Druck ankämpfen muss. Anders geht es nicht."

„Ich habe bereits mit Arndt gesprochen", ergänzte ich, als ich die betroffenen Blicke der anderen sah. „Wenn ich nicht weiß, was mich erwartet, kann ich mich nicht vorbereiten. Bei Sachen, von denen ich weiß, dass ich sie nicht gut kann, kann ich vorher üben. Das mache ich auch gerne. Für mich ist das schließlich auch schlecht, wenn ich einen von euch so blamiere. Gebt mir bitte die Chance."

Franky, der die ganze Zeit keine Regung gemacht hatte, zog mich zu sich und gab mir einen Kuss.

„Das ist mal ein Wort." „Was meint ihr dazu?" wollte er von den anderen wissen.

„Also bei mir war bisher alles perfekt", kam mir Alva zur Hilfe. „Bei diesem Nageldesignwettbewerb hat Muse super mitgemacht und die Modenschau für die Gräfin bei dir", ergänzte sie mit Blick auf Arndt, „lief doch auch sehr gut. Zu der durchgeknallten Tussi, die da reingekommen ist, kann Muse ja nichts."

„Richtig. Heute war am Anfang ja auch alles in Ordnung. Und, Muse hat es schon selber angeboten. Sie ist ja willens sich auf das, was sie nicht kann, vorzubereiten", ergänzte Berti.

„Dann lasst uns jetzt nicht groß diskutieren. Wir bereiten Muse in Zukunft auf die Sachen vor, bei denen es Probleme geben könnte und damit hat es sich", beschloss Franky die Diskussion, bevor sie richtig angefangen hatte. Als keiner widersprach, holte er eine Runde Bier aus dem Kühlschrank und wir konnten noch ein gemütliches Stündchen zusammensitzen. Wenn das schief gegangen wäre, hätte ich nicht gewusst, was ich gemacht hätte.

Ein Tag am Badeteich

Die Nacht hatte ich wieder in dem piercingschonenden Keuschheitsgürtel verbracht. Franky hatte ihn mir mit seinem warmen, sympathischen Lächeln schon vor dem Sex angelegt. Eigentlich hatten wir zwar vereinbart, dass das andersrum passieren sollte, aber mir war nicht nach Opposition. Dafür war ich zu knapp an echten Problemen in der WG vorbei geschrappt. Ich hatte mich also brav und hingebungsvoll mit seinem besten Stück befasst. Das Mundausspülen im Bad hatte ich bleiben lassen, da Franky eine Flasche Sprudel am Bett stehen hatte.

Nachdem ich am nächsten Morgen mit meiner Piercingpflege durch war und ausgiebig mein rechtes Ohr mit den ganzen Ringen bewundert hatte, drehte ich mich zu Franky um.

„Was liegt heute an?"

„Geh mal zu deinem Schuhschrank und schau selber nach."

Die Sammlung der Schuhe, mit der Arndt mich ausgestattet hatte, war um ein unübersehbares Teil angewachsen. Ein Paar glänzender Ballettboots. Diesmal keine Stiefel mit endloser Schnürleiste sondern Stiefeletten.

Ich zog mir schnell eine Strumpfhose und ein ärmelloses Kleid an und stieg dann in die Boots, die mit einem Haufen kleiner Schnallen so eingestellt werden konnten, dass mein Fuß optimalen Halt bekam. Die beiden letzten Schnallen konnten mit einem Schloss gesichert werden. Vorsichtshalber fragte ich bei Franky nach, ob er den Schlüssel hatte.

„Klar, mach die Schlösser ruhig zu. Ich möchte ja nicht, dass du deine Übungen vorzeitig beendest", erklärte er mir grinsend.

Ich verzichtete darauf, ihm zu erklären, dass ich das niemals machen würde. Mir war klar, dass er das wusste. Er sah mich scheinbar gerne abgeschlossen. Und mich ließ das auch nicht kalt. Ich fand es nach wie vor sehr aufregend.

Ich machte ein paar Schritte im Zimmer und war sehr erleichtert, als ich die Sicherheit, die ich gestern erworben hatte, sofort wieder spüren konnte.

Das sieht doch schon ganz gut aus", lobte Franky mich.

„Ich habe ja gestern auch geübt. Ich zeig dir mal, wie meine ersten Schritte aussahen."

Für einen kleinen Moment streckte ich meinen Hintern hinten raus und hielt den Oberköper mit weit ausgebreiteten Armen nach vorne.

„Okay, okay. Dann kann ich verstehen, dass Grace so sickig war. Respekt Muse. Wenn das deine ersten Schritte waren, dann hast du gestern wirklich gut gelernt."

Ich war die Letzte am Frühstückstisch. Franky hatte mir zwar angeboten, mich die Treppe runter zu tragen, aber ich wollte keine Gelegenheit auslassen, auf den Teilen sicher zu werden. Also hatte ich ihn vorangeschickt.

Mein Erscheinen mit den Balletts wurde von den anderen lächelnd honoriert. Glücklicherweise war die Stimmung wieder ganz normal. Es stellte sich ziemlich schnell heraus, dass keiner irgendetwas Besonderes vor hatte. Da das Wetter noch immer fantastisch war, verabredeten wir uns am Schwimmteich. Die Zeichen standen gut für einen entspannten Sonntag.

Als ich mich auf meinen hohen Hacken auf den Weg machen wollte, hielt Franky mich zurück.

„Mit Highheels über Rasen sieht immer ganz schlecht aus. Die Absätze sacken ein, der Schuh wird schief aufgesetzt. Einfach schlecht."

„Ich dachte, ich übe dabei noch ein bisschen."

„Du kannst auch üben. Das machst du aber im Übungsraum. Ich zeige es dir."

Kurz danach standen wir in so einer Art Gymnastikraum. Wobei nicht wirklich alles, was ich da sah direkt etwas mit einem normalen Gymnastikraum zu tun hatte. Franky zeigte mir das Laufband.

„So etwas in der Art kennst du vermutlich aus dem Fitnesscenter. Für dein Training stelle ich dir eine Stunde gemütliches Schlendern ein. Mal gerade zweieinhalb Kilometer. Wenn du die durch hast, kannst du zu uns kommen. Aber ohne die Boots. Der Schlüssel liegt am Bett."

„Alles klar."

Da ich mich gerade danach fühlte, hing ich mich an seinen Hals und umschlang seinen Hintern mit meinen Beinen. Ich konnte fast sofort fühlen, dass er die Umarmung genoss. Nach einiger Zeit setzte er mich auf dem Band ab und ich begab mich auf die Wanderschaft.

Natürlich ließ ich meinen Blick durch den Raum schweifen. Zumindest so weit, wie ich den Kopf drehen konnte, ohne das Gleichgewicht zu verlieren. Direkt vor mir stand, fest mit der Wand verbunden, ein großes Andreaskreuz. Die Balken hatten überall seitlich angebrachte Ringe. Für mich bestand kein Zweifel, dass die Person, die daran befestigt werden sollte, keine Möglichkeit haben würde, sich selber zu befreien. Ich konnte nur hoffen, dass mir das erspart bleiben würde. Nicht, weil ich Franky nicht vertraute. Das war nicht das Problem. Ich hatte mehr Probleme damit, dass so eine Fesselung für die Gefesselte mit Sicherheit ziemlich langweilig sein würde. Was sollte schon groß passieren? Man stand eben an dem Teil herum und langweilte sich.

Ein Stückchen weiter war eine verchromte Stange zwischen dem Boden und der Decke eingeklemmt. Das fand ich dann schon interessanter. Ich hatte mir mal eine Zeitlang Videos von den Frauen angeschaut, die an diesen Stangen tanzen und dabei richtige Turnübungen veranstalten.

Der Rest waren noch einige Zutaten, wie verschiedene Schellen und massenweise Bondageseile. Insofern nichts Besonderes. Ich konnte meine Gedanken also, während ich meine Haltung in einem der Spiegel optimierte, um die Stange und das Andreaskreuz kreisen lassen. Irgendwann gab das Gerät dann das erlösende Signal ab und blieb, langsam auslaufend, stehen.

Wie Franky versprochen hatte, lagen die Schlüssel neben dem Bett. Ich beschloss ohne Schuhe zu den anderen zu gehen. Schließlich war Schwimmen angesagt und Franky hatte mir gerade erst erklärt, dass Highheels auf Rasen einfach nur schlecht aussehen können. Am Pool zog ich mich aus und wollte endlich in das angenehm kühle Wasser springen. Nur wurde daraus nichts. Berti hielt mich zurück.

„Die Piercings sind zu frisch, Muse. Ich kann dir nur abraten. Mein Tipp wäre der, dass du garantiert eine Entzündung bekommst. Du kannst da hinten rein, wo du noch gut stehen kannst. Nur ein Stückchen über den Bauchnabel. Mehr nicht."

Er hatte recht. Ich fand es zwar nicht richtig, dass er recht hatte - schließlich hatte ich mir das Bad durch die Lauferei im Keller wirklich verdient - aber ich konnte nichts dran ändern. Sein Argument stimmte einfach.

Also stellte ich mich ein bisschen ins Wasser und legte mich dann zu Franky, der mich liebevoll abtrocknete und mit Sonnencreme einschmierte. Der Tag würde super werden. Soviel stand für mich fest.

Irgendwann, als ich so halb vor mich hin döste, kam Berti mit Besuch zum Pool.

„Hi Muse."

Die Stimme kannte ich doch. Gegen das Sonnenlicht vergewisserte ich mich und sie war es tatsächlich.

„Hi Grace. Wie geht's?"

„Kann nicht klagen. Und selber?"

„Ich bin gerade zweieinhalb Kilometer auf dem Laufband gegangen. Mit ein paar sehr hübschen Ballettboots. Sieht inzwischen ganz gut aus."

„Freut mich zu hören. Du wirst deine zweite Chance bekommen."

Während sie mir das sagte, hatte sie bereits die zwei, drei Kleidungsstücke abgelegt, die sie bei ihrem Kommen an gehabt hatte.

„Wie geil ist das denn?" rutschte mir sofort raus. Die Tätowierungen, die ich gestern gesehen hatte, waren tatsächlich nur ein Teil eines Gesamtkunstwerkes.

„Japanisch. Aber nur auf den ersten Blick traditionell."

173

„Sieht so aus. Ich stehe so was von, auf Gesamtkunstwerke. Super. Wirklich super. Macht es dir was aus, wenn ich dich noch ein bisschen anschaue?"

„Tu dir keinen Zwang an. Ich habe nicht vor, direkt wieder abzuhauen."

„Hast du dir das selber ausgesucht?"

„Was denkst du denn? Sehe ich so aus, als ob ich mir irgendwas stechen lassen würde, das ich nicht vorher gesehen habe und auch haben will?"

„War eine blöde Frage."

„Wieso siehst deine Haut denn noch so unbehandelt aus?"

„Ich bin gerade mal seit zwei Wochen hier. Das Leben vorher war wohl eher von der Variante ‚bieder'. Meine Piercings sind zum Beispiel alle neu."

„Naja, ist ja schon mal ein vernünftiger Anfang. Dann kann man ja Hoffnung haben, dass der Rest schon noch kommen wird."

„Ich denke schon."

„Du bist heute schon auf dem Laufband gewesen sagst du?"

„Ich will nicht noch mal so schlecht aussehen, wenn ich in Ballettboots gehen soll."

„Und was machst du noch alles heute?"

„Im Moment sonne ich mich", antwortete ich lächelnd.

„Das sehe ich. Wie gesagt, ich bin jetzt öfter hier."

„Schön. Wie kommt es dazu?"

„Hat zwei Gründe. Zum einen ist Berti sonst so alleine. Alva und Arndt haben sich endlich gefunden, Franky hat dich. Und Berti hat nach ziemlich langem Anlauf jetzt mich."

„Schön. Und was ist der zweite Grund?"

„Du bist der zweite Grund. Ich werde Teile deines Trainings übernehmen. Sonst gibt das nämlich nix mit dir."

Darauf hatte ich spontan keine Antwort, was sie offenbar ziemlich amüsierte.

„Nun mach mal den Mund wieder zu. Du musst im Wesentlichen eine Sache können. Nämlich in verschiedenen

Fixierungen möglichst lange zurechtkommen, ohne dich zu verkrampfen."

„Aha? Trifft sich, dass du mir das sagst. Wir haben gestern erst noch darüber gesprochen, dass es besser ist, wenn ich weiß, was mich erwartet."

„Ich weiß. Und da heute so ein schöner Tag ist, fangen wir auch direkt an. Setz dich mal einfach aufrecht ihn. Am besten im Schneidersitz."

Ich hatte keine Idee, was daraus werden sollte, wollte aber auch unbedingt wissen, was es werden sollte. Mein Blick zu Franky bestätigte mich darin, da er mir ermutigend zu nickte.

Grace hockte sich hinter mich und zog meinen ausgestreckten rechten Arm quer hinter meinen Rücken. Danach drückte sie den Ellenbogen des immer noch gestreckten Armes gegen meinen Körper und schob den Arm dann langsam immer höher. Als ich nach vorne ausweichen wollte, hielt sie mich an meiner Schulter zurück.

„Bleib schön senkrecht sitzen, Muse."

Als sie schon über den Punkt hinweg war, den ich für den höchstmöglichen gehalten hätte, ließ sie den Arm endlich los und wiederholte das Gleiche mit meinem linken Arm.

„Das ist doch gar nicht so übel. Wir fangen jetzt mal mit dem an, das du gestern so schlecht gemacht hast."

Sie holte ein langes Seil aus ihrer Tasche und bat mich, oder eher befahl mir, die Arme auf den Rücken zu legen und die Hände zu falten.

Sie fing ganz harmlos damit an, meine Handgelenke aneinander zu binden. Danach wanderte sie mit den Knoten immer weiter nach oben. Mit jedem weiteren Knoten wurden meine Unterarme noch unerbittlicher aneinander gelegt. Schließlich kam sie an den Ellenbogen an, die sich diesmal berührten. Ich war also in der Stellung, in die Arndt mich gestern bei dem Monohandschuh nicht bringen wollte. Danach sicherte sie das Seil noch, in dem sie es mir über kreuz über die Schultern führte.

„Na, das ist doch mal ein vielversprechender Anfang."

Damit ließ sie mich sitzen und legte sich zu Berti, der inzwischen auch wieder aufgetaucht war. Franky kam wieder zu mir und legte sich direkt hinter mich. Die Möglichkeit, die sich daraus ergab lag im wahrsten Sinne des Wortes auf der Hand. Ich konnte mich leicht an sein Becken lehnen und gleichzeitig mit meinen noch immer beweglichen Händen mit einer kleinen Massage beginnen. Dabei ging mein Blick geradeaus zur Rückenansicht von Grace. Wirklich faszinierend war ihr Hintern. Die beiden kräftigen straffen Backen waren spiegelbildlich tätowiert. Es sah aus, wie zwei Flügelteile eines Schmetterlings. Wenn das wirklich der Fall war, dann musste ich unbedingt darauf achten, wie sie von vorne aussah. Ein riesiger Schmetterling, der sich von ihrem Bauch bis zu ihrem Hintern erstreckte wäre wirklich ein ziemlicher Knaller.

„Hey Muse, ein bisschen langsamer, wenn ich bitten darf."

Erst in dem Moment bemerkte ich, dass ich nicht mehr so richtig gesteuert hatte, was meine Hände machten.

„Sorry. Ich war gerade etwas abgelenkt"

„Was warst du?"

„Ich weiß, dass kann eigentlich bei so einer Beschäftigung nicht sein", antwortete ich ihm lachend, „aber ich habe gerade den Hintern von Grace betrachtet und mich gefragt, ob sie einen Schmetterling mit sich rumträgt, der vorne anfängt und dann zwischen ihren Beinen durch auf ihrem Hintern endet."

„Du schaust dir also lieber andere Frauen an, als dich um deinen Liebsten zu kümmern?"

„Klar", meinte ich. „Zumindest, wenn sie so ein geiles Tattoo tragen."

„Na dann kann ich das gerade noch mal durchgehen lassen", erklärte er mir mit eindeutig belustigtem Unterton.

Inzwischen hatten meine Hände ihren Rhythmus deutlich reduziert. Ich wollte mich lieber noch ein bisschen mit Franky unterhalten.

„Wusstest du eigentlich, dass Grace und Berti ein Paar sind?"

„Die haben immer schon so ein bisschen Nähe gesucht. Aber es scheint erst jetzt zu was geworden zu sein."

„Und seit wann wusstest du, dass Grace so was wie meine Trainerin wird?"

„Das haben wir spontan beschlossen, als du auf dem Lauftrainer warst. Berti hatte uns gesagt, dass sie kommt und wohl auch eine Zeitlang bleibt. Da wir alle wissen, dass sie sich schon sehr viel mit Bondage befasst hat, lag die Idee nahe. Berti hat sie dann direkt angerufen, sie hat ‚ja' gesagt und jetzt ist sie hier."

„So manchmal habe ich schon den Eindruck, dass die eine oder andere Sache so ein bisschen an mir vorbei entschieden wird."

„Ach komm schon. Wenn wir dich gefragt hätten, dann hättest du doch ohnehin ‚ja' gesagt. Oder vertue ich mich da?"

„Nein, natürlich nicht. Schon alleine die Tatsache, dass ich hier so sitze und das mache, was ich gerade mache und die anderen das eigentlich mitbekommen müssten und wahrscheinlich auch mitbekommen… Einfach nur geil. Wenn ich dann noch darüber nachdenke, wie ich bis vor zwei Wochen gelebt habe…Einfach nur geil."

„Ja, ich genieße es auch sehr. Vor allem, dass wir hier so enge Freunde um uns haben, die es genauso sehen. Für die ist es übrigens auch vollkommen in Ordnung, wenn du dich jetzt ein bisschen neben mich legst und dafür sorgst, dass ich weder den Rasen, noch dich in irgendeiner Weise dreckig mache."

Der Hinweis war deutlich. Kurz danach hatte ich wieder mal einen leicht salzigen Geschmack im Mund. Da Franky die passende Wasserflasche neben sich stehen hatte, brauchte ich gar nicht erst bis zum Haus zu laufen, um meine Mundhygiene wiederherzustellen.

„Hat doch auch gewisse Vorteile, wenn man die Arme nicht benutzen kann. Auf die Weise kommst du in den Genuss, von mir bedient zu werden", erklärte Franky, während er mir die Flasche an die Lippen hielt.

„Dafür habe ich dich vorher immerhin auch sehr gut bedient oder?"

Statt einer Antwort streckte sich Franky genüsslich aus und brummte nur irgendwas vor sich hin. Also machte ich es mir auch so bequem wie möglich. Da ich weder auf dem Rücken noch auf dem Bauch liegen konnte, legte ich mich auf die Seite und beobachtete die anderen beiden Pärchen.

Auf dem Rücken von Grace erhob sich aus dem Schmetterling, der ihren Hintern zierte, ein Ungetüm, das irgendwo zwischen Schlange und Drachen lag. Der Kopf dieses Wesens schaute mit weit geöffnetem Rachen zwischen ihren Schulterblättern zur Seite. Statt Flügeln wuchsen auf halber Höhe mehrere Arme aus dem Wesen heraus. Die Arme suchten ihren Weg auf die Vorderseite von Grace Köper.

Ich musste noch einige Zeit warten, bis Grace endlich aufstand und sich genüsslich reckte. Dabei hatte sie sich freundlicherweise zu mir gedreht.

„Sehe ich das richtig Grace? Hast du einen Schmetterling tätowiert der von deinem Hintern nach vorne geht?"

„Sehr gut erkannt Muse. Geil oder?" wollte sie lächelnd wissen.

„Ich hätte es nicht besser sagen können."

„Was machen deine Arme?"

„Geht eigentlich noch. Erstaunlicherweise. Hätte ich nicht gedacht."

„Kannst du deine Finger noch gut bewegen?"

Bei der Frage fing Franky an zu lachen. Ich streichelte ihn schon seit ein paar Minuten wieder ein bisschen. Diesmal allerdings einfach nur an der Seite.

„Okay, ich merke schon. Deine Hände sind noch voll beweglich."

Grace kam zu ihrer Tasche rüber und kramte ein bisschen darin herum. Als sie wieder zu mir kam hatte sie ein ziemlich seltsames Teil in der Hand, das sie mir hin hielt.

„Kennst du das schon?"

„Nein, sollte ich?"

„Naja eigentlich schon. Ich habe den Eindruck du hast bisher nur das kennengelernt, was den anderen gerade in den Kram passte. Bin gespannt, was ich noch so alles an Lücken finde. Das ist ein Mundspreizer."

„Ach du Scheiße", rutschte mir raus.

„Das ist jetzt nicht gerade der ideale Text. Mir ist schon klar, dass das nicht angenehm ist, aber du musst trotzdem Übung damit bekommen. Gibt es irgendwas, was du an dem Teil besonders schlecht findest?"

„Du meinst, was ich von allen negativen Eigenschaften am unangenehmsten finde? Zumindest, soweit ich mir das vorstellen kann?"

„Yes."

„Ich fürchte, dass ich damit tierisch sabbern werde. Das finde ich beim besten Willen kein Stück erotisch. Wenn ich mir vorstelle, dass vor mir eine Frau mit den Speichelfäden zu kämpfen hat, die ihr aus dem Mund kommen, dann kann die noch so attraktiv sein. Vielleicht windet die sich sogar bühnenreif in ihren Fesseln. So, dass man merkt, dass es ihr richtig Spaß macht, sich so auszuliefern. Wenn ich dann aber auf den Sabber schaue, dann ist es bei mir vorbei."

„Upps, was war das denn für ein Statement? Siehst du dich da etwa selber?"

„Haben dir die anderen nichts gesagt? Ich mag das, wenn ich Schmuck an habe, den ich selber nicht los werden kann. Guck dir meine Fingernägel an. Mit kurzen geht vieles besser, aber ich finde das toll, wenn Alva entscheidet, dass ich mit meinen Fingern ein bisschen eingeschränkt bin. Die Vorraussetzung ist natürlich immer die Gleiche. Denen, mit denen ich zusammen bin, muss ich unbedingt vertrauen können."

„Okay. Dann will ich mal nicht so sein und dir den Mundspreizer ersparen. Es gibt auch andere Möglichkeiten, deinen Kiefer zu trainieren."

Sie warf den Spreizer wieder in ihre Tasche und kam dann grinsend mit einer Art Knebel zurück, dem der typische Ball fehlte.

„Dann mach mal den Mund schön weit auf und beiß auf den Ring, den ich dir zwischen die Schneidezähne schiebe."

Ich hatte zwar noch erkannt, dass der Ring einen Latexüberzug hatte, den Rest aber musste ich fühlen. Und der Rest war ziemlich hart.

„Das gibt es natürlich auch mit einem Ballknebel. Ich muss aber noch ein bisschen Rücksicht auf deine Zunge nehmen. Deshalb der Ring"

Ich nickte.

Seitlich an dem Ring waren die Riemen angebracht, die Grace mir jetzt hinter dem Kopf schloss. Danach kam die eigentliche Idee von dem Teil. Die Öffnung wurde jetzt mit einem Lederstück geschlossen, das links und rechts mit jeweils drei Schnallen an dem breiten Riemen befestigt wurde. Ich hätte jetzt gerne gefühlt, wie hoch das ganze Teil eigentlich war. Wenn die Rückmeldungen meiner Haut mich nicht trogen, dann ging es von der Kinnunterkante bis zu meiner Nase. Rechnete ich noch dazu, dass mein Mund durch den Ring geöffnet war, dann musste das Teil so um die zehn Zentimeter hoch sein.

Bevor ich mir die Frage stellen konnte, wie ich Grace um einen Spiegel bitten konnte, kam sie mir schon zu Hilfe.

„Sieht gut aus."

Mir gelang es ein Fragezeichen in meinen Blick zu legen.

„Du möchtest es sehen?"

Auf mein Nicken, holte sie einen kleinen Schminkspiegel und hielt ihn mir passend vor das Gesicht. Mein Gefühl hatte mich nicht getrogen. An der Nase war sogar noch ein Teil ausgespart. Grace ließ mich noch einen Moment gucken, räumte dann wieder alles weg, holte sich etwas zu trinken und legte sich wieder zu Berti, der sich die kleine Show in aller Ruhe angesehen hatte.

Ich drehte mich zu Franky um, legte meinen Kopf auf seine Brust und schnurrte ein bisschen wie eine Katze, die sich gerade wohl fühlt. Franky begann dann auch brav, meinen Kopf zu streicheln. Damit war ich, da ich in Richtung von Frankys Füßen schaute, praktisch auf dem Logenplatz, um sehen, dass er großen Spaß an der Situation hatte. Leider konnte ich nicht lange liegen bleiben. Anders, als Grace versprochen hatte, bildete sich in meinem Mund ein immer größer werdender Speichelsee. Alleine der Gedanke, dass sich ein Speichelfaden bis auf Frankys Brust durcharbeiten könnte, sorgte für Ekelgefühle.

Also kniete ich mich hin und beschäftigte mich ein Zeitlang damit, den Speichel runterzuschlucken. Franky schaute mir dabei interessiert zu.

„Ich bin ganz deiner Meinung. So ein tropfender Mund ist bei einer so schönen Frau, wie du eine bist, wirklich nicht angebracht."

Fast hätte ich ihm geantwortet. Dann fiel mir aber glücklicherweise noch ein, dass nur unverständliches „Hmpf, hmpf" herausgekommen wäre. Also begnügte ich mich mit einem dankbaren Blick, leerte meinen Mund noch mal gründlich und legte mich dann wieder auf meinen alten Platz. Nur konnte ich mich diesmal nicht darauf konzentrieren, wie schön es war, dass Franky mit meinen Haaren spielte. Stattdessen konzentrierte ich mich auf den Pegelstand in meinem Mund, der schon wieder beängstigend schnell anstieg.

So konnte das nicht weitergehen. Ich musste unbedingt in der Senkrechten bleiben, damit mir die Schwerkraft beim Schlucken besser helfen konnte. Nach dem Motte ‚die erste Idee ist meist die beste' kniete ich mich breitbeinig neben Franky Kopf und schaute ihn auffordert an.

Franky schüttelte nur lachend den Kopf und kümmerte sich dann ausgiebig um mich. So weit ich das in direkter Erinnerung habe, war das erst schön, dann schöner und am Ende unüberbietbar schön.

„Muse", irgendjemand schlug mir leicht gegen die Backe und ruckelte an meiner Schulter.

„Muse, aufwachen."

Das waren eindeutig Franky und Grace.

„Gib mir noch mal die Flasche!" Das war Alva.

Vermutlich wollte sie mir etwas zu trinken geben. Sehr nett von ihr. Im gleichen Moment merkte ich, dass ich einen Schwall kalten Wassers über den Kopf bekam. Unwillkürlich musste ich den Kopf schütteln.

„Sie ist wieder da!"

Das war Franky. Wie er sich freute. Einfach super. Ich schlug die Augen auf und fand schnell seinen Blick.

„War wohl ein bisschen zu heiß für die ganze Anstrengung, Muse."

„Was war denn los?" wollte ich wissen. Erst jetzt merkte ich, dass ich in der Küche lag. Genauer: auf dem Küchentisch. Um mich herum standen allesamt versammelt und schauten mich an. Ziemlich viele glückliche Gesichter.

„Du bist umgekippt, Muse", erklärte mir Grace, „ich hatte noch zu Berti gesagt, dass du es jetzt übertreibst. Nicht, dass ich dir nicht so viele Orgasmen gönne, wie du haben willst, aber so ein Bondagetraining ist auch ein bisschen anstrengend. Du brauchst für alles zusätzliche Energie. Egal", unterbrach sie sich selber, „jedenfalls bist du zusammengeklappt. Franky hat dich hier auf den Tisch gelegt und jetzt bist du wieder da."

„Und frei", stellte ich fest, während ich meine Arme hob und senkte.

„Natürlich frei. Wir können dir ja schlecht dabei zu sehen, wie du ohnmächtig in der Gegend rum liegst. Nach dem Motto: Die kommt schon wieder zu sich und dann machen wir mit einer verschärften Trainingseinheit weiter."

„Ja", stimmte ich ihr zu, „das wäre wirklich schlecht."

Als ich mich aufstützte, kamen direkt von zwei Seiten Hände an, die mich stützten.

„Wie nett von euch. Meint ihr, ich breche jetzt direkt wieder zusammen?"

„Vorsicht ist besser", erklärte mir Arndt, der mich am Arm stützte.

182

Das war natürliche echt ein super Service. Aber alles muss auch mal ein Ende haben.

„Wenn ihr mir eine Flasche Wasser geben könntet, dann sollte das eigentlich reichen. Ich will nicht, dass ihr um euren entspannten Sonntag kommt, nur weil ich mich überschätzt habe."

Als mir danach direkt drei Flaschen Wasser gereicht wurden, konnte ich nicht mehr an mich halten und lachte befreit los. Die Situation war einfach zu köstlich. Scheinbar merkten die anderen dann auch endlich, dass ich wieder klar kam und fingen ebenfalls an zu lachen.

Den Rest des Tages gab mir Grace frei. Allerdings verbot sie mir, mich in die Sonne zu legen. Da Franky mir sofort einen Sonnenschirm aufspannte, war das keine wirkliche Einschränkung. Ich konnte den Rest des Tages zusammen mit den anderen am Teich verbringen, einfach in die Landschaft schauen oder ein bisschen lesen.

Als Alva dann irgendwann aufstand, um sich um das Abendessen zu kümmern, bot ich ihr meine Hilfe an. Ohne jede Hektik bereiteten wir in der Küche Grillfleisch und Salat vor, während Berti draußen den Grill anschmiss.

„Du kommst inzwischen ganz gut zurecht mit den langen Nägeln, oder?"

„Training ist alles" meinte ich, während ich automatisch auf die neun Nägel plus meinen Kunstfinger schaute.

„Freut mich zu hören."

„Hast du einen besonderen Grund zu fragen?"

„Klar habe ich das. Wir wollen einen kleinen Film über Frauen mit etwas längeren Fingernägeln drehen. So nach dem Motto: Lange Nägel und Alltagsarbeit."

„Ah. Du meinst ich bin als Schauspielerin geeignet?"

„Kommt auf einen Versuch an. Und abgesehen davon, wird das der erste aber bestimmt nicht der letzte Film sein, den wir mit dir drehen werden."

„Wann geht's los?"

„Wenn mir keiner der anderen dazwischen kommt, dann ist morgen der erste Dreh."

„Der erste? Du hast doch eben gesagt, dass der Film kurz sein soll."

„Schon. Aber du wirst verschiedene Fingernägel haben. Lass dich einfach überraschen."

Als die Sonne langsam nachließ stellten wir ein kleines fünf Liter Fässchen an den See, ließen unser Essen auf dem Grill brutzeln und genossen einen wunderbaren Sommerabend.

Schmetterlinge

Franky küsste mich noch früher als sonst aus dem Schlaf. Den Gürtel mit meinen Handmanschetten hatte er schon geöffnet. Ich konnte also ins Bad tapsen und langsam wach werden. Als ich mich danach an meinen Schminktisch setzen wollte, lag eine Box auf dem Stuhl. Ich schaute erwartungsvoll zu Franky, der noch immer gemütlich im Bett lag und nur darauf zu warten schien, dass ich die Box aufmachen würde.

Der Blick in die Box bescherte mir erstmal nur Chaos. Lauter Metallreifen, die innen mit rotem Gummi gepolstert waren. Alle waren auf Hochglanz poliert und warteten eigentlich nur noch auf mich. Also griff ich beherzt rein und zog als erstes ein Halsband heraus. Es war eines von der wirklich breiten Sorte.

„Anziehen?"

„Was sonst, Muse?"

Also schaute ich mir den Mechanismus an. Ein Scharnier und auf der Gegenseite der Schließmechanismus. Direkt an einer der beiden offenen Seiten war ein großer Ring angebracht. Würde ja sonst auch irgendwas fehlen. Ich legte mir das Teil um den Hals und ließ es vorne einrasten. Dieses Geräusch des Endgültigen war immer wieder fantastisch. Nicht ganz so fantastisch war die ziemlich genaue Passform des Schmucks. Ich probierte das Teil ein bisschen zu drehen, hatte aber keinen Erfolg damit. Fast genau so wenig Erfolg

hatte ich, als ich die Bewegungsfreiheit meines Kopfes auf-
probieren wollte.

„Ich hoffe mal, du hast den Schlüssel?"

„Klar", antwortete er mir lächelnd.

Der nächste Griff in die Box brachte ein weiteres Halsband hervor. Ich war ein bisschen enttäuscht, da ich eigentlich davon ausgegangen war, dass Franky mir lauter
Schmuckstücke eingepackt hatte, die ich auch sofort anziehen konnte.

„Kann es sein, dass du nicht wirklich weißt, was du da in
der Hand hast?" wollte er von mir wissen.

„Ein Halsband?"

„Tiefer"

Ich hielt mir das Teil an den Bauch und hatte den Eindruck besser mal ein bisschen blass werden zu müssen.

„Vom Durchmesser ein bisschen eng und von der Form
her überhaupt nicht geeignet" erklärte mir Franky.

„Also noch tiefer" stellte ich fest und hielt mir das Band
an den Oberschenkel. Klar. Wie dämlich konnte man sein?
Ein Blick in die Box zeigte mir, dass von dem Band noch ein
zweites für das andere Bein existierte.

„Halten die von selber?"

„Auf Dauer eher nicht. Das Gummi sorgt zwar dafür,
dass sie nicht so leicht verrutschen können, aber mit etwas
Zeit und Ruhe, könntest du die abstreifen. Leg die erstmal
noch zur Seite."

Ich hatte es schon gesehen, auch wenn ich es nicht richtig
glauben wollte. Franky hatte mir einen Metallkeuschheitsgür-
tel in die Kiste gelegt. Ich nahm ihn ebenfalls heraus und sah
zu meiner Erleichterung, dass keine meiner beiden natürlichen Körperöffnungen wirklich verschlossen sein würden.

„Ist doch nett von mir, dass ich dir ein Schmuckstück
schenke, das dich nicht wirklich verschließt, oder?"

„Und ob das nett von dir ist."

Ich stieg in das Teil ein und schloss mit einiger Mühe den
breiten Metallbügel, der sich um meinen Bauch legte. Glücklicherweise hatte ich einen großen Spiegel. Den Kopf konnte

185

ich leider nicht weit genug herunterbeugen, um gut schauen zu können. Hätte ich das Halsband mal nicht als erstes angezogen. Danach zog ich ein wenig an der Haut zwischen meinen Beinen und merkte dann, dass der Gurt so gut saß, wie es eben mit einem Metallgurt ging. An meinem Hintern wurde der Gürtel von zwei Ketten gehalten. Zwischen den Beinen mündeten die Ketten in eine gebogene Edelstahlplatte, die dann bis zu meinem Bauchgurt führte. Im Bereich meiner Schamlippen hatte Franky eine längliche Öffnung angebracht. Ich konnte also problemlos und hygienisch die Toilette besuchen. Die Öffnung war damit natürlich auch breit genug, um an mir herumzuspielen. Ob Franky es allerdings riskieren würde sein wertvolles Teil durch zu stecken um dann eventuell hängen zu bleiben, bezweifelte ich.

„In der Kiste sind noch zwei Ketten, die kannst du an der Seite in den Bauchgurt stecken."

Die Ketten hatten auf beiden Seiten einen Metalldorn. Die zugehörigen Löcher hatte ich schnell gefunden. Als ich die Ketten hineinsteckte, kam wieder dieses wunderbare ratschende Geräusch.

„Warum sind die Löcher nicht direkt auf der Seite?"

„Damit die sich unter der Kleidung nicht so stark abzeichnen."

„Macht Sinn."

Ich nahm eines der Oberschenkelbänder in die Hand.

„Steck erst die Kette rein", wies Franky mich an. „Damit die Länge stimmt."

Kurz danach stand ich mit den beiden, ebenfalls ziemlich engen Teilen an meinen Oberschenkeln vor Franky. Im Kasten lagen jetzt nur noch ein einziges Kettenglied und zwei Vorhängeschlösser. Ohne Franky zu fragen, nahm ich die Teile und verband damit meine Oberschenkelbänder.

Die ersten Probeschritte reichten mir, um mir meine Meinung zu bilden.

„Das ist Schrott, Franky. Absoluter Schrott!"

„Mal abgesehen, davon, dass du in Sachen Schmuck, dein Mitspracherecht an mich abgetreten hast", Franky sah überhaupt nicht amüsiert aus, „wüsste ich dann doch ganz gerne, weshalb du jetzt auf einmal damit anfängst, Probleme zu haben."

Um ihm das zu verdeutlichen ging ich ein paar Mal hin und her.

„Schau dir das doch mal an. Ich muss meine Beine so bewegen, als ob ich gerade in die Hose gemacht hätte. Das ist Mist. Ich habe keine Lust auszusehen, als ob ich inkontinent wäre."

„Ah, ich sehe." Sein aufkommender Zorn war schon wieder verflogen. „Das liegt dann wohl an dem Kettenglied dazwischen."

„Keine Ahnung woran das liegt. Jedenfalls ist das nicht schön."

Kurz danach hatte Franky die Verbindung der Oberschenkelbänder durch eine Kette mit kleineren Gliedern ersetzt. Dazu brauchte er dann auch nur noch ein Schloss, dass jetzt lose zwischen meinen Beinen baumelte und einfach nur die beiden Kettenenden miteinander verband.

„Statt des kleinen Schlösschens könnte ich die Kettenenden eigentlich auch mit einem weiteren Kettenglied verbinden", kommentierte er, als ich mit der neuen Kette ein paar Schritte ging.

„Wie soll das gehen? Mit einer Zange?"

„Ne, mit dem Schweißgerät. Sonst kann man das ja direkt wieder aufbiegen."

„Sonst geht es dir gut? Dann könnte ich ja nie wieder eine Hose anziehen. Inklusive Tanga."

„Das ganze Leben ist eine Frage von Abwägungen. Meinst du nicht?" wollte er grinsend wissen.

„Wäre praktisch, wenn du in Richtung Tanga abwägen könntest. So langsam glaube ich, die Schmuckabmachung war nicht wirklich durchdacht."

„Hey, du willst doch wohl nicht rummeckern oder?"

„Ich fand das bisher auch gut", versuchte ich ihn zu beruhigen. Da war schon wieder so ein komischer Unterton in seiner Stimme gewesen. „Ich finde das auch nach wie vor geil, wenn du mir Schmuck anlegst, den ich selber nicht entfernen kann. Zumindest nicht, wenn ich rohe Gewalt ausschließe. Aber so was hier, das mich dann auch noch in der Bekleidung so stark einschränkt, finde ich dann doch ein bisschen zu viel."

„Okay, wenn du das nicht mehr willst, dann hören wir damit auf. Dann allerdings auch vollständig. Weil ich nämlich solche Abmachungen total daneben finde, wenn wir anfangen überall irgendwelche Ausnahmen festzulegen."

Das war jetzt allerdings die Antwort, mit der ich überhaupt nicht gerechnet hatte. Vor allem sah er überhaupt nicht mehr so aus, als ob er das alles so locker nehmen würde.

„Wieso flippst du direkt aus, nur weil ich gerade mal mit einem von deinen wunderbaren Teilen ein Problem habe?"

„Ausflippen ist dann wohl eher was anderes. Aber, wenn bei dir angekommen ist, dass ich deine Meckerei nicht gut finde, dann hast du das richtig verstanden. Es gibt hier nur ‚ganz oder gar nicht'. So sehe ich das. Du hast mir freie Hand gegeben. Wenn mir danach ist, alles so an dir zu befestigen, dass es auch mit Schlüsseln nicht mehr geöffnet werden kann, dann darf ich das. Denn das alles ist natürlich Schmuck. Deine Oberschenkelbänder sind ebenfalls zu allererst einmal Schmuck."

Mir fiel keine Antwort dazu ein. Hatte ich mich tatsächlich in so eine starke Abhängigkeit von ihm begeben, ohne das mitbekommen zu haben?

„Was ist Muse? Wäre ganz gut, wenn du dich entscheiden würdest. Wäre allerdings auch ganz gut, wenn du dir über die Konsequenzen im Klaren bist."

„Wenn ich damit aufhören will, dann sind die Konsequenzen, dass ich mir den Schmuck in Zukunft wieder selber aussuchen kann. Ist doch wunderbar."

„Richtig", nickte Franky. „Die Konsequenzen sind aber auch, dass du dir den Wohnort in Zukunft wieder selber aussuchen kannst."

Sollte ich es wirklich wegen so einer blöden Kette zwischen meinen Beinen darauf ankommen lassen, dass er mich raus warf? Gerade jetzt, wo ich so eine riesige Lust an all den Veränderungen bekommen hatte, zu denen mir Franky und die anderen verhalfen?

„Das ist dein Ernst", stellte ich zur Sicherheit noch mal fest, wobei ich mir verkniff, das als Frage zu formulieren.

Wie zur Bestätigung, dass von seiner Seite nichts mehr zu sagen war, fing er an, sich ein paar Klamotten anzuziehen. Eigentlich ziemlich früh. Wir hatten bestimmt noch eine Viertelstunde bis zum Frühstück. Ich wollte ihn und die anderen auf keinen Fall verlieren. Darüber musste ich nicht lange nachdenken. Und was war das schon gegen so eine lästige Kette?

„Okay. Wir machen weiter."

Endlich lächelte er mich wieder an und breitete seine wunderbaren Arme aus, um mich kräftig an sich zu drücken. Bevor ich wieder zu Wort kam, zog er mich zum Bett und sorgte dafür, dass ich trotz ziemlich eng aneinanderliegender Oberschenkel innerhalb kürzester Zeit einen sehr, sehr schönen Flug durch die angenehmen Wolken der Lust beschert bekam.

„Nach dem Frühstück setze ich dir den vorderen Verschluss in den Gürtel ein. Macht ja keinen Sinn einen Keuschheitsgürtel zu tragen, der so einen problemlosen Zugang erlaubt. Oder?"

„Vom Wort her macht das keinen Sinn. Da stimme ich dir zu. Aber als Schmuckstück ist er auch so schon sehr schön."

„Mit Verschluss noch mehr. Lass dich überraschen."

Beim Frühstück ging es, soweit ich das mitbekam um nichts Besonderes. Ich war ein bisschen zu sehr mit mir selber beschäftigt. Sitzen mit dem Keuschheitsgürtel war nicht gerade bequem. Dadurch, dass er im vorderen Bereich nicht wirklich flexibel war, musste ich den ganzen Oberkörper ziemlich gerade halten. Das war die einzige Möglichkeit, die ich fand, um im Beckenbereich nicht einzuknicken.

Irgendwann bemerkte ich die amüsierten Blicke von Grace und Alva.

„Hast du ein Problem Muse? Du sitzt so ‚unentspannt'."

Ich hob schief lächelnd mein Shirt hoch.

„Etwas ungewohnt, würde ich sagen. Der verfügt vorne über keine Gelenke."

„Tja, das ist so. der soll dich ja auch in allen Lebenslagen an genau das erinnern, das du damit nicht machen sollst."

„Super Konstruktion", stimmte ich mit leicht sarkastischem Unterton zu.

„Muse hat heute morgen tatsächlich Zicken gemacht", beteiligte sich Franky überflüssigerweise ebenfalls an dem Gespräch.

„Warum?" wollte Grace mit ehrlichem Erstaunen in der Stimme wissen.

„Die Kette zwischen den Schenkelbändern war ihr zu unbequem. Zugegeben: Sie hatte nicht ganz unrecht. Die Kette soll ja eigentlich nur für die Regulierung der Schrittlänge sein. Bei der Konstruktion von eben, musste sie die Beine aber zudem noch ganz komisch führen. Fast so, als ob das ein steifer Abstandhalter wäre."

„Na dann ist doch alles bestens. Wie lange willst du die Kette dran lassen?"

„Mal schauen, wie sie sich so macht. Das andere Problem ist die Bekleidung. Sie war sauer, dass sie keine Hosen mehr anziehen kann."

Daraufhin schaute Grace mich vorwurfsvoll an.

„Wirst du jetzt zur Prinzessin oder was? Ich meine doch, dass du hier völlig umsonst wohnst. Deine einzige Gegenleistung ist das Modeln für uns. Ich dagegen beteilige mich mit meinen Einkünften ganz normal an den Unkosten. Solange du das nicht kannst, solltest du dir das dreimal überlegen, ob du mal so eben ‚nein, das will ich nicht' sagen darfst."

Mir blieb der Bissen im Hals stecken. Keiner der anderen sagte irgendwas dazu. Alle schauten mich erwartungsvoll an.

„Ich weiß das", kam nach einem kurzen Räuspern über meine Lippen. „Ich mache das auch alles sehr gerne für euch. Es gab heut morgen das erste Mal ein kleines Problem. Ich verstehe nicht wirklich, warum das hier so aufgebauscht wird."

Statt Grace gab mir Berti die Antwort.

„Unter anderem, weil wir uns darauf verlassen, dass wir durch deine Dienste mehr Geld verdienen können. Wenn das nämlich nicht der Fall sein sollte, dann rechnet sich das unter dem Strich nicht. Dann muss Franky deinen Anteil nachbezahlen. Bei aller Liebe und Lockerheit hier. Geschäft ist Geschäft. Wenn das nicht funktioniert, dann müssen wir unser kleines Paradies hier aufgeben. Dein Job hier ist: Modell. Und als solches hast du wenig Mitspracherecht. Wäre gut, wenn das weiter so locker funktioniert, wie bisher."

„Ich habe es schon verstanden. Kommt nicht mehr vor."

Übertrieben fand ich das allerdings trotzdem. Nur hätte es mir vermutlich nichts gebracht, wenn ich das noch mal wiederholt hätte. Also konzentrierte ich mich auf mein Müsli und genoss Frankys Hand, die meinen Oberschenkel streichelte.

„Was liegt denn heute eigentlich an? Wem von euch darf ich helfen?"

„Lass dich überraschen, Muse. Das Filmprojekt fängt ein bisschen später an. Zuerst geht es in meine kleine bescheidene Werkstatt", erklärte mir Franky. Nach dem völlig sinnlosen Streit heute morgen, konnte ich mir schon vorstellen, was er vor hatte.

In der Werkstatt setzte er mich direkt auf seine Werkbank. Danach nahm er mir das Schloss zwischen meinen Schenkelbändern ab und setzte stattdessen ein offenes Kettenglied dazwischen. Dann deckte er meine nackte Haut mir diversen Platten ab und setzte mir eine Schweißerbrille auf.

„Alles klar Muse? Wird nicht weh tun und geht schnell."

Ohne meine Antwort abzuwarten, nahm er sein Schweißgerät und ich konnte durch meine Brille erkennen, dass es für ein paar Sekunden hell im Raum wurde. Er schweißte tatsächlich meine Schenkel an einer kurzen Kette zusammen. Ich wusste nicht, was ich dabei empfand. Einerseits fand ich das ungeheuer aufregend. Andererseits fühlte ich mich zum zweiten Mal am gleichen Tag zu einem willenlosen Untertan degradiert.

Nachdem er das Schweißgerät wieder zur Seite gelegt hatte, bearbeitete er die Schweißnaht noch mit einer Flex. Noch ein kontrollierender Blick und ich war fertig. Nachdem ich die Brille abgenommen hatte, hielt er mir einen Spiegel hin, damit ich die Kette bewundern konnte.

„Das war es?"

„Fast, Muse. Ich hatte dir ja gesagt, dass der Schlitz hier vorne noch ein bisschen Nachbesserung bedarf. Das erledige ich dann auch direkt."

Er nahm ein reichlich mit glitzernden Steinchen verziertes Stück Metall und hielt es probeweise vor meinen Keuschheitsgürtel. So richtig konnte ich das wegen meinem breiten Halsband nicht sehen. Irgendwie schienen bereits Halterungen dafür vorgesehen zu sein. Jedenfalls spürte ich, wie er es gegen mein Stahlhöschen drückte und wie es dann mit einem deutlichen Klick einrastete.

„Das Ding kannst du jetzt immer noch hoch klappen, aber nicht mehr abnehmen. Damit es wirklich funktioniert muss es jetzt nur noch unten zwischen deinen Beinen befestigt werden. Dafür nehmen wir hier das Schloss."

Er hielt mir ein ganz normales Vorhängeschloss vor die Nase.

„Wer hat denn den Schlüssel? Ich meine, ich muss ja auch mal aufs Klo oder so."

„Das Schloss hat keinen Schlüssel. Du musst nur hier auf den Knopf drücken, dann springt es auf. Allerdings läuft dann auch ein Zähler los. Wenn du am Abend mehr als eine halbe Stunde drauf hast, dann hast du dir zu viel Freiheit gegönnt und ich muss davon ausgehen, dass du nicht nur zum Pinkeln auf der Toilette warst."

Was für eine coole Idee. Alleine bei dem Gedanken, dass ich ab und zu mehr machen könnte merkte ich schon, wie die Lust in mir hoch stieg. Das wollte ich ihm allerdings nicht so direkt auf die Nase binden.

„Du Sack. Wieso musst du das denn jetzt so stark regeln?"

„Weil es Spaß macht. Und weil ich genau weiß, dass es dich geil macht."

Ich steckte die Hand nach dem Schloss aus und probierte den Mechanismus ein paar mal aus, bevor ich die Klappe fest andrückte und dann die Öse erfühlte, durch die ich das Schloss durchschieben musste. Als das Schloss einrastete hatte ich wieder dieses unglaublich tolle Gefühl. Ich war gefangen und wurde zudem auch noch überwacht. Einfach nur geil.

Der Streit vom Morgen erschien mir auf einmal so fern, dass ich mir fast nicht mehr sicher war, ob er überhaupt stattgefunden hatte. Wie konnte ich nur auf die Idee kommen, so etwas aufzugeben? Ich drückte Franky einen tiefen langen Kuss auf die Lippen und ließ meine beiden Zungenpiercings vorsichtig mit seiner Zunge spielen.

Als wir uns irgendwann wieder von einander lösten, konnte ich mich nicht mehr zurückhalten.

„Ich will mich tätowieren lassen."

„Schön. Weißt du schon was?"

„Schmetterlinge."

„Wie stellst du dir das vor?"

„Die sollen ein Gesamtkunstwerk bilden. Ich stelle mir das so vor, dass jeder Schmetterling komplett für sich allein zu erkennen ist. Die ziehen sich dann wie so eine lose Kette über meine Haut. Und an manchen Stellen kommt dann mal das eine oder andere Kunstwerk zum Vorschein, dass dann irgendwas anderes darstellt."

„Klasse Idee. Die Schmetterlinge deuten dann zum Beispiel so eine Art lockeren Rahmen an?"

„Genau. In dem Fall darf dann so ein Schmetterling auch mal teilweise abgedeckt sein. Muss man einfach sehen, wie sich das dann ergibt."

„Und du willst die kleinen Tierchen nicht irgendwie vor einer durchgängigen Blätterlandschaft flattern lassen?"

„Ne. Ich finde das besser, wenn die auf meiner normalen Hautfarbe zu sehen sind. Sonst wird das immer so schnell ein Suchbild. Ich meine: Alles ist bunt und man kann gar nicht auf Anhieb sehen, was wo dargestellt ist."

„Verstehe. Kann richtig gut werden. Hast du schon Ideen zu den Schmetterlingen?"

„Nicht wirklich. Außer, dass sie schön bunt sein sollen. Muss auch nicht unbedingt ein echter Schmetterling sein. Bunt und symmetrisch find ich wichtig. Also nicht symmetrisch, wie gespiegelt. Ich meine eher, dass die Musterung der Flügel gleich sein soll."

„Du musst dir die Farben und Formen aber trotzdem selber aussuchen. Oder zumindest in Ruhe mit Berti besprechen."

„Klar. Ich habe übrigens nichts dagegen, dass er auch mal einen selber aussucht und einfach sticht."

„Spannend", meinte Franky grinsend, „und wie sieht das mit den Bildern aus, die irgendwo dazwischen liegen sollen?"

„Beim ersten rede ich mit. Wenn mir das gefällt, könnt ihr das zweite aussuchen und damit weitermachen, bis ihr eins aussucht, dass mir nicht gefällt."

„Hört sich fair an."

„Hört sich vor allem nach Vertrauen an", korrigierte ich ihn. „Ich möchte die nämlich erst sehen, wenn sie fertig sind."

„Upps."

„Wäre super, wenn ihr das machen wollt."

„Klar machen wir das."

Am liebsten hätte ich mich breitbeinig auf seinen Schoß gesetzt und ihn für die nächsten Stunden einfach nur an mich gedrückt. Da das mit der Kette zwischen meinen Beinen nicht ging, stellte ich mich hinter ihn und drückte mit meiner Umarmung seinen Kopf an meine Brust.

Viel zu früh erinnerte Franky mich daran, dass er auch noch ein bisschen Geld verdienen musste.

„Du hast heute eigentlich nichts besonderes, Muse. Erst morgen wieder. Die Gräfin möchte den zweiten Teil der Modenshow sehen. Ich denke, du kannst ein bisschen in den Fitnessraum gehen und dann vielleicht zu Berti?"

Ein paar Stunden später beschäftigte ich mich damit, Bertis Laden auf Vordermann zu bringen. Ich wusste nicht so richtig, ob ich ihm sagen sollte, dass das Geld für Mattes meiner Meinung nach rausgeschmissen war. Jedenfalls hatte ich ihn noch nicht wirklich viel arbeiten sehen. Heute war er mal wieder ‚ausnahmsweise' früher gegangen und hatte es Berti und mir überlassen, den Empfangsbereich zu bedienen. Es war nicht so, dass sich die Kunden die Klinke in die Hand gaben, aber meiner Meinung nach konnte Berti den Laden nicht alleine regeln. Welcher Kunde hat es schon gerne, wenn der Tätowierer immer wieder aufhören muss, nur weil die Türglocke geht.

Irgendwann, nachdem Berti einer echten Schönheit ein chinesisches Schriftzeichen in den Nacken gestochen hatte, setzte er sich zu mir nach vorne und schaute mir eine Zeitlang beim Aufräumen zu. Ohne ihn zu fragen machte ich uns zwei Cappuccino und setzte mich dann zu ihm. Laut Plan hatte er noch eine Viertelstunde bis zum nächsten Termin.

„Danke für den Kaffee, Muse. Ich höre und sehe dich schon den halben Tag hier rumrumoren. Und wenn ich mich so umschaue, muss ich feststellen, dass es sich gelohnt hat."

„Ich will nicht behaupten wirklich gut im Putzen und Aufräumen zu sein. Aber dein Laden schreit quasi danach. Ehrlich gesagt, verstehe ich das nicht so richtig. Ich meine, ich könnte jetzt natürlich die üblichen Witze über einen Männerhaushalt machen. Trotzdem. Wenn ich in so einen Laden komme, will ich den Eindruck haben, dass alles sauber und ordentlich ist. Muss ja nicht direkt Krankenhausatmosphäre sein. Aber trotzdem muss hier eine klare Struktur zu finden sein. Die vermittelt den Eindruck, dass alles sauber und ordentlich ist."

„Ich sage ja: Deine Hand ist hier deutlich zu sehen. Danke dafür."

„Mach ich doch gerne."

Als er darauf nichts mehr sagte, war die Zeit gekommen, das Thema zu wechseln.

„Hast du eigentlich eine Idee, weshalb ich überhaupt gekommen bin?"

„Bis jetzt nicht. Ich hoffe mal, du sagst mir jetzt nicht, dass du in unseren Läden der Reihe nach die Putzfrau machen willst."

„Ne, bestimmt nicht. Franky und ich haben heute Morgen eine neue Abmachung getroffen in der du eine wesentliche Rolle spielst."

„Und die wäre?"

„Ich will mich tätowieren lassen."

„Wunderbar, dann bist du hier genau richtig. Und was genau ist das für eine Abmachung?"

Nachdem ich ihm alles erzählt hatte, lehnte er sich lächelnd zurück.

„Du weißt schon, dass es noch vor ein paar Stunden Stress gab, weil dir der Schmuck, den Franky für dich ausgesucht hat, mal ausnahmsweise nicht auf Anhieb gefallen hat?"

„Weiß ich. War aber wirklich ausgesprochen dämlich von mir. Dafür hat Franky mir auch eine kleine Strafe aufgebrummt."

„Erzähl."

„Gibt es nicht viel zu erzählen. Die Kette zwischen meinen Oberschenkeln ist jetzt verschweißt. Ich gehe mal davon aus, dass er sich die Arbeit nicht gemacht hat, damit die heute Abend wieder abgenommen wird."

„Und wie fühlst du dich damit?"

„Geil"

„Na dann… wird die Tattoo-Abmachung wohl auch gut laufen."

„Ich bin mir sogar sehr sicher. Der Anfang wird nämlich so gemacht, wie ich es gerne hätte. Ich hoffe, du hast Lust auf Schmetterlinge?"

„Erzähl mal. Wie und wo stellst du dir die ersten Schmetterlinge vor?"

„Der erste ist ziemlich klein. Den stichst du mir auf meinen Zeigefinger"

Ich zeigte auf das mittlere Fingerglied meines linken Zeigefingers.

„Der nächste kommt dann innen auf das nächste Fingerglied. Dann geht es auf dem Ballen vom Zeigefinger weiter und danach kommst du hier wieder zum Handrücken zurück."

Dabei zeigte ich auf den Teil zwischen dem Daumenansatz und dem Zeigefingeransatz.

„Dann können die Schmetterlinge etwas größer werden und sich Richtung Handgelenk bewegen. Wie es dann weitergeht, darfst du mit Franky absprechen. Zumindest, wenn ich bis dahin zufrieden bin."

„Kann richtig gut werden", erklärte mir Berti lächelnd. „An was für Schmetterlinge hast du denn gedacht?"

„Bunte. Muss nicht unbedingt ein echter Schmetterling sein."

„Solange die nächste Kundin nicht da ist, kann ich dir mal welche aufmalen."

Ohne abzuwarten, griff er zu einem seiner Stifte und nahm meinen Zeigefinger in seine Hand. Kurz danach hatte ich einen Schmetterling auf dem mittleren Fingerglied. Das kleine Tierchen hatte seine Flügel gerade hoch über sich zusammengeschlagen, um den nächsten Flügelschlag zu machen. Er flog leicht schräg über meinen Finger und zielte bereits zur Innenseite.

„Was meinst du?" Berti schaute mich erwartungsvoll an.

„Sieht gut aus. Und das auf Anhieb. Gratulation. Kannst du die Flügel außen schwarz machen und nach innen dann rot rosa?"

„Klar kann ich das. Ich würde aber eher ein helles blau nehmen."

„Warum?"

„Ich finde rosa auf dem Finger, wo man das Muster nicht so richtig entfalten kann, wirkt so ein bisschen wie Ausschlag oder so."

„Okay", nickte ich, „da ist was dran."

Ich schaute mir die Skizze noch eine Zeitlang von allen Seiten an und merkte, wie ich sie immer besser und genau passend fand.

„Wirklich gut. So stelle ich mir einen wirklich guten Anfang der Tattoos vor."

Berti schaute erst auf die Uhr und dann wieder zu mir.

„Mir will scheinen die nächste Kundin kommt nicht. Wenn du willst, steche ich dir das Teil schnell."

Im gleichen Moment klingelte das Telefon. Zu meiner Freude war tatsächlich die Kundin dran und entschuldigte sich dafür, dass sie den Termin nicht einhalten konnte. Ich machte einen neuen Termin mit ihr aus und legte dann freudestrahlend auf.

„Wir können."

Was soll ich sagen? Das Adrenalin der puren Freude tat sein Bestes, um die Schmerzen erträglich zu machen. Trotzdem war es nicht unbedingt angenehm. Die Arbeit, die Berti hinterließ war allerdings wirklich grandios. Er spendierte dem kleinen Tierchen sogar noch zwei lange Schweiffedern, die an der Seite des vorderen Fingergliedes endeten.

„Tut das immer so weh?" wollte ich dann doch von Berti wissen, als er sich zufrieden zurücklehnte.

„Das kannst du vorher nie sagen. Teilweise ist das Tagesform. Teilweise ist es die Hautempfindlichkeit oder die Nähe zu Knochen. Ich habe das aufgegeben hier irgendwelche Prognosen zu machen. Hauptsache, er gefällt dir."

„Und wie er mir gefällt. Bin schon ganz heiß auf den nächsten."

„Da kann ich helfen. Wir haben noch reichlich Zeit. Innen würde ich dir ein ähnliches Model vorschlagen. Also auch mit zusammengenommenen Flügeln. Der dritte kann dann die Flügel auseinander haben. Da ist mehr Platz. Von den Farben der Gleiche. Nur das Muster ein bisschen anders?"

Wie eben bei dem ersten Schmetterling merkte ich, dass ich eigentlich gar keine so klare Vorstellung davon hatte, wie die Schmetterlinge genau aussehen sollten. Sie sollten nur einfach schön sein.

„Da verlasse ich mich gerne ganz auf dich. Mach einfach. Der erste ist so gut. Wenn du im Stil so bleibst, dann kann der zweite nicht schlecht werden."

Diesmal verzichtete er auf den Schweif. Dafür verteilte er jetzt kleine dunkle Tupfer auf dem Flügel. Da er sich danach erst so richtig warm gemacht hatte, wie er das ausdrückte, kam der dritte Schmetterling direkt hinterher. Nach kurzer Diskussion einigten wir uns darauf, dass diesmal beide Flügel zu sehen sein sollten. Allerdings nicht so, wie ich es zuerst geplant hatte. Berti fand es besser, wenn ein Flügel innen und einer außen platziert würde.

„Dann kann ich den insgesamt etwas größer machen als die beiden ersten und auch viel mehr in die Ornamentik der Flügel packen. Ich zeichne dir das mal auf."

Die beiden Flügel waren etwa so groß, wie ein Zwanzig Cent Stück. Damit war natürlich noch immer kein Schmetterling mit richtig aufwändigem Muster möglich, aber immerhin war es von der Größe her eine Steigerung gegenüber den beiden ersten.

„Sieht gut aus. Machst du den auch noch mal in schwarz blau?"

„Ich denke mal, das wäre richtig. Ich muss den nur eben kurz auf Folie malen. Sonst ist das mit der Symmetrie nicht so einfach."

Beim Abendbrot waren alle begeistert. Zwar konnte man durch die Frischhaltefolie, in der das Tattoo noch steckte nicht alles erkennen, aber die Idee kam bei den anderen gut an und an der Qualität der Ausführung zweifelte ohnehin niemand. Ich war natürlich im siebten Himmel. Wenn mich jemand gefragt hätte, hätte ich noch im gleichen Moment weiter gemacht.

Als wir einige Stunden später todmüde ins Bett stiegen, nahm Franky die Klappe von meinem Keuschheitsgürtel ab und stellte stirnrunzelnd fest, dass ich das Schloss mal gerade eine Viertelstunde lang geöffnet hatte.

„Ich war wohl ein bisschen durch das Putzen und meine Tattooidee abgelenkt", erklärte ich Franky lächelnd. „Muss ich den Gürtel die ganze Nacht tragen?"

„Musst du. Und die Schenkelbänder ohnehin. Wenn du bis morgen Abend brav warst", erklärte er mir, während er meine Finger in die kleinen Fäustlinge schloss, „nehme ich ihn dir vielleicht wieder ab."

Modenschau bei Arndt (Teil II)

„Morgen Muse. Kleine Planänderung."

Ich war noch keine Spur wach. „Wassis?"

„Aufwachen. Du hast heute viel vor."

„Was?"

„Aufwachen oder einen Eimer mit kaltem Wasser."

Ich kuschelte mich noch mal in die warme Decke ein und schaffte es so gerade eben meine Augen auf zu bekommen.

„Warum weckst du mich so früh?"

„Du hast heute wieder eine Show bei Arndt. Hatte ich gestern Abend ganz vergessen."

„Dann will ich mal hoffen, dass ich hauptsächlich Röcke präsentieren soll."

„Das ist genau das Problem."

„Du musst den Schmuck abnehmen?"

„Genau das. Arndt hat dich schmuckfrei bestellt." Als er meinen schockierten Gesichtsausdruck sah, korrigierte er sich: „Er hat dich schmuckfrei gebucht. Das ist glaube ich die offizielle Modell-Sprache."

„Ich glaube auch. Und jetzt willst du, dass ich mit dir in die Werksatt gehe, damit du die Kette durchtrennen kannst?"

„Nein. Ich will, dass du die Decke wegnimmst, damit ich den Schmuck abnehmen kann", korrigierte er mich grinsend.

Also schob ich meinen Arm unter der Decke so weit, wie möglich nach unten und schlug die Decke dann mit einem großen Schwung zur Seite. Um mir vorher meine Handschuhe abzunehmen fühlte ich mich irgendwie zu müde.

Franky machte sich dann, immer noch grinsend, an die Arbeit und öffnete mir zuerst das Halsband.

„Warum grinst du die ganze Zeit so?"

„Merkst du gleich."

Nachdem ich den Kopf angehoben hatte, damit er das Halsband unter mir hervorziehen konnte, machte er sich an dem Keuschheitsgürtel zu schaffen. Damit waren kurz danach nur noch die Schenkelbänder übrig.

Er schaute mich wieder an. „Noch keine Idee?"

Auf mein Kopfschütteln nahm er lachend einen Schlüssel und öffnete die Verschlüsse der Schenkelbänder. Kurz danach lagen die Teile neben mir. Nur die zugeschweißte Kette verband die beiden Bänder noch.

„Oh man. Bin ich dämlich. Ich habe die ganze Zeit nur an die Kette gedacht."

„Hab ich gemerkt."

Franky legte sich nach getaner Arbeit wieder zu mir ins Bett und fing an, mich an allen möglichen Stellen zu küssen. Da ich noch immer meine Handschuhe an hatte, ließ ich es gerne geschehen und versuchte auch gar nicht erst, seine Liebkosungen zu erwidern. Man muss auch mal genießen können.

„Ich hoffe mal, dass deine komische Ex-Schwägerin nicht wieder dazwischenfunkt", meinte Arndt, als ich bei ihm im Laden stand. Das hoffte ich natürlich auch. Seit der fehlgeschlagenen Entführung hatte ich nichts mehr von ihr gehört oder gesehen. Ich ging davon aus, dass die Polizei immer noch eifrig nach ihr fahndete.

„Wieso sollte die gerade jetzt hier auftauchen? Lass uns lieber anfangen."

„Du kannst noch eben was trinken, wenn du willst. Ich habe der Gräfin versprochen, erst zu starten, wenn sie da ist."

„Dauert das nicht wieder eine halbe Ewigkeit, bis ich das erste Outfit an habe?"

„Das gehört quasi dazu", antwortete Arndt mir schmunzelnd. „Du kannst ruhig vorne in den Laden gehen und dich umsehen. Ganz, wie du willst."

Das konnte dann allerdings wirklich ein langer Tag werden. Also strich ich langsam an den vielen glänzenden Kleidungsstücken entlang, die an den Ständern hingen und in den Regalen lagen. Als ich bei den Korsetts angekommen war, die zu meiner Überraschung teilweise bis zum Boden gingen, hörte ich von hinten eine bekannte Stimme.

„Da ist ja das Universalmodell. Grüß dich Muse."

„Hallo Gräfin Karla. Arndt wollte in jedem Fall auf dein Eintreffen warten."

„So war es abgesprochen. Hat er dir nicht gesagt warum?"

„Nein?"

„Du wirst heute in meinem Beisein umgezogen. Ist interessanter für mich."

Im ersten Moment wusste ich nicht so richtig, was ich davon halten sollte. Schließlich werden Modells immer nur Backstage umgezogen. Andererseits: „Ist sonst wahrscheinlich wirklich ein bisschen langweilig. Dafür entgeht dir allerdings der Überraschungsmoment."

„Damit kann ich leben." Karla trat einen Schritt zurück und schaute mich an. „Wow, du gibst ja mal mächtig Gas. Piercings wohin das Auge schaut."

„Naja, das ist dann glücklicherweise doch ein bisschen übertrieben."

„Und sonst? Gibt es noch mehr, das du gemacht hast?"

Ich hielt ihr stolz meine linke Hand hin. „Zumindest der Anfang ist da."

„Schmetterlinge. Hm. Lass mich raten. Die werden mit der Zeit zu einem kleinen Schwarm?"

„So in der Art. Genau liegt das noch nicht fest. Ist insofern für mich selber auch eine Überraschung."

„Hört sich spannend an."

Als ich Arndt kommen sah, ging ich ihm mit der Gräfin entgegen.

Kurz danach hatte sie es sich bequem gemacht und die Show konnte losgehen.

„Leg deine Sachen bitte dort hinter den Wandschirm, Muse. Wir brauchen dich erstmal nackig."

Als ich wieder zurückkam, zeigte Arndt auf einen Stuhl mit sehr hoher Rückenlehne.

„Setz dich."

Als ich saß, nahm er ein paar einfache Ledergürtel und fesselte damit meine Unterarme und Unterschenkel an die Armlehnen und Beine des Stuhls. Da mir schon beim Frühstück aufgetragen worden war, in keinem Fall irgendwas zu sagen oder mich überrascht zu zeigen, ließ ich es lächelnd geschehen. Nach dem Leuchten in den Augen der Gräfin zu schließen schien es ihr zu gefallen.

Danach trat Arndt hinter mich legte eine strumpfartige Mütze über meine Haare und zog dann sehr geschickt eine Latexmaske über meinen Kopf. Nach einigem Ziehen und Zupfen hatte er meinen Septumring durch so etwas wie einen Schlitz gezogen. Jedenfalls war ich mir sicher, dass er frei hing. Was er noch nicht richtig gezogen hatte waren die Öffnungen für meine Augen. Das jedenfalls dacht ich noch einen kleinen Moment lang, bis ich dann einsehen musste, dass daraus wohl nichts mehr werden würde.

Stattdessen zog er die Haube am Hinterkopf zusammen und brachte schließlich auch noch ein breites, ich korrigiere, ein sehr breites Halsband an. Als ich das Schloss einrasten hörte, war ich bereits in Sichtweite des siebten Himmels. Ich fand dieses Geräusch einfach unübertrefflich.

Jetzt merkte ich, wie er etwas an meinem Septumring befestigte.

„Nur ein leichte Kette Muse. Das hält dein neues Piercing problemlos aus."

Ich verkniff mir eine Antwort. Mir war nicht nach Vernünftigsein zu Mute. Ich wollte gefesselt werden. Und das mit möglichst vielen Schlössern.

Das nächste Teil, das ich spürte, war ein Stirnband, mit dem Arndt meinen Kopf unwiderstehlich fest gegen die Rückenlehne zog. Das Band spannte er – scheinbar hinter der Rückenlehne – mit einem Ratschenverschluss. Das Gleiche wiederholte er mit einem Band, das er mir oberhalb meiner Brüste anlegte und dann unter meinen Achseln nach hinten durchsteckte. Richtig heftig wurde es danach. Erst wusste ich nicht, ob ich das richtig spürte, dann war ich mir allerdings sicher. Er legte einen sehr breiten Gürtel um meinen Bauch. Als er die Ratschen anzog, fühlte ich mich immer mehr, wie in einem immer enger werdenden Korsett. Der Anblick, den ich damit bot war bestimmt gut. Für mich war es aber nicht wirklich angenehm, da ich mich erstmal zur Ruhe zwingen musste, um meine Atmung vernünftig zu regeln.

„Das beste an dem Stuhl, jetzt wo Muse kaum noch Bewegungsspielräume hat, ist das Vorderstück der Sitzfläche. Ich kann die problemlos rausnehmen."

Gleichzeitig merkte ich, wie die Auflage für meinen Hintern ein bisschen reduziert wurde.

„Wenn dann jemand spielen will, ist der Zugang vorhanden und überhaupt nicht beengt. Wie gefällt dir das?"

„Gut", hörte ich Karla antworten. Danach spürte ich, wie ich an meinen Schamlippen berührt wurde. Natürlich schreckte ich im ersten Moment zurück, weil ich überhaupt nicht damit gerechnet hatte, dann allerdings, als die Gräfin – es konnte nur die Gräfin sein - sehr vorsichtig hoch und runter strich, stellte ich mich darauf ein. Zusammen mit dem

Gefühl von Fesseln fixiert zu sein, wurde ich zusehends feucht. Leider entging das der Gräfin nicht. Mit einem kleinen Lachen zog sie ihren Finger wieder zurück und überließ mich meiner Lust, noch bevor ich richtig auf Touren gekommen war.

„Das Möbel ist hervorragend Arndt. Schreib das auf die Liste. Ich nehme an, es gibt noch einige weitere Möglichkeiten damit?"

„Du meinst Aufsteckware?"

Das letzte Wort sprach Arndt mit einer ganz besonderen Betonung aus.

„Was sonst?"

„Natürlich. Allerdings darf ich dir das nicht vorführen."

„Ist mir schon klar. Ich wollte ja auch nur wissen, ob es geht. Ich nehme das also als ein klares ‚Ja' und das reicht mir dann auch."

„Wunderbar"

Damit machte sich Arndt wieder an meinen Gurten zu schaffen und nach einer kurzen Minute waren alle Fesseln gelöst. Oder zumindest fast alle, denn die Haube mitsamt Halsband hatte ich noch auf.

„So, Muse, jetzt kommt das nächste Teil. So eine Art Korsett. Erstmal zieh ich dir Stiefel an."

Die Teile gingen mir deutlich über das Knie und hatten unerwartet flache Absätze. Höchstens sieben oder acht Zentimeter. Dafür konnte ich allerdings mit der Hand erfühlen, dass die Absätze wirklich schmal waren.

Danach zog er mir einen bodenlangen, ziemlich engen Rock an, der mir bis zu den Hüftkochen reichte, also schon ein bisschen Überzeugungsarbeit brauchen würde, um nicht bei jedem Schritt runter zu rutschen. Da ich inzwischen stand, merkte ich, dass die Bewegungsfreiheit meiner Beine bereits ziemlich stark eingeschränkt war.

Das nächste Teil war dann das versprochene Korsett. Bevor er die Schnüre zu zog, fummelte er noch eine Zeitlang an meinen Hüften rum. Vermutlich löste er damit das

Rutschproblem des Rockes, indem er das Korsett und den Rock miteinander verband.

„Halt dich mal hier an den Griffen fest Muse." Gleichzeitig führte er meine Hände auf Schulterhöhe vor mich.

Danach kam die Prozedur des Korsettschließens an die Reihe. Ich konzentrierte mich also auf meine Atmung und wartete darauf, wann er endlich den Knoten machen würde. Gerade als ich glaubte, es wäre so weit, kam von der Gräfin der Kommentar: „Na eine Runde wird doch wohl noch drin sein."

Natürlich war sie noch drin. Aber eng war es damit schon. Als das Korsett dann endlich geschlossen war, reichte mir Arndt seine Hand und führte mich durch den Raum. Glücklicherweise machte er das langsam, denn zum einen konnte ich ja noch immer nichts sehen und zudem war der Rock wirklich eng.

„Für den Anfang ganz gut Arndt. Aber was kommt jetzt?"

„Lass dich überraschen."

Arndt führte mich noch ein paar Schritte und blieb dann stehen. Ich hörte irgendwelche Geräusche, die ich nicht zuordnen konnte. Danach drückte er mich gegen eine Art Querstange.

Kurz danach fing ich an, zu kapieren. In dem Moment schloss sich nämlich ein stabiles Band um meine Taille. Von wegen Querstange. Er hatte mich in einen Stahlreif eingeschlossen, der fest mit einer im Boden verankerten Stange verbunden war. An Umfallen war damit nicht mehr zu denken. An Einknicken allerdings auch nicht. Danach spürte ich einen starken Druck an dem Rock. Scheinbar verfügte der noch über einen stabilen Reißverschluss, den Arndt jetzt zuzog. Meine Füße standen damit direkt nebeneinander. Selbst, wenn ich gewollt hätte, wäre mir jetzt noch nicht einmal der kleinste Schritt möglich gewesen.

„Ich lege dir jetzt einen weit ausgestellten Reifrock um. Wir wollen schließlich die Stange nicht sehen, mit der du fixiert bist."

Gesagt getan. Schon hatte ich einen weiteren Rock an. Die Krönung war dann noch ein Mieder, das nach meinem Gefühl meine Brustwarzen so eben bedeckte und scheinbar auf Höhe des Stahlbandes eine kleine Öffnung hatte, die Arndt dazu benutzte, meine Hände mit kleinen Gamaschen an dem Gürtel zu befestigen. Ich stand jetzt also mit in die Hüften gestützten Händen ziemlich steif im Raum, ohne dass man direkt erkennen konnte, dass ich gefesselt war.

„Das ist gut", kommentierte die Gräfin. „Ich stelle mir vor, dass einige Modelle so in der Art im Eingangsbereich oder im Ballsaal platziert werden könnten. Was meinst du, wie lange die das aushalten?"

„Ich denke so zwei Stunden sollten möglich sein. Außer, wir stellen die auf bequemere Schuhe. Kommt drauf an, ob die Schuhe sichtbar sein sollen oder nicht."

„Muse macht jedenfalls eine gute Figur. Ich schlage vor, wir gehen eben einen Kaffee trinken."

„Du willst Muse so stehen lassen?" Zu meiner Erleichterung hörte ich echte Sorge in Arndts Stimme.

„Nein natürlich nicht. Nimm ihr mal die Maske ab. Ich werde sie neu schminken. Danach suchst du ihr eine blaue ärmellose Latexbluse raus. Dazu einen Rock mit einem Haufen Petticoats und natürlich ein kleines Höschen."

Einige Zeit später – von dem Pflock war ich erst losgekommen, als ich, bis auf die Bluse schon komplett umgezogen war – stand ich mit ziemlich vielen, sehr glänzenden Sachen vor den beiden. Die Gräfin hatte mir erlaubt, kurz einen Blick in den Spiegel zu werfen. Ich war definitiv nicht nach dem Prinzip „weniger ist mehr" geschminkt. Andererseits wirkte ich aber auch nicht nuttig. Insofern war es okay für mich.

Die beiden nahmen mich in die Mitte und wir gingen tatsächlich raus auf die Straße und einen Block weiter zu einem Straßencafe. Ich wurde gut sichtbar mit Blick zu den Passanten platziert. Als Getränk orderte die Gräfin mir lachend eine Diätcola mit Strohhalm. Letzterer war unbedingt nötig, weil die beiden mir eine normale Halskette umgelegt hatten

207

die sie allerdings denkbar einfach an meinem Septumpiercing befestigt hatten. Sie war von hinten durchgesteckt worden und gegen das Herausrutschen mit einem breiten Kettenanhänger gesichert worden, der mir vor den Lippen baumelte.

„Ich hoffe mal, dass du dir den Lippenstift nicht verschmierst", kommentierte Karla, als ich mein Getränk vor mir stehen hatte.

„Kommt auf die Qualität des Lippenstiftes an", erklärte ich ihr lächelnd. „Ich will doch hoffen, dass du nur gute Qualität benutzt."

„Du bist ja ganz schön frech Muse."

„Naja, ich bin hier auch als Modell angestellt und nicht als Sub. Oder habe ich da irgendwas nicht mitbekommen?"

„Ist schon okay", meinte sie lächelnd. „Du machst deinen Job ganz hervorragend. Ich bin auch der Meinung, dass man diese Rollenspiele mit diesen blöden Anredeformeln nicht übertreiben sollte. Erst recht nicht, wenn man mit jemandem wie dir arbeitet."

„Dann ist ja alles wunderbar. Ich hatte schon Bedenken, dass du mir vorschlagen würdest die Lippen der Einfachheit halber direkt tätowieren zu lassen."

„Hervorragende Idee. Ich werde das mal mir Franky durchsprechen", meinte Karla lachend.

„Bloß nicht. Ich bin mir zwar sicher, dass Berti das vernünftig machen würde, aber das eigentliche Problem ist, dass die Farben sich mit der Zeit durch Abnutzung und Sonneneinstrahlung ändern. Oder anders ausgedrückt. Man muss dann doch wieder den Lippenstift benutzen. Außerdem ist das ein Körperteil, dass es durchaus verdient mal in verschiedenen Farben geschmückt zu werden."

„Okay", antwortete sie mir auf einmal ganz ernst. „Und was hältst du ansonsten von Tätowierungen im Gesicht? Deine Augenbrauen zum Beispiel?"

„Schon klar. Die muss ich mir im Moment aufmalen. Richtig. Könnte man auch direkt tätowieren. Nur ist das das gleiche Problem, wie bei den Lippen. Im Moment liegen die nicht genau da, wo sie normalerweise sind. Stell dir vor, die werden jetzt permanent an der Stelle sein. Ich werde garantiert irgendwann mal wieder meine natürlichen Augenbrauen sehen wollen. Wenn ich die dann wachsen lasse, werde ich mich schon ziemlich darüber ärgern, wenn ich die Tätowierten da drüber immer überdecken muss."

„Aber die Stelle, an deinen Fingern, an denen die Schmetterlinge anfangen ist doch auch ziemlich öffentlich."

„Stimmt", gab ich mit Blick auf meinen Finger zu, „trotzdem lässt sich das mit einem Handschuh ziemlich einfach und sicher überdecken, falls das mal sein sollte. Aber Gesicht ist wirklich was ganz anderes. Mit Makeup abdecken ist nur eingeschränkt sicher. Da will ich gar nicht erst mit anfangen."

„Dann mach doch Permanentmakeup."

„Das ist jetzt nicht dein Ernst oder? Es gibt doch eigentlich nur Aufmalen oder Tätowieren. Wenn irgendjemand meint, dass es eine Technik gibt, nur exakt so tief in die Haut einzudringen, dass das nach einiger Zeit wieder rauswächst, dann halte ich das persönlich für völligen Schwachsinn."

„Das macht dich wirklich sehr sympathisch Muse. Du lässt einen Haufen Zeug mit dir machen aber du scheinst auch eine klare Meinung zu haben, wo die Grenzen sind, die nicht überschritten werden sollen."

„Ich finde das ja auch einfach nur super. Alleine, dass ich so mit diesen Klamotten in einem öffentlichen Café sitze, finde ich total", ich musste nach dem richtigen Wort suchen, „erregend. Ich muss nur darüber nachdenken in was für einem bürgerlichen Mief ich noch vor gut zwei Wochen gelebt habe. Es ist einfach nur geil. Als ich Franky kennengelernt hatte, wäre mir nicht im Traum eingefallen, in was für eine tolle Richtung mein Leben schwenken würde."

„Und was meinst du, was noch kommen könnte?"

„Keine Ahnung. Kommt sehr auf die Projekte an, die meine kreativen Mitbewohner noch so im Kopf haben. Ich bin eben das Modell für alle Fälle. Bis jetzt fand ich das alles sehr, sehr spannend.

„Das nehme ich dann auch mal als Stichwort", meinte Arndt mit Blick auf die Gräfin. „Ich will die Damen nicht drängen, aber es gibt noch das eine oder andere Teil, das ich zeigen möchte. Und dein Termin kommt auch immer näher. Falls du bei mir bestellst, muss ich ja auch noch ein bisschen arbeiten, um alles mit ausreichendem Vorlauf fertig zu bekommen."

Ein paar Minuten später waren wir dann wieder zurück in Arndts Atelier und ich war wieder mal ziemlich nackig. Das einzige Teil, das ich scheinbar so schnell nicht mehr ausziehen durfte, war das immer noch sehr eng geschnürte Korsett.

„Wir kommen jetzt zur Abteilung Service", erklärte Arndt. „Muse hat einiges geübt, um in Ballettboots eine gute Figur zu machen. Jetzt werden wir sehen, wie weit das gediehen ist."

Die Boots, die er mir hinlegte, waren bis über die Knie geschnürt. Ich gab mein Bestes, die Füße schön eng einzupacken, um maximalen Halt zu bekommen. Beim Anziehen der Schnürung entlang der Beine half mir Arndt glücklicherweise. Ansonsten wäre das wirklich zu einer Geduldsprobe geworden. Schließlich konnte ich mich nicht dauerhaft nach vorne beugen. Das Korsett tat seinen unnachgiebigen Dienst.

Als ich dann endlich in den Stiefeln stand, zog Arndt mir einen Latex BH an, der so nicht wirklich für meinen Vorbau geschneidert war. Als er meinen irritierten Blick bemerkte, lächelte er mich nur an „Warte einfach ab."

Tatsächlich steckte er mir dann zwei mächtige Silikonbrüste in den BH. Damit war ich schlagartig in der Liga der Frauen, die nicht mehr an sich herunterschauen können, ohne vorher etwas aus dem Weg zu räumen. Im Spiegel sah das alles noch ziemlich zusammengewürfelt aus. Die Silikonteile schauten sogar an der Seite heraus. Das Einzige, was funktionierte, war das Trotzen gegen die Schwerkraft. Meine

Brüste standen nahezu senkrecht ab. Ich konnte nicht anders, als die Teile erst mal ein bisschen zu massieren.

„Sehr schön Muse, aber das ist der falsche Film. Zieh erst mal noch das Kleidchen über."

Arndt hielt mir ein dunkelblaues Dienstmagdkleidchen hin, das sehr hoch geschlossen war. Damit war das Problem mit der Sichtbarkeit meiner künstlichen Oberweite natürlich gelöst. Nachdem er das Kleid hinten mit einem Reißverschluss geschlossen hatte, legte er mir einen Stahlreif aus Frankys Werkstatt um den Hals und verschloss ihn mit diesem wunderbaren Geräusch.

Jetzt fehlte eigentlich nur noch die Dekoration meiner Arme. Das Kleidchen hatte nur kurze Puffärmelchen. Insofern musste mit meinen Armen einfach noch etwas passieren. Und es passierte etwas. Arndt hielt mir nämlich einen Monohandschuh hin, den er dann auch sehr gewissenhaft schloss. Meine Ellenbogen berührten sich am Ende der Verschnürerei. Als ich realisierte, dass ich diese Stellung so noch nie eingenommen hatte, musste ich doch erst mal schlucken. Der Blick in den Spiegel zeigte mir, dass die Armhaltung ihre Wirkung nicht verfehlte.

„Na endlich kann ich meine kleinen zarten Brüste mal so richtig vorstrecken", scherzte ich.

„Sei froh, dass ich keinen Knebel vorgesehen habe, Muse."

„Bin ich. Wie soll ich denn auch Leute bedienen, wenn ich andauernd aus dem Mund sabbere?"

„Das ist genau der Punkt", bestätigte Arndt meinen Kommentar.

„So, jetzt fehlt nur noch das Tablett."

Arndt hängte mir eine Art Bauchladen um den Hals. Das Tablett wurde über ein breites, an mein Korsett angepasstes Band abgestützt. Dadurch bekam ich die Sicherheit, dass nicht alles umkippen würde. Arndt musste nur noch den Halteriemen in seiner Länge einstellen und damit konnte nicht mehr viel schief gehen, solange ich meinen Oberkörper gerade halten würde.

211

„Dann fang mal an, zu arbeiten Muse" forderte die Gräfin mich auf.

Im ersten Moment muss ich wohl ein bisschen irritiert aus der Wäsche geschaut haben, jedenfalls fingen die beiden an, zu lachen, aber dann war mir klar, um was es ging.

Ich machte also ein paar, glücklicherweise sichere Schritte zur Gräfin und schaute sie lächelnd an.

„Was darf ich Ihnen bringen?"

„Einen Prosecco bitte."

„Sehr gerne, Gräfin Karla."

Damit ging ich in die andere Ecke des Raumes und schaute Arndt an.

„Jetzt solltest du eigentlich ein Glas haben, das du mir auf das Tablett stellen kannst."

„Richtig. Ich gebe dir mal hier die Flasche Wasser. Die muss es tun."

Also stellte er mir eine volle Wasserflasche auf das Tablett und ich machte mich auf den Rückweg zu Karla. Dabei merkte ich, dass es, selbst bei einer gefüllten Wasserflasche überhaupt nicht einfach war, das Tablett in der Balance zu halten. Erst als ich endlich bei Karla ankam, merkte ich, dass die sich kaum noch das Lachen verkneifen konnte. An Arndt gewandt, meinte sie dann:

„Du musst das Tablett irgendwie anders bauen. Ich habe keine Lust dazu, mir anzuschauen, wie mein Personal einen Scherbenhaufen nach dem anderen produziert."

„Kein Problem Karla."

„Ansonsten ist das okay. Du machst das übrigens schon ganz gut in den Ballettboots, Muse. Aber ‚ganz gut' ist nicht ausreichend. Wenn du bei meinen Events mitmachen willst, dann musst du noch ein bisschen üben. Auch wenn es anstrengend ist. Ohne Üben wird das nichts."

„Sehr wohl Gräfin."

Da ich schon mal in den Dienstbotenklamotten steckte, schien mir das die geeignete Anrede zu sein, die die Gräfin auch lächelnd annahm.

„Außerdem empfehle ich dir dringend mehr Korsett- und Bondagetraining. Du hältst dich zwar gut, aber man kann problemlos sehen, dass es dir nicht gelingt, die Arme zu entspannen. Bei einer solchen Fesselung ist das aber wichtig. Sonst hältst du nicht lange genug durch. Alles klar?"

Die letzte Frage stellte sie in einem Ton, der keinen Widerspruch duldete. Da ich selber schon gemerkt hatte, dass meine Armhaltung langsam problematisch wurde, konnte ich ihr nur zustimmen.

„Okay", nickte sie und wollte dann von Arndt wissen, was er noch zeigen wollte.

Er hatte noch ein paar restriktive Teile, die ich natürlich brav vorführte. Nach dem letzten Teil war ich dann allerdings wirklich am Ende meiner Kräfte. Ich sehnte mich nur noch danach in ziemlich bequemen Klamotten – am besten mindestens drei Größen zu groß - gemütlich in der Küche unserer Künstlerwohngemeinschaft abzuhängen. Arndt schickte mich, als ob er es mir angesehen hätte zu den Sachen die ich am Morgen angehabt hatte und zog sich dann noch kurz zu letzten Verhandlungen mir Karla zurück.

„Auf Muse" war Arndts Trinkspruch, als wir statt Bier diesmal alle unsere Sektgläser hoben. Zuvor hatte er allen von der Show erzählt. Freundlicherweise hatte er die Ermahnungen der Gräfin ausgelassen. Schließlich ging es ja auch erstmal darum, dass er den Auftrag bekommen hatte.

Erst sehr viel später, als wir schon lange beim zweiten, dritten Bier angekommen waren, fragte Grace nach, wie die Gräfin denn meine Performance gefunden hatte.

„Sie hat mir Korsetttraining, Bondagetraining und Ballettboottraining verordnet. Zumindest, wenn ich bei ihrem Event mitmachen möchte."

„Hätte mich auch gewundert, wenn nicht", kommentierte Grace ohne auch nur eine Sekunde nachzudenken. „Du bist zwar ganz gut, vor allem wenn man bedenkt, dass du noch nicht so viel Übung hast, aber du bist eben nicht richtig gut."

Ich kuschelte mich noch mehr an Franky.

„Ich weiß nicht, was ihr für Pläne habt. Vielleicht kann ich ja ohnehin nicht zu Gräfin Karla. Vielleicht braucht mich ja einer von euch?"

„So, wie du dich an Franky kuschelst, habe ich fast den Eindruck, du hoffst, dass er dir sagt, dass du da nicht hin willst", stellte Grace fest.

„Ich würde gerne da hin. Ich weiß aber wirklich nicht, ob ich genug Zeit zum Trainieren habe."

„Hast du, Muse. Hast du. Wir fangen morgen direkt nach dem Frühstück an."

Da Franky mich nur mit glucksendem Lachen in den Arm nahm, war das dann wohl besiegelt.

Üben

„Du kommst mit in mein Studio, Muse", eröffnete mir Grace nach dem Frühstück. „Das Training beginnt und ganz nebenbei können wir noch ein bisschen Geld verdienen."

„Wie das?" wollte ich wissen.

„Ich werde dich filmen. Wenn von den Figuren, die wir heute machen ein paar dabei sind, die gelungen sind, dann setzte ich die zu den kostenpflichtigen Videos, die die Kunden runterladen können."

Spontan fiel mir dazu keine Antwort ein.

„Hast du etwa ein Problem damit Muse?"

„Nein, nein. Ist schon okay. Ich hatte nur nicht damit gerechnet. Das ist alles."

„Wenn du willst, kannst du auch die ganze Zeit eine Maske tragen."

„Ist nicht nötig. Wenn ich jetzt auf einmal der Meinung sein sollte, dass ich mich nicht fotografieren oder filmen lassen will, dann wäre ich hier glaube ich fehl am Platz. Schließlich bin ich euer Modell. Und Modells werden nun einmal fotografiert."

„Dann ist ja alles wunderbar. Ich wäre mir auch nicht sicher gewesen, ob du den ganzen Tag mit einer Knebelmaske aushalten würdest", verkündete sie mir lächelnd.

Als wir in ihrem Atelier waren, stand ich mal wieder vor dem Catwalk der mir beim letzten Mal so viele Probleme gemacht hatte.

„Keine Panik, Muse, der kommt gleich erst an die Reihe. Erstmal geht es um das erste Outfit. Ich darf dich zur Bühne bitten. Du kennst das ja schon."

Grace hatte so eine Art Schlafzimmer auf der Bühne aufgebaut. Das Wesentliche war ein großes Bett, das mit roter Latexwäsche bezogen war und am Kopfende über ein ziemlich stabil aussehendes Gitter verfügte.

„Du siehst, dass hier einige Kameras aufgebaut sind. Das Verfahren ist relativ übersichtlich. Ich werde dort am Bildschirm sitzen und die Kameras steuern. Wir werden keinen Ton aufnehmen. Das hat den Vorteil, dass ich dir jederzeit Tipps und Anweisungen hineinrufen kann. Du allerdings tust die ganze Zeit so, als ob du alleine wärest. Komm also nicht auf die Idee mich irgendwas zu fragen oder sogar in meine Richtung zu schauen."

„Klar. Nur verstehe ich nicht ganz, wie das mit der Bondage-Sache dann klappen soll."

„Richtig. Du wirst viel selber machen. Nur die Dinge, die du selber nicht machen kannst, werde ich übernehmen. Du merkst das dann schon. Alles klar?"

„So weit ist das klar", bestätigte ich.

„Dann zieh dich bitte komplett aus. Ich hole dir eben die Kleidung, die du für die erste Session brauchst. Deine eigenen Sachen legst du da hinten hinter die Ecke. Da sind die nicht im Bild."

Als ich wieder auf die Bühne zurückkam, hielt Grace mir einen String hin, der so knapp war, dass wirklich nur der Teil im Bereich meiner Schamlippen genug Breite aufwies, um wahrgenommen zu werden.

„Setz dich hier auf das Bett. Ich gehe an den Bildschirm und dann geht es los."

Noch bevor sie saß, schaute ich neugierig zu den Sachen, die sie mir auf das Bett gelegt hatte. Alles was aus Latex sein konnte, war auch aus Latex. Das Erste, was ich aus dem Haufen herauszog, waren oberschenkellange Strümpfe.

„Die kannst du anziehen", kam prompt die Anweisung von Grace.

Also fing ich an, meine Beine in die engen Schläuche hineinzuarbeiten. Ich achtete dabei sorgfältig darauf, dass die Strümpfe nirgendwo Falten warfen. Nicht nur, weil das nicht gut aussah, sondern auch weil ich die kurzen Stiefel schon gesehen hatte, die ich über den Strümpfen tragen würde. Zusammen mit Falten würde das garantiert eine Tortur werden.

„Machst du super. Lass dir auch weiterhin Zeit. Kürzen kann ich das immer noch."

Also ich fertig war, stellte ich mich hin und betrachtete mein Spiegelbild. „Das konnte noch etwas werden", war mein erster und einziger Gedanke. Ohne auf Grace nächste Anweisung zu warten, nahm ich mir die Stiefelletten. Es waren nicht direkt Ballettboots, aber sie waren auch nicht mehr weit weg davon. Ich musste die Schuhe schnüren. Glücklicherweise wurde das Schuhband nicht durch Ösen geführt werden. Die Stiefel hatten stattdessen die praktischen Haken, die ich von Bergwanderschuhen kannte.

Wieder stellte ich mich vor den Spiegel. Der Anblick war erwartet gut. Die Absätze waren so hoch, dass nur noch der Ballen horizontal auf dem Boden auflag. Der Fuß selber stand senkrecht. Zurück am Bett war ich ein bisschen ratlos, wie es weitergehen sollte.

„Rechts liegen zwei relativ kurze Ketten und zwei Schlösser. Nimm eine Kette und ein Schloss und führe die Kette unter dem Stiefel durch. Dann auf dem Spann kreuzen, einmal um den Knöchel und vorne mit dem Schoss verschließen."

Beim Anblick von Kette und Stiefel war mir eigentlich schon klar gewesen, was Grace von mir erwartete. Ihre Erklärung bestätigte nur, dass ich mich in meine Stiefel einschließen sollte. Dafür gab es nur eine wirklich gute Methode. Und das war genau die, die sie mir beschrieben hatte.

Bevor ich das Schloss durch die beiden Kettenenden schob, überprüfte ich noch mal, ob die Kette auch ausreichend stramm saß. Danach ließ ich das erste Schloss einrasten. Mmh. Dieses Geräusch... Ich hatte mich noch immer nicht satt gehört.

Danach wiederholte ich die gleiche Prozedur mit dem anderen Fuß und stellte mich wieder vor den Spiegel.

„Geh ein paar Mal über den Catwalk."

Upps. Schon jetzt. Da ich noch einige Sachen auf dem Bett liegen hatte, war das sicherlich der erste von sehr vielen Catwalks, die ich noch vor mir hatte. Also ging ich, dank der inzwischen gemachten Übungen ziemlich elegant die Stufen hinunter und absolvierte dann den Catwalk. Grace hatte wieder den großen Bildschirm angeworfen. Ich konnte mich also sehr gut beobachten und korrigieren. Nach zwei Runden dirigierte sie mich wieder zurück zum Bett.

„Jetzt ist das Korsett an der Reihe. Das Teil ist nur außen aus Latex. Du kannst es also auf nackte Haut anziehen. Innen ist schöner glatter Stoff verarbeitet."

Wie immer bei den Korsetts, die ich bisher angezogen hatte, war das Band bereits durchgezogen und ich musste erstmal nur den vorderen Verschluss schließen. Danach fing dann die Arbeit an. Immer schön von unten bis zu Mitte und von oben bis zur Mitte spannen. Bei dem ersten Durchgang musste ich außerdem noch darauf achten, dass dieses Stück Stoff, das unter dem Schnürverschluss lag, auch schön brav dort blieb, ohne irgendwie zerknautscht zu werden.

„Du hast links und rechts Spiegel Muse. Wenn du es geschickt anstellst, dann kannst du deinen Rücken in den Spiegeln sehen."

Ich brauchte, sehr zu Grace' Belustigung, eine ganze Zeit, bis ich endlich kapiert hatte, wie das mit den Spiegeln funktionierte. Dann aber war es wirklich sehr hilfreich. Trotzdem bekam ich die beiden Ränder an meinem Rücken nicht komplett zusammen.

„Hey Muse. Das Korsett ist gerade mal ein bisschen unter der 60. Bei deiner kleinen Oberweite ist das durchaus angemessen. Das musst du komplett schließen."

Also versuchte ich es wieder. Nur fehlte mir die Kraft in den Fingern, deren lange Nägel jetzt wirklich sehr störten. Schließlich kam Grace zu mir auf die Bühne und spannte das Korsett unter zur Hilfenahme ihres Knies komplett fertig.

„Das kommt nicht ins Video. Sobald ich wieder am Platz bin, tust du so, als ob du den Knoten machst. Das zeige ich dann von vorne."

Nachdem ich ein paar Mal so getan hatte, als würde ich den Knoten schließen, drehte ich mich wieder zu dem Bett um und nahm den kurzen Latexrock in die Hände. Auf den ersten Blick war zu erkennen, dass er, wie üblich, ziemlich weit ausgestellt war. Ich zog das Teil, das über einen breiten Bund verfügte an und machte mich, ohne auf Grace Anweisung zu warten auf den Weg zum Laufsteg. Alleine diese gewisse Schwere, die von dem Rock ausging, sorgte bei mir schon für Glücksgefühle. Was war das doch ein super Leben. Ich konnte mich immer mehr in die Fetischwelt hineinarbeiten und bestritt dabei auch noch meinen Lebensunterhalt. Einfach nur das große Los.

Entsprechend beschwingt ging ich mit sicheren Schritten über den Laufsteg und erfreute mich an dem Bild, das ich auf dem großen Bildschirm sah.

„Ich zieh mir eben was anderes an. Du gehst einfach weiter hin und her, bis ich wieder da bin. So, wie du jetzt drauf bist will ich dich haben. Mach genau so weiter, Muse."

Damit verschwand Grace und auf meinem Gesicht wuchs ein zufriedenes Lächeln. Um es nicht langweilig werden zu lassen, übte ich immer dann, wenn ich den Bildschirm sah, verschiedene Posen. Leicht breitbeiniges Stehen und drehen des Oberkörpers oder einfach nur ausdrucksloses Schauen auf irgendeinen Punkt neben der Kamera.

Bei der zigsten Wiederholung kam dann auch Grace wieder zurück. Fast wäre ich vor Überraschung gestolpert. Ich hatte einfach nicht damit gerechnet, dass sie jetzt auch von

Kopf bis Fuß in dieses wunderbare glänzende Material gehüllt war. In der Hand hielt sie ein ziemlich langes Teil, das über eine Korsettverschnürung verfügte. Das konnte eigentlich nur ein Monohandschuh sein.

Als Grace meinen Blick gelesen hatte, fing sie an zu grinsen und beorderte mich auf die Bühne.

„Den willst du doch bestimmt anprobieren oder?"

„Und wie soll ich das anstellen?"

„Na", grinste Grace jetzt noch mehr, „da habe ich ja noch ein Teil, das du unbedingt ausprobieren willst. Du hast doch Sprechverbot, wenn ich mich richtig erinnere."

„Sorry"

Wie blöd kann man sein, dachte ich mir im gleichen Moment und biss mir auf die Lippen, um nicht noch mehr los zu plaudern. Natürlich brachte das Grace noch mehr in Hochstimmung.

„Was meinst du denn, wie so eine Mimik ankommt, Muse?"

Diesmal erwischte sie mich nicht. Ich schaute einfach nur interessiert auf den Monohandschuh, der noch immer über ihrem Arm lag.

„Schon wesentlich besser", lobte sie mich. „Dann komm mal her zu mir und knie dich mit dem Rücken zu mir auf den Boden. Hintern auf die Fersen."

Ich machte brav, was sie sagte und hörte, wie sie in irgendeiner Schublade herumrumorte. Wahrscheinlich suchte sie nach einem dieser dämlichen Ballknebel. Ich hatte schon am See den Eindruck, dass ich sie mit der Spucke, die nicht aus meinem Mund laufen soll, so gar nicht beeindruckt hatte.

„So, schön weit auf."

Statt einen weichen Ball an meinen Lippen zu spüren, den sie mit einem kleinen Schubser in meinen Mund schieben würde, spürte ich ein gummiertes Gestänge, das oben und unten hinter meinen Schneidezähnen gegen den Gaumen drückte. Sie war tatsächlich dabei, mir einen Mundspreizer anzulegen. Wirklich viel hielt ich davon garantiert nicht.

Noch während sie die Riemen hinter meinem Kopf schloss, merkte ich, wie sich der Speichel sammelte. Ekelhaft.

„Ich weiß, dass du das nicht magst, Muse. Gehört aber leider dazu. So ein bisschen was in der Richtung musst du schon aushalten können. Und jetzt ist der Zeitpunkt gekommen. Also halte dich weiterhin wacker."

Vermutlich hätte ich einiges zu sagen gehabt, wenn ich denn hätte sprechen können. Ich konnte aber nicht sprechen. Also konzentrierte ich mich auf den Spuckesee und die Versuche, ihn immer wieder durch Schlucken zu leeren.

„Einmal hinstellen und dann hier an dem Hocker so halb sitzend, halb lehnend abstützen."

Dabei schob sie mir einen Barhocker halb unter den Hintern.

Danach fing die Ankleideprozedur an. Der Handschuh war ziemlich schnell bis zu den Oberarmen hoch geschoben. Danach schloss sie die Schulterriemen und fing dann endlich damit an, die Schnürung zuzuziehen.

„Die beiden Kanten müssen von unten bis oben eng aneinander liegen. Sonst ist das kein schöner Anblick. Wenn du eine Pause brauchst, dann sag einfach Bescheid. Aber bitte in vollständigen, gut verständlichen Sätzen."

Sehr lustig, Grace. Sehr lustig. Eigentlich wollte ich im ersten Moment tatsächlich genervt auf ihren schalen Witz reagieren. Dann allerdings musste ich gegen meinen Willen doch lachen. Auch wenn sich das alles andere als gut anhörte.

Grace ließ sich nicht beirren und zog die Verschluss-Schnur immer wieder, an meinen Händen beginnend, enger. Nach dem zweiten Durchgang, verkündete sie mir, dass das Material bis knapp über die Handgelenke jetzt wunderbar geschlossen sei.

Prompt merkte ich, dass sie beim nächsten Durchgang weiter oben anfing. Zwischen den Durchgängen zog sie den Monohandschuh immer wieder glatt und verschloss dabei auch die Verschlüsse an meinen Schultern immer straffer. Um den Zug an meinen Schulterblättern besser aushalten zu können, beugte ich mich mit der Zeit immer weiter nach vorne und versuchte die Arme möglichst weit hoch zu halten. Das Spuckeproblem wurde damit natürlich unlösbar, da ich keine Chance mehr hatte, auch nur einen einzigen Tropfen im Mund zu halten.

Inzwischen berührten sich auch meine Ellenbogen. Wenn es nicht so sehr gezogen hätte, hätte ich es sicherlich auch wesentlich mehr auskosten können. Gut, dass Grace mit mir trainiert, ging mir noch durch den Kopf, bevor sie verkündete, dass jetzt der definitiv letzte Durchgang kommen würde.

Als Letztes spannte sie noch einen Gurt um meine Ellenbogen, um den Zug von dem Material zu nehmen, wie sie sagte.

„So, Muse. Das ist schon mal ganz gut. Ich helfe dir jetzt runter zum Catwalk. Und den wirst du erst wieder verlassen, wenn du zusammenklappst oder wenn du anmutig mit geradem Oberköper und rausgedrückten Brüsten gehen kannst."

Sie hatte recht. Mein erster Blick in den großen Bildschirm zeigte mir, dass ich ziemlich weit davon entfernt war, eine gute Figur zu machen. Auch, wenn es mich anekelte. Ich beschoss, den Sabber, der aus meinem Mund wollte, zu vergessen und mich voll auf meinen Walk zu konzentrieren.

Der gerade Oberkörper ließ sich nach ein paar Runden schon ansatzweise erkennen. Viel größer war das Problem, das ich mit dem Gleichgewicht hatte. Durch die ‚fehlenden' Arme war mir der natürliche Ausgleich abhanden gekommen, den man immer automatisch gegen das Bein setzt, das gerade nach vorne schwingt. Die sehr hohen Schuhe, die mit ihren extrem dünnen Absätzen nicht die Spur von Stabilität beim Aufsetzen des Fußes boten, taten ihr Übriges dazu.

Als ich merkte, dass ich meinen schwankenden Gang nicht so schnell in den Griff bekommen würde, wenn ich weiterhin mit voller Muskelspannung auf dem Catwalk hoch und runter laufen würde, änderte ich meine Taktik. Ich versuchte jetzt immer mein Bestes zu geben, wenn ich auf den Bildschirm zu lief. Auf dem Rückweg dagegen ging ich breitbeinig und mit leicht nach vorne geneigtem Oberköper.

Dabei konzentrierte ich mich dann ausschließlich darauf, alle Muskeln, über die ich annäherungsweise Kontrolle hatte, zu entspannen und zu lockern.

Als Grace das sah, beließ sie es glücklicherweise dabei, amüsiert die Augen zu verdrehen. Ansonsten beschäftigte sie sich mir ihrem Rechner. Vermutlich sichtete sie das bisher gewonnene Material auf seine Brauchbarkeit.

Die Anzahl der Runden, die ich drehte und die Zeit, die ich brauchte, traten immer mehr in den Hintergrund. Stattdessen hatte ich nur noch das eine Ziel, die Aufgabe in jedem Fall lösen zu wollen. Ich wollte, dass Grace mich beim Abendessen loben würde. Die anderen sollten merken, dass ich die Jobs, die mir angeboten werden sollten, in jedem Fall haben wollte. Und ich wollte sie gut machen.

Irgendwann stand dann auf einmal Grace vor mir.

„Pause Muse. Setz dich zu mir. Es ist an der Zeit, deine Flüssigkeitsvorrat wieder aufzufüllen."

Sie schob mich zu dem Bett auf der Bühne und nahm mir endlich den Mundspreizer heraus. Am liebsten hätte ich jetzt erstmal meinen Kiefer massiert und dann langsam und vorsichtig geschlossen. Da meine Arme aber noch hinter meinem Rücken herumhingen und Grace keine Anstalten machte, daran etwas zu ändern, musste ich es ohne zusätzliche Hilfe schaffen.

Grace schaute mir einen Moment lang dabei zu, wie ich mich mit meinem immer noch offenen Mund abmühte und fing dann lächelnd an, mein Kiefergelenk zu massieren.

„Ich merke, du musst noch sehr viel trainieren. Die anderen haben dich nicht hart genug rangenommen. So leid es mir tut, das sagen zu müssen."

Endlich bekam ich die Lippen wieder zusammen. Ich machte noch ein paar Bewegungsübungen und hatte es dann schließlich ausgestanden.

„Wasser!" Ich versuchte die Stimmlage einer Verdurstenden nachzumachen. Jedenfalls soweit ich das in diversen Spielfilmen gesehen hatte. Erst war mir der Speichel in wahren Sturzbächen aus dem Mund gelaufen und jetzt, wo ich ihn endlich wieder da behalten konnte, wo er hin gehörte, schien mein Mund geradezu ausgedörrt zu sein. Schon seltsam, so ein Körper.

Während Grace mich mit Wasser ‚fütterte', hatte ich reichlich Zeit, mir über ihre Aussage Gedanken zu machen. Nur kamen mir nicht sonderlich viele Gedanken dazu in den Kopf. Als mein erster Durst gelöscht war, sagte ich ihr einfach nur:

„Vermutlich hast du recht."

„Hör ich gerne Muse. Die erste Maßnahme, die du beginnst ist das permanente Tragen eines Korsetts. Nichts Schlimmes. Du weißt ja. Die angeblich ideale Frauenkurve ist 90-60-90. Du trägst 70B. Die erste 90 würde also 70D bedeuten. Anders ausgedrückt: Dir fehlen mal gerade 4 oder 5 Zentimeter im Brustumfang. Daran kann man natürlich einiges machen."

Als mir das Blut aus dem Gesicht fiel, weil ich an eine Brustvergrößerung dachte, fing Grace glucksend an zu lachen.

„Keine Panik. Da würde ich erstmal kein Silikon vorschlagen. Zumindest nicht unterhalb der Haut. Es reicht, wenn du die entsprechende BHs trägst und dir erstmal mit Polstern hilfst. Die 60 habe ich dir jetzt schon geschnürt. Ich denke, du wirst dich dran gewöhnen. Dein Hintern allerdings ist wieder unter Maß. Hier mit Polstern arbeiten, wäre ziemlich lästig."

„Dann zieh doch einfach überall etwas ab. Damit bekomme ich wieder Maße, wie ein Uhrenglas, nur eben nicht 90-60-90, sondern… Was hat mein Hintern eigentlich?"

„87"

„Dann machen wir eben 87-58-87 oder so."

„Schön, dass du das selber vorschlägst. Nur auf die 90 Oberweite bestehe ich. In unserer Szene neigen die Modells dazu, oben etwas üppiger zu sein. Da kommst du nicht drum herum. Du wirst dich ab jetzt also an 90-58-87 gewöhnen. Abgesehen davon: Verglichen mit dem, was andere mit sich rumschleppen, ist 90 eigentlich noch ziemlich moderat."

Irgendwie tappte ich immer wieder in die gleiche Falle, mir den Schwierigkeitsgrad meiner Aufgaben selber zu stellen. Natürlich wollte ich auch dieses Mal nicht versuchen, zurückzurudern. In der Hoffnung, dass meine Mimik neutral bis freudig blieb, stimmte ich ihr zu.

„Ich würde dir jetzt gerne die Hand darauf geben. Aber irgendwie klappt das nicht so richtig."

„Ist schon okay. Die Abmachung gilt auch so. Und wenn du deine Arme zurück haben möchtest, dann zeig mir jetzt noch mal, was du in der letzten Stunde gelernt hast."

Leicht schwankend arbeitete ich mich aus dem Bett in eine senkrechte Position und ging dann auf die Stufen zu, die zum Laufsteg hinunter führten.

„Warte, Muse. Geh so etwas nie, wenn du noch unsicher bist und dein Arme nicht gebrauchen kannst. Wir haben nichts von dir, wenn du dir die Knochen brichst. Und du selber hast noch weniger von dir."

Sie nahm mich an der Schulter und ging mit mir zusammen hinunter. Danach durfte ich dann wieder alleine gehen. Schon bei den ersten Schritten merkte ich, dass die Pause wirklich gut getan hatte. Ich setzte meine Highheels mit traumwandlerischer Sicherheit auf und hielt meinen Oberkörper auf Anhieb aufrecht. Nach der Wende sah ich zu meiner unendlichen Erleichterung, dass Grace meinen Walk ähnlich gut sah. Meine letzten Schritte untermalte sie mit Applaus.

„Wunderbar Muse. Schluss für heute. Ich mach dir eben den Monohandschuh auf."

Nachdem ich ein paar Übungen mit meinen Armen gemacht hatte, schickte mich Grace zum Umziehen. Bis auf das Korsett durfte ich alles ausziehen und mich danach wieder in meine normalen Klamotten hüllen.

„Ich habe Arndt schon Bescheid gesagt, dass er dir ein paar Teile in deinen neuen Maßen mitbringen soll", informierte mich Grace, als wir uns durch den Feierabendverkehr durcharbeiteten.

„Na wunderbar. Dann muss ich mich ja um nichts mehr kümmern."

„Da helfen wir doch gerne. Abgesehen davon ist es ja auch zu unserem Vorteil."

„Was mache ich den Rest des Nachmittags?"

„Sobald du dich umgezogen hast, kannst du dich endlich mal wieder um Franky kümmern."

„Umziehen?"

„Klar. Röckchen und Highheels."

Als ich zuhause in meinen Kleiderschrank schaute, um mir ein ‚Röckchen', wie Grace gesagt hatte, rauszusuchen, viel mein Blick zuerst auf das Schuhregal. Alles, was unter zehn Zentimeter war, war weggeräumt. Stattdessen waren noch ein paar echte Wolkenkratzer und sogar ein paar Modelle ohne Absatz dazu gekommen. Das konnte noch lustig werden.

Noch ‚lustiger' wurde die Suche nach einem gemütlichen Röckchen. Meine gesamte Gothic Kleidung war weggeräumt. Zumindest alles, was nicht aus Lack, Gummi oder gummiartigen Stoffen gefertigt war. Wenn ich irgendwas tragen wollte, was nicht aus diesen Stoffen war, dann musste ich mich komplett in Netzstrumpfhosen hüllen. Oh, man.

Eine Viertelstunde später öffnete ich, komplett in schwarz gekleidet, die Türe zu Frankys Werkstatt. Mein erster Blick zeigte mir, dass sich Franky freute, mich zu sehen. Genauso zeigte mir dieser Blick, dass ihn meine glänzende Kleidung sehr erregte. Männer sind manchmal wirklich einfach zu lesen.

Wir ließen uns für die Begrüßung ausgiebig Zeit. Es tat unendlich gut, ihn mal wieder vollkommen frei von Fesseln umarmen zu können. Danach legte ich mich in seine Arme und erzählte ihm von meinem Tag, meinen Fortschritten, meinen zukünftigen Körpermaßen und natürlich davon, dass ich jetzt Tag und Nacht nur Korsett tragen sollte und in meinem Schrank nur noch Schuhe von zehn Zentimetern aufwärts standen.

„Ich bin unglaublich stolz auf dich Muse. Ich wäre niemals auf die Idee gekommen, dass du an diesen Dingen so viel Spaß hast. Einfach nur klasse."

Das ging mir natürlich runter, wie Öl. Oder was auch immer. Jedenfalls war ich mal wieder butterweich auf Wolke sieben gelandet.

„Stell dich mal eben vor mich. Ich möchte dir endlich deinen Keuschheitsgürtel wieder anlegen."

„Mit Schenkelbändern?" wollte ich, noch ganz im Glücksgefühl eine Spur zu euphorisch wissen.

„Natürlich Muse. Du darfst keine Gelegenheit auslassen, um mit all diesen Sachen zu üben."

Franky legte das obere Band des Gürtels einfach über das Korsett und ließ es ratschend einrasten. Danach dauerte es nicht mehr lange, bis ich wieder komplett eingeschlossen war. Ich ließ mich vorsichtig in meinem Lieblingssessel nieder und schlummerte, nachdem ich mich einigermaßen gemütlich sortiert hatte, einfach weg.

Verkaufsvideo für Franky

In weiser Voraussicht hatte ich mir den Wecker für den nächsten Morgen noch mal um eine Stunde vorgestellt. Mein Experte für Schlösser aller Art hatte mir einen kleinen Safe gezeigt, der über ein Zeitschloss gesichert war. Mit der Erklärung, dass er es beim besten Willen nicht schaffen konnte, so früh aufzustehen, nur um mir die Schlösser zu öffnen, deponierte er die passenden Schlüssel in dem Safe und stellte ihn auf die gleiche Uhrzeit ein, auf die ich meinen Wecker gestellt hatte. Damit war meine erste Nacht in Korsett und Keuschheitsgürtel besiegelt.

Ich brauchte dann mangels Übung einiges an Zeit, bis ich endlich aus allen Klamotten raus war und mich ausgiebig duschen konnte. Danach ging es zum Schminken und dann wieder hinein in all die einengenden Kleidungsstücke. Alleine das Korsett fraß mir locker eine halbe Stunde auf. Danach legte ich mir den Gürtel um, spreizte noch einmal genüsslich die Beine und schloss dann die Oberschenkelbänder ab. Die Schlüssel legte ich in den Safe zurück. In dem Moment, in dem ich die Türe zugedrückt hatte, war das Zeitschloss wieder aktiviert. Damit konnte ich aus eigenen Stücken erst am nächsten Morgen wieder aus dem Gürtel heraus.

Die letzten Aktionen hatte Franky zufrieden lächelnd vom Bett aus verfolgt. Irgendwie erinnerte mich das an die letzten Male.

„Kann es sein, dass ich so etwas wie deine allmorgendliche Ankleideshow bin?"

„Klar bist du das. Und du machst das gut."

„Na dann…", meinte ich lachend. „Trotzdem habe ich die Hoffnung, dass die Show von Tag zu Tag kürzer wird. Welche Frau steht schon gerne unnötig früh auf, wenn ein Mann wie du neben ihr liegt?"

„Danke für das Lob, Muse. Trotzdem kannst du die jetzige Weckzeit ruhig beibehalten. Sonst müsste ich den Tresor umprogrammieren."

„Wieso? Ist doch egal, wenn ich ein bisschen zu spät komme."

„Nicht ganz. Es gibt da nur ein Zeitfenster von einer halben Stunde, um ihn zu öffnen, wenn das Schloss aufgesprungen ist. Danach schließt er sich wieder."

„Dann programmier den eben um. Du willst mir doch nicht ernsthaft erzählen, dass du damit ein Problem hast."

„Nein, natürlich nicht. Aber das ist so lästig."

Das war dann doch zu viel. Mit unschuldigem Gesicht nahm ich ein Kissen und versuchte ihn durch eine unangemeldete Kissenschlacht zu bezwingen und zu bestrafen. Natürlich endete es so, wie es enden musste. Er hockte lachend auf mir und konnte mich nach Belieben auskitzeln, während ich um Gnade winseln musste. Zumindest immer dann, wenn ich überhaupt Luft dazu hatte.

Danach war gerade noch genug Zeit, um das ruinierte Make-up zu reparieren, in ein kurzes, aber weites Hemd zuschlüpfen sowie ein Röckchen und ein paar Stiefeletten anzuziehen. Dann ab nach unten zum Frühstück.

Schon während des Frühstücks hatte Grace so einen komischen Ausdruck im Gesicht. Kaum waren wir fertig, da setzte sie mich auch schon auf einen Hocker.

„Zieh dir das Hemd aus. Wir machen jetzt Dehnungsübungen für deine Arme."

Während Berti die Küche aufräumte, verknotete Grace mir die Arme hinter meinem Rücken. Dabei lagen meine Handgelenke auf Schulterhöhe über Kreuz. Grace zeigte mir in einem Spiegel, dass die Handgelenke mit einer roten Schnur mehrfach umwunden waren. Von der Schnur aus hatte sie mir dann noch so etwas wie Rucksackriemen über die Schultern gelegt. Ich kannte das bereits von den Monohandschuhen. Nur wurde damit diesmal nicht das Runterrutschen, sondern das Bewegen meiner Hände verhindert. Ich probierte es natürlich aus und musste feststellen, dass ich die Hände tatsächlich nicht vom Rücken wegbewegen konnte. Meine Ellenbogen zeigten damit natürlich nach unten und waren gleichzeitig stark angewinkelt. Damit die nicht so lose rumbaumeln konnten, wie Grace das grinsend ausdrückte, wurden sie ebenfalls noch gesichert. Nur nahm Grace es mit der Sicherung leider auch wieder sehr ernst. Sie legte einige Windungen des Seiles komplett um die Ellenbogen. Damit zog sie die beiden sogar noch ein bisschen näher aneinander. Damit das Seil nicht einfach runterrutschen konnte, wurde es mit dem Seil um meine Handgelenke verbunden.

„So, das war es auch schon. Dein Job ist es jetzt, dich hier in der Küche hin und her zu bewegen und uns zu zeigen, dass du dir nichts schöneres vorstellen kannst, als auf diese Art gefesselt zu sein."

Also stand ich brav auf und fing an planlos hin und her zu gehen. Dabei beugte ich mich automatisch ein bisschen nach vorne. Das entspannte die Muskeln.

„Ne, so nicht, Muse. Stell dir einfach vor, das hier wäre unser Messestand. Ich habe dich gerade gefesselt, um Werbung für die Bondageshow zu machen. Du bist ein professionelles Modell. Wenn du gut bist, dann lächelst du die Laufkundschaft an und unterhältst dich ein bisschen mit denen. Zeigen, dass die Fesselung dich irgendwie stört oder dass du eigentlich gar keine Lust hast, ist komplett verboten."

„Also Oberköper schön aufrecht", vollendete ich ihre Ausführungen. „Coole Vorstellung auf die Weise Werbung für euch zu machen. Läuft das bei den Tattooshows genauso?"

„Klar", meinte Berti, der sich das alles milde lächelnd angeschaut hatte.

„Echt? Du tätowierst mich auf dem Stand und am Abend oder wann auch immer? Und das ist dann eine große Show?"

„So in der Art. Es gibt einen Wettbewerb um die erotischsten Tattoos. Die können alt oder auch frisch gestochen sein."

„Geil. Bin ich dabei?"

„Davon gehe ich aus. Es gibt nur ein kleines Problem."

„Welches?"

„Naja, was du bisher hast ist zwar sehr schön und passt gut zu dir, aber in der Sparte ‚erotisches Tattoo' ist das nicht wirklich gut aufgehoben."

„Habe ich schon erwähnt, dass ich gerne noch die eine oder andere gefesselte Schönheit gestochen bekommen hätte?"

„Nicht, dass ich mich erinnern könnte. Wir haben nur darüber gesprochen, dass deine Schmetterlinge ab und zu mal Platz für ein schönes Bild machen sollen."

„Und jetzt weißt du auch, an was für Bilder ich dabei so denke."

„Okay, dann wüsste ich auch, wie wir an deinem Arm weitermachen."

„Und?"

„Wenn du Lust dazu hast, dann lass dich einfach überraschen. Das wolltest du doch ohnehin machen."

„Ja schon. Aber erst, wenn das Kunstwerk ein bisschen fortgeschritten ist."

„Okay. Ich schlage dir einen Kompromiss vor. Das nächste Motiv ist eine Mischung aus einem Schmetterling und deinen Bondagefrauen. Das kann ich dir versprechen."

Vermutlich hätte er mir das gar nicht sagen müssen. Ich war bei dem Gedanken an mein nächstes Tattoo und einen Tattoowettbewerb auf der Messe ohnehin schon komplett aus dem Häuschen.

„Ist okay. Ich vertraue dir."

„Da ist allerdings noch ein Punkt. Ich selber habe heute zu viele Kunden. Du weißt ja wie das abläuft. Aber ich habe ab morgen eine Gasttätowiererin bei mir im Laden. Die hat mir gestern eröffnet, dass sie schon heute kommt. Und das heißt?"

„Die hat heute nur dann Arbeit, wenn sich spontan was ergibt. Ihre Termine kommen erst morgen."

„Wenn du willst, kann sie an dir arbeiten."

„Ich nehme mal an, du würdest das nicht vorschlagen, wenn du nicht von ihr überzeugte wärest."

„So ist es."

„Okay, so machen wir es. Wann geht es los?"

„Sobald Grace mit dir fertig ist, bringt sie dich schnell bei mir vorbei."

Grace brauchte noch ein bisschen. Insgesamt schaffte ich eine gute Stunde in den Fesseln, bis sich der erste Krampf einstellte. Bis dahin war Grace mit mir durch das gesamte Haus gegangen. Treppe hoch, Treppe runter, Raus auf die Terrasse und wieder rein. Alles mögliche. Auch ein paar ‚Posings' in Frankys Werkstatt waren dabei.

Als ich dann die Fesseln los war und meine Arme mit warmem Wasser wieder auf Vordermann gebracht hatte, zog ich mir ein ärmelloses Latexkleid an und setzte mich zu Grace ins Auto. Der Hauptakt des Tages stand unmittelbar bevor. Ich konnte es kaum noch abwarten.

Der Moment, in dem ich die Tätowiererin sah, war dann allerdings noch ein weiteres Highlight. Die Frau, die sich als Lisa vorstellte, hatte nicht nur eine Wahnsinnsfigur, sie war auch ansonsten Wahnsinn. Mein erster Eindruck kam nicht wirklich über den Kopf hinweg.

Sie trug Glatze. Der Hautfarbe nach zu urteilen schon ziemlich lange. Ihre Ohren waren fast komplett frei von Piercings. Das Einzige, was sie hatte, waren zwei gedehnte Ohrläppchen. Durch die Tunnel, die sehr nach Edelstahl aussahen, trug sie jeweils einen stabilen Stahlring, der ihr fast bis zu den Schultern reichte. Ich konnte nicht erkennen, ob die beiden Ringe über irgendeinen Schließmechanismus verfügten.

Der absolute Hammer waren die flauschigen Federn, die ihren Hals bis hinauf zum Kinn zierten. Einige davon ragten sogar bis in ihre Gesichtshaut hinein. Die Federn waren so derartig gut tätowiert, dass ich erst bei genauerem Hinsehen erkannte, dass sie nicht echt waren.

„Wow. So was Gutes habe ich noch nie gesehen. Nichts gegen Berti und das was er macht, aber das ist echt der Hammer."

„Freut mich, dass es dir gefällt. Ich mache mit meinem Partner ausschließlich solche perspektivischen Arbeiten. Alles eine Frage der Schattierungen und der Farbwahl. Berti meinte, du hast noch einiges vor mit deinem Körper?"

„Hab ich. Und heute habe ich wohl tätowieren vor. Will mir scheinen."

„Freut mich zu hören." Ihr Lächeln war einfach umwerfend.

„Berti meinte, du hast erst ab morgen Termine?"

„Richtig. Wenn du willst, dann würde ich mich gerne auf deiner Haut verewigen."

„Deine Tattoos sind so gut, wie die Federn an deinem Hals?"

„Das kann ich dir garantieren. Willst du meine Mappe sehen?"

„Ist schon okay. Ich wollte dich nicht in Frage stellen."

„Dann steht der Verzierung deines Armes ja nichts mehr im Weg."

„Weißt du denn schon, was du machen wirst?"

„Ja", antwortete sie mir lächelnd. „Berti hat mir etwas von einer ziemlich aufregenden und nicht ganz ungefährlichen Abmachung erzählt."

„Ja, Das ist so. Er hat dir dann aber auch gesagt, in welche Richtung ich gehen will?"

„Ziemlich viele Schmetterlinge und ab und zu mal Frauen in eindeutigen Bondagesituationen."

„Richtig. Wobei die Frauen wohlproportioniert sein sollen."

„Das ist eine ziemlich unpräzise Beschreibung. Was verstehst du darunter?"

„Du zum Beispiel erfüllst meine Vorstellung von wohlproportioniert zu 100 Prozent."

„Alles klar. Bleibt nur noch die Frage, wann du sehen willst, was ich mache."

„Wenn du an verbundene Augen denken solltest, dann ist die Antwort: ‚Nein'. Ich habe keine Lust, stundenlang Kopfkino zu schauen. Du machst einfach und ich verspreche, keinen Kommentar zu deiner Arbeit abzugeben, bis du mir sagst, dass du fertig bist."

„Okay. Dann setzt dich mal hinten an meinen Arbeitsplatz oder mach sonst irgendwas. Ich komme gleich zu dir. Muss nur noch eben eine kleine Skizze machen."

Der schlurfende Mattes hatte den Laden diesmal scheinbar im Griff. Insofern hatte ich nichts zu tun. Ich machte mir also einen Kaffee und setzte mich gemütlich auf den Sessel, den ich heute wohl nicht mehr so bald verlassen würde.

Ich musste nicht lange warten bis sich Lisa zu mir setzte und ohne weitere Kommentare mit ihrer Arbeit anfing. Scheinbar machte sie sich mit dem Bild auf der gesamten Innenfläche meines Unterarmes breit. Nachdem sie mit einem Stift ein paar Umrisse gezeichnet hatte, konnte ich nur erkennen, dass sie vier große Flügel tätowieren wollte. Also doch nur einen Schmetterling? Bevor ich anfing, mir Gedanke darüber zu machen, schaute ich mir lieber die Ohrringe genauer an, die Lisa trug.

„Sind die beiden Ringe, die von deinen Ohren runterbaumeln eigentlich endlos?"

„Du meinst, ob die nach dem Einsetzen irgendwie unwiderruflich geschlossen worden sind?"

„Genau. Ich kann zumindest keine Stelle sehen, die nach Verschluss aussieht."

„Wenn ich mir so anschaue, was du trägst", sie griff ohne Hemmungen an meinen Rocksaum und zog ihn so weit hoch, dass die Schenkelbänder frei lagen, „dann kann ich mir gut vorstellen, dass dir die Vorstellung gefallen würde."

Während sie anfing, auf meinen Arm einzustechen, stimmte ich ihr zögerlich zu. „Ich finde das ist wirklich ein aufregender Gedanke. Etwas tragen, was ich selber nicht ablegen kann, beschäftigt mich im Moment schon sehr."

„Das ist nicht zu übersehen, Muse. Aber, was meine Ohrringe angeht, muss ich dich enttäuschen. Das sind Segmentringe. Die sind zwar so groß, dass man die mit einer Spreizzange bearbeiten muss, wenn man das Zwischenstück einsetzt oder raus nimmt. Aber sie sind auswechselbar."

„Ah. Ich dachte nur."

„Ab und zu will ich mich auch mal umdekorieren. Wird sonst langweilig."

„Klar. Sieht gut aus."

„Danke", gab sie mir lächelnd zur Antwort. Diese braunen warmen Augen mit diesem völlig natürlichen Lächeln und dann noch dieser Körper. Eigentlich müssten die Männer bei ihr Schlange stehen, ging mir durch den Kopf.

Die folgende Zeit verbrachte ich damit, mir den Rest ihres Köpers anzuschauen. Zumindest, so weit, ich ihn sehen konnte. Zwar trug sie nur einen relativ breiten Bustier und ziemlich knappe Jeansshorts, aber da sie neben mir saß, konnte ich nur ihre Arme sehen.

Ihr Arbeitsarm war komplett tätowiert. Dort tummelte sich eine Familie irgendwelcher Vögel, die sehr an Illustrationen aus Fantasy-Geschichten erinnerten. Sie bestanden im Wesentlichen aus sehr langen und sehr farbenfrohen Federkleidern. Die Tiere schienen auf ihrem Arm zu schweben. Es war eine unglaubliche Leichtigkeit in den Körpern. Wenn die Kreation auf meinem Arm nur halb so gut werden würde, wäre ich schon komplett aus dem Häuschen.

Als dann langsam die Konturen auf meinem Arm herauskamen, wusste ich endgültig, dass Lisa wirklich gut war. Sie tätowierte mir eine Elfe mit nahezu durchscheinenden Flügeln. Ähnlich, wie bei Schmetterlingen, hatte die Elfe auf jeder Seite zwei Flügel. Die unteren Flügel begannen auf Höhe ihrer Füße und die oberen Flügel reichten über ihren Kopf hinweg. Arme schienen nicht vorgesehen zu sein. Der Körper war in einem bläulich schimmernden Ganzkörperanzug verpackt. Je mehr Lisa vom Gesicht ausarbeitete, umso besser war zu erkennen, dass die Elfe einen Ballknebel trug, der mit einem Geschirr aus schwarzen Riemen an seiner Stelle gehalten wurde. Die Haare schienen aus bunten dicken Plastikschläuchen zu bestehen, die sich in alle möglichen Richtungen entfalteten. Um die Taille, die atemberaubend schmal war, trug sie ein silbrig glänzendes Band, das mit einem deutlich sichtbaren Schloss gesichert war. Die Füße waren mit bunten Bändern umwickelt, die sich im Wind in die Richtung meines Handgelenks bewegten.

Irgendwann war es dann endlich so weit. Lisa warf einen letzten Blick auf das Kunstwerk, rollte dann stolz lächelnd mit ihrem Stuhl zurück und schaute mich erwartungsvoll an.

„Wahnsinn, Lisa. Absoluter Wahnsinn. Ich habe den Eindruck, ich könnte die Elfe mit meiner Hand umfassen. Danke. Vielen, vielen Dank."

„Und das Motiv? Ist das okay?"

„Natürlich ist das okay. Genau mein Thema."

Nachdem Lisa die Schutzfolie befestigt hatte, gab mir Berti seinen Autoschlüssel.

„Am besten, du fährst mit meinem Wagen zurück. Das ist ein Automatik. Dürfte also kein Problem für deine Schenkelbänder sein. Ich komme dann heute Abend mit Lisa. Franky braucht dich gleich noch."

„Na dann", wendete ich mich an Lisa, „bis heute Abend. Ich freu mich."

„Ganz meinerseits."

Was für ein Lächeln.

Nachdem Franky mich ausgiebig begrüßt und die frisch auf meinem Unterarm eingezogene Elfe bewundert hatte, ging er mit mir in die Werkstatt. Er hatte eine Wand komplett mit schwarzem Tuch abgehängt und davor ein kleines Filmstudio aufgebaut. Genaugenommen waren es nur zwei Scheinwerfer und eine beeindruckende Kamera, die fest auf einem Stativ montiert war. Vor der Wand stand ein ebenfalls mit schwarzem Tuch überzogener Tisch.

„Lass mich raten… Ich bin die Hauptdarstellerin?"

„Richtig. Und hast du auch eine Idee, in was für einem Film?"

„Schmuck?"

„Richtig. Den Rest bekommst du dann schon früh genug mit."

Er nahm sich ein paar oberarmlange Latexhandschuhe.

„Nichts gegen dein Tattoo. Aber das möchte ich für die Aufnahmen abdecken. Ich helfe dir eben."

Damit raffte er den ersten Handschuh so weit wie es ging zusammen und hielt ihn mir hin. Ich steckte meinen Arm, im Bemühen die Folie über meinem Tattoo nicht zu verschieben, vorsichtig rein. Erst als meine Hand an ihrem Platz war, merkte ich, dass die Fingerkuppen abgeschnitten waren. Meine langen Krallen konnten also keinen Schaden anrichten.

„Wir machen für jedes Teil einen eigenen Spot. Text lassen wir erstmal weg. Ich möchte einfach nur sehen, wie du vor der Kamera wirkst."

„Das mach ich schon immer bei Grace auf dem Catwalk. Du wirst zufrieden sein."

„Dann fang einfach mal an." Er legte mir ein kleines Paket auf den Tisch. „Du machst das Paket auf, schaust dir das, was drin ist von allen Seiten an und probierst es dann natürlich aus. Als letztes versuchst du es mit dem Schlüssel wieder zu öffnen."

Also stellte ich mich hinter den Tisch, winkte fröhlich in die Kamera und zog das Paket zu mir her. Es enthielt ein Paar ziemlich spezieller Handschellen. Die Bänder die um meine Handgelenke kommen würden, waren im Gegensatz zu normalen Handschellen sehr breit. So etwa fünf oder sogar sechs Zentimeter. Die Verbindung war durch einen sehr stabilen Ring hergestellt. Ich probierte die Beweglichkeit der beiden Bänder gegeneinander aus. Bedingt durch die Befestigung war sogar extrem viel möglich. Die Bänder ließen sich fast um 180° gegeneinander drehen.

Nachdem ich das ausreichend erkundet hatte, legte ich mir die erste Schelle an. Der Durchmesser war anders als bei normalen Handschellen nicht verstellbar. Die Schelle rastete erst dann endgültig ein, als die beiden stabilen Enden aufeinandertrafen. Bei näherer Betrachtung sah das wirklich wie ein schlichtes und wegen seiner Abmessungen trotzdem extravagantes Armband aus. Es gefiel mir und vor allem: Es passte mir.

Das Anlegen des anderen Bandes war naturgemäß um einiges schwieriger. Meine bereits gefesselte Hand konnte ich nur noch sehr eingeschränkt benutzen. Nach einigen Fehlversuchen legte ich meine Hand einfach in den unteren Teil und drückte das obere Teil mit dem Kinn in seine Position.

Nicht ohne Stolz drehte und wendete ich meine gefesselten Hände hin und her. Das glänzende Material wirkte auf den schwarzen Latexhandschuhen wirklich sehr gut. Erst, nachdem ich meine Hände noch mehrfach hin und her gewendet hatte konnte ich mich von dem Anblick losreißen und holte mir den Schlüssel aus der Verpackung. Damit fing natürlich das Problem an, dass es komplett unmöglich war, auch nur in die Nähe der Schlösser zu kommen. Franky hatte die natürlich außen und damit genau gegenüber von der Halterung des Verbindungsringes angebracht. So weit kam ich mit meiner Hand nicht herum. Also musste ich mir andere Lösungen einfallen lassen. Ich nahm den Schlüssel zwischen die Zähne und versuchte dann – quasi blind – das Schlüsselloch zu treffen. Dabei konnte ich dem über beide Backen grinsenden Franky in die Augen schauen. Er schien sich absolut sicher zu sein, dass mein Befreiungsversuch nicht funktionieren würde.

Gerade, als ich meinen letzten Versuch machen wollte, um dann mit einem entspannten Lächeln aufzugeben, glitt der Schlüssel in das Schloss und ich konnte ihn mit meinen Zähnen so weit drehen, dass die Handschelle durch eine Drehung meines Unterarmes aufsprang. Danach war es eine Kleinigkeit mit einem triumphierenden Lächeln, die andere Schelle ebenfalls zu öffnen.

„Super Muse. Ich hätte alles drauf gewettet, dass du es nicht schaffst."

„Weibliche Geschicklichkeit mein liebster Schmuckdesigner. Was ist die nächste Aufgabe?"

„Lass dich überraschen. Hier kommt das Paket."

Ich räumte das erste Paket schnell zur Seite und legte das neue Paket auf seinen Platz.

„Kann ich loslegen?"

„Sobald du willst."

Ich wollte.

Der erste Blick zeigte mir wieder Handschellen, die ähnlich massiv waren, wie die vorherigen. Diesmal waren die Handschellen allerdings mit einem steifen und sehr stabil aussehenden Gelenk verbunden. Wenn ich die einmal angelegt haben würde, wäre die Beweglichkeit der Hände gegeneinander deutlich stärker eingeschränkt, als bei dem Vorgängermodel. Diesmal hatte Franky ein paar Schmucksteine auf den Bändern befestigt. Ohne die Verbindung wären die Bänder damit locker als sehr besonderer Schmuck durchgegangen.

Auf der Suche nach dem Schloss drehte ich die Schellen hin und her. Ich konnte nichts entdecken. Normalerweise musste das Schloss wieder ungefähr da sein, wo das letzte ebenfalls war. Jedenfalls sah der Schließmechanismus ähnlich aus. Dann endlich merkte ich, dass sich einer der Schmuckstein zur Seite schieben ließ. Damit war mir klar, dass die Befreiung, so wie sie mir eben gelungen war, diesmal keine Chance haben würde. Der Stein wurde nämlich durch eine Feder wieder in seine ursprüngliche Lage zurückgedrückt. Mit dem Schlüssel im Mund gegen die Federkraft ankämpfen und gleichzeitig noch das Schlüsselloch suchen, konnte eigentlich nicht funktionieren.

Nachdem ich den Stein einige Male hin und her geschoben hatte, legte ich mir die Fesseln an. Mir war vorher schon klar gewesen, dass ich die Hände nicht mehr so gut gegeneinander bewegen konnte, wie mit dem Vorgängermodel. Aber erst jetzt merkte ich, wie stark meine Arme fixiert wurden. Ich musste die Unterarme fast parallel zu einander halten, wenn ich mir nicht tiefe Druckstellen an den Handgelenken einhandeln wollte. Das war wirklich krass. Die Bewegungen, die ich jetzt noch ausprobieren konnte, waren darauf beschränkt, die Ellenbogen zu beugen und zu strecken. Sehr viel mehr Einschränkung, nur mit Handschellen, konnte ich mir in dem Moment nicht vorstellen.

Schließlich holte ich den Schlüssel aus der Box und versuchte mich an dem Kunststück, die Schellen zu öffnen. Ich brauchte nicht lange, um zu erkennen, dass ich mit meiner Erwartung keine Chance zu haben, richtig lag. Es gelang mir noch nicht einmal den Schmuckstein zur Seite zu schieben. Da ich keine Lust hatte, über längere Zeit so zu tun, als ob ich echte Hoffnung hätte irgendwie aus den Teilen herauszukommen, legte ich die Unterarme auf den Tisch und lächelte ergeben in die Kamera.

„Du bist wirklich gut, Muse. Ich hätte nicht gedacht, dass ich direkt beim ersten Versuch zweimal am Stück durchdrehen könnte."

„Freut mich zu hören. Bei den Schellen hier hättest du allerdings wirklich jede Wette anbieten können."

„Zumindest so lange du keine weiteren Hilfsmittel hast."

„Wie hätten die denn aussehen müssen?"

„Irgend ein stabiles kleines Blech oder ähnliches, das irgendwo festgeschraubt ist. Das hättest du benutzen könne, um den Schmuckstein zur Seite zu schieben. Und dann wieder geduldig mit dem Mund probieren, bis du das Schloss findest."

„Okay. Das wäre dann aber nur im Ernstfall so. Ich bin voller Hoffnung, dass du mir diese wunderschönen Schellen jetzt höchstpersönlich abnimmst. Die passen so derartig gut, dass ich noch nicht einmal die Arme in der Schelle drehen kann."

„Klar", erklärte er mir grinsend. „Die sind ja auch nach Maß gefertigt. Damit zwar teurer als das Zeug aus dem Sexshop, aber auch viel, viel exklusiver."

„Geil."

„Jetzt noch das letzte Exemplar und dann hast du es schon geschafft."

Nachdem er die Handschellen geöffnet hatte, legte er mir eine neue Box auf den Tisch.

„Viel Spaß damit."

Ich wartete noch bis er wieder hinter der Kamera stand und legte dann los. In der Box waren wieder Handschellen. Diese Schellen waren allerdings direkt aneinander befestigt. Keine Verbindungsstücke. Ich drehte und wendete das Teil in meinen Händen und begutachtete es von allen Seiten. Wie das Vorgängermodel hatte Franky hier ebenfalls Schmuckstücke angebracht. Die beiden Schellen waren so aneinander befestigt, dass sie meine Hände leicht über Kreuz halten würden. Die Schlösser waren wieder hinter beweglich angebrachten Steinen verborgen. Ich musste mir also auch bei diesen Schellen keine Gedanken darüber machen, ob ich sie wieder aufbekommen würde.

Also legte ich meine linke Hand in das untere Teil und drückte es zu. Danach drückte ich den oberen Reif mit meinem Kinn an seinen Platz und damit waren meine Arme lässig überkreuzt. Wenn ich noch etwas in der Hand halten würde, dann würde noch nicht einmal auffallen, dass meine Hände gefesselt waren. Sicherlich sehr aufregend. So weit ich das konnte, zog ich die Ellenbogen an und streckte die Arme danach schnell wieder. Das war mit Abstand die angenehmste Möglichkeit, die Schellen zu tragen. Um das zu demonstrieren ging ich vor den Tisch, lehnte mich lässig mit meinem Hintern an die Tischplatte und schaute so entspannt wie möglich in die Kamera.

„Alles klar Muse. Du warst super."

„Freut mich. Das hat wirklich Spaß gemacht. Sollen die Schellen, die ich jetzt trage so etwas wie alltagstauglich sein?"

„Ich denke mal Kochen und so wird dir damit nicht gelingen."

„So meine ich das ja auch nicht. Ich hatte die Vorstellung, dass man damit gemütlich durch die Fußgängerzone schlendern kann. Einfach so eine kleine Handtasche in die Hand und schon brauchen die Passanten mindestens einen zweiten Blick, um zu erkennen, dass ich in Wirklichkeit gefesselt bin. Ist doch eine geile Vorstellung. Oder?"

Bevor Franky die Chance hatte, darauf einzugehen, kam Alva in die Werkstatt. Ihr Blick fiel natürlich sofort auf meine Armreifen.

„Cool. Du siehst mal wieder wunderbar aus Muse. Am besten du lässt den Schmuck direkt dran. Ihr habt nämlich die Zeit vergessen. Das Abendessen will gegessen werden."

Bevor ich realisiert hatte, dass Franky die Schlösser innerhalb von ein paar Sekunden hätte öffnen können, waren wir schon zum Haus unterwegs.

Nachdem ich mit leichter Ratlosigkeit Messer und Gabel angeschaut hatte, griff ich mir die Gabel und begann, kleine Stücke von dem Nudelauflauf, der auf meinem Teller lag, abzutrennen. Als ich danach die Gabel zum Mund führte, reichte die Bewegungsfreiheit so gerade eben, um mit weit zur Seite gebeugtem Kopf, alles unfallfrei in meinen Mund zu schieben.

„Du bist schon ganz schön schräg drauf Muse", meinte Lisa, die sich die ganze Prozedur entspannt lächelnd angeschaut hatte.

„Wir haben die Zeit verpennt und außerdem hatte ich ohnehin schon davon phantasiert, mit dem schicken Schmuck sogar eine Runde durch die Einkaufsstraße zu gehen. Dann muss das Essen ja wohl auch irgendwie möglich sein."

„Wenn es dir gefällt... Ich würde dir allerdings vorschlagen, den Handschuh runter zu krempeln und ein bisschen Luft an dein neues Tattoo zu lassen."

Ich hielt die Hände Richtung Franky, der sich auch sofort an die Arbeit machte. Mit seinem typischen breiten Lächeln schob er die passenden Schlüssel in die Handschellen und half mir danach aus den Handschuhen, wobei sich der Schutzverband direkt mit ablöste. Also musste ich meinen Unterarm nur noch gut sichtbar auf den Tisch legen, sodass alle sehen konnten, was Lisa mir am Morgen gestochen hatte.

Das Lob ließ sie lächelnd über sich ergehen und meinte dann zu mir:

„Wenn ich gewusst hätte, dass du scheinbar richtig drauf stehst, gefesselt zu sein, hätte ich die Elfe auch ein bisschen krasser stechen können."

„Aber die ist doch wirklich super", wendete ich ein.

„Danke. Nur jetzt, wo ich dich so vor mir sitzen sehe, fällt mir noch einiges mehr an Möglichkeiten ein."

„Dann behalte die bitte im Kopf. Du weißt ja, dass das mal gerade der Anfang ist. Nur kommen jetzt erstmal wieder ein paar Schmetterlinge an die Reihe. Die freuen sich schon darauf endlich mehr Platz zu haben, als auf meinem Finger und meiner Hand."

„Hallo?" meinte Berti halb lachend. „Bin ich jetzt irgendwie raus aus dem Geschäft oder was?"

Lisa legte ihm als gespielt tröstende Geste die Hand auf seinen Arm.

„Das klappt in der Woche hier ohnehin nicht mehr. Ab morgen ist mein Terminkalender voll."

Ich musste wohl für einen Moment etwas betrübt aus der Wäsche geschaut haben. Jedenfalls bot mir Lisa dann an, dass ich sie auch besuchen kommen könnte. „Mit festem Termin ist das überhaupt kein Problem. Ist für einen Tag allerdings zu weit. Ich würde vorschlagen, dass du bei mir übernachtest."

Mit so einem Angebot hatte ich überhaupt nicht gerechnet. Fast hätte ich hilfesuchend zu Franky geschaut. Dann gab ich mir einen kleinen Ruck und sagte ihr zu.

„Ist gar keine so schlechte Idee", meinte dann auch Berti. „Auf die Weise können wir dafür sorgen, dass die beiden Elemente deines Tattoos jeweils vom gleichen Künstler sind. Ich mache die Schmetterlinge und Lisa die Frauen."

„Ist das auch kein Problem für dich Berti?" wollte ich zur Sicherheit noch mal wissen.

„Natürlich nicht, Muse. Erstens habe ich genügend andere Kunden, an denen ich mich in verschiedenster Weise austoben kann und zweitens hat Lisa diese Technik mit den plastisch wirkenden Figuren einfach super gut drauf. Da kann ich nicht konkurrieren."

„Wäre ja auch komisch, wenn jeder Tätowierer jeden Stil perfekt beherrschen würde", stimmte Lisa ihm zu. „Deshalb machen wir ja auch ab und zu diese gegenseitigen Besuche. Mach dir also keinen Kopf deshalb. Ich finde den Vorschlag von Berti gut. Wenn das für dich auch okay ist, dann mache ich gerne mit."

Ich brauchte natürlich nicht lange zu überlegen. Zwei Tätowierer, die genau so arbeiteten, wie ich mir das vorstellte, boten mir an, mein Ganzkörperkunstwerk gemeinsam fertig zu machen. Ich wäre ja vollkommen bescheuert gewesen, wenn ich nicht zugestimmt hätte.

Bei der Gräfin

Franky hatte mich die Nacht wieder mit Korsett und Keuschheitsgürtel schlafen lassen. Wie am Vortag, hatte ich mir am Morgen den Schlüssel aus dem Zeitschlosssafe geholt, mich ausgiebig geduscht und dann einen hoffnungsvollen Blick auf Franky geworfen.

„Du hast heute einen beschaulichen Tag hier im Haus vor dir. Es ist also kein Problem, wenn du die Sachen alle wieder anziehst."

Also verbrachte ich die nächste Stunde damit, meine Piercings zu pflegen, das Korsett anzulegen und schließlich das Ungetüm aus Keuschheitsgürtel und Schenkelbändern an mir zu befestigen und abzuschließen. Danach suchte ich mir einen weiten Rock heraus und ein paar richtig hohe (hinten 20 vorne 10) Plateausohlenstiefel. Auf ein Oberteil hatte ich noch keine Lust. Meine Brüste und die beiden dazugehörigen Piercings durften noch ein bisschen frische Luft schnappen.

Als wir in die Küche kamen, bedachte Lisa mich mit einem anerkennenden Blick.

„Du siehst gut aus, Muse."

„Danke. Das höre ich gerne."

Lisa hatte nur eine abgeschnittene Jeansshorts und ein kurzes weites T-Shirt an, das den Blick auf eine ihrer Schultern erlaubte.

„Bleibst du über das Wochenende bei uns?" wollte ich wissen.

„Ist so geplant. Warum?"

„Wenn gutes Wetter ist, sind wir vermutlich am See. Ich hätte dann endlich mal Gelegenheit, das ganze Gefieder in Ruhe zu bewundern."

„Na dann", erklärte sie mir lächelnd, „will ich deine Vorfreude aufrecht erhalten und mein Shirt an lassen."

Das Frühstück lief, wie immer, ziemlich gemütlich ab. Als sich dann irgendwann alle zu ihren Geschäften auf den Weg machten, saß ich mit Franky alleine in der unaufgeräumten Küche.

„Warum hat Berti nicht aufgeräumt? Der ist doch mit Küchendienst dran."

„Ganz einfach. Weil du hier gleich Küchendienst machst. Ich stelle noch eben die Kameras auf und dann kannst du loslegen. Währenddessen hast du Zeit, dich oben in Ruhe zu stylen. Sobald ich hier fertig bin, lass ich die Kameras laufen und geh in die Werkstatt. Wenn du hier durch bist, kommst du zu mir."

„Muss ich auf irgendwas besonderes achten?"

„Es geht im Wesentlichen um deine Fingernägel. Wenn ansonsten noch irgendwelche Sequenzen davon zu gebrauchen sind, dann ist das umso besser. Zieh dir also bitte einen Rock an, der den Blick auf die Schenkelbänder nicht dauerhaft verdecken kann."

Ich ließ mir ausgiebig Zeit ein richtig gutes Gothic-Makeup aufzulegen. Helle Grundierung, ein großes schwarzes Ornament auf meiner linken oberen Gesichtshälfte, dunkelgrauer Lidschatten und Lippen die im Zentrum glänzend dunkelrot-schwarz meliert und an den Mundwinkeln dunkelgrau waren.

In der Küche liefen mehrere Kameras. Ich musste also nur mit dem Putzen anfangen. Der Vormittag versprach einigermaßen langweilig zu werden. Und er hielt, was er versprach. Normalerweise hätte ich die Küche locker innerhalb einer Stunde auf Vordermann gebracht. Damit die Kameras mehr zu sehen hatten, ließ ich mir etwas Zeit. Irgendwann war dann beim besten Willen nichts mehr zu machen und ich konnte zu Franky in die Werkstatt gehen.

„Gut, dass du kommst. Die Gräfin hat gerade angerufen. Sie braucht dich für eine kleine Vernissage. Zieh dir eben was Längeres an und dann bring ich dich."

„Wenn du mir die Adresse gibst kann ich auch selber fahren. Ich nehme mal an, du musst mich ohnehin von dem Keuschheitsgürtel befreien."

„Muss ich nicht. Mach bitte schnell. Bei der Gräfin ist jemand ausgefallen. Das hat sie aber zu spät mitbekommen. Deshalb ist sie jetzt ein bisschen in Zeitnot."

Was sollte ich da noch diskutieren? Alles war schon festgelegt. Ich musste nur funktionieren. Kurz danach saß ich bereits im Auto und wir waren auf dem Weg zu meinem ersten Auftrag bei der Gräfin.

„Hast du eine Ahnung, was da passieren wird?"

„Nein, leider nicht. Am besten, du vertraust der Gräfin. Also einfach nur alles mitmachen und davon auch noch begeistert sein."

„Dann bin ich ja mal gespannt. Weißt du denn, wie lange das dauern wird?"

„Mit ein bisschen Glück bist du am Abend wieder da."

Nach dem Schlösschen in dem meine Ex-Schwägerin wohnte, war das Domizil der Gräfin das einzige andere herrschaftlich wirkende Gebäude, das ich in der Stadt kannte. Bisher hatte ich nur nicht gewusst, dass es zu der Gräfin gehörte. Franky ließ mich grinsend am Dienstboteneingang raus, wo ich bereits von einem etwa dreißigjährigen Mann in rotem Arbeitsoverall erwartet wurde.

„Du bist die Ersatzbuchung? Muse?"

„Bin ich."

„Du bist so komisch ausgestiegen…"

Als Antwort hob ich den Rock und ließ ihn einen Blick auf die Schenkelbänder werfen. Er wendete sich direkt an Franky, der noch abwartend im Auto saß.

„Kannst du mir bitte die Schlüssel geben? Falls wir irgendwas umdisponieren müssen, könnte das ziemlich wichtig sein."

Franky stutzte zwar einen kleinen Moment, reichte dann aber den Schlüssel weiter. Bevor ich mich darüber wundern konnte oder mich von Franky verabschieden konnte, hatte mich der Overallmann schon am Ellenbogen gefasst und freundlich, aber entschieden, Richtung Türe geschoben.

„Tut mir leid, wenn ich hier ein bisschen auf Hektik mache. Du bekommst ein ziemlich spezielles Kostüm. Der Zeitplan ist leider knapp davor zu kippen. Das will ich vermeiden."

„Kein Problem. Sag mir einfach nur, was ich machen muss."

„Mach ich, mach ich", versicherte er mir, während er mich mit schnellen Schritten durch ein paar Flure führte. Ich tat mein Bestes, mit schnellen trippelnden Schritten mitzuhalten.

„Hast du auch einen Namen?"

„Sorry, ich bin Andreas."

Er öffnete eine Türe die in eine Art Werkstatt führte.

„Zieh dich bitte komplett aus. Also zumindest alles, was du ausziehen kannst."

Das war dann nicht all zu viel. Genaugenommen waren es nur sechs Teile. Nämlich die Bluse, der Rock, zwei schenkellange Strümpfe und zwei Stiefel.

„Pass auf. Die Nummer läuft so. Ich werde dich", er schaute auf die Uhr, „in genau einer Minute in den Saal führen. Nicht erschrecken, die Gäste sind bereits da. Ich werde dich auf einer kleinen Bühne erst fesseln und dann schrittweise in ein kleines Kunstwerk verwandeln. Von dir wird nicht mehr und nicht weniger verlangt, als alles was ich mache, mit großer Ruhe zu ertragen und wenn möglich glücklich auszusehen."

„Das kenn ich bereits. Sollte funktionieren."

„Dann kann es ja losgehen. Ein letztes noch. Egal, was dir auf dem Herzen liegen sollte. Du darfst nicht reden. Auch wenn dich jemand anspricht."

„Alles klar."

Das Publikum sah überraschend gepflegt aus. Einige Herren hatten sich sogar in dunkle Anzüge geschmissen. Die begleitenden Damen trugen zum großen Teil ebenfalls Garderobe mit edlen Schnitten. Nur war, so weit ich das sehen konnte, das Material eher in der Ecke Lack, Latex und Leder angesiedelt. Ich war offenbar in einem Zirkel von Liebha-

bern von Fetischkleidung gelandet. Bei genauerem Nachdenken war das allerdings auch nicht weiter verwunderlich.

Andreas platzierte mich so auf der Bühne, dass ich mir
das Publikum weiter anschauen konnte. Im Gegenzug konnten die meine nackten Brüste, mein Korsett und die ganzen
Bänder der Keuschheitsbekleidung studieren.

Das Erste, was er mir anlegte, war ein Monohandschuh,
den er ziemlich zügig schloss. Meine Ellenbogen lagen schon
nach dem dritten Schnürdurchgang fest aneinander.

Das sollte es mit den ‚normalen' Fesseln dann schon gewesen sein. Denn jetzt drehte er eine vielleicht hüfthohe
Stange in den Boden und drückte mich sanft dagegen. Statt
mich jetzt mit Seilen an der Stange zu fixieren, holte er eine
Rolle Frischhaltefolie und fing an, mich von den Füßen aufwärts mit der Folie an die Stange zu binden. Es dauerte nicht
lange, bis ich mit eng aneinander stehenden Beinen, von
mehreren Lagen Folie umwickelt war. Er hörte mit den Wi-
ckelungen erst auf, als er unterhalb meiner Brüste angekommen war. Danach schob er noch eine Art Kasten über
meine Füße und umwickelte den ebenfalls mehrfach mit
Frischhaltefolie.

Wenn ich in einen Spiegel hätte schauen können, wäre ich
vermutlich ziemlich enttäuscht gewesen. Erotisch war mein
Anblick mit Sicherheit nicht. Es musste also noch irgendwas
kommen.

Bevor ich mir weiter Gedanken darüber machen konnte,
was das sein würde, kam schon ein zweiter Overallmann auf
die Bühne, der auf einem kleinen Wägelchen ein paar Holzplatten herein schob. Die beiden stellten die Platten um
mich herum auf und ließen stabile Verschlüsse einrasten. Ich
sah jetzt eher wie eine Pflanze in einem rechteckigen Blumentopf aus. Die nächste Karre wurde reingeschoben.
Diesmal standen ein paar Eimer darauf. Ohne große Vorrede, fingen die beiden Overallmänner an, den Inhalt der Eimer in den ‚Blumentopf' zu kippen. So langsam schwante
mir, was passieren würde. Dieses Zeug erinnerte mich sehr
an Montageschaum. Wahrscheinlich würde der jetzt in der

Blumentopfform in Ruhe aushärten und mich damit unnachgiebig fixieren.

Als die beiden aufhörten, stand mir die Oberkante vielleicht zwei Handbreit unter den Brüsten. Wahrscheinlich würde das noch ein bisschen steigen, bevor alles fest war.

Eigentlich hatte ich jetzt erwartet, dass Ruhe einkehren und die versammelten Gäste bei ein paar leckeren Cocktails auf das Aushärten der Masse warten würden.

Stattdessen kümmerte sich Andreas jetzt um meinen Kopf. Er machte mir genau oben auf dem Kopf einen Pferdeschwanz. Dann steckte er mir einen dieser nervigen Ballknebel in den Mund und befestigte ihn hinter meinem Kopf. Als Abschluss drückte er mir noch irgendwas in die Ohren und zog mir dann eine Maske über den Kopf, die nur den Bereich um die Augen und die Nase frei ließ. Mein Piercing konnte also wieder schön vor dem glänzend schwarzen Material der Maske baumeln. Als die Maske endlich saß, fummelte er noch eine Zeitlang an meinem Zopf herum. Am Ende spürte ich einen deutlichen Druck rund um den Zopfansatz und gleichzeitig einen Zug an dem Zopf. So richtig konnte ich mir keinen Reim darauf machen. Vielleicht machte ja jemand ein Foto.

Fast hätte ich es schon vermisst, aber dann kam das unvermeidliche Halsband, das vermutlich um das untere Ende der Maske gelegt wurde und natürlich am Ende abgeschlossen wurde.

Damit schien erstmal Ruhe zu sein. Jedenfalls, so weit, wie ich das wahrnehmen konnte. Insgesamt fühlte ich mich den Umständen entsprechend ganz wohl. Noch tat mir nichts weh. Der Schaum begann so langsam auszuhärten und machte dabei glücklicherweise nicht zu viel Druck auf meine Beine und den Rest meines Köpers, der in dem Brei steckte. Ich konnte mich also in aller Ruhe der Betrachtung der Gäste widmen. Dachte ich zumindest, denn dann hatte Andreas doch noch eine Kleinigkeit für mich. Er setzte mir eine extrem coole Sonnenbrille auf. Kleine runde und sehr, sehr schwarze Gläser. Natürlich so schwarz, dass ich von innen nicht durchschauen konnte.

„Falls du auf die Idee kommen solltest, jetzt deinen Kopf hin und her zu drehen, damit du irgendwie am Rand durchschauen kannst, werde ich dir ein anderes Modell aufsetzen", klärte mich Andreas in entspanntem Plauderton auf. „Also die Augen immer schön geradeaus halten."

Vom Gefühl her war ich mir dann irgendwann sicher, dass der Schaum komplett fest geworden war. Die Oberkante war noch ein bisschen gestiegen. Wenn mich mein Körpergefühl nicht trog, lag sie knapp unter meinen Brüsten. Es war ein komisches Gefühl, so vollkommen eingeschlossen zu sein. Selbst, wenn meine Arme nicht in dem Monohandschuh gesteckt hätte, wären sie unverrückbar auf dem Rücken fixiert gewesen, da sie natürlich auch bis zum Ellenbogen in dem Schaum steckten.

Als an meinem Kokon gerüttelt wurde, schien Andreas die Holzplatten wegzunehmen, die die Gussform gebildet hatten. Damit, dachte ich, wäre jetzt alles fertig und für mich würde vielleicht eine Stunde Langeweile anbrechen, bis ich wieder befreit würde. Das allerdings war ein Gedanke, der weit daneben lag.

Auf die Oberkante des frisch ausgehärteten Schaums wurde jetzt eine Platte gelegt. Danach wurde ich nach hinten gekippt und mit so etwas wie einem Sackkarren in den Saal geschoben. Scheinbar war die Stange, mit der ich verbunden war gar nicht auf dem Bühnenboden, sondern auf einer Art Palette befestigt. Wie praktisch… Jetzt kamen Hände von allen möglichen Seiten, die mir über die Brüste oder die Kopfmaske strichen. Offenbar war das der Teil mit dem ‚Sie dürfen ruhig mal anfassen'. Ich kann nicht behaupten, dass ich das auch nur annäherungsweise toll fand. Nichts gegen Franky oder irgendjemand anderen den ich kannte und dem ich vertraute. Die hätten mich jetzt ruhig so oft anfassen können, wie sie gewollt hätten. Aber bei Fremden hielt sich meine Begeisterung wirklich in Grenzen.

Gerade, als ich mich einigermaßen damit arrangiert hatte, kam die nächste Steigerung. Irgendeiner der Idioten hängte mir tatsächlich irgendwas an meine Brustwarzenpiercings. Glücklicherweise waren die bisher hervorragend geheilt. Aber eigentlich war es noch ein bisschen zu früh, um damit herumzuspielen. Einen Moment lang drehte ich sogar den Oberkörper ein bisschen hin und her, was mir (soviel konnte ich gerade noch hören) einen Applaus einbrachte. Na super. Ich wollte mich damit eigentlich gegen das Gehänge wehren und schon bekam ich Zustimmung. Ziemlich hoffnungslos.

Irgendwann ließ das Interesse dann glücklicherweise nach. Aus den Augenwinkeln konnte ich erkennen, dass ich jetzt als kleiner Abstelltisch benutzt wurde. Na super. Wie durchgedreht waren die hier eigentlich? Die Gräfin machte mit mir tatsächlich so eine Art Möbelausstellung.

Wieder über meine Augenwinkel nahm ich als Nächstes wahr, dass sich alle Richtung Bühne drehten. Vermutlich wurde jetzt das nächste Möbelstück hergestellt. Mir sollte es recht sein. Lieber noch ein bisschen blöde in der Gegend herum stehen, als riskieren, dass jemand der Anwesenden wieder anfing, an mir herumzuspielen.

Irgendwann war es dann endlich so weit. Gerade, als sich dieses charakteristische Kribbeln in meinen Beinen einstellte, das andeutete, dass ein bisschen Bewegung nicht schlecht wäre, wurde ich wieder in den kleinen Vorbereitungsraum geschoben. Nach dem Abnehmen meiner ‚Kopfbekleidung' schaute ich in das grinsende Gesicht von Andreas, der nach wie vor in seinem Overall steckte.

„Super gemacht Muse."

Ich schaute an mir herunter und sah tatsächlich, dass meine Brustwarzen mit keinen Glöckchen geschmückt waren.

„Freut mich, dass ich gut war. Noch mehr würde ich mich aber freuen, wenn du die Glöckchen abnehmen könntest. Die Piercings sind noch relativ neu. Ich habe keine Lust auf irgendwelche Komplikationen."

Nachdem Frank mir brav die Glöckchen abgenommen hatte, fing er mit seinem Assistenten damit an, mich aus meinem Blumentopfdasein zu befreien. Die Aktion lief dabei so genial wie einfach ab. Mit einer Flex schnitten sie den harten Schaum unterhalb meiner Hände bis zum Boden auf. Dabei bestand, wie sie mir versicherten keine Gefahr, dass sie mich verletzen konnten da sie genau entlang der Stange schnitten. Den Schaumstoff brachen sie von diesem Schlitz aus einfach mit so einer Art Wagenheber auf und schon stand ich mehr oder weniger frei vor ihnen. Der Rest – also alles, was um den Oberköper herum saß - dauerte etwas länger, da sie hier freundlicherweise keine Flex mehr einsetzen. Trotzdem war ich nach etwas einer halben Stunde komplett befreit.

„Wer hat eigentlich solche durchgeknallten Ideen?" wollte ich wissen, während ich meine Arme vorsichtig wieder in Gang brachte.

„Die Gräfin natürlich. Was denkst du? Wir sollen dich übrigens auch von ihr grüßen. Sie ist sehr zufrieden mit dir. Sie will dich morgen wieder hier haben. Dann wird es allerdings etwas länger werden."

„Die macht so was direkt an zwei Tagen hintereinander?"

„Warum nicht?"

Andreas zeigte noch auf einen üppig ausgestatteten Schminktisch und erklärte mir halb im Rausgehen, dass ich mir vor dem Gehen noch die Zeit nehmen sollte, mein Gesicht wieder in Ordnung zu bringen.

Als ich dann endlich wieder bei Franky im Auto saß, merkte ich, wie einiges an Anspannung von mir abfiel.

„Was für eine bekloppte Idee, jemanden mit Montageschaum zu fixieren."

„Der Phantasie sind eben kaum Grenzen gesetzt. Wie fandest du das denn?"

„Wenn ich mal nicht daran denke, dass mich die Leute zwischendurch betatschen durften, dann war das schon echt abgefahren. Aber gut abgefahren."

„Das mit dem Betatschen ist natürlich wirklich blöd. Ist bei solchen Events allerdings normal. Je nach Kostüm, wenn man das so nennen kann, ist Publikumsnähe da oder eben auch nicht. Hat alles seine Vorteile und seine Nachteile."

„Die hätten mich doch einfach auf der Bühne stehen lassen können."

„Dann wäre aber der Cocktailtisch nicht möglich gewesen. Der gehörte bei dir eben dazu. Zumindest sehe ich das so."

„Weißt du denn, was mich morgen erwartet?"

„Ich wusste auch nicht, was du heute machen solltest. Eigentlich solltest du ja bei der gesamten Performance gar nicht mitmachen. Eben, weil du noch ziemlich frisch dabei bist. Also in dieser Fetischszene."

„Aber dann ist jemand ausgefallen und schon war ich dabei", ergänzte ich.

„Genau. Und du hast dich scheinbar wieder mal gut geschlagen. Super."

Während ich seinen Oberschenkel streichelte, klärte ich ihn über mögliche Belohnungen für mich auf.

Ein paar Stunden später, als ich so langsam in den Schlaf hinüber glitt, hatte Franky zwar nicht alle Vorschläge erfüllt (meine Bekleidung war noch immer ziemlich restriktiv), aber die die er erfüllt hatte, hatte er mit absoluter Bravour erfüllt. So konnte das ruhig weiter gehen.

Ganz ohne Korsett und vor allem ohne die nervigen Schenkelbänder parkte ich meinen Beetle am nächsten Nachmittag vor dem Dienstboteneingang der Gräfin. Ohne, dass ich es mitbekommen hatte, hatte Franky mein Auto reparieren lassen. Die Motorhaube und die Schürze waren ersetzt worden, hatte er mir erklärt. Leider hatte man die Farbe, die diese Teile vorher hatten, nicht genau treffen können. Das jedenfalls erzählte mir Franky, als ich die rosa Rückansicht meines geliebten Beetles betrachtete. Natürlich glaubte ich ihm kein Wort, aber andererseits fand ich die Idee, damit auf meine bekloppte Ex-Schwägerin mit ihrem dranghaften Rosa anzuspielen, ziemlich gelungen.

Andreas, der mich bereits erwartete, schaute allerdings eher irritiert auf die Farbgestaltung. Wir gingen wieder in den gleichen Raum, in dem ich mich gestern ebenfalls vorbereitet hatte. Dort stellte er mich den beiden anderen Models vor, die sich gerade für den Auftritt fertig machten.

„Page und Pam."

„Page?" wollte ich natürlich sofort wissen, wobei ich den Namen, so wie Andreas englisch aussprach. „Hab ich noch nie gehört. Wo kommst du her?"

„Aus Deutschland. Der Name ist amerikanisch und kommt tatsächlich von ‚Diener'. Fast so, wie man es vermuten könnte, wenn man den deutsch ausspricht."

„Cool. Nomen est Omen?"

„Du hast es erfasst. Mein echter Name passt nicht so richtig zu den Jobs, die ich mache."

Ich wusste nicht so richtig, ob sie jetzt die Frage nach dem Namen erwartete oder nicht. Wenn ja, hätte sie ihn ja auch direkt nennen können.

„Und was liegt heute an?" wollte ich wissen.

„Keine Ahnung, was genau uns erwartet. Wir haben natürlich auch schon gefragt. Aber die Gräfin will uns überraschen."

Andreas zeigte auf die kleine Garderobe, an der ein paar sehr übersichtliche Kleidungsstücke hingen, so wie Page und Pam sie bereits unter ihren dünnen Morgenmänteln trugen. Ich zog mir also auch ein kurzes Röckchen und einen BH an, der meine Brüste stützte, aber nicht verdeckte.

„Du hast noch ein halbes Stündchen zum Schminken. Am Spiegel hängt ein Gesicht mit den Farbvorgaben. Wenn du einigermaßen nah dran kommst, reicht das schon", klärte mich Pam auf. „Wenn du nichts dagegen hast, kann ich dich aber auch sehr gerne schminken."

Sie war wirklich schnell und wie ich im Spiegel sehen konnte, richtig gut. Nachdem wir noch eine Viertelstunde geplaudert hatten kam Andreas zurück und legte jeder von uns ein mittelalterlich anmutendes Fesselutensil an. Er nannte es Halsgeige. Das Prinzip war eigentlich ziemlich einfach.

Zwei Holzschenkel waren mit einem stabilen Gelenk verbunden. Das Gelenk wurde im Nacken angelegt und nach dem Schließen der beiden Schenkel steckten der Hals und jedes der Handgelenke in einem eigenen Loch. Wir waren damit gezwungen unsere Hände vor uns zu halten, weil wir sonst einen sehr unangenehmen Druck auf den Hals bekommen hätten. Da die Öffnungen nicht maßgefertigt waren, bestand natürlich die Gefahr, dass wir die Hände einfach wieder nach unten herausziehen würden. Um das zu vermeiden legte Andreas uns hübsche Edelstahlhandschellen an. Die Verbindungskette lag natürlich oben auf der Halsgeige auf und damit war jeder Versuch, auch nur eine Hand rauszuziehen zwecklos.

Mein Blick auf Pam und Page belehrte mich, dass diese Art der Fesselung bei den beiden nicht die Spur von Unruhe auslöste. Also blieb ich ebenfalls ruhig und wartete auf das, was jetzt kommen würde.

„So, meine Damen. Euer Auftritt. Viel Spaß und starke Nerven."

Mit diesen Worten öffnete Andreas die Türe zum Gästeraum, der wieder gut gefüllt war. Er geleitete uns auf die Bühne und stellte jede von uns unter einen starken Scheinwerferspot. Die Gräfin, die uns bereits erwartet hatte, begrüßte uns mit einem kleinen Klaps auf den Po und einem freundlichen Lächeln.

Danach erzählte sie zu jeder von uns eine kleine Geschichte, die komplett an den Haaren herbeigezogen war, das Publikum aber unterhielt. Und das war bei solchen Geschichten schließlich die Hauptsache. Irgendwann kam sie dann endlich zum Punkt.

„Wir starten jetzt die große Verlosung."

Nach weiterer Herumrederei, schob Andreas eine Schüssel mit drei Kugeln auf die Bühne.

„Das sind die drei Vorschläge, die wir heute mit unseren bezaubernden Freiwilligen ausführen werden. Ich will Sie nicht lange auf die Folter spannen und fange sofort an. Das Los für Pam."

Sie zog die erste Kugel und öffnete sie.

„Pam wird in eine Nixe verwandelt und sich den Rest des Abends auf dem Nixensofa räkeln."

So weit ich das sehen konnte, nahm Pam das Los sehr gelassen hin. Andreas führte sie in einen anderen Bereich des Raumes, wo sie bereits von einer Assistentin erwartet wurde.

Die Gräfin zog eine weitere Kugel.

„Page wird in eine Tape-Mumie verwandelt und den Rest des Abends in unserer Mitte an dem Holzpfosten verbringen."

Wie zuvor Pam, war auch bei Page keine Panik oder sonst irgendeine negative Reaktion zu erkennen. Auf Page wartete Andreas, der sich mit einem Haufen breiten Tapebandes eingedeckt hatte. Offenbar sollte Page damit komplett eingewickelt werden. Das war dann vermutlich ein bisschen so, wie die Montageschaumnummer, die ich gestern erlebt hatte.

„Damit bleibt nur noch eine Kugel übrig."

Die Gräfin öffnete die Kugel und teilte dem Publikum mit, dass ich ein Korsettpiercing bekommen würde. Mir gelang es so gerade eben, mein Gesicht unter Kontrolle zu halten. Ich hatte keine wirkliche Lust, mich in solcher Weise malträtieren zu lassen. Der Gräfin waren meine Bedenken trotzdem nicht entgangen. Sie verkündigte also dem interessierten Publikum.

„Muse ist noch ganz neu dabei. Einige von Ihnen haben sie gestern bereits als Stehtisch bewundern können. Wir sind alle sehr gespannt, wie sie sich bei dieser neuen Herausforderung schlagen wird. Selbstverständlich habe ich vorher bei ihrem Freund, dem sie die uneingeschränkte Vollmacht über die schmucktechnische Gestaltung ihres Körpers übertragen hat, das Einverständnis für diese Aktion eingeholt. Wir können die kommenden Stunden also in vollen Zügen genießen."

Mir schoss das Blut in den Kopf. Mein Abkommen mit Franky war eigentlich niemals zur Veröffentlichung bestimmt. Der Blick der Gräfin zeigte mir allerdings sehr deutlich, dass das jetzt nicht zur Diskussion stand. Also nickte ich und rang mir, nachdem mein Blut wieder abgesackt war, sogar ein Lächeln ab.

„Muse wird direkt hier auf der Bühne bleiben."

Andreas kam wieder zurück und nahm mir die Halsgeige ab. Danach stellte er mich an ein Andreaskreuz. Nur eben nicht mit dem Gesicht zum Publikum, sondern mit dem Gesicht zu den Holzbalken. Wie bei diesem Teil üblich, befestigte er meine Handgelenke und Fußgelenke an den Balkenenden. Als letzte Aktion nahm er mir dann noch den BH ab.

„Wenn du ruhig bleibst, kommen keine Fesseln mehr dazu", flüsterte er mir ins Ohr, „ansonsten gibt es eine verschärfte Variante. Dem Publikum würde es gefallen."

Natürlich hatte ich keine Lust darauf. Schließlich war ich noch ausreichend damit beschäftigt, die letzten Minuten zu verarbeiten.

„Als Künstlerin haben wir eine absolute Topfrau gewinnen können", klärte die Gräfin das Publikum auf. „Begrüßen Sie Lisa. Eine der besten Tattoo- und Piercingkünstlerinnen, die man finden kann."

Das fehlte mir noch an Überraschungen. Nicht nur Franky, auch Lisa hatten also genau gewusst, was mich hier erwarten könnte. Dabei hatten wir uns alle noch vor ein paar Tagen darauf verständigt, dass die mir klarer sagen sollten, was ich bei den Veranstaltungen machen sollte.

„Hi Muse. Freut mich, dich so bald schon wieder zu sehen. Ist das nicht eine super Überraschung?"

„Ich bin noch ganz sprachlos. Das kannst du mir glauben", flüsterte ich als Antwort.

„Du kannst ruhig lauter reden. Erstens wendest du dem Publikum deinen Rücken zu. Es kann als niemand sehen, dass du sprichst und zweitens hört man dich ohnehin nicht."

Damit hatte sie natürlich recht. Inzwischen hatte Musik eingesetzt, die zwar nicht übermäßig laut war, aber trotzdem alles überschallte, was mehr als zwei oder drei Meter entfernt gesprochen wurde.

„Franky meinte, dass du lernen musst, mit solchen Überraschungen umzugehen. Er hat mir auch von eurem coolen Abkommen erzählt."

„Das scheint ja zum Tagesgespräch zu werden."

„Wer mit dem Feuer spielt…"

„Ja, ja, ist schon verstanden."

Etwas anderes beschäftigte mich allerdings noch mehr.

„Bleiben die Piercings eigentlich drin?"

„Nein", erklärte mir Lisa lachend. „Natürlich nicht. Die sind absolut alltagsuntauglich. Ich nehme die heute Nacht wieder raus. Die Stiche verheilen dann auch wieder. Keine Panik. Und selbst wenn die nicht spurlos verheilen sollten. Dann steche ich dir da eben ein schönes Bildchen drüber. Bleib also ganz entspannt."

Das reichte mir erstmal zum Nachdenken. Lisa fing mit ihrer Arbeit an, indem sie zunächst die Punkte auf meinem Rücken markierte, an denen sie die Piercings stechen wollte. Sie ließ sich dafür ausgiebig Zeit. Alles, was ich machen musste, war still stehen bleiben.

Endlich war sie so weit. Sie hielt mir einen ziemlich großen Ring vor die Augen.

„Davon steche ich dir zehn auf jeder Seite."

Ohne auf einen Kommentar von mir zu warten, merkte ich schon, wie sie diese altbekannte klammerartige Zange ansetzte und dann auch schon die erste Nadel durch schob. Angenehm ist anders, aber es war auszuhalten. Jedenfalls hatte ich mir den Schmerz schlimmer vorgestellt.

„Ging doch oder?" wollte Lisa von mir wissen und erklärte auf mein Nicken hin, dass eine richtig scharfe Nadel das Wichtigste überhaupt sei.

Danach arbeitete sie sich an meiner einen Körperhälfte weiter nach unten und dann an der anderen Seite wieder hoch. Zwischendurch tupfte sie immer wieder an den bereits gestochenen Ringen herum. Natürlich, ging es mir durch den Kopf, mussten die frischen Piercings noch ein bisschen bluten. Insgesamt schien allerdings alles ganz gut zu verlaufen.

Jedenfalls tupfte sie irgendwann an dem ersten Stich nicht mehr herum. Der schien also schon dicht zu sein.

Als sie ihr Piercingwerkzeug weg legte, erklärte sie mir mit sehr zufriedener, entspannter Stimme, dass bisher alles wunderbar gelaufen sei. „Ich lasse dich jetzt erstmal ein bisschen stehen und tupfe nur die letzten Piercings ab. Dann bist du auch bald schon fertig."

„Wunderbar. Ich hatte es mir im ersten Moment viel schlimmer vorgestellt", gestand ich ihr.

„Ist ja auch ein bisschen gemein, dich im Unklaren zu lassen."

Während sie immer wieder tupfte, rollte sie ein breites golddurchwobenes Band von einer Rolle ab.

„Schick, oder?"

„Traumhaft. Endlich mal keine feste, unnachgiebige Kordel."

„Natürlich nicht. Ich darf in keinem Fall so fest schnüren, dass du Zug auf die Ringe bekommst. Ist doch klar."

Sie fädelte das Band in Ruhe ein, arrangierte alles noch ein bisschen und machte mir dann über dem Bund meines Röckchens eine große Schlaufe.

„Das wäre es dann. Gleich kommt Andreas und legt dir noch ein Joch an. Dann hast du den Rest des Tages quasi frei. Es wird allerdings erwartet, dass du dich im Publikum bewegst und dich nett unterhältst."

Sie gab mir noch einen Kuss auf die Wange und verschwand dann von der Bühne. Wie angekündigt kam Andreas mit dem Joch. Das funktionierte eigentlich genauso, wie zuvor die Halsgeige. Nur waren die Hände nicht vor dem Körper, sondern jede Hand auf ihrer Seite neben dem Körper fixiert. Der Blick auf meine Brüste und vor allem auf das gepiercte Korsett war also frei und unverstellt.

Andreas half mir noch von der Bühne runter und wünschte mir dann grinsend viel Spaß. Bevor ich überhaupt die Chance hatte, mich ein wenig zurecht zu finden, kamen schon die ersten Gäste zu mir und fingen an, mit mir zu posen. Das Besondere war, dass sich natürlich alle neben meinem Rücken fotografieren ließen. Da ich das einigermaßen komisch fand, fiel es mir leicht, ein natürliches Dauerlächeln aufzusetzen. Nach dem ersten Andrang bekam ich langsam etwas Bewegungsfreiheit und schlenderte langsam durch die Menge. Ich musste dabei natürlich unheimlich aufpassen, dass ich niemandem eine Kopfnuss mit meinem Joch gab. Die Gräfin wäre mit Sicherheit ‚not amused' gewesen. Verschiedene Leute boten mir sogar zu trinken an und wollten, ohne meine Zustimmung abzuwarten schon damit anfangen, mir irgendwelche bunten Mischgetränke einzuflößen. Glücklicherweise gelang es mir, diese Art von Angriffen mit dem Hinweis „nicht im Dienst" abzuwimmeln. Das wäre noch das Letzte gewesen, wenn ich an irgendwelchen Gläsern hätte nippen müssen, an denen schon einer der Gäste herumgelutscht hatte. Nicht, dass ich nur von lüsternen alten Säcken umgeben gewesen wäre – es waren durchaus sehr attraktive Männer und Frauen dabei – aber diese Art des Fütterns war nichts für mich.

Nach einiger Zeit kam ich an dem Pfosten an, den Page wohl so bald nicht mehr verlassen würde. Sie war von Kopf bis Fuß mit knallgelbem Tape umwickelt. Man hatte ihr mal gerade die Augen und die Nasenlöcher frei gelassen. Den Ausdruck in ihren Augen, mit dem sie mich anschaute konnte ich allerdings nicht so richtig interpretieren. Er schwankte irgendwo zwischen entspannt und resigniert. Wie ich kurz danach, als ich Pam sah, feststellen musste, hatte sie tatsächlich das langweiligste Los erwischt. Als ich mir genauer anschaute, was mit Page gemacht worden war, sah ich dass die Arme direkt am Körper anlagen und ihre Beine scheinbar richtig kraftvoll aneinander gepresst waren. Sogar ihre Füße waren umwickelt und stark nach unten gestreckt. Gerade so, als ob sie Ballettboots an hätte. Wahrscheinlich hatte man sie erst auf einen Hocker gestellt, der dann, als nichts mehr verrutschen konnte, weggezogen worden war. Anders konnte ich mir das jedenfalls nicht erklären.

„Na? Gefällt dir, was du siehst?"

Die angenehme Stimme kam von der Lisa, die sich jetzt auch unter die Gäste gemischt hatte.

„Hat was. Scheint für Page nur wahnsinnig langweilig zu sein."

„So kann man es auch sehen. Dafür hat sie aber auch den Vorteil, dass es den Gästen nicht so viel Spaß macht, an ihr herumzutatschen."

„Stimmt", gab ich zu. Gleichzeitig durchschoss mich die Erkenntnis, dass ich alles andere als unattraktiv für so etwas präsentiert war. „Bisher hat man von mir allerdings noch Abstand gehalten.", flüsterte ich ihr zu. Ich wollte nicht Gefahr laufen, irgendwen zu verprellen.

„Das ändert sich allerdings in genau diesem Moment meine liebe Muse."

Lisa nahm lächelnd meine beiden Brüste in ihre Hände. Sie umgriff sie dabei von unten und näherte sich dann, immer noch lächelnd mit ihren Daumen meinen Brustwarzen.

„Das wollte ich bei dir schon vom ersten Moment an machen, an dem ich dich gesehen habe", erklärte sie mir, als sie mir endlich in die Augen sah. Scheinbar verriet mein Blick, wie angenehm mir die Berührung war. Lisas Lächeln wurde noch entspannter, während ihre Daumen weiterhin mit meinen Brustwarzen und den beiden Ringen spielten.

Erst, als sie merkte, dass wir immer mehr Aufmerksamkeit bekamen, ließ sie langsam von mir ab.

„Du gefällst mir, Muse. Du gefällst mir richtig gut."

Das Ganze hatte zwar höchstens eine Minute gedauert, aber für mich schienen sich kleine Ewigkeiten aneinandergereiht zu haben. Und ich war mir sicher, dass mir diese Ewigkeiten sehr gut gefallen hatten.

Anders als bei den Angeboten, Getränke in mich zu kippen, waren die Gäste bei Versuch, es Lisa nachzutun deutlich zurückhaltender. Ich hatte das von gestern noch ganz anders in Erinnerung. Vermutlich lag es einfach daran, dass ich dieses Mal nicht ‚blind' war.

„Vielleicht sehen wir uns gleich noch mal", hauchte mir Lisa ins Ohr und verschwand dann immer noch lächelnd im Publikum.

„Sie hat aber auch einen attraktiven Körper", war einer der Kommentare, die bis zu meinem Ohr durchdrangen, ohne dass ich den Absender sehen konnte. Als ich merkte, dass man mich in Ruhe ließ, warf ich Page, noch einen Blick zu und machte mich dann auf die Suche nach der Meerjungfrau Pam.

Pam war ein echter Hingucker geworden. Auch ihre Beine lagen eng aneinander. Wie nicht anders zu erwarten, waren sie durch einen schuppigen sehr, sehr engen Beutel zu einem langen Fischschwanz verwandelt worden. Pams Oberköper steckte in einem ziemlich rigide aussehenden Korsett. Ihre Arme waren allerdings frei beweglich. Damit war sie in der Lage, sich in verschiedenen Posen auf das große Sofa zu legen. Sie hatte immer irgendwelche Gäste neben sich, die sich mit ihr unterhielten oder sich mit ihr fotografieren ließen. Anders als bei mir, schien es ihr nichts auszumachen, wenn die Gäste sie dabei in den Arm nahmen und ihre Hände nicht bei sich behalten konnten.

Ich verkniff mir, mich zu ihr zu setzen. Zum einen wäre das wohl nicht im Sinne der Veranstaltung gewesen und zum anderen wäre von mir wegen des Joches natürlich eine erhebliche Verletzungsgefahr ausgegangen. Also ging ich weiter durch den Raum und ließ mich immer wieder in kleine Smalltalks verwickeln.

Nach einiger Zeit, trat die Gräfin wieder auf die Bühne und kündigte das nächste Highlight an.

„Verehrte Gäste, Sie dürfen jetzt durch Handheben darüber abstimmen, welches der drei Modells Ihnen am besten gefällt. Zur Belohnung bekommt die Siegerin eine zu ihrem Kostüm passende Erweiterung."

Alle wendeten sich zur Bühne.

„Ich darf um das Handzeichen für Pam, unsere wunderbare Meerjungfrau bitten."

Soweit ich das sehen konnte, hoben sich ziemlich viele Hände. Die Gräfin verschwendete keine Zeit damit, die Stimmen durchzuzählen. Stattdessen bedankte sie sich und bat um die Handzeichen für die Mumie Page.

Es hoben sich deutlich weniger Hände.

„Das stelle ich immer wieder fest. Liegt wohl daran, dass Page nicht damit punkten kann, sich mit Ihnen zu unterhalten.", erklärte die Gräfin lächelnd das schlechtere Abschneiden.

„Dann bitte ich jetzt um Ihr Voting für Muse, die sich mit ihrem frischen Korsettpiercing unter Sie gemischt hat."

Wieder gingen viele Hände nach oben. Wie zuvor bei Pam von einigen Rufen untermalt.

„Ich stelle fest, dass Pam und Muse exakt gleich viele Stimmen bekommen haben. Unter diesen Umständen will ich mich natürlich großzügig zeigen. Beide bekommen ihre Erweiterung."

Das Publikum war, wie nicht zu überhören war sehr zufrieden mit der Entscheidung. Die Gräfin bat mich zurück auf die Bühne und gestattete Pam da liegen zu bleiben, wo sie gerade war. Ein schaler Gag, der aber trotzdem freundlich belacht wurde.

Also arbeitete ich mich wieder zur Bühne vor, wo mich Lisa bereits erwartete.

„Wie schön, dass du gewonnen hast. Ich wäre echt traurig gewesen, wenn nicht."

Andreas nahm mir das Joch ab und ich hatte zum ersten Mal seit langer Zeit die Gelegenheit, meine Arme ein bisschen in Schwung zu bringen.

„Was passiert jetzt?" wollte ich von Lisa wissen.

„Ach, lass dich doch einfach überraschen. Als erstes müssen deine Arme verschwinden. Dafür habe ich dir ein sehr dekoratives Fesselutensil aus Frankys Werkstatt mitgebracht."

Sie legte mir eine breite Schelle um den ersten Oberschenkel. An der Schelle war vermittels einer kurzen Kette eine weitere Schelle angebracht, die sie mir um das zugehörige Handgelenk legte. Die gleiche Prozedur wiederholte sie auf der anderen Seite. Die Fessel war so bemessen, dass ich, ohne den Rücken krümmen zu müssen, die Arme entspannt herunterhängen lassen konnte. Mehr aber auch nicht.

„Sieht toll aus", versicherte sie mir. „Jetzt musst du dich nur noch auf den Barhocker hier setzen und dann ist erstmal wieder Stillhalten angesagt."

Also kletterte ich mit ihrer Unterstützung auf den Stuhl und wartete dann ab, was sie machen würde. Wieder wurde der Tisch mit den Piercingutensilien herangeschoben. Ich zählte acht Ringe.

„So. Ich werde dir jetzt sagen, was du bekommst. Und konzentriere dich dabei auf deinen Gesichtsausdruck. Positiv geht immer. Negativ wird bestraft. Alles klar?"

„Alles klar", nickte ich lächelnd.

„Ich werde dir jetzt ein Halskorsett stechen."

„Super", brachte ich ein bisschen zu euphorisch raus. Das lag wahrscheinlich daran, dass ich mich zu sehr auf ‚positiv geht immer' konzentriert hatte. Erst, als ich verstand, was sie machen wollte, legte sich mein Überschwang. Glücklicherweise hatte ich meine Mimik im Griff.

„Du musst nur ein bisschen nach oben schauen. Ich steche die Ringe halb seitlich am Hals. Das habe ich schon öfters gemacht. Wenn man die Haut gut wegzieht und ansonsten sehr umsichtig bleibt, dann ist das alles kein Problem. Und ich kann dir versprechen, dass das Endergebnis echt hammermäßig aussieht."

„Leg einfach los. Ich bin schon sehr gespannt", versuchte ich einigermaßen überzeugend rüber zu bringen.

Wie vorher an meinem Rücken, verbrachte sie zunächst einige Zeit damit, meinen Hals zu vermessen und die Punkte zu markieren, an denen sie die Ringe setzen wollte. Dann kam wieder die Zange zum Einsatz. Langsam und hochkonzentriert setzte sie einen Ring nach dem anderen.

Am Ende nahm sie wieder das goldene Band. Anders, als von mir erwartet, verband sie die Ringe aber nicht vorne, sondern hintenrum über den Nacken. Ich trug also ein goldenes Halsband, dem das vordere Stück fehlte. Die Ringe lagen damit flach am Hals an und wurden, wie sie mir später auf einem Foto zeigte, von dem Band nach hinten gezogen.

Dem Publikum, das reichlich applaudierte, gefiel es. Zum Abschied drückte Lisa mir einen Kuss auf meine Lippen und brachte mich dann wieder runter zu den wartenden Gästen.

Damit fing für mich wieder entspanntes Schlendern durch die Reihen an. Diesmal wirklich entspannt, weil ich mich nicht mit dem sperrigen Joch herumschlagen musste. Dass ich meine Hände nicht heben konnte war im Vergleich schon fast angenehm.

Als ich an dem Pfosten vorbeikam, an dem Page ‚klebte', machte sich Andreas gerade an dem Tapeverband zu schaffen. Offenbar hatte Page ihren Auftritt bald hinter sich. Andreas schnitt den Verband von unten nach oben mit einer Schere auf. Als Page wieder auf ihren eigenen Füßen stand, konnte er bis auf den Teil am Kopf, den gesamten Kokon abnehmen. Scheinbar hatte er als unterste Lage wieder Frischhaltefolie benutzt. Jedenfalls klebte nichts an Page Haut. Danach führte er sie mit dem immer noch getapeten Kopf aus dem Raum.

Für Pam, in deren Richtung ich mich danach durcharbeitete, war der Job natürlich noch nicht beendet. Sie hing jetzt an einem Gestell, dass ein gutes Stück zur Decke hochgezogen war. Ihre Aufgabe war es jetzt ihren Körper möglichst anmutig hin und her zu bewegen. Scheinbar sollten die Gäste den Eindruck haben, dass sie gerade durch die Weiten des Ozeans schwamm. Ich fand das eigentlich ziemlich albern. Für Pam und auch die Gäste war der vorherige Zustand mit Sicherheit angenehmer gewesen. Aber, wir wurden für das bezahlt, was die Gräfin für richtig hielt. Insofern war natürlich alles ganz toll.

Der Rest des Abends brachte glücklicherweise keine weiteren ‚Preise' mehr. Lisa hatte also keine Gelegenheit mehr, mir noch mehr Piercings zu verpassen. Irgendwann verschwanden immer häufiger einzelne Pärchen oder auch kleine Gruppen in irgendwelchen anderen Räumen. Als es spürbar leerer geworden war, holte Lisa mich heraus und setzte mich in den Vorbereitungsraum.

„Dann will ich dir die Ringe mal wieder rauspulen", verkündete sie mir mit ihrem immer noch anhaltenden Dauerlächeln. Das ging dann um einiges schneller als das Stechen.

„Am besten, du lässt einfach Luft dran. Dann heilen die Stiche am schnellsten. In ein paar Tagen sollte das dann eigentlich gegessen sein."

„Du meinst ich soll jetzt ein paar Tage lang Luft dran lassen?" wollte ich mit einiger Hoffnung in der Stimme wissen.

„Ja?... Das ist das, was ich gerade gesagt habe. Warum freust du dich so?"

„Dann kann ich leider kein Korsett anziehen. Wie schön."

„Wenn du die nicht tragen willst, musst du das doch nur sagen."

„Im Prinzip schon. Ist aber auch wieder ein bisschen komplizierter. Grace meint, dass die Korsetts für die Messe ganz wichtig sind. Je mehr ich die trage, umso besser und natürlicher bewege ich mich damit. Es macht ja auch Spaß, die zu tragen. Das ist nicht das Problem. Nur quasi im 24 Stunden-Dienst ist das nicht immer so toll."

„Noch so ein Abkommen?" wollte Lisa zweifelnd wissen.

„Ja schon. Ich übertreibe ein bisschen oder?"

„Musst du selber wissen", antwortete sie mir achselzuckend. „Mir scheint nur, dass du nicht sonderlich lange nachdenkst, bevor du so eine Abmachung eingehst."

„Vermutlich hast du recht. Trotzdem habe ich bislang nichts bereut. Du müsstest mal wissen, wie ich vorher gelebt habe. Im Vergleich zu heute, weiß ich gar nicht mehr, wieso ich nicht vor lauter Langeweile eingeschlafen bin."

„Ernsthaft? Du hast vorher miefig bürgerlich gelebt? So mit allen Schikanen? Immer aus dem Ei gepellt? Dem Mann die Pantoffeln hinterher getragen? Die ganze Nummer?"

„Ja", nickte ich lachend. „Ich kann es mir schon selber nicht mehr vorstellen. Dabei ist es mal gerade drei Wochen her. Der Wahnsinn."

„Allerdings. Aber du hast vorher schon auch Schmuck getragen."

„Du meinst die Sorte, die durch Löcher gesteckt wird?"

„Genau die."

„Ja klar. Ich habe in jedem Ohr… Lass mich nachdenken." Ich zog die Stirn in Falten und schaute zum Zwecke der besseren Konzentration an die Decke. „Also, wenn ich mich nicht verzähle, dann habe ich ein Loch auf jeder Seite gehabt."

„Oh", antwortete sie lachend. „Dann warst du ja ein richtiger Freak. Ob du vorher schon ein Tattoo hattest, brauche ich dich nicht zu fragen, oder?"

„Fragen kannst du mich schon. Aber die Antwort ist so, wie du vermutest. Das Gleiche gilt für die Art mich zu kleiden, für meine Fingernägel, für meine Haare. Keine Ahnung, wahrscheinlich für einfach alles, was du an mir siehst."

„Und du bist noch lange nicht fertig mit deiner Verwandlung. Das wird ja noch richtig aufregend."

„Das will ich hoffen."

Einfach nicht nachdenken

Ich räkelte mich ausgiebig, bevor ich mich aus dem Bett pellte. Nachdem ich die beiden Säckchen über meinen Fäusten mit den Zähnen aufgerissen hatte, war ich vollkommen frei. Kein Gang zum Zeitschlosssafe. Nichts.

„Nur, wer Nächte in Fesseln verbracht hat, weiß eine Nacht ohne Fesseln zu schätzen", klärte mich Franky auf.

„Und genau das tu ich gerade. Fantastisch. Am Morgen eines wunderbaren Sommertages in einem lichtdurchfluteten Zimmer aufstehen ist ja schon für sich super. Dann auch noch so ganz ohne Bewegungseinschränkungen. Einfach nur noch geil. Ich glaube, ich lasse mir von Lisa im Wochentakt solche Piercings stechen", schlug ich lachend vor. „Dann habe ich das jeden Tag."

„Nix da. Ohne Fesseln wanderst du im Bett viel zu viel herum. Das kann ich auf Dauer nicht dulden."

Vorsichtshalber vergewisserte ich mich mit einem Blick, dass Franky die letzte Bemerkung nicht ernst gemeint hatte.

Zum Frühstück zog ich Pumps und eines seiner T-Shirts an. Der Tag würde wunderbar werden.

„Hy Muse", begrüßte mich Berti, der mit Grace und Lisa bereits das Frühstück vorbereitet hatte. „Ich habe gehört, du warst mal wieder der Knaller?"

„Oh. Hat Lisa geplappert?"

„Klar habe ich geplappert", erklärte mir Lisa. „Und die Gräfin hat auch geplappert. Sie hat sich ausdrücklich bei mir und meinem Supermodell bedankt. Hat sie mir heute noch mal gesimst."

„Na dann… Freut mich. Ich nehme an, dass das Event bei ihr jetzt vorbei ist?"

„Nein. Ist es nicht, aber du hast heute frei", schaltete sich jetzt auch Franky in das Gespräch ein. „Deshalb sind Arndt und Alva heute ausnahmsweise arbeiten. Heute werden viele Klamotten aus Arndts Kollektion vorgeführt. Das ist für ihn ein ziemlich wichtiger Termin. Unter den Gästen sind eine Menge sehr wohlhabender Leute mit vielen Kontakten."

„Und wir machen uns einen entspannten Tag am See?"

„Genau das. Jeder macht wozu er Lust hat."

Ich warf automatisch einen Blick zu Grace, die mich bereits abwartend anschaute.

„Und du Grace? Hast dann wohl auch Lust heute mal nichts zu machen?"

„Ich habe auch frei. Irgendjemand muss sich ja auch um Berti kümmern."

Nach einer fast fesselfreien Nacht wartete tatsächlich ein fesselfreier Tag auf mich. Nach dem Frühstück ging ich als erste zum See, cremte mich ausgiebig ein und nahm ein Bad in der noch nicht ganz so heißen Sonne. Lediglich den Arm mit den neuen Tattoos steckte ich in einen ellenbogenlangen Handschuh. So ein Glück, wenn man mit Tätowierern zusammenwohnt. Beide hatten mich nach dem Frühstück gewarnt, dass sonst die Farben kaputt gehen könnten. Der Rest von mir war dann allerdings komplett unbedeckt und es war einfach nur himmlisch, mit weit ausgestreckten Armen und Beinen auf der weichen Decke zu liegen, die Augen zu schließen und vor sich hin zu träumen.

Als Lisa dazu kam, die ebenfalls ein textilienfreies Sonnenbad nehmen wollte, tat sie mir den Gefallen, sich ausgiebig betrachten zu lassen. Eines der Highlights, das bisher verdeckt geblieben war, war der prächtige pfauenähnliche Phantasievogel auf ihrem Rücken. Das Tier saß auf einem Ast, der quer über ihrem Gesäß lag. Der Vogel hatte bereits zum Abflug seine Flügel hoch erhoben. Die Spitzen der Flügel endeten auf Lisas Schulterblättern. Die Flügel bestanden allerdings nicht aus normalen Federn, sondern ähnelten eher Flügeln wie sie manchmal von Revuetänzerinnen getragen werden. Sie wirkten, als ob sie aus Federboas zusammengesetzt wären. Einige der Federn fielen, wie vom Wind zerzaust, auf ihre Schultern über die eigentlichen Flügelspitzen hinweg.

Der Köper des Vogels bestand aus ‚normalen' Federn. Der Kopf war dann wieder von mehren Federboas gekrönt, die sich um Lisas Hals schlangen. Damit war also endlich erklärt, wo die prachtvollen Federn her kamen, die sie so unübersehbar zierten.

Fast hätte ich meinen Blick von diesem Kunstwerk nicht mehr lösen können.

„Mir will scheinen, dir gefällt, was du siehst?" wollte Lisa wissen.

„Das ist richtig, richtig gut."

Ich musste mir eingestehen, dass ich es sogar so gut fand, dass ich ziemlich eindeutige erotische Gefühle bekam. Das wurde nicht weniger, als ich die Ringe sah, die in ihren haarlosen Schamlippen steckten.

„Anfassen erlaubt."

Das war das erste Mal in meinem Leben, dass ich eine Frau an dieser Stelle berührte. Was das bei mir auslöste, konnte ich nicht beschreiben. Zum einen, weil es so überwältigend war und Lisas Körper deutliche Zeichen aussandte, dass sie es sehr angenehm fand. Zum anderen war hinter mir ein gut vernehmbares Räuspern zu hören.

„Ich hoffe, ich störe nicht?"

Lisa reagierte auf das überraschende Auftauchen von Franky vollkommen entspannt. Mir dagegen fuhr der Schreck durch die Glieder.

„Hy Franky", meinte Lisa lachend, „wie kommst du auf die Idee, dass du stören könntest?"

„War der einzige Spruch, der mir gerade eingefallen ist", gab er ihr zur Antwort.

„'Habt ihr noch ein Plätzchen frei?', wäre auch eine Möglichkeit gewesen."

„Mir ist im Moment aber nach Entspannung."

Lisa, die die ganze Zeit gestanden hatte, ließ sich neben mir auf meiner Decke nieder. Für Franky schien das nicht die Spur eines Problems zu sein. Er breitete seine Decke ein Stückchen entfernt von uns aus. Mein Blick verriet offenbar mal wieder alles, was gerade in meinem Kopf herumspukte.

„Du siehst so aus, als ob du irgendwas nicht verstehst Muse", wollte Franky wissen, wartete aber gar nicht erst auf eine Antwort von mir. „Mit der Liebe ist es für mich eigentlich ganz einfach. Wenn du auch auf Frauen stehst, ist es wichtig, dass du das auch ausprobierst. Nach den letzten Wochen habe ich keine Anlass zu glauben, dass deine Gefühle für mich nur vorgespielt waren. Insofern: Einfach kein Problem draus machen. Das wäre nämlich sonst wirklich ein Problem."

Trotz dieser sehr toleranten Ansage, die ich so nicht erwartet hätte, war meine Gefühlswelt noch lange nicht wieder im Lot. Die Lust an Lisas Köper war genauso verschwunden, wie die normaleweise vorhandene Lust, mich zu Franky zu legen.

„Mir scheint, du bist ein bisschen verwirrt, Muse", versuchte mir Lisa aus der Klemme zu helfen.

„Keine Ahnung. Ja, klar bin ich das. Ich habe mir vorher noch gar keine Gedanken darüber gemacht."

„Dann fang jetzt auch nicht damit an", maulte Franky von der Seite. „Ich habe doch gerade noch gesagt, dass du am besten kein Problem draus machst."

„Macht sie ja auch nicht", versuchte Lisa mich in Schutz zu nehmen und wendete sich dann etwas leise direkt an mich. „Einer der Gründe, weshalb ich gerne die Einladungen von Berti annehme, ist der, dass hier alle ziemlich frei und ungehemmt im Umgang mit Fragen zum Sex sind. In deinem Fall wäre auch überhaupt nicht auszuschließen, dass wir mal einen flotten Dreier mit Franky machen. Genauso ist es vollkommen in Ordnung, wenn wir beide uns etwas näher kommen. Wie Franky schon gesagt hat: Nur Nachdenken ob das alles so richtig ist, das kann hier keiner haben."

„Ja, verstehe ich. Im Moment muss ich das aber erstmal ein bisschen verarbeiten. Schließlich bin ich das arme Kind, das aus bürgerlichen Verhältnissen kommend auf einmal in diesem kleinen Paradies hier gelandet ist", fügte ich lächelnd hinzu. Die Zeit zum Verarbeiten wollte mir Lisa allerdings nicht geben.

„Dreh dich mal auf den Bauch. Ich will mir anschauen, ob die Einstiche von gestern alle gut heilen."

Das tat sie dann auch. Es war sehr schön und es wurde im Laufe des Tages noch schöner, als Berti und Grace sich ebenfalls zu uns gesellten. Irgendwann holten Berti und Lisa dann ein paar ihrer speziellen Stifte und fingen an, auf meinem Rücken einige Entwürfe auszuprobieren. Auf meinen Wunsch, mich auch mal schauen zu lassen, reagierten sie allerdings nur lachend, indem sie mir irgendwas von Überraschungen erzählten. Ich war mir zwar sicher, noch niemandem freie Hand für meine Tattoos gegeben zu haben, aber die Art, wie ich als Leinwand im Mittelpunkt des Interesses stand, schmeichelte mir dann doch ein bisschen zu viel. Ich ließ es also einfach geschehen. Noch waren es ja auch nur Entwürfe.

Workshop bei Grace

Eine weitere Nacht ohne nennenswerte Fesseln lag hinter mir, als die anderen mir mal wieder als Letzter mitteilten, was ich heute erleben würde.

Die erste Fahrt in meinem Beetle führte mich zu Alva. Sie ersetzte die übermäßig langen Stilettos durch sehr moderate Standardnägel, die mal gerade einen halben Zentimeter über die Fingerkuppen hinausragten. Danach ging er zu Grace. Sie hielt einen Bondageworkshop ab, bei dem ich als ihr Modell dienen sollte. Diesmal war das ursprünglich geplante Modell nicht kurzfristig ausgefallen. Wie Grace mir mitteilte, hatte sie meine Buchung mit den anderen Bewohnern der WG schon vor einiger Zeit klar gemacht. Mich darüber aufzuregen, fühlte ich mich, vor allem nach so einem geilen Tag am See, nicht in der Lage. Sollten die ruhig weiter ohne mich darüber bestimmen, was ich zu tun hatte. Hauptsache die Jobs waren okay. Und das waren sie bisher.

Als Kleidung gab Grace mir einen einfachen, schwarzen, einteiligen Gymnastikanzug. Meine Haare ließ ich unter einem eng gebundenen Tuch verschwinden. Damit hatten die Teilnehmer immer freie Sicht auf alle Stellen, an denen möglicherweise irgendwelche Knoten liegen konnten. Bis dahin war alles wunderbar. Der einzige Störfaktor waren die Ballettboots in Stiefelettenausführung. Grace stellte sie mir mit genau dem freundlichen Gesichtsausdruck hin, der nichts anderes bedeutete als „Dann wollen wir mal sehen, wie gut du in der letzten Zeit trainiert hast". Da Diskutieren ohnehin nichts gebracht hätte, nahm ich es als Herausforderung an und schnürte mich in die unpraktischen Teile ein.

„Abschließen ist überflüssig", erklärte sie mir, „da du, sobald der Workshop angefangen hat, ohnehin keine Gelegenheit mehr hast, die auszuziehen."

Zu meiner Erleichterung fand ich nach ein paar Schritten wieder zu der Sicherheit zurück, die ich mir vor ein paar Tagen so hart erarbeitet hatte. Die Show konnte also beginnen.

Die erste Figur bestand einfach darin, dass meine Unterarme fest mit den jeweils dazugehörigen Oberarmen verbunden wurden. Danach mussten die Teilnehmer diese Fesselung mit ihren Partnern nachbauen. Meine Aufgabe war es, von Pärchen zu Pärchen zu gehen und aus nächster Nähe betrachten zu lassen wie die Seile lagen. Meiner persönlichen Meinung nach konnte das eigentlich nicht so furchtbar viel bringen, weil es viel mehr darauf ankam, wie man die Knoten legen musste, als die fertigen Knoten zu betrachten. Aber das war natürlich nicht mein Problem. Ich ging also brav zwischen den Pärchen hin und her.

„Damit hat Muse jetzt natürlich noch immer die Möglichkeit mir ihren Armen, zum Beispiel ihre Brüste zu verdecken", erklärte Grace, als alle so weit waren. „Mach das mal Muse. Du hast zwar jetzt keine nackten Brüste, aber es ist ja auch nur ein Workshop."

Also nahm ich meine Arme vor der Brust zusammen. Ich sah damit wie ein Boxer aus, dessen Abwehr eine Etage zu tief gerutscht war.

„Wenn ihr eurer Partnerin diese Möglichkeit nehmen wollt, könnte ihr die Fesselung erweitern, indem ihr hinter dem Rücken eine Verbindung schafft."

Grace fing an, mit einem Seil durch mehrfaches hin und her stecken eine mehrlagige Verbindung zwischen meinen Armen zu schaffen. Währenddessen erklärte sie, wie die Knoten zu setzen waren und ließ natürlich wieder viel Zeit verstreichen, damit jeder mitkommen konnte.

„Der Nachteil an dieser Verbindung ist ganz deutlich zu sehen. Die Verbindung liegt in Kopfhöhe. Damit besteht theoretisch die Möglichkeit, den Kopf irgendwie durchzustecken und damit diesen Teil der Fesselung aufzuheben. Das muss natürlich verhindert werden."

Sie nahm ein neues Seil, und ließ durch einen entsprechenden Knoten genau auf der Hälfte eine Schlinge entstehen, die sie mir um den Hals legte. Der Knoten lag danach ein kleines Stückchen über meinen Brüsten und die beiden losen Enden baumelten von dort aus bis zum Boden runter.

Acht Meter Seil – die Standardlänge für Bondage, wie ich gelernt hatte – mussten erstmal aufgebraucht werden. Von meinem Schlingenkoten an, machte Grace dann etwa alle zwanzig Zentimeter einen neuen Knoten. Danach zog sie mir das Seil zwischen den Beinen durch, führte es am Rücken wieder hoch und verband die beiden Enden schließlich straff mit den Querverbindungen meiner Ellenbogen.

Ihrem Lächeln konnte ich entnehmen, dass ihr nicht entgangen war, dass einer der Knoten meine Schamlippen quasi halbierte.

„Ihr seht: Jetzt ist kein Entrinnen mehr möglich." Zur Demonstration zog sie an den Seilen herum und machte mir das Leben damit nicht wirklich einfacher. Schließlich musste ich das mit meinen Ballettboots alles irgendwie abfangen.

„Wenn ihr es noch stabiler machen wollt, dann könnt ihr euch noch eine schöne Verbindung zwischen dem vorderen und dem hinteren Seil überlegen. Durch die Knoten, die ihr da verteilt habt, könnt ihr ziemlich stabile und schicke Kreationen entwickeln. Das können wir heute allerdings leider nicht mehr vertiefen."

Mein Blick auf die gefesselten Teilnehmerinnen vor mir, zeigte mir, dass die eine oder andere sehr bald anfangen würde herumzumeckern. Ich war gespannt, was Grace dann machen würde. Der Gang durch die Reihen war mit diesem ganz besonderen Knoten um einiges unangenehmer als zuvor. Der Stimmung der angehenden Fesselkünstler tat das natürlich keinen Abbruch. Sie waren alle mit ziemlich unterschiedlichen Grundfertigkeiten ausgestattet. Es gab ein rein weibliches Pärchen, bei dem jeder Knoten wie von selber zu kommen schien. Andere wiederum riefen immer wieder Grace oder mich zu sich. Als die Knoten endlich überall saßen, war bereits mehr als eine Stunde vergangen.

Danach wurden alle Seile gelöst und jede von uns durfte die Arme wieder in Gang bringen.

„Als nächstes möchte ich euch den Brustharness zeigen. Der Harness selber ist dabei genau genommen noch keine

Fesselung. Seine Aufgabe ist es als Befestigung von anderen Fesselungen zu dienen."

Grace halbierte wieder eines der Bondageseile und legte die Schlaufe auf meinen Rücken quer zwischen die Schulterblätter. Dann führte sie das Doppelseil einmal um meinen Oberkörper herum, wobei sie darauf achtete, dass es oberhalb meiner Brüste verlief. Sie drehte mich mit dem Rücken zum Publikum und zeigte, wie sie die beiden Seilenden durch die Schlaufe führte. Danach ging es noch einmal um den Oberköper. Diesmal unterhalb der Brüste. Nach dem neuerlichen Verknoten am Rücken wurden die Seile noch ein letztes Mal komplett herumgeführt und wieder verknotet.

„Jetzt führt ihr das Seil über die Schulter und vorne unter den Seilen hindurch, die über der Brust liegen. Dann am unteren Seil einmal unten durch, oben wieder zurück, einmal verdrehen", dabei zeigte sie, wie sie das Seil unter dem von oben kommenden Stück durchschob, „und über die andere Schulter wieder zurück zum Rücken. Ihr habt jetzt nur noch ein kurzes Doppelseil übrig. Das wird verknotet und fertig."

Zur Demonstration packte sie an meinem Rücken in die Seile und zog mich daran hin und her. Da ich dadurch natürlich wieder dicke Probleme mit meinen Ballettboots bekam, stieß ich unwillkürlich einen missmutigen Laut aus, der bei Grace nicht gut ankam.

„Reiß dich gefälligst zusammen Muse", war ihr motivierendes Raunen in mein Ohr.

Da ich mich vor dem Kurs nicht mit ihr auseinandersetzten wollte, biss ich die Lippen zusammen und ging brav einmal durch die Teilnehmergruppe, um mich aus der Nähe betrachten zu lassen. Genau der, der die Knoten mit Abstand am schlechtesten kapierte, grinste mich dabei fett an und meinte, das ich mir in Zukunft besser überlegen sollte, ob ich, zumal mit den Schuhen, überhaupt für so eine Veranstaltung geeignet wäre, wenn ein bisschen Herumgezuppel der Meisterin schon so ein Problem für mich wäre.

„Für dich ist diese Veranstaltung jedenfalls mehr als überfällig", gab ich ihm zur Antwort. „Wenn du noch nicht mal in der Lage bist einen einfachen Brustharness zu knoten, möchte ich nicht wissen, mit was für Knoten, du deine Freundin normalerweise belästigst. Und was meine Schuhe angeht: Wenn die dir nicht gefallen, dann wende dich an Grace. Es war ihre Wahl."

Bevor er mir eine Antwort geben konnte, drehte ich mich um und ging weiter meine Runde durch den Raum. Dabei war ich mit Gedanken immer noch bei diesem Vollidioten. Selber nichts auf die Reihe bekommen aber bei anderen rummeckern. Das war genau die Art, die mich regelmäßig auf die Palme brachte.

Grace, die von dem kleinen Disput nichts mitbekommen hatte, rief mich irgendwann wieder auf die Bühne zurück. Soweit ich mitbekommen hatte, war die Partnerin meines „Lieblingsteilnehmers" von Grace komplett neu verschnürt worden.

„Jetzt gebe ich euch ein Beispiel dafür, was ihr an dem Harness befestigen könnt. Wie immer fängt der Knoten damit an, dass ihr ein Seil doppelt nehmt. Eure Partnerin legt die Arme auf dem Rücken zusammen. Handgelenk auf Handgelenk." Sie schaute prüfend in die Runde. „Jetzt legt ihr das Ende mit der Schlaufe zweimal um die beiden Handgelenke und macht dann den folgenden Knoten."

Um den Knoten zu demonstrieren, führte sie ihn ein paar Mal langsam durch. Nach meinem Gefühl hätte ich mit etwas Mühe noch die Chance gehabt, meine Hände rauszuziehen.

„Die losen Enden verbindet ihr jetzt mit dem Brustharness, der am Rücken reichlich Anknüpfpunkte bietet. Wichtig: Achtet darauf, dass ihr die Arme eurer Partnerin nach oben drückt. Dadurch wird die Handgelenksfesselung erst wirksam. Schön hoch ziehen."

Das tat sie dann bei mir auch vorbildlich. Die Folge war, dass ich feststellte, dass die Kraft, mit der ich die Arme hätte auseinanderziehen können, tatsächlich verschwand.

Natürlich wurde auch jetzt wieder die Runde durchs Publikum gemacht. Mir gelang es erfolgreich, meinen „Lieblingsteilnehmer" auszulassen. Wie ich dann aber schnell merkte, hatte er mir meine Antwort noch nicht verziehen.

„Grace", wollte er wissen. „Wie lange hält man das in so einer Fesselung aus?"

„Fast unbegrenzt, Paul. Du musst eigentlich nur darauf achten, dass die Durchblutung in Takt bleibt." Grace schaute kurz zu mir und verkündete diesem Paul dann: „Wir machen jetzt ohnehin erstmal Mittag. Ihr könnt also die Knoten wieder lösen. Bei Muse lass ich sie dran. Sie kann dir dann nach dem Essen erzählen, wie es war."

„Sehr gute Idee." Und in meine Richtung fügte er mit ziemlich eindeutigem Lächelnd „Danke Muse", an.

Als alle in den Nebenraum abschoben, wo ein kleines Buffet stand, hielt mich Grace zurück.

„Du machst hier ein paar Gehübungen."

„Du kannst mich ruhig auch füttern. Was für eine blöde Idee gerade für den größten Versager in dem Kurs so ein Extrabrötchen zu backen. 'Bei Muse lass ich das mal dran'", äffte ich sie nach.

„Du spinnst ja wohl."

Ohne weitere Diskussion rammte sie mir einen Knebel in dem Mund und zog das Band am Hinterkopf straffer als nötig fest. Danach zog sie einen Stuhl heran und knotete mich in Windeseile daran fest. Kaum fünf Minuten nach meinem letzten Ton saß ich breitbeinig auf dem Stuhl und musste erstmal überlegen, ob es überhaupt noch irgendetwas gab, das ich bewegen konnte.

Grace winkte mir noch lächelnd zu und ging dann zu den anderen. Ich konnte mich also darauf einstellen, die nächste Zeit alleine und unbeweglich auf einem Stuhl zu sitzen. Und das nur, weil an dem Kurs ein einziger Volltrottel teilnahm dem ich genau das gesagt hatte.

Bevor ich mich beruhigt hatte, wurde die Türe wieder geöffnet und vorsichtig geschlossen. Paul, also genau der, der mir das eingebrockt hatte kam blöde grinsend auf mich zu.

„Du hast dir den falschen Gegner ausgesucht, Muse", verkündigte er mir lächelnd. „Mir erzählt man nicht, dass ich irgendetwas nicht richtig mache. Damit du dir das merkst, werde ich mich kurz ein bisschen um mich kümmern."

Das hörte sich nicht gut an. Ohne Nachzudenken, fing ich an, durch meinen Knebel zu schreien, was Paul nur mit noch mehr Heiterkeit kommentierte. „Die hören da draußen Musik. Es ist sinnlos. Außerdem werde ich nichts Schlimmes mit dir machen. Keine Angst."

Er ging zu seinen Sachen an der Wand und kam mit einem kleinen Köfferchen zurück.

„Das habe ich immer dabei. Ist so eine Art permanenter Drohung für meine Freundin."

Stolz zog er einen ziemlich kräftig aussehenden Elektrorasierer aus dem Koffer hervor. Ohne ein weiteres Wort setzte er den Rasierer an meinem Nacken an und schob ihn langsam nach oben. Natürlich versuchte ich mich durch Kopfschütteln zu wehren aber er hielt mich an den Haaren erbarmungslos fest. Mir blieb also nur, in den Knebel zu schreien. Nach ein paar Minuten war alles vorbei. Er hatte auch nicht versäumt, mir die gerade nachwachsenden Augenbrauen wieder zu rasieren. Danach fegte er die Haare zusammen und ging in aller Ruhe zurück zu den anderen.

Ich hatte keine Idee, wie das weiter gehen sollte. Jedenfalls konnte der mir nicht einfach eine Glatze rasieren. Grace musste ihn mindesten aus dem Kurs schmeißen und noch Schmerzensgeld für mich verlangen.

Irgendwann ging endlich die Türe wieder auf und die Teilnehmer kamen der Reihe nach herein um mich zu begutachten. Keiner von denen war irgendwie schockiert. Am wenigsten natürlich Paul, der sein fettes Grinsen gar nicht mehr aus dem Gesicht herausbekam. Als alle genug geschaut hatten ergriff Grace das Wort.

„Jetzt habt ihr hier ein Beispiel gesehen, welche Macht ihr über eure Partnerinnen habt, wenn diese sich einmal in eure Hand gegeben hat. Nach meiner Erfahrung ist Haare abschneiden bei vielen Frauen ein wirklich großes Problem. Wie nicht zu übersehen ist, hat Muse damit ebenfalls Probleme. Nun kann man natürlich einfach sagen, dass Haare wieder nachwachsen und dass Frauen mit Glatze auch wirklich sehr gut aussehen können. So wie Muse zum Beispiel. Trotzdem zählt das für eure Partnerin in dem Moment nicht. Das ist auch genau so gewollt. Denn es ist als Strafe für schlechtes Verhalten gedacht. Muse hat einen der Kursteilnehmer beleidigt. Das entspricht ihrem Status als Modell ganz und gar nicht. Deshalb habe ich Paul erlaubt, ihren Kopf ein wenig umzugestalten."

Danach wendete sie sich direkt an mich.

„Ich hoffe mal, du hast es verstanden?"

Außer einem ungläubigen Blick kam von mir keine Antwort.

„Wie ich sehe, hast du noch nicht verstanden. Also bleibt der Knebel zu deinem eigenen Schutz drin und du bleibst, ebenso zu deinem eigenen Schutz, auf dem Stuhl sitzen."

Ohne mich weiter zu beachten, machte sie mit ihrem Bondagekurs weiter. Da ich nicht mehr zur Verfügung stand, nahm sie sich der Reihe nach eines der anderen Modells um ihre Knoten vorzuführen.

Erst, als die Kaffeepause anfing, kam sie wieder zu mir. Nachdem ich ihr durch Nicken versprochen hatte, mich ruhig zu verhalten und den Rest des Tages nicht mehr herumzuzicken, löste sie die Fesseln und den Knebel.

„Du kannst nebenan dein Makeup in Ordnung bringen. Und denk dran: Wenn dich jemand drauf anspricht, dann findest du das richtig so."

Für mich war es ganz und gar nicht in Ordnung, aber ich war zumindest dazu bereit, es bis zum Abend auf sich beruhen zu lassen. Den Rest des Workshops bekam ich trotzdem nicht mehr so wirklich mit. Ich weiß nur noch, dass mich Grace am Ende als Ausblick auf die Fortgeschrittenenkurse in verschiedenen Stellungen von der Decke baumeln ließ. Vermutlich hätte ich das unter anderen Umständen genossen. Um wenigstens den Kursteilnehmern die Chance zu geben, das zu genießen, hatte mir Grace vorsichtshalber einen blickdichten Beutel über den Kopf gezogen.

278

Da ich mit dem eigenen Auto da war, gab es auf der Heimfahrt noch keine Gelegenheit, mit Grace zu sprechen. Immerhin konnte ich mich während der Fahrt davon überzeugen, dass die Kopfhaut nicht komplett glatt geworden war. Ich hatte sehr kurze Stoppel auf dem Kopf. Als ich in der WG ankam, saßen bis auf Grace schon alle in der Küche und schauten überrascht und interessiert auf meine Frisur. Noch bevor ich denen klar machen konnte, in welche Richtung die Diskussion laufen sollte, prasselten Kommentare wie „Cool", „Krass" und „Sieht das geil aus" auf mich ein. Franky, den ich als wichtigsten Verbündeten gegen Grace Eigenmächtigkeit eingeplant hatte, sprang von seinem Stuhl auf und gönnte mir einen Haufen heftigster Liebkosungen.

Ganz anders als ich es geplant hatte, ließ ich mich danach lächelnd auf einem Stuhl nieder und schaute erstmal nur in die Runde, während mir Franky mit verzücktem Lächeln permanent über die Stoppeln strich. Der Moment, um den anderen mitzuteilen, dass ich mit Grace überhaupt nicht einverstanden war und dass Grace sich dafür verantworten müsste, war erstmal vorbei. Es würde auch beim Auftauchen von Grace keine zweite Chance auf diesen Moment geben, da Grace gar nicht kommen würde. Berti teilte uns mit, dass sie noch mit dem Kurs in die Stadt gegangen war und dann bei sich in der alten Wohnung schlafen würde.

Damit hatte ich jetzt also eine Fastglatze und alle fanden das einfach nur super. Ich selber wusste eigentlich gar nicht mehr, wie ich das fand. Also beschloss ich erstmal eine Nacht drüber zu schlafen und mich dann am nächsten Morgen noch mal zu befragen.

Nach ausgiebiger Behandlung mit einem Blondierungsmittel gelang es mir, meine blasse Kopfhaut, die so gar nicht zu dem sonnengebräunten Gesicht passen wollte, in den Hintergrund treten zu lassen. Franky hatte mir als Belohnung für die Glatze und aus Rücksicht auf die ausheilenden Wunden vom Korsettpiercing noch eine weitere Nacht ganz ohne

Fesseln gegönnt. Erst am Morgen war mir aufgefallen, dass sein Standardargument mit den langen Fingernägeln ohnehin nicht mehr galt.

Als ich zum Frühstück in die Küche kam, die in dieser Woche von Arndt gemanagt wurde, saß überraschenderweise auch Grace mit am Tisch.

„Es hat mich diese Nacht dann doch noch zu Berti gezogen. Hast du dich wieder beruhigt?"

„Zumindest fanden die anderen meine neue Frisur super. Das hat geholfen. Trotzdem war dieser Paul ein echter Volltrottel. Wie kann man nur so blöde sein, diese einfachen Knoten nicht hinzubekommen?"

„Trottel hin, Trottel her. Er bezahlt Geld für den Workshop. Also muss er ordentlich behandelt werden. Und da ich dich schon immer mal mit superkurzen Stoppeln sehen wollte, war das die ideale Gelegenheit dazu."

„Wie?"

„Ich weiß, dass er seiner Freundin immer damit droht, ohne es jemals zu machen. Also hab ich ihm gesagt, bei dir kann er jetzt. So einfach ist das."

Mir fehlten die Worte.

„Schau mich nicht so an, wie ein Fisch auf dem Land. Was ist denn schon dabei? Für die Modellei bei uns kannst du immer noch Perücken tragen oder dir den Kopf glatt rasieren und mit temporären Tattoos bemalen lassen. Ist doch kein Problem."

Genaugenommen hatte sie natürlich recht. Nach ein bisschen Nachdenken gab ich mir einen Ruck und begrub meinen Streit mit ihr, was sie mit einem Lächeln quittierte.

„Wunderbar Muse. Das trifft sich auch gut, weil ich nämlich gleich schon den nächsten Workshop habe. Der geht allerdings nur bis zum Nachmittag."

„Viel Spaß dann dabei", meinte ich, da ich glaubte, sie wäre einfach nur froh, keinen Stress mit mir zu haben.

„Danke. Aber ich glaube, das hast du falsch verstanden. Du bist natürlich wieder meine Vorführpuppe."

„Na super. Hoffentlich kommt da nicht wieder so ein Paul vorbei."

„Das kann dir diesmal egal sein, weil du das nicht mitbekommen würdest."

„Wieso?"

„Lass dich überraschen."

Also ließ ich mich überraschen. Da Grace vermutlich wieder länger beschäftigt sein würde, fuhr ich mit meinem Beetle hinter ihr her.

„Wir haben heute den Schwerpunkt ‚Sinnesschulung'", klärte sie mich auf. „Hast du eine Vorstellung davon, was das sein kann?"

„Nicht konkret. Also, ich meine, ich weiß, was die Sinne sind, also sehen, hören, riechen und so weiter."

„Richtig. Und was man machen kann, um genau einen der Sinne zu schulen, das machen wir heute."

Sie reichte mir wieder so einen eng anliegenden Overallstrampler, der dem vom Vortag ziemlich ähnlich sah.

„Auf nackter Haut, wenn ich bitten darf. Es sollen sich ja keine Wäschelinien abzeichnen."

Danach ließ sie mich noch ein bisschen warten und holte mich dann, als alle versammelt waren auf die Bühne.

„Ich darf euch Muse vorstellen. Sie hat nicht die geringste Ahnung, was wir heute genau machen werden. Vielleicht ist sie gerade deshalb das ideal Modell für diesen Workshop."

Grace schaute erwartungsvoll zu ihren Teilnehmern. Als keine Antwort kam, klatschte sie einmal leicht in die Hände und bat dann auf den Stühlen Platz zu nehmen. Wieder waren es nur Frauen, die als ‚Objekt' an dem Workshop teilnahmen.

Grace setzte mir ein paar wuchtige Kopfhörer auf, die allerdings keine Musik abspielten, sondern innen noch zusätzlich gepolstert waren. Ich konnte danach nur noch sehr stark gedämpft hören, dass sie sprach. Einzelne Worte waren nicht mehr zu verstehen.

Als die anderen Teilnehmerinnen ebenfalls auf ‚fast taub' umgestellt waren, legte sie mir Wattepads auf die Augen.

Scheinbar waren die mit irgendeinem Klebstoff versehen. Jedenfalls machten sie keine Versuche einfach wieder herunterzufallen. Danach zog sie mir die Kapuze, die sich an meinem Overall befand, über den Kopf. Vom Gefühl her waren jetzt nur noch der Mund und die Nasenlöcher frei.

Grace hatte also in ziemlich kurzer Zeit zwei meiner Sinne abgeschaltet. Damit waren natürlich keine Erklärungen mehr möglich. Ebenso konnte ich nicht mehr einfach so in irgendeine Richtung gehen. Alles, was ich noch konnte, war Riechen, Sprechen und Tasten. Wobei ich mich selber korrigierte, dass der Sinn natürlich nicht Sprechen, sondern Schmecken war. Nur war mir das mit dem Schmecken in dem Moment nicht so wichtig, wie das Sprechen. Als ob sie genau diesen Gedanken gefolgt wäre, spürte ich auch schon einen dieser verhassten Ballknebel vor meinen Lippen. Warum nur musste immer alles mit so einem dämlichen Knebel gemacht werden? Ich wusste es nicht, öffnete aber brav meinen Mund.

Damit waren nur noch Riechen und Tasten übrig. Wegen des Knebels würde mir Riechen wohl bleiben. Dieser Sinn wurde ohnehin permanent unterschätzt. Da nichts weiter passierte, fühlte ich mich in meiner Annahme bestätigt. Das bedeutete natürlich nicht, dass nichts mehr mit mir passierte. Ich merkte, wie mir eines von den geilen, richtig breiten Halsbändern umgelegt wurde. Wie ich spürte, war es keins mit Gürtelschnalle, sondern eines, das beim Schließen dieses tolle ratschende Geräusch von sich gab. Alleine, das nicht zu hören, sondern nur zu spüren, war der ganze Aufwand schon wert.

Jetzt zog mich jemand - ich beschloss, dass es einfach immer Grace sein musste – an dem Halsband hoch. Ohne zu wissen, wo was war, stand ich jetzt auf meinen glücklicherweise nackten Füssen vor ihr. Wahrscheinlich hatte sie einfach nur ihren Finger durch den Ring gezogen, der sich sicherlich vorne an dem Halsband befand. An diesem Ring zog sie mich einige Schritte hinter sich her, bis sie mir durch Druck auf den Ring zu verstehen gab, dass ich stehen bleiben sollte. Danach schlug sie mir auf meinen rechten Oberschenkel. Ich versuchte es als Reaktion, mit ,Bein heben'. Sie drückte es wieder herunter und schlug mir dann wieder auf den Schenkel. Also dachte ich mir, wird wohl nicht Bein heben, sondern vielleicht ,Treppe abwärts gehen' angesagt sein. Ich schob den Fuß tastend nach vorne und erfühlte tatsächlich ein Loch. Vermutlich stand ich an den drei Stufen, die von der Bühne in den Raum hinabführten. Als von Grace keine Reaktion kam, tastete ich mich die kleine Treppe hinunter und wurde dann weiter geführt.

Diesmal wurden, als ich stehen geblieben war, meine Arme nach oben gezogen und fixiert. Ebenso wurden meine Beine auseinandergezogen und fixiert. So weit ich das in dem Raum gesehen hatte, musste ich jetzt an einem der großen Rahmen stehen. Vermutlich ging es den anderen Frauen nicht anders. Die Frage war nur, was jetzt kommen würde. Für den Moment erstmal nichts. Wahrscheinlich drehte Grace jetzt ihre Runde, um den anderen zu erklären, was sie besser machen konnten. Bei insgesamt sechs anderen Pärchen konnte das durchaus ein bisschen dauern.

Was dann kam, war einfach nur sensationell. Mein Körper, der durch den dünnen Anzug ohnehin besonders sensibel war, wurde mit so etwas wie Federn bearbeitet. Nicht nur dann, wenn Grace meine Brüste oder meine Vagina berührte, musste ich mich vor wohligem Zittern winden. Niemals vorher hätte ich gedacht, dass ich durch das Ausschalten der meisten Sinne so schnell so intensiv auf das reagieren würde, was meine Haut mir meldete. Grace hätte noch eine Ewigkeit weiter machen können. Machte sie aber leider nicht. Stattdessen ließ sie mich einfach stehen und ging vermutlich mal wieder durch die Reihen.

Als sie endlich wieder weiter machte, hatte sie die Federn zur Seite gelegt und durch irgendetwas Hartes ersetzt. Nach ein paar Behandlungseinheiten hatte ich es raus. Es musste so eine Holzrolle sein. Mit zwei schmalen Rädern. Nicht so genial, wie die Federn aber auch nicht zum Weglaufen.

Die dritte Behandlung war dann eine Handmassage, die, so wie die vorangegangenen Behandlungen kein Körperteil aussparte. Ich fühlte mich, wie im siebten Himmel und war schon fast enttäuscht als Grace meine Fesseln löste und mich wieder zurück zur Bühne führte.

Sie nahm mir der Reihe nach alle Sinneseinschränkungen weg und schaute mich dann, während ich mich langsam aus dem Anzug pellte, erwartungsvoll an.

„Und?"

„Damit ist die Glatze endgültig abgearbeitet. Das war so was von göttlich. Wenn du mich für so einen Workshop noch mal brauchst, dann wende dich vertrauensvoll an mich. Ich bin dabei."

„Wunderbar. Der Tag wird sicherlich kommen. Ich muss jetzt aber zurück zu dem Kurs. Wenn du dich wieder in präsentable Form gebracht hast, wartet Berti auf dich. Lass dir aber ruhig Zeit. Vielleicht ein kleiner Spaziergang durch den Park? Deine Kopfhaut braucht trotz der Blondierung ein bisschen natürliche Farbe."

Lisa in Hochform

Nachdem ich mich nach einer ausgiebigen Dusche wieder in eine präsentable Form gebracht hatte, fuhr ich also zu Berti rüber. Statt eines Spazierganges – mit ziemlich hohen Schuhen immer etwas schlecht – suchte ich mir ein ruhiges Plätzchen auf einer der Bänke und schaute mir einfach nur das Treiben auf der großen Wiese vor mir an. Die Blicke der vorbeiflanierenden Familien und Pärchen zeigten mir, dass ich den Status ‚braves Hausfrauchen' lange verlassen hatte. Bevor ich Franky kennengelernt hatte, wäre mir ein solcher Auftritt in der Öffentlichkeit höchstens in meiner Phantasie gelungen. Und jetzt saß ich hier im Park. Mit klobigen Stiefeln, kurzem Röckchen, ziemlich viel nietenbestücktem Schmuck, frischer Fast-Glatze und einem Haufen Piercings. Je mehr ich darüber nachdachte, umso mehr gefiel es mir, die Blicke auf mich zu ziehen.

„Hallo Glatzkopf", begrüßte mich Lisa über beide Ohren lachend, als ich eine halbe Stunde später in Bertis Laden kam.

„Hallo Glatzköpfin", gab ich ebenfalls lächelnd zurück

„Schön, dass du da bist", meinte sie, während sie ihren Arm um meine Schultern legte und mich zu ihrem Arbeitsbereich führte. „Setz dich schon mal. Ich habe heute einen Tag dran gehängt, um noch ein bisschen an dir zu arbeiten. Was meinst du? Hast du Lust?"

Wie hätte ich auch nur auf die Idee kommen können, dieser Frau zu widersprechen. Natürlich hatte ich Lust.

„Ich bin beeindruckt. Du bist echt extra für mich länger geblieben?"

„Das ist das, was ich gerade gesagt habe."

„Ich weiß gar nicht, was ich sagen soll. Außer, dass mir garantiert gefallen wird, was du stechen willst."

Dieses Lächeln war umwerfend. Mit einem freudigen Leuchten in den Augen verkündete sie mir, was sie sich überlegt hatte. „Eigentlich geht es ja jetzt an deinem Oberarm weiter. Berti und ich haben aber beschlossen, dass sich an der Stelle erstmal wieder ein paar Schmetterlinge tummeln werden. Das ist Bertis Job."

„Und?" wollte ich wissen, als sie nicht weiter sprach. „Wo machst du weiter?"

„An deinem Ausschnitt."

Eigentlich hatte ich erstmal mit einer weniger auffälligen Stelle, wie Schulterblätter gerechnet. Scheinbar war mir die Überraschung anzusehen.

„Ist das ein Problem?"

„Nein, nein. Ich hatte nur noch nicht mit der Stelle gerechnet. Aber, wenn ich drüber nachdenke finde ich es richtig gut. Viel besser als der Rücken. So kann ich dein Kunstwerk sehen, ohne mich vor dem Spiegel verdrehen zu müssen."

„Okay", meinte Lisa erleichtert, „dann legen wir mal los?"

„Leg los."

„Willst du nicht wissen, was ich mir ausgedacht habe?"

285

„Nein, will ich nicht wissen."

„Danke für dein Vertrauen. Dann mach dich mal nackig. Dein Shirt muss weg. Wenn es dir zu kalt wird, dann sag einfach Bescheid. Ich leg dir dann was über deine wunderbaren Brüste."

Diesmal arbeitete sie nicht Freihand, sondern platzierte eine Negativfolie über meiner linken Brust.

„Eigentlich mag ich es nicht, mit Folien zu arbeiten. Aber ich will dir das gleiche Motiv spiegelbildlich auch auf die andere Seite stechen. Dann sollten zumindest die Grundzüge der Linienführung identisch sein. Das bekomme ich Freihand nicht hin."

„Ich verzeihe dir", meinte ich lachend. „Leg einfach los."

Und das tat sie dann auch. Soweit ich das aus dem Augenwinkel erkennen konnte, lag die Figur schräg über meiner Brust. Fast wie eine Seite eines mittelmäßig weit geschnittenen V-Ausschnittes. Was genau Lisa in meine Haut stach, konnte ich allerdings nicht erkennen. Ich beschäftigte mich lieber damit, die Tattoomeisterin anzuschauen und mir Gedanken darüber zu machen, ob ich die Erlebnisse am See gerne wiederholen würde. Nach einiger Zeit waren meine Gedanken so weit fortgeschritten, dass ich mich nur noch fragte, wie ich es hinbekommen könnte, einen ganzen Tag oder auch mehr mit Lisa zu verbringen. Ganz ohne die anderen aus der WG.

„Du musst dir überlegen", riss mich Lisa aus meinen Gedanken, „wie ich mit dir weitermachen kann. Unser nächster Termin ist natürlich auf der Messe nächste Woche. Aber danach kann ich nicht immer hoch kommen, um an dir weiter zu arbeiten."

„Kannst du Gedanken lesen?"

Lisa sah mir erwartungsvoll in die Augen. „Nein. Warum?"

„Weil ich mir gerade überlegt hatte, dass ich dich wahnsinnig gerne besuchen kommen würde."

„Schön." Lisa legte, ohne jede Vorwarnung ihre Hand zwischen meine Beine. „Um irgendwelchen Missverständnissen vorzubeugen. Dein Besuch wird dann nicht nur erfolgen, damit ich dich tätowieren kann."

Da Lisa ihre Hand nicht auf meinem, sondern unter meinem Rock liegen hatte, sparte ich es mir, ihr zu sagen, wie sehr mich die Aussicht darauf freute. Ich war mir sicher, dass sie meine Reaktion registriert hatte.

Zum ersten Mal, seit ich bei Franky lebte, kam ich an dem Abend zu spät zum Abendessen. Das, was ich als Entschuldigung präsentieren konnte, war es allerdings wirklich wert. Die erste Frau, die Lisa mir gestochen hatte, stützte sich halb liegend auf ihren Armen ab und hatte ein Bein auf meinem Brustansatz liegen. Der Unterschenkel mit den Plateaustiefeln zeigte schon leicht nach unten in den Bereich zwischen meinen Brüsten. Das hintere Bein hatte sie mit stark angewinkeltem Knie einfach aufgesetzt. Insgesamt vermittelte sie über ihre Körperhaltung, dass sie es sich über meiner Brust gemütlich gemacht hatte.

Bekleidet war sie mit einem blau-violett glänzenden, sehr eng anliegenden Latexanzug, der bis zum Hals hoch geschlossen war, aber zwischen den Beinen und an den Brüsten deutlich sichtbare Öffnungen hatte, die den Blick auf das eine oder andere Schmuckstück freigaben. Ihr Kopf, der frei von jeglichem Schmuck war, wurde von einer Glatze gekrönt, die Lisa irgendwie so hinbekommen hatte, dass ein gewisser Glanz von ihr ausging. Gerade so, als ob sie frisch poliert wäre.

Als ich das fertige Bild gesehen hatte, war ich hin und her gerissen zwischen dem Gefühl ein so exzellent gestochenes Kunstwerk zu tragen und dem Wissen, dass ich ab jetzt nicht mehr in jeder Umgebung so ohne weiteres Ausschnitt zeigen konnte.

Die spiegelbildliche Frau auf der anderen Seite war nur bezüglich der Körperhaltung und der Form der super hohen Stiefel ein Spiegelbild der ersten Frau. Sie trug keine Textilien. Alles, was nicht Haut war, glänzte, als ob es aus Chrom gefertigt wäre. Das waren natürlich die Stiefel die jetzt zusätzlich mit einem breiten Band gesichert waren, dann der Keuschheitsgürtel und der Keuschheits-BH und als letztes die Gesichtsmaske, die über keine Öffnung für Augen, Nase oder Mund verfügte. Beim zweiten Blick musste ich mich korrigieren. Scheinbar war der gesamte Kopf in diese Maske eingeschlossen. Damit trug diese Frau, so wie ihr Spiegelbild, ebenfalls Glatze.

Um den anderen gebührende Zeit einzuräumen, die beiden Frauen zu begutachten, zog mir Franky mein Oberteil aus und ließ mich so den Rest des Abends verbringen. Sogar als wir dann irgendwann um Mitternacht ins Bett gingen, spielten meine Gefühle noch Achterbahn. Wenn es so etwas wie einen Gefühlspuls geben würde, dann wäre der vermutlich irgendwo am oberen Anschlag gewesen. Dass dies die erste Nacht war, in der Franky mir wieder diese Kombination aus Korsett und Keuschheitsgürtel anlegte, konnte mich in keinster Weise von meinem Hoch runter holen. Hätte es aber besser.

Stress

„Was ist los Muse?", wollte Arndt wissen, als ich, nur mit einem weiten Shirt und natürlich High Heels bekleidet in der Küche auftauchte. „Gestern Abend warst du noch völlig aus dem Häuschen vor Glück und jetzt kommst du mit Flappe und ungestylt zum Frühstück."

„Im Prinzip bin ich immer noch aus dem Häuschen", gab ich ihm mühevoll lächelnd zur Antwort und hob dann mein Shirt hoch, damit er einen kurzen freien Blick auf das enggeschnürte Korsett und den Keuschheitsgürtel nebst zusammengeketteter Schenkelbänder hatte.

„Das Problem ist nur, dass ich vergessen habe, mir den Wecker zu stellen. Das heißt ich konnte mir die Sachen heute Morgen nicht ausziehen, um in Ruhe zu duschen."

„Gestern hast du die doch noch nicht getragen. Bis morgen früh wirst du es schon noch aushalten. Du hast das doch letzte Woche auch gut gemacht", munterte Arndt mich auf.

„Danke für die Motivation. Leider hat mein geliebtes Spielkind Franky mir eben erklärt, dass er noch eine kleine Zusatzmotivation eingebaut hat. Immer dann, wenn das Zeitschloss nicht geöffnet wird, addiert es 24 Stunden bis zum nächsten Öffnungszeitraum dazu."

„Upps. Mit anderen Worten solltest du dir den Wecker für Übermorgen gut stellen?"

„Genau so ist es. Wenn kein Notfall passiert, bin ich von jetzt an noch schlappe 46 Stunden in den Kram eingeschlossen."

„Alles geht mal vorbei. Ich soll dir übrigens schöne Grüße von Lisa bestellen. Sie ist vor einer Stunde gefahren. Dicker Kuss von ihr, wohin auch immer du willst und sie freut sich schon wie wahnsinnig auf die Messe."

Das hatte mir für diesen ‚perfekten' Morgen noch genau gefehlt. Sie war schon weg. Noch immer ziemlich missmutig ließ ich mich auf einen der Stühle fallen und schaute Arndt bei seinen letzten Vorbereitungen zu. Arndt machte noch ein paar wirklich nette Versuche, mich aufzuheitern, denen ich dann irgendwann nachgab. Als dann auch die anderen eingetrudelt waren, war meine kleine Welt so langsam wieder in Ordnung.

Jobs für einen der anderen hatte ich nicht. Mein Versuch, mich als Nacktmodel anzubieten wurde lächelnd abgelehnt. Natürlich blickten alle, dass ich nur nach einer Möglichkeit suchte, aus meiner restriktiven Bekleidung herauszukommen.

Stattdessen wurde mir ein Tag zum ‚Im und ums Haus herumstromern' verordnet.

„Zieh dir was Hochgeschlossenes an, damit deine neuen Tattoos keine Sonne abbekommen und schau, dass du deine blonden Stoppeln immer mal wieder für eine Viertelstunde in die Sonne hältst. Nicht übertreiben. Die Haut ist nichts gewohnt", riet Franky mir. „Ich bringe gleich ein paar Kisten hoch. Du kannst dann anfangen den Schmuck aus dem Messeschrank zu polieren und einzupacken. Ich habe keine Lust wieder alles auf den letzten Drücker fertig zu bekommen."

„Meinst du, das ist sinnvoll, wenn ich die Sachen jetzt poliere? Die werden doch noch öfters angefasst, bevor sie auf der Messe an ihrem Platz liegen."

Nachdem Franky kurz gestutzt hatte, nickte er. „Eigentlich hast du recht. Also nur einpacken. Gib mir ein Viertelstündchen, dann sind die ersten Kisten mitsamt Packmaterial oben."

Irgendwann erwischte ich mich bei dem Gedanken, dass meine Aufgabe ohne das Korsett und die hohen Schuhe wohl einfach nur langweilig gewesen wäre. So war ich zumindest ein bisschen abgelenkt. Das Prinzip war eigentlich ganz einfach. Die Kisten waren Quader mit vielleicht mal gerade fünfzig Zentimeter Kantenlänge. Da die Kisten wegen der höheren Stabilität schon aus Holz gefertigt waren, wären sie bei noch größeren Abmessungen viel zu schwer geworden. Mit einer Sackkarre brachte ich die Kisten in dem Flur raus, wo Franky sie dann irgendwann in den kleinen Lastenaufzug, der mir bisher noch gar nicht aufgefallen war, packte.

Bei einer meiner kleinen Sonnenpausen, hörte ich, dass jemand am Tor klingelte. Als ich um die Ecke schaute, sah ich die beiden Kommissare, die geduldig warteten. Auf meinem Weg zum Tor konnte ich auf den Gesichtern der beiden die Überraschung sehen, die ich ihnen bereitete.

„Sie haben sich aber wirklich sehr verändert, Frau Kachel", war dann auch der erste Kommentar der Kommissarin.

„Ja, kann man so sagen. Ich merke jeden Tag aufs Neue, wie sehr ich mich meinem verstorbenen Mann zu liebe an ein anderes Leben angepasst hatte. Das hier ist ganz eindeutig das, was ich will."

Der Blick der Kommissarin, der immer noch meinen Körper betrachtete, signalisierte nicht unbedingt Verständnis. Als sie an meinem Ausschnitt hängen blieb, konnte ich so gerade eben dem Reflex widerstehen, das Shirt an der Stelle zusammenzuziehen. Sollte sie sich doch meine beiden neuen Begleiterinnen, so weit sie zu erkennen waren, anschauen.

„Gibt es Neuigkeiten? Haben Sie meine Ex-Schwägerin gefunden? Wissen Sie, wer meinen Mann ermordet hat?"

Erst in dem Moment, in dem ich meine Fragen stellte, riss sie ihren Blick von meinem Ausschnitt los und schaute mir, leicht rot werdend ins Gesicht.

„Ja, richtig. Entschuldigung. Ich war gerade nur etwas überrascht von den Veränderungen Ihres Äußeren. Dürfen wir vielleicht kurz rein kommen?"

„Natürlich. Soll ich meinen Freund dazu holen?"

„Wenn Sie das wollen, gerne. Ist aber eigentlich nicht nötig. Wir sind nicht zum Fragen stellen gekommen."

Also ging ich den beiden, wie ich hoffte trotz Schenkelbändern und High Heels, sicheren Schrittes voraus und bot ihnen brav einen Kaffee an.

„Wir möchten Ihnen mitteilen, dass die sterblichen Überreste Ihres Mannes heute freigegeben wurden. Sie können Ihren Mann beerdigen."

„Das bedeutet?" wollte ich von ihr wissen.

„Sie meinen bezüglich der Aufklärung?"

Auf mein Nicken erklärte sie mir, dass der Tod meines Mannes aufgeklärt wäre.

„Ihre Freundin, Mona Schäfer hat im Beisein ihres Anwaltes ein vollumfängliches Geständnis abgelegt."

Das war eine der Lösungen, die ich am wenigsten erwartet hätte. Offenbar konnten die beiden das auch von meinem Gesicht ablesen.

„Hören Sie, Frau Kachel", erklärte mir die Kommissarin, „ich kann Ihnen bis zur endgültigen Verurteilung nicht alle Details verraten. Aber so viel werden sie aus der Presse ohnehin in den nächsten Tagen erfahren. Es war so etwas wie eine Beziehungstat. Ihre Freundin wollte die neue Frau an der Seite Ihres Mannes werden. Ihr Mann wollte davon nichts wissen und dann hat sie ihn im Affekt umgebracht.

Das ist in etwa die schlichte Zusammenfassung der Ereignisse."

Mir fiel keine Antwort dazu ein. Meine beste Freundin hatte ihre Finger nach meinem Ex ausgestreckt. Musste ich mich jetzt eigentlich darüber aufregen? Ich hatte schließlich mit ihm Schluss gemacht. Nicht er mit mir. Trotzdem macht man so etwas doch eigentlich nicht. Die hatte mir sogar noch Mut zugesprochen, die Affäre mit Franky zu beginnen.

„Überrascht Sie das?" wollte die Kommissarin wissen.

„Das überlege ich auch gerade. Ich habe bis jetzt keine Idee gehabt, wer überhaupt meinen Mann umgebracht haben könnte. Vielleicht ein schief gelaufener Einbruch oder so. Mit meiner Freundin hatte ich jedenfalls nicht gerechnet."

Als die beiden nichts sagten, fiel mir meine Ex-Schwägerin wieder ein.

„Haben sie die Schwester von meinem Mann den eigentlich inzwischen gefunden?"

„Ja"

„Und?"

„Sie bestreitet den Entführungsversuch. Wir haben sie mit der Faktenlage vertraut gemacht. Es ist nicht zu erwarten, dass von der Seite eine weitere Aggression auf Sie zu kommt. Bis das allerdings vor einem Richter verhandelt wird, wird noch einige Zeit vergehen."

Nachdem die beiden sich wieder verabschiedet hatten und ich alles mit Franky durchgesprochen hatte, wurde der Plan für den Tag geändert. Ich machte mich mit meinem Beetle und einigermaßen bedeckender Kleidung auf den Weg, um die Beisetzung meines Ex zu organisieren, beziehungsweise diese Organisation in die Hände eines Bestattungsunternehmers zu legen. Da mir einiges aus dem, wie man so sagt ‚gemeinschaftlich erworbenen Vermögen' zufallen würde, war die Finanzierung der ganzen Aktion kein wirkliches Problem. Das einzige Problem war eigentlich nur, dass mir unglaublich viel Zeit verloren ging, alles in die Wege zu leiten.

Insofern war der Tag, der hinter mir lag, als wir zum Abend zusammen saßen so ganz anders verlaufen, als er geplant war. Die Schenkelbänder, die Franky mir für die Autofahrten abgenommen hatte waren zu dem Zeitpunkt schon lange wieder an ihrem Platz gelandet. Sehr zu meinem Missfallen, denn dadurch wurde ich daran erinnert, dass ich den ganzen Kram erst wieder am übernächsten Tag ausziehen konnte.

„Kannst du mir mal sagen, was das soll?" wollte Franky dann irgendwann von mir wissen, als ich mich missmutig ins Bett gelegt hatte.

„Mich nervt es, dass ich mich erst übermorgen wieder anständig waschen kann."

„Das bist du doch selber Schuld. Du hättest dir nur den Wecker stellen müssen."

„Dann kannst du dich ja mal so lange mit dem Keuschheitsgürtel bewegen."

Daraufhin richtete sich Franky leicht auf.

„Pass mal bitte genau auf. Du hast mir das mit unserem kleinen Vertrag aufgedrängt. Ich habe dir ganz klar gesagt, dass du dir das gut überlegen sollst. Und jedes Mal, wenn du mal gerade ein kleines Problem damit hast, kommst du an und meckerst rum. Ich frage dich jetzt zum letzten Mal. Willst du weitermachen oder willst du lieber komplett aufhören?"

„Natürlich will ich bei dir bleiben."

„Also machen wir weiter. Und damit ist jetzt Schluss mit deiner schlechten Laune."

Statt einer Antwort versuchte ich mich irgendwie bequem hin zu legen.

„Ich höre?" erinnerte mich Franky daran, dass ich ihm noch eine Antwort schuldig war.

„Ja. Ich habe gute Laune", maulte ich ihn an, „und die wird noch besser, wenn ich jetzt erstmal in Ruhe schlafen kann."

Ich konnte förmlich spüren, dass Franky nicht zufrieden war. Schließlich legte er sich dann aber doch zurück und ließ mich einschlafen.

Als ich am nächsten Morgen aus dem Bad kam, in dem ich meine Katzenwäsche vollzogen hatte, war Franky bereits weg. An meinem Schminktisch lag ein kleines Paket, auf das er nur kurz „Das will ich an dir sehen. Ansonsten darfst du nur Sachen aus deinem Schrank anzuziehen" geschrieben hatte.

In dem Paket fand ich eine Latexmaske, die nur Öffnungen für die Augen und die Nasenlöcher hatte. Am Mund gab es eine Miniöffnung, die mal gerade für einen Strohhalm reichen würde.

Mein Franky hatte die Nacht also nicht dazu benutzt, um mir großherzig meine Unausgeglichenheit zu vergeben. Er musste mich scheinbar bestrafen. Ich saß eine ganze Zeit unschlüssig mit der Maske in der Hand auf meinem Stuhl und wog ab, was ich machen sollte.

Genauer gesagt brauchte ich eigentlich nur über zwei Alternativen nachzudenken. Direkt heute ausziehen und all diese wunderbaren Sachen, die ich noch machen und erleben wollte aufgeben. Oder in den sauren Apfel zu beißen und die Maske über den Kopf stülpen und dann, sobald sich Franky wieder beruhigt hatte, weiter meine Träume ausleben.

Als mir das so weit klar war, zog ich die Maske über meinen Kopf, ließ mein Septumpiercing schön vor den verschlossenen Lippen baumeln und legte zuletzt das breite Stahlhalsband an, das das vorzeitige Öffnen der Maske verhindern sollte. Zum ersten Mal erregte mich das ratschende Verschlussgeräusch nicht. Zum ersten Mal war es einfach nur das Geräusch, das mich den Händen von Franky auslieferte.

Da ich sein praktisches Shirt nicht anziehen durfte und mir auch nicht der Sinn nach ‚oben ohne' stand, warf ich mich in ein ärmelloses Latexkleidchen, dessen Rock mal gerade bis zu den Schenkelbändern ging. Dazu ein paar Pumps und das war es dann.

Wie ich auf dem Weg in die Küche schon befürchtet hatte, kamen von den anderen versammelten WG-Mitgliedern keine Hilfegesuche oder Worte des Bedauerns für mich. Ganz im Gegenteil. Grace stellte mir mit der Bemerkung „Sei froh, dass Franky dir nicht auch noch eine schönen großen Knebel verpasst hat" ein Glas Babybrei mit einem Strohhalm hin.

Ich verkniff mir eine Antwort. Wahrscheinlich sollte die Maske mir ohnehin die Botschaft senden, dass ich Sprechverbot hatte. Genau das bestätigte mir der unverschämt gut gelaunte Franky dann auch im gleichen Augenblick. „Falls dich die Frage umtreiben sollte, wie lange du uns mit dem Tragen der Maske beglücken wirst, kann ich dich beruhigen. Der Schlüssel für das Halsband liegt in deinem Safe."

Glücklicherweise konnte er meine Mimik jetzt nicht mehr so gut erkennen. Ansonsten wäre er vermutlich noch auf die Idee gekommen, meine Strafe zu erweitern. Und dazu hatte ich mit Sicherheit nicht die geringst Lust.

„Und noch eine kurze Info. Arndt hat im Moment ziemlich viel zu tun. Ich habe ihm angeboten, dass du für den Rest der Woche gerne den Küchendienst übernimmst. Ab Montag geht dann wieder alles in den normalen Bahnen. Genaugenommen fängt dein Küchendienst also einfach nur ein bisschen früher an."

Ich schaute mir während des Frühstücks an, wie die anderen sich zu mir verhielten. Keiner schien irgendwas Besonderes daran zu finden, dass ich mit Maske am Tisch saß. Arndt turtelte mit Grace herum. Berti mit Alva. Bis auf das distanzierte Verhalten von Franky und mir war eigentlich alles so wie immer.

Im Rausgehen gab Grace dann noch eben an Franky die Anweisung, dass ich in jedem Fall wesentlich höhere Schuhe tragen sollte. „Keine Balletts, aber die Nummer darunter." Um meine Bereitschaft zu signalisieren, dass ich meine Strafe annehmen wollte, stand ich sofort auf und zog mir ein

Paar der irre hohen Stiefel an, bei denen zwischen den Zehen und dem Fuß automatisch ein rechter Winkel entstand. Dazu nahm ich mir zwei Ketten, mit denen die Stiefel gesichert werden konnten. Ich erwischte noch gerade eben Franky und hielt ihm die Ketten hin. Er legte sie mir grinsend an. Einmal um den Knöchel, einmal unter dem Fuß durch und Vorhängeschloss. Danach warf er die Schlüssel in meinen Safe. Bis dahin hatte ich noch gar nicht bemerkt, dass der Safe oben einen Schlitz hatte.

„Komm gar nicht erst auf die Idee, mit einem Draht oder so die Schlüssel rauszupulen. Die sind über ein kleines Labyrinth reingefallen. Das funktioniert nur in einer Richtung."

Ich versuchte einfach nur auszublenden, was das alles für mich bedeutete. Besser ich dachte an die erlösende Dusche, die ich am nächsten Morgen endlich nehmen konnte. Für heute war ich hier einfach nur das Hausmädchen. Also machte ich die Küche klar, putzte im Erdgeschoss ordentlich durch – Arndt war auch nicht unbedingt der Putzheld – und stellte dann irgendwann fest, dass ich mich wieder mit dem Einpacken der Messekisten vergnügen konnte. Da sich unter der Maske und dem Kleid inzwischen reichlich Schweiß gebildet hatte, kippte ich mit Hilfe eines Strohhalms erstmal wieder einiges an Wasser nach und nahm mir auch direkt zwei Flaschen mit hoch. Das Letzte, was ich an so einem Tag, der ohnehin schon völlig falsch lief, brauchen konnte, war ein Kreislaufzusammenbruch.

Also leerte ich weiter den Schmuckschrank und ließ die ganzen schönen Teile sicher verpackt in den Kisten verschwinden. Auf eine Unterbrechung wie die von gestern, wartete ich heute vergebens. Nachdem ich das letzte Stück verpackt und die letzte Kiste in den Flur gebracht hatte, stöckelte ich zu Franky in die Werkstatt.

„Ich nehme an, du bist mit deiner Arbeit durch?"

Nicken.

„Gut. Dann kannst du dich jetzt ein bisschen ausruhen."

Ich dachte spontan daran, mich auf das Bett zu legen, drehte mich also um und wollte die Türe schon hinter mir schließen.

„Ne, Muse. Du kannst ruhig hier bleiben. Setzt dich einfach da vorne in den Sessel."

Damit zeigte er auf ein ziemlich altertümlich wirkendes Möbelstück, das ich bisher noch nie ausprobiert hatte, weil es ziemlich unbequem aussah, was es auch tatsächlich war. Wegen des Keuschheitsgürtels konnte ich mich nur ziemlich weit nach vorne setzen.

„Ich habe neuen Schmuck für dich."

Ohne auf meine Reaktion zu warten, legte Franky mir an den Handgelenken und am Bizeps ziemlich eng anliegende breite Bänder an. Danach winkelte er meine Ellenbogen an und verband die Bänder mit einem einzigen Kettenglied. Er hatte, gemäß unserem Schmuckabkommen mal eben so, meine Arme unbrauchbar gemacht. Was sollte an dem Tag eigentlich noch alles auf mich zu kommen?

„Keine Panik. Ich lasse dich früh genug raus, damit du das Abendessen zubereiten kannst. Da vorne steht übrigens Wasser mitsamt Strohhalm. Bedien dich einfach selber."

Vielleicht, so ging es mir durch den Kopf, war meine Entscheidung vom Morgen doch die falsche gewesen. Wahrscheinlich wäre es besser, wenn ich jetzt in dem Haus sitzen würde, in dem ich das bürgerliche Leben der Emma Kachel gelebt hatte.

Andererseits. Ich hatte die Entscheidung getroffen und jetzt musste ich einfach mal abwarten wie es morgen weitergehen würde. Vielleicht war er ja dann endlich wieder der alte aufregende Liebhaber. Vielleicht gab es ja morgen auch wieder einen aufregenden Job für mich.

Bevor ich zu sehr ins Grübeln kam, brachte mich Franky ins Haus zurück und stellte mich für eine Stunde auf das Laufband.

„Da ich deine Arme nicht befreien werde, habe ich das Band auf das kleinste Tempo gestellt. Du wirst in der nächsten Stunde also mal gerade zwei Kilometer gehen. Wenn du damit fertig bist kommst du zu mir. Ich mache deine Arme dann wieder auf und du kümmerst dich um das Abendessen."

Was für ein bescheuerter Tag. In der nächsten Stunde konnte ich nur immer wieder für mich wiederholen, dass bald alles vorüber sein würde.

Neue Fingernägel

Als der Wecker klingelte, lag ich schon lange wach. Die Maske, das Halsband und vor allem die Stiefel hatten mich nicht wirklich schlafen lassen. Dazu kam noch die Angst, dass ich verschlafen könnte und dann sogar die nächsten drei Tage ohne Dusche und Klamottenwechsel hätte auskommen müssen. Ich traute Franky durchaus zu, mir die Maske und die Stiefel nicht abzunehmen, selbst wenn ich ihm versucht hätte zu erklären, dass die einfach nur noch unangenehm waren und weh taten.

Also stöckelte ich zum Safe, der sich zu meiner grenzenlosen Erleichterung auch tatsächlich öffnen ließ. Nach vielleicht einer Viertelstunde stand ich endlich splitterfasernackt unter der Dusche. Wenn mich jemand gefragt hätte, hätte ich vermutlich keine Worte gefunden, um zu beschreiben, wie angenehm das für mich war.

Nach der ausgiebigen Dusche und der Körper- und Piercingpflege ging ich noch immer ohne ein einziges zusätzliches Kleidungsstück zurück an meinen Schminktisch. Franky empfing mich lächelnd. Wenn ich es nicht besser gewusst hätte, hätte ich den Eindruck haben können, dass der gestrige Tag für ihn überhaupt nicht stattgefunden hatte.

„Wie geht's Muse?"

„Unbeschreiblich", gab ich ihm zur Antwort. Ich hatte nicht die geringste Lust darüber zu sprechen. Das hätte im Zweifel nur zu neuem Stress geführt.

„Das ist es ja wunderbar. Nach dem Frühstück braucht dich Alva. Du kannst heute also auf die Maske verzichten und dir ein neues Korsett raussuchen. Danach den Gürtel mit Zutaten. Alva braucht nur deine Finger. Am besten ziehst du dir heute Sachen ohne Reißverschluss an."

„Ist das dein Ernst mit ‚heute auf die Maske verzichten'? Das war doch eigentlich nur eine Strafe für schlechte Performance. Dachte ich."

„Bleib entspannt. War ein Scherz. Trotzdem schön, dass du deine Lektion gelernt hast. Denk an das Frühstück."

Das hätte ich über die Freude tatsächlich fast vergessen. Ich zog mir also schnell die gewünschten Klamotten an, schloss mich ein, warf den Schlüssel in den Safe und machte das Frühstück.

Als die anderen eintrudelten, benahmen sich alle so, als ob nichts Besonderes passiert wäre. Oder zumindest fast alle. Arndt bedankte sich brav bei mir, dass ich ihm den Küchendienst abgenommen hatte. Immerhin einer, der mitbekam, was gerade passierte.

Ich hatte gerade genug Zeit, um grobe Ordnung zu schaffen, als mich Alva schon in ihren rosa Mini bat und mit mir ins Nagelstudio fuhr.

„Wir haben heute wieder eine Live-Videoshow. Ich bin gespannt, wie es dir gefallen wird."

Ein Schluck Kaffee wurde mir noch gewährt und dann legte Alva los. Nur leider so ganz anders, als ich erwartet hatte. Sie arbeitete diesmal mit fertigen Acrylnägeln, wie sie mir erklärte. Das alleine fand ich zwar ungewöhnlich, aber noch ungewöhnlicher fand ich die Länge der Nägel, die sie auf den Tisch legte. Die Teile waren locker einen halben Meter lang.

„Ich nehme mal an", fragte mich Alva lächelnd, „dass dein überraschtes Gesicht die pure Vorfreude ausdrücken soll?"

„Natürlich", gelang es mir noch so gerade eben zu antworten. Ich hatte natürlich schon mal im Internet Videos von Frauen gesehen, die bereitwilligen Einblick in ihr Alltagsleben mit ewig langen Nägeln gaben. Nachdem ich jetzt schon zweimal erfahren hatte, was passiert, wenn ich mal nicht zu hundert Prozent mit dem einverstanden war, was mit mir gemacht werden sollte, hielt ich mich mit meiner wahren Meinung zurück.

„Ich habe mich immer schon gefragt, wie es wäre mit solchen Krallen leben zu müssen. Mutiges Einsetzen der Nagelspitzen ist damit dann ja nicht mehr drin."

„Schön, dass du es sportlich nimmst."

Danach fing Alva an, meine Nägel vorzubereiten indem sie zunächst die aktuellen Gelnägel mit ihren ‚lächerlichen' paar Millimeterchen restlos entfernte und dann meine natürlichen Nägel glatt polierte und die Nagelhaut zurecht schob.

„Der Rest geht eigentlich schnell und schmerzlos", klärte mich Alva auf, während sie aus den ganzen Nägeln sehr aufmerksam die heraussuchte, die an dem jeweiligen natürlichen Nagel am besten auflagen.

„Die sind so lang, dass ich dir die Nägel auf den kompletten natürlichen Nagel kleben muss. Es gibt für die Frech-Variante mit Acrylnägeln auch die Möglichkeit den Kunstnagel nur an der Spitze anzukleben und dann die Stabilität zu schaffen, indem von oben noch eine Menge Gel hinterher gekippt wird. Also fast so, wie du es schon kennst. Nur eben, dass statt einer Schablone ein Kunstnagel verwendet wird."

Ich höre ihr nicht wirklich mit voller Konzentration zu. Stattdessen verfolgte ich, wie sie für einen Finger nach dem anderen den richtigen Kunstnagel fand und zurecht legte.

„So, jetzt muss ich die Acrylnägel nur noch ein bisschen zurechtfeilen, damit sie sich ideal in dein Nagelbett einfügen."

Irgendwann war es dann so weit. Sie trug auf den ersten Finger den Kleber auf. So weit ich das lesen konnte, war die Tube mit irgendwelchen Superlativen beschriftet. ‚super ultra glue', wenn ich mich richtig erinnere.

Was auch immer drauf stand. Alva drückte lächelnd und kraftvoll den ersten Nagel an und hielt diesen Druck etwa eine Minute lang. Damit auch das letzte Atom von dem Kleber merkte, dass jetzt die Zeit zum Aushärten sei, erklärte sie mir strahlend.

Eine Viertelstunde später konnte ich, dank meines bisher verborgen gebliebenen Schauspieltalentes, mein Glück kaum fassen. Ich hatte zehn wirklich lange, gebogene Nägel an meinen Fingern. Alva hatte mir ganz am Ende noch ein bisschen die Nagelspitzen zurechtgefeilt bevor sie sich glücklich nach hinten lehnte.

„Sind die nicht der helle Wahnsinn?"

Fast hätte ich ihr zugestimmt. Im letzten Moment wurde mir aber klar, dass ich statt Euphorie vermutlich puren Sarkasmus in meine Stimme gelegt hätte. Also beschränkte ich mich darauf, meine Finger ein wenig zu bewegen und zu lächeln.

„So, Muse, bevor du vor lauter Freude gar nichts mehr zustande bringst, machen wir direkt mal ein paar Videosequenzen."

Endlich mal etwas, was ich bisher immer mit Bravour gemeistert hatte.

„Wo?"

Alva zeigte mit einer galanten Bewegung in die Fußgängerzone.

„Du wirst ein bisschen bummeln gehen."

„Super. Das habe ich wirklich lange nicht mehr gemacht."

Für einen kleinen Moment war ich tatsächlich begeistert. Dann allerdings fielen mir die Nägel wieder ein.

„Ich verstehe. Dein Projekt: ‚Leben mit langen Nägeln'?"

„Du hast es erfasst. Ich will es dir aber nicht zu schwer machen. Heute musst du keine Anproben machen. Heute ist nur Schaufenstershoppen angesagt."

„Also ein bisschen bummeln, die Waren, die vor dem Laden stehen anfassen, die Schaufenster studieren?"

„Genau das. Du kannst hier noch ein bisschen sitzen bleiben. Ich hole eben die Kamera und dann geht es auch schon los."

Also saß ich noch ein bisschen auf dem Stuhl und hielt überglücklich meine Nägel in die Kamera, deren Livebild noch immer einige Leute anzog. Man oh man. Wie kann man sich nur freiwillig so lange Nägel ankleben lassen?

Der Schaufensterbummel, der dann folgte war es allerdings auch wieder irgendwo wehrt. Alleine die Frauen, die mich ansprachen und denen ich mit stetig wachsender Phantasie erklärte, wie weiblich und wie hübsch ich mich mit genau diesen Fingernägeln fand. Ich hätte manchmal kaum an mich halten können, als ich in die ungläubigen Gesichter schaute.

Bei Betrachten und Berühren der Waren war ich natürlich darauf reduziert alles mit der Fingerkuppe des Daumens und der Seite des Zeigefingers anzufassen oder wohl eher einzuklemmen. Alva, die die ganze Zeit die Kamera drauf hielt, strahlte über das ganze Gesicht.

„Lust auf einen Kaffee, Muse?" wollte sie nach vielleicht einer Stunde wissen.

„Klar. Warum nicht?"

Sie führte mich zu einem der Straßencafes.

„Such dir was von der Karte aus."

Dieses Luder. Wieder mal musste ich die Übung machen, etwas zwischen meinen Fingern einzuklemmen. Diesmal war es die Karte mit den Kaffeesorten. Das Blättern in der Karte war dann besonders toll. Natürlich hielt Alva noch immer die Kamera drauf. Nachdem wir bestellt hatten, legte sie die Kamera endlich weg.

„Was meinst du Alva? Schauen die Leute wegen meiner Nägel, wegen meiner nicht ganz so alltäglichen Kleidung oder wegen meiner praktischen Frisur?"

„Ich glaube, die schauen wegen deiner Piercings", erklärte sie mir lachend. Obwohl ich die Nägel noch immer vollkommen bescheuert fand, konnte ich nur in ihr Lachen einstimmen. Genaugenommen, das wurde mir in dem Moment klar, war es ziemlich egal, was die noch alles mit mir vor hatten. Selbst das, was mir im ersten Moment keinen Spaß zu machen schien, war am Ende dann doch immer irgendwie ganz lustig oder lehrreich. Zum ersten Mal stellte sich bei mir ein Gefühl der Versöhnung ein. Und das mit Nägeln, die tatsächlich einen halbem Meter lang waren. Kompletter Wahnsinn.

„Wäre schön, wenn du bezahlen würdest Muse."

„Wenn ich denn mal Geld hätte."

Bei der Kleidung die ich an hatte, waren Taschen für Portemonnaie oder ähnliches nicht vorgesehen. Ich konnte also nur lächelnd abwarten, was Alva im Sinn hatte.

„Kein Problem." Sie legte mir eine kleine Geldbörse hin. Nachdem ich unter dem irritierten Blick der Kellnerin und vor der surrenden Kamera von Alva wieder einmal eine meiner neuen Fingerübungen praktiziert hatte, machten wir noch ein bisschen mehr Schaufenstershopping, bevor Alva mich wieder zurück brachte.

„Eigentlich hätte ich viel mehr Lust, dir zehn Euro in die Hand zu drücken und dich dann dir selber zu überlassen. Meiner Meinung nach lernst du dabei am meisten. Aber Franky hat mir in dem Punkt eine klare Ansage gemacht. In dem Gesamtoutfit ist es zu gefährlich, dass dir irgendein Idiot blöde kommt. Und da ich nicht wusste, ob du dein Leben mit den langen Nägeln so schnell geregelt bekommst, war Fahren mit dem eigenen Auto auch nicht angesagt. Also mach ich das Taxi für dich."

„Da muss ich Franky allerdings zustimmen. Im Moment gibt es wirklich wenig an mir das unauffällig wirkt."

„Ist ja okay. Außerdem hast du heute mal wieder deine grandiose Standardform gezeigt. Vom dem Bildmaterial kann ich garantiert eine ganze Menge verwenden."

„Wann nimmst du mir die Nägel eigentlich wieder ab?"

„Mal schauen." Dabei lächelte sie mich unverbindlich an.

„Letztlich ist das deine Entscheidung. Ich meine, wenn du noch irgendwelche Videos drehen willst. Gerne. Aber du musst dann auch organisieren, wer bei mir Körperpflege macht. Oder anders gesagt: Wenn ich weiter meine Piercings selber pflegen soll, dann dauert das bestimmt mindestens eine Stunde länger, als sonst."

„Ist schon okay. Du machst jetzt noch ein bisschen Hausputz. Also für Videos natürlich. Dann ziehst du dich noch ein paar Mal um. Ebenfalls für Videos und dann nehme ich sie dir ab. Ist das okay für dich?"

„Klar ist das okay. Immer schön, wenn mir mal jemand mitteilt, wie lange irgendwelche Sachen gemacht werden sollen."

„Kann das sein, dass du irgendwie unzufrieden bist?" wollte Alva wissen.

„Im Gunde genommen bin ich sehr zufrieden. Wir hatten allerdings vor einiger Zeit schon mal darüber gesprochen, dass es einfacher ist, wenn ihr mir ein bisschen früher sagt, was auf mich zu kommt. Dann kann man sich manchen Stress sparen."

„Hatten wir. Ist aber anders trotzdem viel reißvoller für uns. Mit deinen spontanen Reaktionen liegst du einfach immer sehr gut. Oder zumindest fast immer. Deshalb bleibt das so, wie es im Moment ist. Und dir geht es doch nicht schlecht dabei."

„Dann kannst du ja mal einen ganzen Tag mit so einer Maske rumlaufen."

„Fang bloß nicht wieder an, rumzuzicken. Es gibt einfach auch mal unangenehme Dinge, durch die man durch muss."

Da ich schon wieder merkte, wie es in mir leicht köchelte, beschloss ich, das Thema besser nicht weiter zu verfolgen und beendete die Diskussion mit so etwas wie „ist schon okay".

Als ich eine Stunde später das erste Mal mit aktuelle Klamotten ausziehen und neue Klamotten anziehen beschäftigt war, fühlte ich mich allerdings gar nicht mehr nach dem ohnehin halbherzigen „ist schon okay". Alva lag fast auf dem Boden vor lachen, als ich mich mit den ganzen Knoten abmühte. In dem Moment wurde mir auch klar, warum Franky so gegrinst hatte, als er mir am Morgen gesagt hatte, ich solle Sachen anziehen, die über Senkel verschlossen werden. Glücklicherweise war ich nicht auf die Idee gekommen, Doppelknoten zu benutzen. In dem Fall wäre ich vermutlich komplett verzweifelt.

Irgendwann gelang es mir dann glücklicherweise die Kurve zu bekommen und die heitere Stimmung von Alva aufzunehmen. Dann war ich endlich so weit mit glücklichem Gesicht auch mal zwei oder drei Versuche beim Anziehen zu machen, damit Alva die Chance haben würde, vernünftige Videosequenzen zusammenzuschneiden.

„Jetzt machst du noch das Abendessen und danach scheide ich sie dir ab. Dann hast du genug gelitten.“

Überraschung beim Notar

Das Wochenende danach verlief für mich relativ ereignislos. Wegen der unmittelbar bevorstehenden Messe waren bis auf Berti und Alva alle ziemlich hektisch. Meine Messevorbereitung bestand einfach nur darin, täglich Dehnungsübungen zu machen. Das Sexleben mit Franky, auf das ich die endlose Zeit von drei Tagen hatte verzichten müssen, stellte sich glücklicherweise auch wieder ein. Wobei er sich leider weiterhin standhaft weigerte, meinen Keuschheitsgürtel für diese Momente abzunehmen. Am Anfang der neuen Woche wurde mein Ex dann endgültig beigesetzt und ich hatte noch mal alle Hände voll zu tun, um den ganzen Papierkram in seine Bahnen zu leiten. Das alles mit meinem Beetle und den Schenkelbändern die Franky mir einfach nicht ersparen wollte. Wenigstens durfte ich mir einigermaßen unauffällige Klamotten anziehen. Alva hatte mir noch schnell Standard-Gel-Nägel gemacht. Ich war also zumindest mit meinen Händen ohne jede Einschränkung. Wäre bei den ganzen Terminen auch wirklich nur dämlich gewesen.

Franky war in der Zeit fast nur noch in seiner Werkstatt zu finden. Dadurch bekam er gar nicht mit, dass ich am Mittwoch vor der Messe noch einen Notartermin hatte, der für mich eine faustdicke Überraschung beinhaltete. Ich erfuhr nämlich endlich, von was für einem Erbe meine Exschwägerin Brechthild gefaselt hatte.

Mein Mann war tatsächlich der Besitzer mehrerer Immobilien, die komplett von einer Hausmeisterservicefirma betreut wurden. Damit kamen trotz der Unkosten für die Firma jeden Monat so um die fünftausend Euro auf unserem und jetzt meinem Konto an. Ich war also in einer Weise finanziell unabhängig, die ich mir nie erträumt hatte.

Insofern war ich meinem Ex natürlich sehr dankbar. Andererseits konnte ich überhaupt nicht verstehen, weshalb er mich für so unwichtig gehalten hatte, dass er mir all das komplett verschwiegen hatte.

Ich beschloss die anderen erst am ersten Abend nach der Messe mit dieser Neuigkeit zu beglücken. Dann, stellte ich mir vor, hätten auch alle den Kopf frei um gebührend mit mir zu feiern.

Noch am gleichen Abend fuhren wir in die Messestadt. Wir wollten dann den letzten Tag vor der Eröffnung damit verbringen, den Stand zu dekorieren. Die Wände waren bereits von einer entsprechenden Firma aufgebaut worden. Da wir nicht alle Angebote durcheinander gewürfelt präsentieren wollten, hatten wir einen Platz gemietet, der irgendwo in der Hallenmitte lag und einen nahezu quadratischen Grundriss hatte. Genau in der Mitte war eine kleine Küche aufgebaut und jeder der vier offiziellen WG-Bewohner hatte dann eine Seite des Quadrates für sich. Dadurch waren die Bereiche von einander getrennt und wir nahmen uns trotzdem nicht die Möglichkeit uns gegenseitig zu besuchen oder mal kurz auszuhelfen.

Der erste Messetag

Der erste Messetag begann für mich vergleichsweise harmlos. Zum schwarzen, hoch geschlossenen Latexanzug trug ich ein Korsett, das entgegen der eigentlichen Absprache noch mal einen Zentimeter enger war. Außerdem wurden meine Brüste mit ein paar Silikonkissen kräftig nach oben gedrückt (statt 90-58-87 war ich jetzt eher 95-57-87). Den Abschluss bildete dann die von mir so ‚geliebte' Kombination aus Keuschheitsgürtel und Schenkelbändern. Meine Aufgabe war es einfach durch die Halle zu laufen, alle anzulächeln und Handzettel mit unseren Produkten zu verteilen. Um nicht übersehen zu werden, hatte mir Grace Stiefel angezogen, die vorne ein zehn Zentimeter Plateau und hinten, sehr stabile Blockabsätze von schlappen zwanzig Zentimetern hatten.

Auch wenn ich für einen Moment an einen Scherz gedacht hatte, merkte ich schon beim ersten Schritt, dass die Stiefel sehr bequem waren. Ich musste weder Stabilitätsprobleme, noch irgendwelche Schmerzen befürchten. Also drehte ich in Ruhe meine Runden, machte, wo es sich anbot, ein bisschen Smalltalk und bekam auf die Weise einen ganz guten Eindruck davon, was die anderen Anbieter so alles machten.

Überall waren Hinweise auf verschiedene Events zu finden, die der Messeorganisator auf die drei Tage verteilt anbot. Es sollte Tanzeinlagen in allen Varianten geben, die man bei einer Erotikmesse so erwarten konnte. Außerdem Bondage- und Tattooevents. Insofern nichts Besonderes.

Gegen frühen Nachmittag, als ich wieder mal Zettelnachschub holen wollte, hielt mich Grace zurück.

„Genug verteilt. Zieh dir bequeme Schuhe an, iss was, trink was und geh noch mal auf die Toilette. In einer Stunde brauche ich dich."

Nachdem ich das alles erledigt hatte – mit einem ungewohnt engen Korsett kann man ja auch so richtig gut essen – fand ich mich in Frankys Abteilung ein. Franky selber hatte kaum einen Blick für mich, was ich nicht weiter schlimm fand, da die Messe nicht fürs Anschmachten der Geliebten, sondern für die Verkäufe und Anpreisung der Waren stattfand. Ich freute mich, dass er einige Kunden um sich geschart hatte, denen er seinen Schmuck zeigen konnte.

Grace kam mit einem Bondageseil in der Hand auf mich zu.

„Wir können uns, während ich dich fessle über Gott und die Welt unterhalten, du kannst dich mit der Laufkundschaft unterhalten. Hauptsache, alles ist locker und ungezwungen. Denk immer daran, dass du hier unser unterwürfiges Modell bist, das nichts geiler findet, als von uns präsentiert zu werden."

„Alles klar Grace. Weiß ich doch", beruhigte ich sie noch mal. „Was ist mit Schuhen? Soll ich die Turnschuhe anbehalten? Eher nicht oder?"

Sie reichte mir lachend ein paar High Heel Stiefeletten. „Natürlich nicht."

Danach knotete sie mir unter der regen Anteilnahme der Laufkunden einen Brustharness und dann ohne viel Vorrede einen ‚Reverse Prayer' der meine Hände wesentlich höher fixierte, als ich mir es vorher hätte vorstellen können. Trotzdem gelang es mir, dank der Übungen der letzten Tage problemlos, einen lockeren Gesichtsausdruck beizubehalten. Als besonderes Highlight befestigte Grace mir noch ein Werbeschild am Rücken. Genauer gesagt befestigte sie mir den Stiel für das Schild am Rücken. Das eigentliche Schild war an dem Stiel befestigt und thronte ein Stück über meinem Kopf.

„Du kannst jetzt wieder deine Runden gehen Muse. Falls dich jemand fragt: Dein Auftritt bei der Bondageshow wird so ungefähr gegen sieben Uhr sein. Wenn jemand an Bondageworkshops interessiert ist, dann kann er sich eine Karte mitnehmen."

Mit diesen Worten band sie mir noch eine Bauchtasche um, aus der sich dann jeder bedienen konnte.

„Alles klar. Wann soll ich wieder hier sein?"

„Ich nehme mal an, dass du nach einer Stunde dringend Erlösung brauchst. Schau einfach, wie lange du es aushältst."

Diesmal war mein Gang durch die Menge um einiges schwieriger. Das lag nicht nur an der unangenehmen Fesselung meiner Arme, sondern auch daran, dass sich die Gänge inzwischen ziemlich gut gefüllt hatten.

Trotzdem gelang es mir, mit den Leuten immer wieder mal kurz ins Gespräch zu kommen. Ein paar wollten auch einfach nur Fotos von mir oder zusammen mit mir machen. Frei nach dem Motto, dass Werbung immer gut ist, ließ ich mich gerne auf die verschiedenen Situationen ein. Glücklicherweise kam niemand auf die Idee an meinen Fesseln herumzuspielen oder diese gar zu erweitern.

In der nächsten Figur band Grace meine Arme nur so auf dem Rücken zusammen, dass die Unterarme aufeinander lagen. Ich wusste bereits aus Erfahrung, dass ich es damit locker ein paar Stunden aushalten konnte, was ich dann auch machen musste. Denn, wie sie mir lächelnd erklärte, würde ich die Fesselung erst wieder los, wenn die Show starten würde.

Ein Blick auf die Uhr zeigte mir, dass das so lange gar nicht mehr dauern würde. Ich ging also ein letztes Mal meine Werberunde und wurde dann zu meiner großen Überraschung von Keuschheitsgürtel, Korsett und den Push-Up Einlagen befreit. Um die Show komplett auf die Fesselungen zu reduzieren, zog Grace mir eine Maske über den Kopf, die von außen einfach nur schwarz war, mir aber noch einen, wenn auch unklaren, Blick erlaubte. Noch vor ein paar Wochen hätte ich vermutlich wieder erklärt, dass ich lieber nach dem Prinzip „Ganz oder Gar nicht" behandelt werden würde. In diesem Fall, mit all den anderen Leuten, durch die ich mich mit Grace durchschlängeln musste, war es mir allerdings wirklich lieber noch ein bisschen etwas sehen zu können.

Als wir an die Reihe kamen, knüpfte Grace mir zunächst den Brustharness neu. Ich war natürlich ohne Fesseln auf die Bühne geführt worden. Danach knüpfte sie mir einen Unterleibsharness, der genauso wie der Brustharness für sich genommen keine Fesselung war, sondern einfach nur zur Befestigung für andere Bondageseile angelegt wurde. Bei der ersten wirklichen Bondagefigur legte sie mir wieder die Arme hinter dem Rücken aufeinander. Danach befestigte sie an allen möglichen Körperstellen verschiedene Seile die alle über einen Haken über meinem Kopf geführt wurden. Beim Legen der Seile und er Ausrichtung der Längen ließ sie sich für meine Begriffe viel Zeit. Die Figur war in dem Moment fertig, in dem sie die Seile, die ich um die Beine trug der Reihe nach straff zog und ich mich plötzlich in waagerechter Position schwebend in der Luft befand. Als ich im ersten Moment den Kopf nach unten hängen ließ, steckte sie mir wieder mal einen Ballknebel rein, der diesmal durch ein komplettes Kopfgeschirr am Platz gehalten wurde. Das hatte für Grace nicht nur den Vorteil, dass sie nicht andauernd aufpassen musste, ob das Band, mit dem der Ball fixiert wird, eventuell verrutscht. Es hatte vielmehr den wesentlichen Vorteil, dass sie das Kopfgeschirr problemlos in die Bondage integrieren konnte, was sie dann auch sofort machte. Kurz danach war mein Kopf vollständig in den Nacken gezogen.

Nachdem ich mich so ein paar Mal im Kreis gedreht hatte, änderte sie die Fesselung so, dass ich schräg in der Luft hing. Dabei waren die Beine allerdings höher als der Kopf. Für den nächsten Wechsel legte sie mir die Unterschenkel an die zugehörigen Oberschenkel. Dabei zog sie die Fesseln so stark an, dass mir versehentlich ein leises Stöhnen entwich. Grace reagierte darauf zwar nicht, ich wusste aber, dass es gegen die Absprache war. Mein Job war es einfach nur eine Puppe zu sein, an der Bondage praktiziert wurde. Deshalb eben auch die Maske. Als sie mit dem Umbau der Fesseln fertig war, hing ich nur noch an den Seilen, die sie mir vorher so straff angelegt hatte. Zwar waren die an dem Unterleibsharness gesichert, es bestand also keine Gefahr, dass ich auf den Kopf fallen konnte, falls sie verrutschen sollten, aber das Bondagebild wäre zerstört worden, wenn sie gerutscht wären.

Ich hing jetzt also komplett kopfunter an den Bondageseilen, die an meinen Beinen befestigt waren. Wieder ließ mich Grace eine Zeitlang um die eigene Achse pendeln. Ich kann nicht sagen, dass dieser Zustand mir und meinem Kreislauf besonders gut gefiel.

Inzwischen hatte ich natürlich herausbekommen, dass die Show wahrscheinlich erst dann zu ende war, wenn ich wieder mit dem Kopf nach oben in den Seilen hing. Demzufolge bereitete Grace dann auch schon die nächste Figur vor, indem sie einige Seile auf der Bauchseite meines Unterleibsharness befestigte. Danach drehte sie mich, durch Lockern der Beinbondage langsam weiter, bis ich mit dem Rücken nach unten an meinem Unterleibsharness hing. Damit war die Figur aber noch nicht fertig. Grace verband dann nur noch schnell meine Knöchel mit dem Ballknebelgeschirr. Vermutlich sah ich jetzt, als ich endlich wieder alleine vor mich hin pendelte, wie ein großes ‚O' aus. Vom Gefühl her, schien ich ziemlich sicher in den Seilen zu hängen. Es war bestimmt nicht einfach, die Knoten so zu setzen, dass der Körperschwerpunkt genau getroffen wurde und das Bondagemodell - in dem Fall also ich – nicht über den Kopf oder die Füße eine unfreiwillige Rolle machte.

Aber, was man durch Geschicklichkeit verhindern konnte, das kann man ebenfalls durch Geschicklichkeit natürlich herbeiführen. Und genau das machte Grace jetzt. Sie verlagerte die Befestigung auf den Brustharness und ließ mich damit ohne die sonstige Fesselung zu ändern um eine Vierteldrehung rollen. Mein Oberkörper war jetzt also wieder einigermaßen senkrecht. Die Verbindung zwischen meinen Füßen und dem Kopfgeschirr nagte jetzt allerdings am Rest meiner Selbstbeherrschung. Ich konnte mir nicht vorstellen, dass ich noch immer den lockeren und zufriedenen Eindruck machte, den ich eigentlich machen sollte.

Endlich löste Grace die Verbindung und ließ mich langsam wieder auf meine Füße herab. Nachdem sie bis auf die beiden Harnesse alle Fesseln gelöst hatte, zog sie mir die Kapuze vom Kopf und ich konnte mich lächelnd vor dem Publikum verbeugen und damit die letzten Zweifel vertreiben, dass ich eventuell unfreiwillig als Modell hergehalten hatte.

Zurück am Stand schickte mich Grace erstmal in die Küche.

„Iss ein bisschen was und entspann dich. Sobald du dich erholt hast, gehst du zu Franky und lässt dich wieder in deine Standardklamotten einschließen. In einer halben Stunde wird ohnehin dicht gemacht. Viel kann also nicht mehr passieren."

Genau so war es dann auch. Gleichzeitig mit der ersten Durchsage der Organisatoren stand ich neben Franky, der mir stolz erzählte, dass er den ganzen Tag durchgearbeitet hatte und viele neue Kontakte dazu bekommen hatte.

„Grace meinte, du willst mich wieder einschließen?"

„Natürlich. Du musst in Übung bleiben. Sonst geht das große Schlussevent am Sonntag am Ende noch schief. Das will ich in keinem Fall riskieren."

Mit ziemlich viel geschauspielertem und wenig echtem Enthusiasmus steckte ich die Silikonpolster unter meine Brüste, ließ mir von Alva, die ihren Stand schon dicht hatte, das Korsett schließen und legte mir dann selber den Keuschheitsgürtel und die Schenkelbänder an. Immerhin hatte ich damit noch einmal die Aufmerksamkeit der Laufkundschaft, von der wieder einige Interessierte stehen blieben und mir zuschauten.

Als dann die endgültige Schließung der Hallen für das Publikum durchgesagt wurde, war ich eigentlich der Meinung, dass wir zusammen ins Hotel fahren, eine Runde duschen und dann einen gemütlichen Abend verbringen würden. Stattdessen nahmen die anderen mich mit auf eine Ausstellerparty, die in einem improvisierten Club auf dem Messegelände stattfand. Sinn und Zweck war natürlich, dass alte Bekanntschaften unter den Ausstellern gepflegt und neue geknüpft werden konnten. Demzufolge war ich ziemlich plötzlich alleine in dem riesigen Teil. Ich hätte nicht das geringste Problem damit gehabt, wenn Franky mich an sich gekettet hätte. Wir wären nicht das einzige Paar gewesen, das unlösbar miteinander verbunden, durch die Menge gegangen wäre. Leider war er nicht auf die Idee gekommen. Stattdessen ließ er mich bei der ersten besten Gelegenheit einfach stehen.

Um das Beste draus zu machen, bahnte ich mir den Weg zur Tanzfläche und gab mich den hämmernden Rhythmen aus den Boxen hin. Unterbrechungen gönnte ich mir nur, wenn ich merkte, dass ich dringend wieder Flüssigkeiten nachschütten musste (Wasser war erfreulicherweise umsonst). Die plumpen und teilweise auch anspruchsvollen Baggerversuche einzelner Mittänzer und Mittänzerinnen ließ ich an mir abprallen. Mir war danach, sauer auf Franky zu sein. Dabei wollte ich mich nicht durch mehr oder weniger anspruchsvolles Gelaber ablenken lassen. Irgendwann, als ich nur noch enttäuscht war, stupste mich schon wieder so ein Baggerversuch an. Gerade, als ich meinen Gegner abservieren wollte, erkannte ich Lisa, die mich glücklich anlächelte und aus dem lauten Raum herausführte.

„Ich habe dich schon überall gesucht, Muse. Wieso bist du denn ganz alleine?"

„Die anderen haben mich scheinbar vergessen, als sie sich in die Menge gestürzt haben, um mit den anderen Ausstellern zu labern."

„Oh, das hört sich nach einem ausgewachsenen Frust an."

„Ich werde mich schon wieder beruhigen."

„Das will ich hoffen. Schließlich ist morgen unser kleines Date. Dafür musst du absolut fit sein. Franky sucht dich übrigens schon. Er will ins Hotel."

„Wo war das? Also, ich meine, wo hast du ihn gesehen?"

Noch bevor sie mir antworten konnte, sah ich Franky auf mich zu kommen. Er schien auch ein wenig ermüdet zu sein. Einen kleinen Augenblick hatte ich den Eindruck, er hätte mich am liebsten an der Hand genommen und hinter sich her geschleift. Ich hatte gerade noch genug Zeit, um Lisa eine Kusshand zuzuwerfen und dann waren wir auch schon auf dem Weg ins Hotel.

Der zweite Messetag

Franky hatte mich überraschenderweise komplett nackig schlafen lassen.

„Grace war heute nicht so restlos zufrieden mit dir. Insofern sei froh, dass ich der Meinung bin, dass du morgen nicht besser wirst, wenn du nach dem anstrengenden Tag jetzt auch noch in Korsett schlafen musst."

Mir war klar, dass jede ehrliche Antwort darauf nur Probleme gebracht hätte, also schlug ich ihm vor, am besten alles zu bereden, wenn die Messe vorbei war. Danach kuschelte ich mich in die Bettdecke ein und schlief wahrscheinlich Sekunden später schon tief und fest. Jedenfalls konnte ich mich am nächsten Tag nicht erinnern noch lange gegrübelt zu haben.

Bis auf die Farbe des Latexanzuges – dieser war jetzt quietschgrün – glich mein Outfit dem vom ersten Messetag. Also wieder reichlich Polster unter den Brüsten, reichlich Korsetttaille und natürlich dieser nervige Blechgürtel mit Schenkelbändern.

Als wir auf dem Stand ankamen, trat Lisa erfreut einen Schritt zurück und schaute mich bewundernd von oben bis unten an.

„Ein Traum in Grün. Du siehst fantastisch aus."

Genau in dem Moment merkte ich, was mir in den letzten Tagen gefehlt hatte. Einfach mal ein kleines Lob.

„Danke dir. Wenn ich nicht falsch liege, verbringen wir heute einiges an Zeit miteinander?"

„Tun wir. Es geht in einer Stunde schon los. Ich nehme mit dir an einem kleinen Piercingevent teil. Danach mach ich an deinem Tattoo weiter. Vielleicht bekommen wir heute Abend ja sogar einen Preis."

„Was muss ich machen?"

„Einfach das, was du am besten von allen kannst. Mich machen lassen."

Ich half noch ein bisschen am Stand aus. Zwar waren Hostessen angestellt, um die Kunden mit Kaffee zu versorgen, aber eine von denen war mit ihrem Zug hängen geblieben und kam dann unter tausend Entschuldigungen zu spät auf den Stand.

Damit war die Zeit schnell herum und Lisa nahm mich mit zu dem Showroom. Bevor ich mich richtig orientiert hatte, setzte mich Lisa auf den zentralen Stuhl und ließ sich ein bereits vorbereitetes Tablett mit den üblichen Piercingzutaten bringen. Während sie anfing, sich mit meinen Lippen zu beschäftigen, hörte ich die Ansage um welches Piercing es sich handeln sollte. Da Lisa mir gesagt hatte, dass die Kamera bereits auf mich gerichtet war, gelang es mir, den Gesichtsausdruck ruhig zu halten.

„Nur keine Panik Muse. Ich nehme das natürlich gleich wieder raus."

Ohne weiter auf mich einzugehen stach sie mir dann relativ zügig drei Ringe in die Unterlippe und zwei in die Oberlippe. Um daraus dann das zu machen, was ich über Lautsprecher gehört hatte, nahm sie wieder so ein hübsches goldenes Band und steckte es durch die frisch gesetzten Ringe, wobei sie mein Septumpiercing mit einbezog. Damit war mein Mund in gewisser Weise verschlossen. Und genau das hatte die Stimme angekündigt.

Lisa war spürbar glücklich mit dem Ergebnis. Ich ließ mich noch ein bisschen filmen und betrachtete das Ergebnis, das mir rein optisch sogar ganz hervorragend gefiel, noch mit einem kleinen Handspiegel. Dann war das Event für uns auch schon vorbei. Als Lisa anfing, mir die Ringe wieder raus zu nehmen, bat ich sie den mittleren in der Unterlippe stecken zu lassen. Mit dem hatte ich schon seit einiger Zeit geliebäugelt.

„Der kann dir beim Trinken aber Probleme machen. Zumindest wenn du Pech hast."

„Wieso?"

„Kann sein, dass es daneben ein bisschen durchsabbert, wenn du aus einem Glas trinkst. Möglicherweise liegt deine Unterlippe nicht ganz dicht an. Lass dich einfach überraschen."

„Dann kann ich ihn immer noch rausnehmen. Jetzt lass ihn bitte noch drin."

„Wie du willst. Gut aussehen tut er allemal."

Zurück am Stand hatte ich dann eigentlich die Hoffnung gehabt, dass ich für das Tattoo endlich das Korsett loswerden würde. Leider war das aber falsch gedacht. Stattdessen half Lisa mir lediglich aus dem Oberteil des Anzuges heraus. Damit wurden natürlich auch die Silikoneinlagen zur Seite gelegt, aber unterhalb der Brüste saß das Korsett noch immer an seiner Stelle.

„Am besten du legst dich hier auf die Liege. Ich werde mich um die freie Fläche zwischen den beiden Pinups verdient machen. Diesmal Freihand. Ich gehe mal einfach davon aus, dass dir das Ergebnis gefallen wird. Zum Diskutieren haben wir leider nicht mehr genug Zeit."

Lisa tat in den folgenden Stunden eigentlich alles, um mir das Leben so angenehm wie möglich zu machen. Wobei das nicht wirklich einfach war, da ich natürlich im öffentlichen Bereich lag und der Fortschritt des Kunstwerkes über einen großen Bildschirm übertragen wurde. Schließlich waren wir auf einer Messe. Und dabei ging es natürlich in erster Linie ums Geldverdienen. Also Bildschirm mit Dauereinblendung des Logos von Bertis und Lisas Tattoostudios. Trotzdem fand sie, wenn sie mit ihrer freien Hand, meine Haut neu positionierte, immer wieder die Möglichkeit, meine Brustwarzen in sehr, sehr angenehmer Weise zu berühren.

An den Gesichtern der Zuschauer konnte ich ablesen, dass Lisa mal wieder ein Meisterwerk ablieferte. Ansonsten war ich nur auf mein Körpergefühl angewiesen. Am Anfang stach sie im oberen Bereich meines Brustkorbes. Eigentlich ziemlich genau die Stelle, an der bei den meisten Halsketten, die Schmuckanhänger auflagen. Nur war dieser Schmuckanhänger einfach um einiges größer. Erst als sie da komplett fertig war und sich einen Moment lang glücklich nach hinten lehnte, fing sie an, sich an meinem Hals hoch zu arbeiten.

Meinen irritierten Blick quittierte sie mit erhöhter Aktivität ihrer manchmal freien Hand. Also zum Beispiel immer dann, wenn sie neue Tinte aufnahm. Was sollte ich schon groß machen? Die wunderbarste und schönste Frau, der ich je begegnet war, arbeitete an meinem Körper und war mir sehr nah. Irgendwann warf ich meine Bedenken, dass das Tattoo vielleicht doch ein bisschen zu hoch gehen könnte weg und gab mich nur noch dem Gefühl hin, für immer von Lisa verziert zu werden. Als sie anfing, meinen Hals sehr großflächig zu bearbeiten war ich einfach nur noch gespannt, was daraus werden sollte. Irgendwann musste ich mich auf einen Hocker setzen, damit Lisa sich besser um meinen Hals herum durcharbeiten konnte. Spätestens da hatte ich eine Idee, was sie an meinem Hals machte.

Endlich war sie fertig. Sie zog mich, ich war inzwischen wie in Trance, zu dem Showroom in dem die Tattoos vorgestellt wurden.

Als ich auf der Bühne stand, wusste ich noch immer nicht, was es geworden war. Ich wusste nur, dass Lisa mir den Anzug oberhalb des Korsetts abgeschnitten hatte, damit ich zumindest einigermaßen vernünftig aussah. Die Zeit etwas anderes anzuziehen war einfach nicht mehr geblieben.

Das Publikum war begeistert. Lisa lächelte mich immer noch stolz an.

„Wenn ich das richtig mitbekommen habe, dann hast du gute Chancen aufs Treppchen zu kommen. Dann wirst du auch einen Bildschirm sehen, der dich zeigt. Willst du dich überraschen lassen oder soll ich es dir jetzt schon zeigen.“

„Ich lass mich überraschen.“

„Ich bin mir zwar sicher, dass du es gut finden wirst, aber denk dran, dass du dich über den Preis freust.“

Tatsächlich stand ich wenig später auf dem Treppchen. Zwar nicht ganz oben aber immerhin auf Platz zwei. Und tatsächlich sah ich genau in dem Moment zum ersten Mal, was Lisa mir gestochen hatte.

317

Um den Hals trug ich ein breites bläulich schimmerndes Stahlband. Natürlich tätowiert, aber eben so gut, dass es schon fast echt aussah. An dem vorderen dicken Ring hing eine Kette, die kurz unterhalb der Linie meiner Schlüsselbeine endete. Die Kette war mit einem Stahlband verbunden, dass sich eng um die Hüften einer Elfe schlang. Die Elfe hing im Hohlkreuz an diesem Band. Der Kopf und die Füße waren auf gleicher Höhe. Statt Armen hatte sie wunderschöne Flügel, die komplett ausgebreitet waren und so fast bis zu meinem Brustansatz reichten und den Stiefeln der beiden Frauen, die Lisa mir letzte Woche tätowierte hatte, sehr nahe kamen.

Der dritte Messetag

Franky hatte mich wieder ohne Fesseln schlafen lassen. Bedauerlicherweise hatte er allerdings auch wieder auf Sex verzichtet. Ich schob das der Einfachheit halber auf den Messestress und ließ es damit auf sich bewenden. Meine Gedanken waren ohnehin mehr bei Lisa als bei Franky.

Der Tag begann so, wie die anderen. Statt eines Anzuges trug ich diesmal nur ein Shirt und einen kurzen Rock. Natürlich alles aus Latex und natürlich mit Korsett und Einlagen unter den Brüsten. Einzig auf den Keuschheitsgürtel verzichtete Franky diesmal.

Das Hauptevent war heute eine Schmuckpräsentation, an der Franky ebenfalls teilnahm. Natürlich mit mir als Modell. Da das erst am frühen Nachmittag stattfinden sollte, machte ich mich bis dahin auf unseren Ständen nützlich. Mein persönliches Highlight war der Moment, in dem Lisa vorbeischaute. Sie hatte sich den Tag freigehalten, um sich selber in Ruhe umschauen zu können. Bei der Betrachtung meines frischen Tattoos fand sie noch ein paar Kleinigkeiten, die ihr nicht gefielen. Ich konnte das zwar nicht verstehen, aber letztlich führte es dazu, dass sie mit Franky vereinbarte, dass ich am Abend mit zu Lisa fahren würde, damit sie das korrigieren könnte.

Als ich diesen Vorschlag hörte, war ich natürlich sofort auf ihrer Seite. Was konnte es nach dem Stress besseres geben, als ein paar Tage bei Lisa zu verbringen?

Irgendwann war es dann endlich soweit. Franky nahm mich mit zum Showroom.

„Ich brauche dich unten herum unbekleidet. Wir werden einen Keuschheitsgürtel mit Schenkelbändern präsentieren. Du kennst das ja inzwischen", erklärte er mir lächelnd.

„Klar. Kein Problem."

Also löste ich die Knoten vom Korsett, legte den Rock zur Seite und gab Franky mit erhobenem Daumen das Signal, fertig zu sein. Meine Gedanken waren allerdings nicht so vollständig bei der Sache. Dafür spukte mir zu viel Lisa im Kopf herum.

Franky führte mich auf die Bühne, wo er mir meine Nacktheit ziemlich schnell nahm, da er ohne große Vorrede einen neuen Keuschheitsgürtel anlegte, der sich vom Gefühl her allerdings genauso gut an meine Körperformen anpasste, wie der, den ich jetzt schon seit einiger Zeit getragen hatte. Bis dahin war alles eine ganz normale Performance. Dann jedoch wurde verkündigt, dass der Gürtel jetzt endgültig geschlossen würde. Franky, dem meine erste Überraschung natürlich nicht entgangen war, wies mich flüsternd zurecht, jetzt bloß kein Affentheater anzufangen. Auch ohne seinen dämlichen Spruch hatte ich meine Mimik natürlich sofort wieder im Griff.

Der Moderator der Show hatte nur leider auch mitbekommen, dass ich für einen kurzen Moment die Haltung verloren hatte.

„Bei dir alles okay?" wollte er dann sogar über die Lautsprecheranlage wissen, obwohl er direkt neben mir stand. Mir blieb in dem Moment nichts anderes übrig, als ihm zuzulächeln und ihm die erste beste Erklärung vorzulegen, die mir einfiel.

„Natürlich ist das okay. Ich hatte nur nicht damit gerechnet, dass Franky mir diesen speziellen Gürtel schon heute schenken würde. Das ist alles."

Damit war das Problem offiziell beseitigt und Franky konnte weiter an mir arbeiten. Und das tat er, wie ich den Eindruck hatte mit einer gehörigen Portion Ärger im Bauch. Seine nächste Aktion war das endgültige Verschließen des Gürtels. Er verwendete dafür sehr spezielle Schrauben, deren Köpfe so gefertigt waren, dass sie nur zum Schließen den notwendigen Halt für einen Schraubenschlüssel boten. Wollte man die Schrauben wieder öffnen, fehlte der dafür notwendige Widerstand. Franky erklärte die Funktionsweise der Schrauben stolz, indem er einen Schraubenkopf in eine dafür extra aufgestellte Kamera hielt.

Danach zog er die beiden Schrauben, die mich endgültig verschließen sollten, an. Als die letzte Schraube saß, stellte ich fest, dass sich der neue Gürtel enger um meinen Bauch legte, als der, den ich vorher immer getragen hatte. Da ich keine Lust auf eine weitere Erklärung für die Öffentlichkeit hatte, nahm ich es lächelnd hin, merkte aber sehr deutlich, dass Franky genau wusste, was mein Problem war.

Danach legte er mir noch die verhassten Schenkelbänder an, die ebenfalls neu waren, ebenfalls mit diesen speziellen Schrauben verschlossen wurden und ebenfalls ein bisschen enger waren, als ich es gewohnt war. Die gemeinste Aktion war allerdings, dass auch die Schrittkette zwischen den Schenkelbändern ein Stückchen kürzer war.

Als Franky fertig war und erklärt hatte, welche zusätzlichen Dinge noch an dem Gürtel angebracht werden konnten, war unser Auftritt zu ende und er führte mich wieder in den Vorbereitungsraum.

„Warum hast du eben so rumgezickt? Du weißt doch, dass ich dir das Teil zuhause wieder abnehmen kann! Um ein Haar wäre der ganze Auftritt im Arsch gewesen!"

„Ist mir schon klar, dass du sauer bist. Das hättest du dir aber sparen können, wenn du mir einfach mal gesagt hättest, was du machen willst. Ich war nämlich davon ausgegangen, dass du mir den Gürtel anlegst, den ich die letzten Tage getragen habe. Außerdem kannst du mir vielleicht mal erklären, warum du den überall enger machen musstest als den alten Gürtel?"

„Weil du das Korsett drüber trägst."

„Aha", meinte ich mit wenig Begeisterung. „Und die Kette? Warum ist die kürzer?"

„Weil ich mich über dich geärgert habe. Betrachte das einfach als Strafe. So. Und jetzt zieh dich an und komm dann wieder auf den Stand. Sobald Lisa fertig ist, kann sie dich meinetwegen einpacken. Wir sehen uns dann nächste Woche wieder und werden uns dann endgültig darüber einigen, wie das mit dir und mir weiter gehen soll!"

Bevor ich ihm eine Antwort geben konnte, hatte er den Raum schon verlassen und die Türe hinter sich geräuschvoll geschlossen.

Also zog ich mir die wenigen Teile, die ich zuvor ausgezogen hatte, wieder an. Beim Schließen des Korsetts musste ich Franky zu meinem Ärger recht geben. Mit dem alten Band um meinen Bauch, hätte das Korsett nicht korrekt gesessen. Trotzdem war ich noch immer ziemlich sauer auf ihn und ließ mir alle Zeit der Welt, bis ich wieder auf dem Stand auftauchte. Die kurzen Schritte, die ich jetzt machen musste, hielten meine Laune zunächst auf einem konstant niedrigen Level. Das hätte er sich wirklich sparen können.

Als ich dann endlich wieder am Stand war, war meine Laune trotzdem wieder besser. Der Grund waren die vielen Leute, die mich auf dem Weg angesprochen und zu dem mutigen Tattoo beglückwünscht hatten. Die Krönung war dann, dass mich Lisa am Stand mit freudigem Lachen und offenen Armen begrüßte.

„Ich bin fertig. Wollen wir?"

„Und ob wir wollen", gab ich ihr ohne eine einzige Sekunde nachzudenken zur Antwort.

Lisa

Während der Fahrt, die wir dank gefülltem Tank ohne Zwischenstopp erledigen konnten, sprachen wir über das, was ich in den letzten Tagen erlebt hatte. Als Fazit stand für mich fest, dass ich auf Franky ziemlich sauer war und dass ich Lisas Tattoo nach wie vor gewagt, aber gleichzeitig gigantisch gut fand.

Bei ihr zuhause angekommen drückte sie mir ein paar recht bequem aussehende Klamotten in die Hand (Jeans und Holzfällerhemd) und zeigte mir die Dusche. Da ich an den störenden Gürtel dachte, kam bei mir keine uneingeschränkte Freude auf, als ich mich endlich aus meinen Klamotten herausgepellt hatte.

Gerade, als ich in die Dusche steigen wollte, stand Lisa wieder im Bad. Sie trug einen Arbeitsoverall, hatte eine Schutzbrille um den Hals gehängt und hielt lächelnd eine Flex in ihrer Hand. In dem Moment, in dem ich erfasst hatte, was sie mit der Flex machen konnte, stellte sie mir die geilste Frage, die sie mir in dem Moment nur stellen konnte.

„Hey schöne Frau. Wie lange möchtest du bleiben?"

Nachwort

Was die in diesem Buch dargestellten Personen angeht, so entspringen die ausschließlich meiner Phantasie. Sollte sich irgendjemand in einer der Figuren wiedererkennen, so ist dies reiner Zufall.

Bei nicht wenigen der erzählten Passagen möchte ich sehr hoffen, dass sie so auch nur in einem Roman geschehen können und in der Realität an den vielen nicht kalkulierbaren Unwägbarkeiten scheitern würden, die das Leben so mit sich bringt.

Eine letzte Kleinigkeit noch: Ein vorläufig letztes Mal habe ich mir erlaubt als Ich-Erzählerin zu agieren.

Bisher erschienen in der Serie „Ein Fall für Smidt und Rednich"

Als ebook bei Amazon

Eine seltsame Erpressung	April 2012
Frau Weberlein und ihr Masseur	Januar 2013
Muse, das Fetischmodell	Januar 2014
Doris, Modell wider Willen	Dezember 2014

Gebunden bei BoD

Eine seltsame Erpressung	Januar 2015
Frau Weberlein und ihr Masseur	März 2015
Muse, das Fetischmodell	April 2015